三國風雲之

曹賊

第二部

卷之伍

庚新（風回）著
超合金叉雞飯 繪

二部
卷伍

目錄

人物

曹朋

曹朋

甘寧

龐統

曹操

魏延

典韋

許褚

陳群

劉備

諸葛亮

馬超

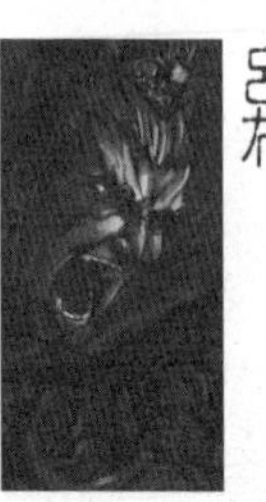
呂布

貂蟬

袁紹

章一　河西攻略第三彈（下）

夜色裡，紅水集城外，黑壓壓一片，盡是漢軍營寨。

曹朋兵發紅水集，並沒有依照著『兵貴神速』的原則，而是緩緩推進，沿途還不斷招降紅澤部落，同時還順手消滅了幾支在紅澤頗有名望的馬賊盜匪集團。原本只需要幾天就可以抵達紅水集，卻足足走了十八天。

十一月二十八日，曹朋兵臨紅水集城下。大軍一路行來，毫不見疲憊之色，軍卒們個個精神抖擻。這十八天的行軍，對於這支臨時組建起來的漢軍而言，無疑是一次真刀實槍的操演。軍卒們演練了追襲、攻堅等各種戰術，十八天共消滅馬賊盜匪近兩千餘眾，可謂戰果非凡。

曹朋越是走得慢，帶給紅澤、紅水集的壓力就越是巨大。當人們耳朵裡全都是漢軍如何消滅盜匪馬賊的消息時，許多持觀望態度的部落再也無法堅持下去。十八天，共有四家紅澤部落來降，加上此前的五家，紅澤半數部落已落入曹朋之手。曹朋還未對紅水集征伐，就已經獲得了近兩萬人口之多……

如此摧枯拉朽般的行軍，所產生的效果不言而喻。

當漢軍抵達紅水集時，紅水集城門緊鎖，根本不敢和曹朋來一場硬碰硬的交鋒。

曹朋呢，也不急於發動攻擊，而是在城外整頓軍紀，操演人馬。

那隆隆的戰鼓聲、震天價響的喊殺聲，在紅水集的上空迴盪了三日，生活在紅水集的百姓莫不膽戰心驚，有不少人甚至期盼著曹朋趕快攻城，早點結束戰鬥。

可是，漢軍卻遲遲未動。

這就是徐庶所說的『威懾』！

透過小小的紅水集，擴散至整個河西。

各部落大人紛紛派出斥候，嚴密監視漢軍的動向。雖有些部落想要出兵援救竇蘭，可是在看到漢軍的軍容之後，一個個又縮回去。

「父親，差不多了！」

紅水集府衙中，竇虎和耿鈞摩拳擦掌，興奮的舞動拳頭。

而竇蘭仍緊鎖眉頭，看上去猶豫不決。

「伯父，小姪一直觀察，曹家小兒並不只是為了攻取紅水集，而是想要向河西威懾。他們的守衛很鬆懈，加上這幾日伯父退讓，避而不戰，更令曹家小兒失去了戒心。此前虎哥說的不錯，只要能敗他一陣，就會令諸方大人前來援救。姪兒願領一支人馬，今夜出城，偷襲曹家小兒大營。他無防備，必然驚慌，到時候只要他向後撤退，伯父趁機掩殺，曹家小兒必大敗。」耿鈞躍躍欲試，不停的戳哄竇蘭。

而竇虎也是連連點頭。趁曹朋立足未穩，偷營劫寨的主意出自於他。不過當時曹朋的軍威太盛，以至於竇蘭不敢輕舉妄動，最後決定避而不戰，堅守紅水集，等待援兵，伺機而動。可在竇虎心裡，這偷營劫寨的想法卻一直沒有退去。

隨著漢軍在城外耀武揚威的操演，這偷營劫寨的想法，在竇虎心裡越來越清晰。

章一

河西攻略第三彈(下)

偷營劫寨，可能打不退曹朋。

可是只要能大勝一陣，就可以令周遭觀戰之部落大人生出一絲期盼：漢軍並非不可戰勝！到時候，必然能引得那些部落大人猶豫，說不定還會發兵救援紅水集。

這個念頭，竇虎不止一次的告訴竇蘭。

但竇蘭始終下不得決心。如果真是這樣子，他和朝廷就再也沒有轉圜之地，哪怕這一次擊敗了曹朋，將來也必會被朝廷報復。到時候小小的紅水集，真能擋得住朝廷大軍？這棲息百年的駐地，只怕唯有丟棄，然後四處飄零，如那些羌胡一般，游牧於河西和塞上。

這，並不是竇蘭所願。

他始終希望，有朝一日能重回故土。如果真的和曹朋為敵，那麼這一天，恐怕會遙遙無期。

「李叔他……可有消息？」

耿鈞搖搖頭，輕聲道：「李叔祖曾試圖出兵，可是那鳳鳴灘的鄧範、孟建，令韓德兵出三十里，屯紮於李家牧原北方。李叔祖也不敢輕舉妄動，只能按兵不動。」

鳳鳴灘、鳳鳴灘……

早知這鳳鳴灘借出去，會成為他今日之襟肘，竇蘭當初打死都不會讓鄧範占領鳳鳴灘。

一步錯，步步錯。

當時考慮著自家面臨整合，而西北牧原也需要一方鎮守，出於利用的角度，竇蘭同意曹朋接手休屠各俘虜，並允許鄧範等人在鳳鳴灘立足。可一眨眼……

難不成，當時曹朋就已經有了吞併紅澤的決心？

竇蘭沒來由的一個激靈，同時這心裡多多少少有些暖意：至少，李其還未拋棄自己！

「父親，不能再猶豫了！」竇虎見竇蘭不說話，有些急了，「今夜月黑，正可劫營。萬一那小兒反應過來，我們再想要劫營，可就沒那麼容易了！而且，一旦小兒開戰，紅水集恐難以支撐太久……父親，當早做決斷，不可貽誤戰機啊。」

也罷，就拚這一把！

竇蘭握緊拳頭，狠狠砸在了書案上。

「既然如此，我給你二人一千精兵，今夜丑時後，出城劫營。若事有可為，則一戰功成；若不可為，絕不要勉強，速速退出，不可以貿然行事。」

「孩兒（姪兒）遵命！」

竇虎和耿鈞興沖沖的跑出花廳，開始準備。

而竇蘭卻有些心神不定，一個人呆坐在花廳裡，半晌後，仰天發出一聲長嘆……

夜幕，籠罩紅水集。

漢軍大營中，燈火星星點點，在夜幕下，顯得格外壯觀。

巍峨的營寨，猶如一頭沉睡的巨獸，俯伏在草原上。營寨裡靜悄悄的，偶爾傳來一、兩聲刁斗聲息，隱隱約約。

北風，跨過賀蘭山脈，拂過遼闊的河西草原，捲裹著絲絲肅殺之氣。

竇虎打了個寒顫，下意識裹緊身上的衣袍。他向耿鈞看了一眼，見耿鈞一臉興奮，不由得點了點頭。只是竇虎沒有發現，耿鈞雖說一臉興奮之色，可是那手腳卻在輕輕的顫抖。是緊張，還是恐懼？誰也不知道。

「開城！」

隨著他一聲令下，城門無聲開啟了一條縫。

曹賊

章一 河西攻略第三彈（下）

竇虎和耿鈞各領五百精兵，悄然從城中行出。

「小鈞，你從東，我從西，咱們兵分兩路，殺進去之後，直衝曹家小兒的中軍大寨。」

「明白！」耿鈞點點頭，領兵而去。

竇虎則領一支人馬，趁著夜色，迅速撲向漢軍大營。

所有馬匹的馬蹄上都裹著草，以免發出聲響。距離漢軍大營越來越近，竇虎的心情也越來越興奮，同時更有一種難言的緊張湧上心頭，令他身體微微顫抖。

從馬上摘下九尺龍雀大環，竇虎深吸一口氣。

遠處，漢軍大營的營寨清晰可見。大營外，甚至沒有設立鹿角等障礙物，空蕩蕩的，可一眼看到營中的情形。營門口沒有衛兵，想必是天氣太冷的緣故，所以也沒有做出防禦。而大營裡，不見半個人影。那一盆盆火油燈在空處，照映得極為清楚。

他們越來越近大營……

竇虎突然舉起大刀，厲聲喝道：「出擊！」

說話間，他縱馬疾馳，朝著那大營衝去。在他身後，五百騎軍緊緊跟隨，一個個手持大刀，面露猙獰之色，如一股狂風，瞬間衝進了漢軍大營。

可是這營地裡卻好像死人的墳地一般，靜悄悄的，沒有半點反應。按道理說，竇虎這麼衝過來，至少會驚醒衛兵，但是卻沒有一個人出現，整個營寨好像一座空營。

竇虎衝到營地裡，心裡不由得一咯登。一種不祥的預兆頓時湧上心頭，他連忙勒住了戰馬，四處打量，「不好，中計了，有埋伏！」

這時候，就算是傻子也能看出情況不太對勁。哪有漢軍一點動靜都沒有的道理？

竇虎剛要下令撤退，忽聽東邊傳來一陣喊殺聲。緊跟著，悠長的號角聲響起，空蕩蕩的營地好像炸

了鍋一樣，數不清的漢軍好像從地下冒了出來，從四面八方湧來，大營轅門迅速被漢軍堵住去路。

一員大將從暗處縱馬衝出。只見他銀盔銀甲，身穿皂羅袍，掌中一桿丈二龍鱗，胯下一匹神駿異常的照夜白龍駒。

人似猛虎，馬賽蛟龍。

這銀甲大將衝出來，大槍一指竇虎，「無知小兒，怎才來乎？我家軍師早已料到爾等必會劫營，故今日設下天羅地網，若識時務，何不下馬就縛，免你一死。」

一股寒氣，刷的直沖頭頂。竇虎臉色大變，向四下看去，卻見一排排弓箭手躲在營寨後面，箭已上弦，對準了己方。而漢軍大營的東面傳來陣陣喊殺聲，響徹天地。

對面的漢將一笑，「黃口小兒，休要心存幻想。文珪守在東面，你那同伴定難以逃脫。」

竇虎的臉煞白。他不是害怕，只是感受到一種前所未有的緊張。

環視周遭，他猛然一咬鋼牙，兩腳一磕馬腹，戰馬希聿聿長嘶一聲。竇虎拍馬舞刀，朝著那漢將便衝了過去，「兒郎們，今日中計，唯死戰耳，給我殺……」

漢將臉上露出一抹古怪的笑容，看著拍馬衝來的竇虎，心裡暗自稱讚：這小子，倒是有些剛性。不過，稱讚歸稱讚，他卻不會手下留情。他兩腳一磕飛虎蟾，胯下照夜白呼的一下子衝出來，手中丈二龍鱗撲稜稜一顫，猶如一條巨蟒般舞動，迎著竇虎撲去。

「小子，且讓你家夏侯大爺看看，有何本領張狂！」

漢軍東大營——

紅澤兵已經潰不成軍。五百精銳進入漢軍大營之後，便遭遇到漢軍的襲擊。

整個漢軍大營，分為三個部分，即東、西、中三座營寨。東大營的主將，便是征羌都尉潘璋，而西

章一

河西攻略第三彈(下)

大營的主將，則是新任河西郡司馬夏侯蘭；中軍自然是由曹朋坐鎮，徐庶為軍師，牛剛和曹彰為副將。三座大寨相互呼應，呈三才陣法，攻守兼備。

和龐統不同，徐庶擅長戰陣之法，能根據各種不同的地形，排列出最為合適的軍陣，堪稱為一絕。除此之外，他也長於內政，善於謀劃。

水鏡山莊四友中，崔鈞崔州平的文化素養最好；石韜善於內政，精通兵法；孟建同樣長於內政，但兼修將作和商業。相對而言，徐庶的發展較為全面性，但由於各種原因，他在大局上又遠遠比不得諸葛亮和龐統兩人，略遜色一籌。

此前，得徐母召喚，徐庶從水鏡山莊返回家中，後投靠曹朋。

本來徐庶是想要做些事業，不成想當時曹朋因為毆打伏完，被罷官免職，在家中閉門思過。他又不想留在曹府當個閒職，便在曹朋的推薦下，到了鄧稷手下。

只是，鄧稷出鎮延津，恰逢官渡之戰結束，延津並無戰事，這使得徐庶無施展才華之處，只能處理一些政務。後來他被滿寵看重，提拔為從事。鄧稷接手東郡以後，倒是給徐庶更多施展才華的空間。可徐庶更想在曹朋手下做事，畢竟他當初投奔曹操，就是衝著曹朋而來，而不是鄧稷的面子。

龐統在鳳鳴灘一戰功成，名揚河西。若說徐庶沒想法，那純粹胡說八道……

幾乎是同時投奔曹朋，如今龐統已坐穩了曹朋謀主的位子，甚至委以重任，獨當一面。而他呢，則因為種種原因，尚未在曹朋面前施展才華。

這一次出兵紅水集，徐庶可是費了不少心思。從出兵到行軍，從安營紮寨到演武操練，幾乎都透著徐庶的心血。對於紅水集偷營劫寨的行為，徐庶更早有預料。

小說裡常有旗杆折斷，可判斷是否偷營的情節。

其實，那是胡扯。

所謂天象警示，不過是小說家藉以發揮的橋段而已。真正做出判斷的根據，是在於對敵人的研究，以及從當時的情況、天氣等各方面，推斷出來的結果……

徐庶判定竇蘭必定會劫營，所以早就做好了準備。

耿鈞剛一進東大營，就被漢軍團團圍住，一頓如雨般的箭矢過後，紅澤兵死傷不少。耿鈞憑著一身的武藝，在亂軍中拚殺，想要突圍出去。他一直認為，自家的武藝高超，但是在這重圍中，他卻難以施展。

紅澤兵早就驚慌失措，潰不成軍，就算耿鈞的武藝再好，也擋不住漢軍輪番攻擊。片刻光景，耿鈞就被殺得盔歪甲斜，狼狽不堪。

而在東大營大纛旗下，一員黑甲將軍，胯馬擎刀，關注戰場。

「伯從，那小子就是你兄弟嗎？」

在他身後，一個青年文士面帶憂慮之色，一聽詢問，連忙上前道：「將軍，小鈞不識將軍之威，貿然相犯，還請將軍寬恕則個……家父生平最寵愛他，將軍能否……」

這青年，便是耿林。

耿慶歸順曹朋之後，耿林順理成章進入曹朋幕僚，出任書記。

那黑甲將軍，則是潘璋。

見耿林惶恐不安，他頓時笑了，「伯從休要緊張，公子既然下令饒他性命，某又怎能違背軍命？嗯……不過，如此耽擱，實在麻煩，且讓某家將他擒拿。」

話音未落，潘璋躍馬衝出，向耿鈞撲去。

耿林心裡不由得一緊，哪怕明知道潘璋不會取耿鈞性命，可是見潘璋殺出去，仍不免心驚肉跳。對於這位征羌都尉，他也算有些瞭解。此人殺法驍勇，是個拚命三郎，甚得曹朋信賴。在行軍途中，但凡

章一

河西攻略第三彈(下)

被潘璋遇到的馬賊，幾乎無一人活命。這位爺的殺性，在漢軍中堪稱翹楚。相比之下，夏侯蘭倒顯得有些仁慈。

耿林一直希望耿鈞不要來東大營，卻沒想到怕什麼來什麼……這傢伙居然真的來偷營劫寨！

潘璋人馬合一，雙足扣馬鐙，拖刀疾馳。耿鈞剛挑翻一名漢軍，忽有一種毛骨森然的感覺，他連忙撥轉馬頭，就見潘璋如離弦利箭，閃電般衝到了他的跟前。

與夏侯蘭相比，潘璋敦實粗壯，有剽悍之氣。追隨曹朋以來，他也算得上屢經戰陣，那股在戰場上磨礪出來的殺氣，更非耿鈞可以相提並論。

馬快，刀疾……潘璋在縱馬疾馳中，精氣神瞬間提升到巔峰，到耿鈞跟前，口中一聲暴喝，身體驟然從馬背上暴起。他手中大刀隨著身體的暴起，呼的掄開，一式力劈華山，大刀猶如一抹驚雷，暗勁湧動，便斬向耿鈞。

刀還未至，那股凜然刀氣已到跟前。耿鈞虎目圓睜，大吼一聲，舉槍相迎……

只聽鐺一聲巨響，耿鈞的雙臂如受雷擊一般，頓時失去了感覺，他不由得大驚，連忙伏身躲閃。二馬錯蹬的剎那，耳邊就傳來潘璋那冷幽的聲音：「還不下去！」

潘璋大刀反手一擊，狠狠的拍在耿鈞的身上。耿鈞大叫一聲，立時從馬上滾落下來。

不等他爬起，潘璋已撥馬返回，沉甸甸的大環碰的拍在耿鈞的肩膀上，猶如一座大山壓下，只令耿鈞動彈不得。

他想要掙扎，就聽潘璋道：「小子，我家公子答應過你父親，更有你兄長求情……乖乖就縛，莫要讓你父親白髮人送黑髮人。」

好像一盆冷水當頭澆下來，耿鈞激靈靈打了個寒顫，停止了掙扎。

幾個漢軍上前將他按住，抹肩頭攏二臂將他繩捆索綁。此時，紅澤兵已停止了抵抗，一個個從馬上

下來，雙手抱頭蹲在地上。看著眼前這一幕，耿鈞不由得目瞪口呆，一直以為自己有多了不得……不成想，在人家眼裡，自己連狗屁都不是。

耿林上前，拍了拍耿鈞的肩膀。

「哥哥……」

耿鈞突然後悔了，好端端的，自己逞什麼能呢？父親吃的鹽比自己吃的飯都多；哥哥看過的書，比他認識的人都多。他們都不認為紅澤能擋住漢軍，偏偏自己……細想下來，自己之所以這樣做，未嘗沒有對曹朋的嫉妒心理作祟。曹朋比他大不了多少，卻已經名揚天下，獨鎮一方，而自己……

耿鈞希望能藉曹朋的名頭，創出自己的天地。可現在看來，他選錯了對象。

話到嘴邊，他卻不知道該說些什麼。

耿林嘆了口氣，輕聲道：「小鈞莫怕，父親和我哪怕是拚著不要前程，也會保你性命。」

「哥……」

「好了，休要囉唆！」耿林笑了笑，「待公子返回時，我定會為你求情，和你一起返回紅水。」

「曹家小……公子不在營中？」

潘璋策馬而來，聽聞大笑，「小子，對付你們，何須公子親自坐鎮？我實話告訴你，我們等你們來偷營劫寨已有三天。如今西大營有子幽坐鎮，想來你那些同伴也已經束手就擒。幸好你們沒去中軍，若不然，軍師在營中早就準備好了八門金鎖陣，足以讓爾等片甲不留。公子此時，想必已對上了那紅水集竇蘭……」

等了三天？

耳聽西邊大營的喊殺聲漸漸低弱，耿鈞就知道，竇虎凶多吉少。

自己原以為聰明，不成想卻是自投羅網，一舉一動早就被人家算計在裡面，而他……

耿鈞感到從未有過的失落！他從小生長在紅澤，甚至很少走出紅澤。憑藉紅澤聯盟的力量，他可以在河西橫行無阻，可現在看來，他自以為是的那點東西在別人的眼中，根本就算不得什麼本領。

「虎哥他……」

耿林輕聲道：「放心吧，公子有命，留爾等性命。老虎不會有事，最多就是有些皮肉之苦。夏侯將軍有分寸，絕不會害他的性命。」

潘璋、夏侯蘭……如此多麼了得的人物，卻聽憑曹朋的調遣。可笑自己從前坐井觀天，還以為……

耿鈞正自嘆中，卻突然想到：對了，剛才他們說那曹朋並不在營中，莫非他要……竇伯父這一次，只怕有危險！

竇蘭立於紅水集城頭，眺望遠處漢軍大營。

當漢軍大營中，燈火驟然大亮，喊殺聲從營中響起的時候，他心裡不由得一緊。

不好！

竇蘭頓時醒悟過來：曹朋也算得上是久經戰陣，能闖下如此偌大的名聲，又豈是無能之輩？而且他身邊能人不少。別的不說，就說那龐統龐士元，鳳鳴灘一戰使得三萬羌胡大軍全軍覆沒，可謂有鬼神之能。有他在，曹朋豈能沒有防備？

想到這裡，竇蘭驟然為竇虎和耿鈞感到擔憂。

「來人，抬槍備馬，隨我出擊。」

隨著竇蘭一聲令下，城中立刻燈火通明。

竇蘭點起兩千精卒，城門大開，風一般殺出紅水集。

曹朋此刻正在伏擊竇虎和耿鈞，我此刻出擊，正好打他個出其不意，說不得能救回兩個孩子，還能一挫曹朋銳氣。

竇蘭心如火焚，胯下馬風馳電掣，向漢軍大營撲去……

戰馬似乎能體會到竇蘭心中的那份焦慮，不斷的加快速度。

竇蘭也不再掩飾什麼，他必須要在最快的時間裡衝進漢軍大營，救出竇虎和耿鈞。

如雷蹄聲，在夜幕中迴盪。

兩千騎軍緊隨竇蘭，在曠野中奔行。鐵蹄聲恰如雷動，令大地也為之顫抖……

眼見著就要到漢軍大營，忽聽一陣急促的梆子聲響，從兩邊突然竄出無數弓箭手。

隨著一聲『放箭』的吼聲傳來，箭如雨下。在奔行中的紅澤兵根本沒想到，漢軍竟然在大營外有埋伏，猝不及防之下，百餘人慘叫著從馬上栽落。

竇蘭打了一個寒顫，暗道一聲不好，撥馬就走……

卻聽梆子聲更加急促，箭矢不斷。四周蒿草叢生，加之夜色深沉，漆黑不見五指，根本看不到對方的弓箭手究竟有多少，只能聽到那箭矢破空的咻咻聲不絕於耳，不斷有紅澤兵被射落馬下，倒地哀號不止。

竇蘭拚命舞動大槍，撥打從四面八方襲來的箭矢，口中怒吼連連：「曹家小兒，只知詭計，可敢與某家一戰！」

那嘶吼聲，恍如受傷的野獸，淒厲無比。

竇蘭明白，他輸了！

不管是曹朋設計也好，還是那龐統出謀也罷，他的一舉一動，甚至連心思的變化，都被對方算計的清清楚楚。如此對手，絕非他竇蘭能夠對付。既然到了這步田地，但求一戰，不要死得太過於窩囊，至

章一

河西攻略第三彈（下）

少不能丟了祖先的威名才是……

竇蘭聲音剛落下，梆子聲戛然而止，百餘枝火把從蒿草叢中呼嘯飛來，落在空地上。火光照耀，竇蘭看到遍地的紅澤兵倒在血泊中哀號，無主的戰馬倉皇而走，發出一聲聲悲鳴。

不遠處，一座並不算太高，大約也就是五、六米左右的土丘上，驟然間燈火通明。曹朋胯下獅虎獸，掌中方天畫戟，傲然立於土丘。緊跟著，從土丘後面衝出一隊刀盾手，清一色黑毦披衣，執盾橫刀，列陣在那土丘的左右兩側。

弓箭手則沒於蒿草叢中，無聲無息。

若不是剛才那如雨的箭矢襲掠，甚至不會有人知道，那一人高的蒿草中躲藏有多少漢軍。

「竇蘭，你要與某一戰嗎？」

曹朋洪亮的聲音傳來，帶著絲絲不屑。竇蘭心中一緊，牙關緊咬，「曹友學，今日竇某認栽了。不過，想要竇某棄械，卻是癡心妄想。某乃竇家後人，今日就讓你知道，某家的厲害！」

竇蘭此時，已將所有的雜念拋開。

胯下戰馬似乎感受到了竇蘭那決死之心，竟希聿聿長嘶不止，透出無比的興奮。

曹朋大笑，「也罷，今日且讓你心服口服。」

說話間，獅虎獸仰天咆哮，撒蹄從土丘上衝下來。

兩人相隔大約二十幾米的距離，獅虎獸奔行的速度並不算快，只是牠的步伐極為驚人，看似緩慢，卻在眨眼間就到了近前。曹朋人馬合一，腰桿筆直，大紅色披風在空中獵獵作響，好似一團火焰翻滾；他的身體，似和戰馬融為一體，在馬背上隨著獅虎獸的奔行而起伏。

在竇蘭的眼中，迎面而來的似乎並不是一人一馬，而是一頭騰雲駕霧的怪獸，他心裡不由得一顫！

竇蘭有一種不好的預感：此人年紀雖不大，但身手只怕是……不輸於那西涼錦馬超。

突然間，竇蘭覺得自己老了。想當初他馳騁紅澤，何等聲威，而今隨著一個個青年將領的崛起，讓他有一種力不從心的感受。

這曹朋，絕對達到了超一流武將的境界。

小小的西涼，先有馬超，後有閻行，而今又有這曹朋出現……老一輩的人，還能夠風光多久呢？

不過，哪怕明知道自己不是對手，竇蘭也不會退縮。他大吼一聲，躍馬挺槍，迎著曹朋而上，大槍撲稜稜一顫，猶如一條巨蟒，分心便刺。

曹朋手中大戟掄開，看似漫不經心的向前一探，只聽「鐺！」的巨響過後，竇蘭的戰馬發出一聲長嘶，連連後退。從方天畫戟上傳來的巨力，使得竇蘭心驚肉跳。這漫不經心的一戟，卻渾然猶若天成，竟使得竇蘭無功而返。

手臂微微發麻，竇蘭暗自心驚，可他並沒有逃走，而是再次催馬衝向曹朋。

獅虎獸戛然止步，曹朋端坐馬上，大戟左一下、右一下，隨意而無任何章法可言。但就是這種雜亂無章法的舞動，使得竇蘭苦不堪言，任憑他使出千般本領，始終無法突破曹朋的防禦，以至於他越打越急，大槍越刺越快……每一次兵器交擊，從方天畫戟上傳來的古怪力道，使得竇蘭難受得想要吐血。

曹朋掄著大戟忽而直走，忽而旋轉，忽而似有還無，後勁延綿，忽而剛猛無儔，似是要開山劈嶽。十幾個回合下來，竇蘭汗流浹背，手臂痠軟，氣喘如牛。

曹朋猛然撥馬向後一退，洪聲笑道：「竇將軍，能接我一戟，今日就放你離開。」

說話間，獅虎獸那龐大的身軀猛然向後一頓，緊跟著呼的騰空而起。

方天畫戟在半空中劃出一道奇亮弧光，如同一道奔雷，轟鳴著劈向了竇蘭。竇蘭大吼一聲，雙臂用力，運足丹田氣舉槍相迎。

鐺！

章一
河西攻略第三彈（下）

槍戟相交，如山巨力襲來。竇蘭只覺喉嚨裡一甜，哇的噴出一口鮮血，整個人好像被抽走了骨頭一樣，伏在馬上掉頭就走。

這傢伙，簡直太凶悍了！即便是馬孟起前來，也不過如此吧……

竇蘭落荒而走，漢軍立即向前就要追擊。

曹朋大戟高舉起，止住漢軍追擊。獅虎獸向前猛走兩步，曹朋鼓動丹田氣，洪聲喊道：「竇將軍，今日饒你一命。明日正午之前，若還不做出選擇，大軍一動，則紅水集雞犬不留。到時候，你可別怪我心狠手辣，不給冠軍侯顏面。」

聲音傳出去老遠，竇蘭聽得真真切切。他只覺得心中似有一股氣直沖頭頂，再次噴出一口鮮血，從馬上撲通一聲摔落，頓時昏迷不醒。紅澤兵拚死將竇蘭救回紅水集，城門旋即緊閉，城頭守衛森嚴。

可是，帶出去的兩千精卒，幾乎折損了三分之二。

曠野中傳來隆隆戰鼓聲，毫無疑問，是曹朋得勝回營……

天亮了，但天空卻陰沉沉的，烏雲翻滾。

寒風在紅水集外的狂野中呼嘯掠過，捲起赤龍旗飄揚，獵獵作響。

對於昨夜的戰鬥，紅水集人大都心知肚明。

正面交鋒？肯定不是對手……人家兵強馬壯，如何能夠迎敵？

偷襲，也失敗了！

堅守不出，可這紅水集能堅守多久？

城頭上的軍卒，一個個有氣無力。

竇蘭輸了，被打得狼狽而回，至今昏迷不醒。兩位小公子至今下落不明，生死不知，估計他二人的偷襲也是凶多吉少。

一夜間，出動三千兵馬。可回來的，卻不足一千……如此巨大的打擊，讓紅澤兵哪裡還有半點士氣？一個個垂頭喪氣的站在寒風中，瑟瑟發抖。

漢軍不攻，卻勝似出擊。

漢軍大營越是安靜，城裡的百姓就越是慌張。曹朋昨夜的那番話語，已經傳到了街頭巷尾：若正午不降，則紅水集雞犬不留！

可問題是，竇蘭昏迷不醒，這城中誰又能夠做主？有不少將領聚在一起交頭接耳。整個紅水集透著一股沉重的氣息，壓得人幾乎喘不過氣來。

「快看，漢軍大營有動靜。」

剛過辰時，就見一隊漢軍從大營裡行出，緩緩來到紅水集城外，而後停下腳步。

「樓上軍卒聽著，某乃河西太守，北中郎將曹朋……」一個少年縱馬上前，在城下大聲喊喝。

「他就是曹朋？」

「不是吧？我記得曹將軍好像二十多了吧，這個人看上去似乎只有十幾歲，怎可能是曹將軍？」當初曹朋在紅水集，有不少人見過，所以他們一眼便認出，城下的少年並非曹朋。

「北中郎將曹朋……咳咳咳，座下弟子牛剛。」

「我呸！」

「你他娘的就不能一次說完，非要在報出曹將軍姓名之後咳嗽？害我們還以為曹將軍會妖法。」城頭上，頓時響起一陣低弱的噓聲。

不過，也僅只是城頭上的人可以聽見。這時候，誰敢還口喝罵？莫說是曹朋的弟子，就算是一個普通的漢軍，也能給他們帶來巨大的壓力，還是忍耐一下為好。

章一 河西攻略第三彈(下)

好大的風！

被呼號的北風嗆得咳嗽連連的牛剛，心中暗罵不止。

他換了口氣，然後大聲道：「今我家先生有好生之德，不忍紅水集生靈塗炭，所以將你們的少公子送還回來，以示善意。距離正午還有一個時辰，若午時紅水集仍冥頑不靈，則天軍出動……到時候，血洗紅水集，雞犬不留，爾等切勿自誤。」

說著話，他一揮手。兩個魁梧的黑旺，把被繩捆索綁、好像一個大粽子似的竇虎推將出來。

「竇公子，這是最後一次機會。還有一個時辰，戰還是降，你自己考慮。我家先生仁至義盡！切莫死到臨頭，追悔莫及。」

牛剛看了一眼竇虎，而後抬頭向城頭揮了揮手：「記住，一個時辰！」

他撥轉馬頭，在漢軍的簇擁下，緩緩向大營行去。只留下那城頭上呆若木雞的紅澤兵，以及在城下羞憤不已的竇虎……

章二 紅澤定

時間在無聲無息中流逝。

一個時辰，差不多兩個小時。如果放在平常，也能算得上是漫長等待……可是對紅澤人而言，這一個時辰的時間，過得著實太快。

午時，正不斷的逼近。遠處漢軍大營中，開始隱隱約約傳來一陣急促的鼓聲，當過兵的人都知道那是點將鼓，代表著漢軍即將出戰。可是，紅水集府衙內依舊是寂靜無聲……

竇蘭長出一口氣，悠悠醒來。

昨夜被曹朋打得好不淒慘，最後竟生生的氣昏過去。這一昏迷，也不知昏迷了多久，醒來時就覺得光線有些昏暗，令竇蘭不由得心裡一顫。

「父親，父親……」

竇虎急促的呼喊聲在耳邊響起。竇蘭一驚，睜眼看去，就見竇虎那焦急的面容出現在視線裡。

「虎子，你……沒事吧？」

竇虎聽聞，鼻子一酸，心裡的委屈驟然爆發，眼淚刷的一下就流淌出來，「父親，孩兒沒事！」

「沒事就好，沒事就好！」竇蘭說話間，向周圍掃了一眼，卻見熟悉的房間、熟悉的家具，以及熟悉的人。自己是在紅水集的家裡，並不是漢軍的俘虜。

可竇蘭又感到奇怪，「我兒，你怎麼殺出來的？」

「孩兒、孩兒……」竇虎羞愧不已，低下了頭，他實在是沒有臉向竇蘭說出真相。

一直以來，竇虎都是天老大，地老二，我老三……和耿鈞一樣，總認為自己武藝高強，就算比不得馬超，也能在河西排得上號。可就在昨夜，他連三個回合都沒有撐過去，便被夏侯蘭走馬擒拿。這對於出兵前信誓旦旦、自信滿滿的竇虎而言，無疑是一個巨大的打擊。

但這還不算，曹朋居然二話不說便把他放了，這讓竇虎更感到無地自容。以前他一直看不起曹朋，可人家根本沒把他放在心上。

這世上，最痛苦的不是罵你、辱你，而是完全無視你。

以至於竇蘭問他時，竇虎根本不知道該如何回答。

竇蘭明白了！

他心裡頓感苦澀……可笑自己一直以為自己是個人物，會令曹朋忌憚。可惜，曹朋根本沒把他放在心上。不是同一個等級，不是同一個層次，卻非要相提並論，只能自取其辱。

「我兒，休要如此。那曹友學不是等閒之輩，在中原有偌大名聲，可不是憑空得來。為父以前也沒有把他放在眼中……但是現在，為父終於知道什麼是井底之蛙。咱父子，敗得不冤！對了，小鈞呢？他可還好……」

「小鈞無事，孩兒見到他的時候，他精神很差，比之孩兒還要消沉。不過曹家小兒……曹朋沒有為難他，命他兄長耿林帶著他返回紅水大營，去見他父親。」

竇蘭鬆了一口氣：「如此甚好，至少沒連累小鈞也受那無妄之災。對了，現在什麼時辰？」

「將近午時。」

竇蘭激靈靈打了個寒顫，心道一聲：不好。

他昨天雖然被氣昏了，可是曹朋的話，他卻記在心裡：午時不降，紅水集雞犬不留。

那可是個說得出就能做得到的主兒！

竇蘭相信，曹朋絕不是開玩笑。他那種人，平時可能看上去人畜無害，可要是狠下心來，絕對不會心慈手軟。心慈手軟，能在白馬一把火燒死近萬袁軍士卒？曹朋是那種對敵人狠起來，對自己也狠的人。雞犬不留？他絕對可以做得出來。

「快扶我起來。」竇蘭強撐著，想要下榻。

就在這時，忽聽外面隱約傳來隆隆戰鼓聲，伴隨著一陣陣喧鬧嘈雜，竇蘭臉色頓時大變……

「外面發生何事？」

「將軍，大事不好、大事不好！」

一名軍卒衝進來，單膝跪地道：「漢軍……漢軍開始圍城了！」

竇蘭倒吸一口涼氣，「我兒，速與我登城觀敵。」

他連衣甲都來不及穿，便讓竇虎攙扶著他走出府衙。

府衙外，站著密密麻麻的人，有將領，也有普通百姓。當竇蘭走出來的時候，喧譁聲突然止息，數千雙眼睛齊刷刷向竇蘭看去，有的神色惶恐，有的面帶迷茫，有的……

人心散了，人心真的散了！

竇蘭沉聲道：「大家且莫慌張，待我登城一觀。」

不管怎麼說，竇蘭及時醒來，多多少少令紅水集的人們心裡安定一些。只是，當竇蘭登上城門樓，舉目向外面觀瞧的時候，臉色又是為之一變。

但見漢軍在城外列陣，如林長矛，在天地間散發出森冷光毫。一隊隊、一列列的漢軍將士，有條不紊的移動，展現出非同一般的威勢。竇蘭看得出，漢軍擺出的戰陣是一座八門金鎖大戰。隨著號角聲響起，從八座旗門中湧出一隊隊士兵，推動沉甸甸、笨重的霹靂車以及雲梯等攻城器械，在陣外一字排開。

漢軍，這是要攻城了！

就在這時候，從漢軍陣中行出一支人馬。

為首的是一輛三匹馬並轡的輕車，車上站立一個文士，看年紀，大約在三十出頭，生得儀表不凡。劍眉，朗目，頷下長鬚，頭戴綸巾，身披鶴氅，手中還持一支鶴羽團扇。英武中，透著一股超凡脫俗的出塵美感。

那文士在一隊騎軍的護衛下來到城下。在他車旁，夏侯蘭警戒相隨。

「父親，那員將，就是曹朋手下，河西司馬夏侯蘭……此人，有萬夫不當之勇。」

竇虎如何認不得夏侯蘭？他對夏侯蘭的模樣，可謂是畢生難忘。

「車上的人是誰？」

「不知，好像是曹朋的軍師。」

竇蘭心裡一個激靈：此人非就是那曹朋的謀主，有鳳雛之稱的龐統龐士元？觀其容貌，卻不愧鳳雛之名，果然儀表不凡。

就在竇蘭疑惑的時候，城下文士開口道：「敢問城上，可是竇蘭將軍？」

「啊，正是。」

「我家公子言，午時不降，即要攻城。今距午時，尚有一炷香的時間。公子託某代言：將軍名門之後，當知識時務者為俊傑。今天軍已至，乃大勢所趨。所謂順者生，逆者亡，還請將軍莫要自誤。」

這，是曹朋的最後通牒！

竇蘭看著那文士，半晌後一拱手，「敢問，城下可是鳳雛先生？」

那文士不由得哈哈大笑，「某乃無名小卒，如何能與龐士元相提並論？在下徐庶，今為北中郎將帳下一小小傳信之人。竇將軍，時間快到了，還請早做決斷。」

說著話，文士驅車離去，那鶴氅隨風而動，恍若仙人。

「此等人物，非是鳳雛，竟也在曹友學帳下效力……莫非，是天欲亡我紅澤乎？」竇蘭怔怔良久，突然仰天一聲長嘆。

城樓上，紅澤兵一個個緊盯著竇蘭，等待著他最後的決斷。

時間，一點點的過去，漢軍立於呼號的北風中，穩如泰山，絲毫不亂。那飛龍旗、飛虎旗、飛豹旗、飛鳳旗……在風中獵獵作響，混合著那北風的呼號聲，令人感到心驚肉跳。

鼓聲，越來越急促。這是曹朋在催促竇蘭做決定。

所有人都知道，當那戰鼓聲停止，便是漢軍發動攻擊的時候。

城頭上，一些紅澤小帥下意識的把手放在肋下佩劍上，凝視著竇蘭，一言不發。

在這種古怪的氣氛中，竇蘭凝立良久，輕聲道：「我兒，隨我下去吧。」

竇虎連忙應了一聲，虎目圓睜，掃視城頭上眾人，手則緊握大刀，不敢有半點鬆懈。剛才城頭上的氣氛令他感到緊張，他隱隱約約可以猜測出那些人的意圖。雖說輸給了曹朋，可心裡還是有一股傲氣，讓竇虎不會輕易的低下頭。

他警戒的保護著竇蘭走下城來，剛想要開口，卻見竇蘭站在城門後，整理了一下衣衫，卻把頭髮打散，並脫下了靴子。

「父親，您這是……」竇虎心裡咯登一下。

河西塞上有一個規矩，叫做散髮赤足，也就是表示歸順臣服之意。

竇蘭這個舉動，難道是要……投降嗎？

其實，竇虎心裡也知道事不可違，紅水集必然擋不住曹朋大軍，投降不過是早晚而已。可是當這一刻真的來臨時，竇虎又有些無法接受。

「我兒，此戰乃我之罪，非紅水集數千百姓之過。今朝廷大軍兵臨城下，曹朋三次通告，絕不會再有半刻拖延……我豈能因我，而令紅水集父老鄉親蒙難？為父會在這裡拖延一下時間，我兒當速速離開，投奔你李叔祖，請他給你一個出路。我兒，曹朋大勢已成，絕非人力可以阻攔。」

竇虎的眼睛，一下子紅了。

「父親……」他聲音顫抖，略有些哽咽。

片刻後，只見竇虎一咬牙，也打散了頭髮，脫下腳上的靴子，赤足與竇蘭並立。

「父親若降了，孩兒豈能獨活。」

竇蘭愣了一下，臉上旋即露出一抹燦爛的笑容。他沒有再說什麼，而是轉頭對城門內那些呆愣的軍卒道：「去吧，把城門打開吧！」

午時，漢軍戰鼓聲止息。隨著令旗招展，一聲聲號令從軍中響起，陳列在陣前的攻城器械發出嘎吱吱聲響。

徐庶手持鶴羽團扇，凝視紅水集。

片刻後，他抬起手，剛準備下令攻擊，卻聽夏侯蘭輕聲道：「軍師，快看……」

他舉目看去，遠處紅水集城頭上，丟下無數兵械。緊跟著，那緊閉的城門，吱吱啞啞的打開……

「竇蘭，降了？」李其坐在花廳裡，看著堂下的斥候，自言自語道。

雖然早在第一次見到曹朋時，他便預料到了這一天的到來。可當這一天真的到來時，李其又感到說不清楚的惆悵。存在百年的紅澤盟誓，就這樣沒有了！從今以後，河西再也不會有紅澤，只有紅水縣的地名。

朝廷下詔置河西郡的消息，李其也隱隱約約的聽到。

這是一種態度！

如果說此前朝廷的態度還有些模糊的話，那麼當河西郡的詔令發出，便代表著朝廷最終的決定。或者說，是曹操的最終決定。

曹操如今忙於河北戰事，正著手攻打鄴城，根本無法分身兼顧河西；同時，朝廷能給予曹朋的支援太少，也讓曹操有些不好意思，於是他用這樣一種方式，表明了對曹朋的支持……

紅澤變天了！

或者說，河西變天了……

李其拿起面前書案上的一份契約，裡面寫著紅水大營會盟的主要內容。

曹朋，這位來自中原的名士，似乎與其他人不一樣。李其見過很多名士，卻沒有一個人似曹朋這般。從他的行事作風而言，似乎對異族人有著極為強烈的敵意，或者用民族主義四個字來形容最為妥帖。但是，他又能從諫如流，海納百川。

這份契約裡，表明了曹朋對異族人的包容態度，同時更有一種極為堅定的大漢主義思想在裡面。

「我有一個夢想，希望有朝一日，無論漢民、羌人、氐人、匈奴人、鮮卑人，可以歡聚一堂，說著同一種語言，發出同一種歡呼。」

這是契約開頭，曹朋的一段話。說得很直白，但是卻能夠讓所有人都明白。

他敵視異族，卻不排斥異族；他重視農耕，似乎又對商賈懷有極為濃厚的興趣。

河西商會成立，如果真的能按照曹朋所說的那樣執行，無疑能使羌胡異族安定下來，為河西的平穩增加一個籌碼。

鎮撫——曹朋對這兩個字，已經吃透了。

李其輕聲問道：「竇蘭父子，今如何之？」

「回大人，曹友學並未斬殺竇蘭父子。據說，他原本想要征辟竇蘭為武堡武長，但竇將軍卻拒絕了。竇將軍決意，待其祖先靈位返回馮翊郡平陵老家……」

「哦？」李其一怔。

他倒是知道，當初竇憲被殺後，竇憲的子孫雖說被發配到各地，但還是有一支留在了平陵老家。只是竇憲之後，朝廷對竇家頗有些抵觸，以至於此後百年，竇家再也沒有出色人物。也許，正是這樣一個原因，竇家依舊能立足於平陵。

落葉歸根嗎？

李其輕輕咳嗽一聲，長長出了一口氣。這樣也好，能落葉歸根，也是一種福氣。竇蘭的祖先，一直都期盼著有朝一日能重回平陵老家。而今，終於能回去了……不管怎樣，也算是了卻一樁夙願。

「派些人過去，保護竇將軍父子返鄉。」

這紅澤雖然沒有了，可這一份情意，卻不能就這麼沒有了。

那斥候一怔，連忙道：「大人，非是竇將軍父子，只竇將軍和其夫人回去，虎公子沒有走，而是留在河西。」

「哦？」

「竇將軍讓虎公子留下來，為曹將軍效力。據小人打探，虎公子今為都伯，被劃分到了河西司馬夏侯蘭夏侯將軍麾下出任斥候。」
都伯，也就是個隊長，轄五十人。
斥候隊長？那也算是一支精銳了！
李其愣了片刻，突然間仰天大笑：「竇蘭啊竇蘭，沒想到你還有這一手。昔日你為權力不肯歸附，而今又為竇家前程埋下一顆種子，好算計……果然好算計。」
竇蘭現在回去，可說是一無所有。離別故土百年之久，平陵竇氏是否還能接納竇蘭的回歸，也是一個不小的問題。可如果竇虎留下，竇蘭就能多一份保障。
至少，能在曹朋麾下效力，可以令竇蘭回歸之後，多出一些底氣。誰都知道曹朋前程遠大，甚得曹操所重，只要跟緊了曹朋，那麼早晚有一日，竇虎也能出人頭地。而到了那個時候，平陵竇氏也就多出一份希望，一份崛起的希望……
這，曹朋會不知道嗎？
李其相信，曹朋一定知道竇蘭的打算。可是他還是把竇虎收留下來，這一手卻更加巧妙。一方面，收留竇虎可以安撫紅澤人的心；另一方面，他也是給竇蘭一個承諾：既然你低頭，我就給你一個富貴前程……
這種氣度、這種氣魄，焉能是常人可以比擬？
李其揮手示意，斥候退下。他站起身來，緩緩走出花廳，立於門廊下，看著園中雪景。
昨夜一場小雪，給這園子裡增添了不少動人的美感。那傲立於雪中的紅梅，令人感受到勃勃生機。
李丁，已經在鳳鳴灘立足。他現在是鄧範帳下的一名軍侯，手下有一屯胡騎。
孩子們都長大了，並且有了安身立命的地方。接下來，就要看他們自己的表現。
李其突然有一種前所未有的疲憊感。

老了，真的是老了！一晃，自己已近古稀之年，離開故土也有四十年之久……當年他入贅紅澤，懷著感恩之心，而今，也是時候卸下身上的責任。只是，不曉得故鄉還有多少人能記得當年的自己呢？

疲乏過後，李其更感受到了一絲莫名的悲傷。

「大人，大人……」

李其猛然從沉思中醒來，抬頭看去，只見老家人李同惶恐的站在身前，急促的呼喚。

這李同，是李其的晚輩。

說起來他和李其的兒子是一起長大的，後來李其的兩個兒子皆亡，李同便開始照顧李丁，一直到現在。對於李同，李其一直像是對待自己的兒子一樣，從沒有什麼架子。

「李同，何事？」

「外面……外面有一支漢軍，正朝著咱們牧場行來。」

「什麼？」李其一怔，眼睛猛然張開，透出一抹精芒。

這個時候出現漢軍，只可能是曹朋的人。莫非，他拿下了紅水集，要對我李家開刀嗎？

不過，他旋即又笑了。

開刀就開刀吧，反正我也準備卸下責任。把李家交還給朝廷，相信曹朋總不會虧待了他們。

「李同，去我書房，將書案上的那卷名冊取來。」

李同愣了一下，旋即醒悟過來，「大人，你莫非……」

「李同，此大勢所趨，非人力可以挽回。去吧，把名冊拿出來，相信曹友學還不至於翻臉不認人。至少咱要保住這體面，別真的讓他們兵臨城下才低頭。」

李同心中不滿，可是又不能違背了李其的命令。

他也知道，紅水集完了，紅澤完了……李家牧場，又怎可能獨善其身？若李家牧場能擋住曹朋，李其又何必安排李丁去投奔鳳鳴灘呢？這，顯然是不可轉圜。

李其深吸一口氣，整了整衣襟，邁步走下門廊。

他大步走出，見家中人一個個面帶驚慌之色，於是臉色一沉，「慌個什麼？」

「大人……」

「好了，休要再說，我已經知道。該來的總是要來，躲也躲不過……傳令下去，大家不要驚慌，都老實一點，其餘人隨我前去迎接漢軍。大家放心，我與曹將軍還有些交情，絕不會有事。」

執掌李家牧場多年，李其的威望絕對是無人可比。

不僅僅是在李家，乃至於整個紅澤，李其的威望都無人可比；甚至有一說，當初如果不是李其退讓，這紅澤盟主的位子絕對不可能是竇蘭能夠得到……

既然李其說了沒事，那肯定會沒事。不一會兒的工夫，李家牧場中的慌亂便平息下來，雖然大家心裡還有一些忐忑，卻也變得穩定許多，至少不會害怕。

李其帶著人，走出牧場大門，遠遠的就看見一隊漢軍正朝著牧場行來。人數並不多，大約也就是三百人左右，可是看那裝備，就知道這些人不太尋常。

一人雙騎，一匹西域良駒，一匹駑馬。良駒馱人，駑馬負貨。

那馬上的騎士，一個個黑眊披衣在身，面戴黑色遮風巾，挎刀負弓，威風凜凜。而駑馬之上，則負有長矛和箭矢，以及輜重兜囊。

在李其的印象裡，漢軍沒有這麼敗家的隊伍……如果有，只可能是那曹朋身邊的近衛，傳說中的『黑眊牙兵』。如果是黑眊牙兵，也就說明曹朋來了。

總不可能曹朋不在，他的黑眊牙兵四處溜達吧？

李其深吸一口氣，快走幾步。而對方也勒住戰馬，在距離李其三十幾米的地方停下來。

黑旄刷啦一下子分開，讓出一條通道，只見當中一匹獅虎獸耀武揚威的行出。馬上一個青年，沒有穿戴盔甲，只著一身便裝，身穿大袍，外罩披風……

青年看到李其，催馬向前緊走十五米，勒住馬，跳下來。

「李校尉，七月一別，眨眼間已近半載，曹朋因公務繁忙，一直未能再登門拜訪。今日前來，特地向老大人賠罪，還請老大人莫要怪罪曹朋的失禮之處。」

「曹將軍，何故來？」

曹朋大笑，大步來到李其跟前，「特來請老大人出山，在這河西，闖他一個大場面！」

章二 雒陽故人

大場面嗎？

也許在曹操那些人眼中，小小的河西郡不足為題。可是在李其的眼裡，卻清楚這河西彈丸之地，即將迎來前所未有之發展，也許百年過後，這裡會成為最繁華的地方。

河西郡的設立，各屬官皆有安排。從郡丞到下屬四縣的縣長，人員早已經安排妥當，唯有一個職務始終懸而未決。

郡尉！也就是執掌河西軍事的主官。

許多人都以為，這河西郡尉的職務早已有了安排，故而曹朋誰也沒有告知。卻不清楚，在曹朋心裡最屬意的河西郡尉人選，非李其莫屬。

畢竟，河西不比其他地方。這裡胡漢混雜，部落與部落之間的關係更是千絲萬縷。比如一個紅澤，那十八部之間究竟存在一些什麼樣的關聯？誰也無法弄清。除非曹朋花大精力去疏理，才可能得到一個答案，只是那答案是否完整，卻無人知道。

李其雖不是河西本地人，可是他在熹平年間便定居在紅澤牧原上，一晃四十年，對於紅澤內部的關係瞭若指掌，甚至連竇蘭都無法相比。

同樣，由於他資歷深厚，對整個河西的瞭解，也不是其他人可以相提並論。

如果問，在河西誰是地頭蛇？

答案不是竇蘭，而是曹朋眼前這個年近古稀的老人。他有資歷、有威望，年紀又足夠，而且還當過漢軍校尉，不論從哪方面來講，沒有人比他更能夠擔當郡尉一職。曹朋在與李儒商議後，做出了這個決定。為此，他甚至和龐統等人有過爭論，但最終還是說服了眾人。

「我欲請老大人出山，暫領河西郡尉。河西，將迎來一個前所未有的壯大機會，還請老大人莫要拒絕，輔助小子一把。」

曹朋，堂堂中原名士，大名鼎鼎的曹三篇，又是曹操族姪、河西太守、北中郎將，有著無與倫比的權力。他能夠親自登門，而且把姿態放低，不惜執晚輩禮，邀請李其出山。這份殊榮，足以令許多人為之感動。

李其不是那三顧茅廬才能出山的諸葛亮，對曹朋的這份心意怎能拒絕？就算他不為自己考慮，也要為李丁著想；不為李丁考慮，還要想想這李家牧場數百口老幼。不論是從哪一個角度，李其都沒有拒絕的理由，既然無法拒絕，他自然也要表現出相應的姿態……

於是，李其俯伏在雪地上，老淚橫流，口出感激之言：「公子盛情，老朽敢不效死命？」

就這樣，隨著李其答應出山、擔任河西郡尉一職，昔年紅澤三十六部盟約徹底消亡。

紅澤之名，將不復存在。從今往後，這一片牧原之上，只有紅水縣和武堡之名。

紅水集會在開春之後，徹底改造。曹朋將會在紅水集的基礎上，興建武堡縣城。而這座縣城的面積，將會比原來的紅水集大兩倍有餘。

曹朋宣布，開春時將會從紅水縣遷一千五百戶至紅水集，而紅水集原來的居民可以繼續在這裡生活，如此一來，整個武堡的人口會在最短時間達到兩萬之眾。到時候，鳳鳴堡、武堡、胡堡和廉堡，將與紅水縣構成一個有機的整體。

無論是從軍事，還是從政治的角度而言，紅水縣透過這四座城鎮，可以把整個河西覆蓋起來，其影響力之大，甚至可以延伸向羌胡的休屠澤和武威兩地。

曹朋為紅澤人、河西人，勾勒出了一幅美好的藍圖。加之李其出任郡尉，又在很大程度上穩定了河西各部落的心思……

用曹朋的話說：一個嶄新的大河西時代，即將到來。

李其的影響力果然巨大。

十二月初六，李其出山擔任郡尉。至十二月初十，短短四天時間，紅澤共有七個部落舉族來投，表示歸附於朝廷。到十二月十五，整個紅澤完全歸附。其他各羌胡部落也紛紛派人前來，呈遞名冊，宣布正式歸化。

按照紅水契約，當名冊遞交之後，各部落不再屬異族，而統稱為漢民。

你們該信什麼，只管去信，我曹朋不會阻攔。但是，你們只能稱之為漢民，別無選擇……

這，也算是一種民族大融合？

建安八年十二月，曹朋上奏朝廷，請置河西郡，同時，將河西郡下轄五縣官員的名單一併呈報許都。只待尚書府行文批准，便可正式啟用「河西郡」這三個字。不過，也無所謂，河西郡是司空府早就商定的結果，上報尚書府不過是走一個形式而已。當曹朋把這行文送出之後，便開始啟用河西郡之名。

徐庶在擔任河西郡主簿的同時，也將出任紅水縣第一任縣長。武堡長，則由龐林出任，同時姜敘為武尉。而梁寬也與高采烈的準備趕赴胡堡，出任胡尉一職。計算起來，從曹朋抵達河西之後，先後歸附曹朋的人皆得到了封賞，可算得上是皆大歡喜的一個結果。

十二月二十日，經過計算，河西登記在冊的人共二十一萬之多，其中漢民人口約九萬，其餘皆胡人異族。就這個比例而言，胡漢人口持平，基本上沒有大礙。不過，有許多漢民剛遷徙過來，還需要一個適應的階段……所以胡漢之間，必然會有各種各樣的矛盾和衝突，尚得花工夫慢慢的進行疏理。

總體而言，形勢還是大好！

安定太守張既，與金城太守韓遂，並涼州刺史韋康三人，派出使節前往武威郡。

三人的目的非常簡單：馬騰退兵！

鳳鳴灘之後，馬鐵在距離李家牧場百里之外進退兩難。

馬騰想要收兵，可是卻沒有一個合適的藉口。好在張既等人的使者到來，給馬騰一個臺階。於是，十二月初，當紅澤大局已定之後，馬騰傳令：河西局勢已然穩定，朝廷誅除了逆賊，故決意收兵……其實，這就是一個藉口，大家都清楚。

為此，曹朋還上奏朝廷，表明馬騰討逆之功勞。

馬騰心裡面憋屈啊！

兩萬大軍浩浩蕩蕩出征，連一箭都沒放出，便灰溜溜回來，他心裡面怎可能舒服？再者，他還必須上奏朝廷，為曹朋請功，言平定河西之亂，曹朋為首功，他馬騰只是協助而已……

總之，曹朋這一巴掌，打得馬騰幾個月都沒有緩過來，整日裡在郡廨以酒澆愁，喝多了便破口大罵曹朋。好在，他還算清醒，沒有跳出去罵，只是在家中而已。

冰城，依舊矗立紅水河畔。

曹賊

章三

雒陽故人

又是一個飛雪日，鵝毛大雪紛紛揚揚灑落。

紅水縣的城基已建造完畢，接下來就是城牆主體的營造。而城中也做出了一個完善的規劃，郡廨和縣廨的位置，以及民居、市集、校場、軍府等各項設施，全都做了統籌安排。可是天寒地凍，無法繼續施工，於是曹朋下令停工，待來年開春後，一邊建城、一邊屯田，確保所有人在明年可入住新居。

滿天的雪花飛揚，曹朋徒步走出大營。郭寰和步鸞陪著他，在雪地上行走。兩頭雪獒緊隨左右，在雪地上歡快的奔跑著……

在他們身後，王雙領五十名近衛，落後大約幾十米遠。人群中，還有一輛馬車。

「夫君，這河西的雪景，真漂亮。」步鸞呼出一口哈氣，小臉凍得紅撲撲的，好像熟透了的蘋果一樣。這不是她第一次看到雪，也不是第一次看到河西的雪。許都的雪景雖美，卻比不得這塞北的壯觀。她一邊往小手裡哈氣，一邊興奮的說道。

也難怪，自她和郭寰來到河西，幾乎沒能和曹朋好好的待在一起，像當年在許都那樣，說說話，一起走走，品嘗一下她的手藝。曹朋整日裡都忙於軍政大事，根本沒有時間柔情密意。

不過即便如此，步鸞和郭寰也已經滿足了！至少她們可以每天看著夫君，親手為夫君準備晚飯，哪怕是冷了，她們可以去加熱……而遠在許都的黃月英和夏侯真，卻只能守著空閨，相比之下，她二人可要幸福許多。

「夫君，咱們什麼時候可以回許都呢？」

曹朋笑道：「怎麼，想回去了？」

「那倒不是……只是覺得，月英姐姐和真姐姐在許都，無法和夫君相聚，有些難過。」

提起黃月英和夏侯真，曹朋不由得心生黯然。

一晃，又是一年。

他從年初離開許都，至今快一年了。曹綰想必已經會走路了吧……而小龍，也就是他那個寶貝兒子，也快一歲了！

爹娘、姐姐，他們可好？還有鄧巨業、洪娘子他們……現在又在做什麼？真想他們啊！

曹朋的眼中，浮起了一抹水氣。但旋即，他深吸一口氣，將心中那百轉千回的柔情按捺下去。這裡是河西，是朔北。塞北不需要兒女情長……待我將這裡打好基礎，便是我一家團聚之時！

想到這裡，他精神一振。

「對了，過兩天我會派人回家，妳們要不要回去看看？」

步鸞和郭寰幾乎是異口同聲道：「不要！」話音剛落，兩個人相識一眼，不約而同的笑了……

耳聽那銀鈴般的笑聲，曹朋心裡的黯然也消減了許多。眼看著壯麗的雪景，他心裡突然湧現出無限的豪情，猛然拔腿奔跑起來。兩頭雪獒在他身後狂吠，緊追不捨。

笑聲、犬吠聲，在一片白色天地間迴盪。

曹朋仰天長嘯！

他真想大吼一聲：三國，我來了……

漆縣，縣廨——

曹丕咬牙切齒，同時又一臉的無奈之色。

說起來，曹丕在過去一年來，對漆縣的治理頗有成效。昔日這座人口不滿萬戶的小縣，如今已達到了七萬多人，增長了一半有餘。其治下稅賦頗豐，號稱三輔之地優異。以如此偏荒之地，取得這等政績，也可以說是一種能力的體現。

如果沒有河西的收復，漆縣的政績足以令曹丕揚眉吐氣，證明實力。

偏偏正是這河西，使得曹丕在過去一年來所做的事情顯得暗淡無光，不足為奇。

他站在門廊上，手扶欄杆，久久不語。司馬懿也是一臉苦澀，靜靜在曹丕身後站立。

良久，司馬懿輕聲道：「世子，可下定決心？」

曹丕回頭道：「仲達，我不甘，不甘啊……再給我一些時間，我定能使漆縣成為三輔第一。如今就這麼捨去，此前種種努力付之東流，我心裡又豈能甘願？」

司馬懿道：「我亦不甘。然則世子就算繼續留在這裡，將漆縣治理為三輔第一，依舊比不得河西政績斐然。河西平地崛起，等同於重新建立，曹朋在此情況下，所做的每一點成績都會被人無限放大。而世子不管怎麼做，都會被遮蔽在曹朋的陰影下，顯得無足輕重。」

「世子所求，乃未來，何須為此時得失而計較？主公即將對鄴城發動攻擊，此正是世子向世人展現勇武、證明能力的大好時機。況且，世子可憑藉河北之戰，與軍中拉近關係，又豈是小小的漆縣可相提並論？」

曹丕聽罷，默然無語。

年關一日日逼近，曹丕奉命將返回許都。也就是這時候，他面臨著一個不可避免的選擇：繼續留在漆縣，將漆縣治理成三輔第一，而後政績斐然的返回許都；抑或離開漆縣，去參加河北鄴城之戰。

曹丕自己也猶豫不定，只得將司馬懿找來商議。

司馬懿在思忖良久之後，建議曹丕離開漆縣。原因很簡單，漆縣距離河西太近，而曹朋和曹丕，一個是曹操的族姪，一個是曹操的兒子，很容易被人放在一起比較。

如果以基礎而言，河西薄弱，無法與漆縣相提並論。可偏偏曹朋將整個河西收復，似白手起家，將來必然會迎來一個急速而巨大的發展。基礎差有基礎差的好處，那就是每一點進步，都會被人無限大的放大，擺在世人面前。

相比之下，曹丕就算使得漆縣成為三輔第一，也會被人說：他底子好，所以有這些成績，不足為怪。但若換成曹朋，漆縣可能如何如何云云。

司馬懿建議曹丕放棄漆縣的第二個理由，則是軍中力量。

曹丕來漆縣本就是為了歷練。在漆縣的一年裡，他已經證明了他的能力。所以，他現在要做的，是要拉近和軍中的關係，保持和軍中密切的往來，並建立起足夠的功勳。

曹朋在河西，有大把機會來建立軍功。可曹丕在漆縣，卻很難獲得這樣的機會……

而曹朋占領河西之後，漆縣就成為內陸，難有戰事發生。就算有，也只是一些馬賊流寇，根本就顯不出曹丕的本事。反倒是曹朋，可以和匈奴人、和羌胡交戰，衝突不斷，很容易就獲得軍功，以及得到軍中大員們的讚賞和親近……

留在漆縣的意義，已經不大。既然如此，倒不如去河北，參加鄴城之戰……

曹操寵愛曹沖，而曹朋又是曹沖的啟蒙恩師，日後說不定會支持曹沖成為繼承人。曹朋的聲望越高，曹沖繼承的資本就越大。

反倒是曹丕，如果沒有足夠的聲望，將會被曹沖逐漸逼近，甚至有朝一日被曹沖超過，越拉越遠。必須離開漆縣，重返中原，也只有這樣，才能建立曹丕的威望。

司馬懿的態度非常明確，令曹丕也漸漸心動。

「也罷，那我此次返回許都，即向父親請求，參加來年鄴城之戰。」

曹丕說著話，手輕輕在欄杆上一捶。即便他已經做出了決定，可心裡面總是有一些難受：不管怎樣，我都是被曹朋逼得無奈，而不得不返回中原……

一場大雪過後，紅水冰凍。

曹朋並不知道他在河西的作為，對許多人造成了巨大的影響。在那天和步鸞、郭寰一起踏雪尋梅，放鬆精神之後，近半年來積鬱在心中的緊張情緒，得到了極大的舒緩。第二天，他便帶著愉悅的心情，再次投入河西郡轟轟烈烈的建設當中。

雖然城池營建暫時擱置，卻還有許多事情要做，比如大地復甦後，開荒屯田所需要的種種物資，以及在屯田初期所需要的各種準備，都必須要開始著手安排。曹朋必須要提前估測各種可能突發的事件，以免到時候措手不及。好在，他身邊的步騭、徐庶和龐統，都是那種多謀之人，思緒縝密，可以為他解決很多問題。而至於大方向上的事情，則有李儒在暗中為曹朋謀劃。

李儒平日裡很少拋頭露面。期間，他偶爾和龐統等人接觸了幾次，倒也沒有人去猜測他真實的身分。不過，賈星倒是來的挺頻繁。

「聽先生口音，好像是涼州人？」

「是。」

「哈哈，我也是。」

「是嗎？那真是太巧了。」

「先生口音，好像偏隴西……」

「在下早年曾在隴西生活。」

「聽先生談吐，有高士之風，理應為世人所知。為何小子從未聽說過先生之名？」

「山野村夫，不足為道。」

「……」

數次接觸後，李儒把曹朋找來，咬牙切齒道：「那賈星果不愧是賈文和假子，此子話語中句句設伏，令人防不勝防。公子，我擔心此子這次來河西，就是奉了那賈詡之命。想來賈詡已開始懷疑，公子當早做準備。這小子還好對付，可若是賈詡來，只怕難以隱瞞啊。」

他言下之意，就是告訴曹朋：老子的身分，隨時都可能暴露。

曹朋搓揉面頰，對於這種情況，他也感到很無奈。就這樣放走李儒？他可不情願。

龐統他們的確有高智，但經驗還不夠充足。就目前來說，李儒雖然很少出謀劃策，可只要他在身邊，總能令曹朋安心許多。他的籌謀，他的計策，往往比龐統他們考慮的更周全，看得也更加久遠。

現在，曹朋還離不開李儒，他需要李儒在他身邊，至少在目前，能為他指引方向。

「先生不必擔心，河西目前為我所控，即便賈詡猜到，也奈何不得先生。等河西穩定之後，我自會為先生謀劃出路……要不然這樣，過些時候，我派人將公子從海西接過來，令先生父子團聚。待時機成熟，我自會安排先生離開。」

曹朋和李儒，有十年之約。而今才剛過了四年。

曹朋說出這番話的時候，也就表明了他的態度：我不會用這個約定來束縛住你。

李儒心裡頗有些複雜，看著曹朋，久久說不出話。

如果說，一開始李儒投靠曹朋是迫不得已、被曹朋所逼迫的話，那麼現在他倒是挺愜意這種在曹朋身邊，為他出謀劃策、指點江山的感覺。可惜，著實可惜！

如果我能早五年認識他，定會輔佐此子打下一片江山。

而今，曹孟德大勢已成，統一北方的局面已無可阻擋。而孫權在江東，坐擁父兄福澤，經過這四年的臥薪嚐膽，也已經穩定住了局勢。至於荊州，雖說地理位置重要，且錢糧富裕，卻是個四戰之地，可以為臂助，卻不能作為一處根基。

曹朋想要成大事，困難很大……

也罷，你曹友學以真心待我，對我言聽計從。那麼我就算將來要走，也會保你一場富貴，為你開一個萬世太平的局面來！

李儒暗自下定決心，但口頭上卻淡淡道：「如此，就拜託公子。」

「公子，營外來了一群人，說是公子部曲。」

就在曹朋和李儒商議事情的時候，忽聽帳外牛剛稟報。

曹朋身邊有四個小隨從，除了王雙和蔡迪，曹彰和牛剛也是不離他左右。今日，王雙帶著蔡迪和曹彰去軍中觀摩操演，故而由牛剛值守。

曹朋聽聞一怔，忙向李儒道了個罪，便匆匆走出營帳。

「誰找我？」

「不太清楚……好像打頭的人，姓蘇。」

「蘇……蘇雙嗎？」

曹朋一下子猜到了來人的身分，連忙道：「快快請他們進來。」

曹朋直奔甌脫，不一會兒的工夫，就見牛剛帶著幾個人從外面走了進來。曹朋一眼就認出，那為首的老者正是蘇雙。之前，他在紅沙崗檀柘的營地裡和蘇雙相識，並接受了蘇氏一門的歸附。而後，蘇雙留下長子蘇由，孤身返回中山國。當時，蘇雙曾對曹朋說，年底必會前來。

只不過之前由於種種事故，以至於曹朋幾乎忘記了這件事情。

沒想到，這蘇雙竟然真的來了！而現在距離年關，也不過差幾天時間，正履行了諾言。

蘇雙看到曹朋，連忙緊走幾步，向曹朋躬身行禮：「草民蘇雙，攜蘇氏一門一百一十七口，特向公子請安。」

曹朋透出古怪表情，並沒有看蘇雙，目光越過蘇雙，盯著他身後的一名男子。

那男子近四旬，個頭不算太高，中等身材。一進來，他就低著頭。

似乎感受到了曹朋的目光，男子心裡一聲苦笑。其實，早在他來河西之前，就已經知道瞞不過曹朋。而且他一開始也不是很願意來河西，只是蘇雙待他甚厚，再者他飄零已久，也希望能尋一落腳處，把生活安頓下來。

本來，他有兩個選擇，一個是回雒陽老家，另一個便是來河西。回老家，固然可以過得很好，但那樣的話，他此生也僅只困居雒陽，難有作為。所以思來想去，他還是決定來河西搏一搏。也許，曹朋早已經把他給忘記了，可現在……

男子有些尷尬的走出來，拱手道：「罪民祝道，見過曹北部。」

曹朋忍不住哈哈大笑，站起身來，邁步走上前去，「我就說有些眼熟，卻未想到在這河西竟遇昔日雒陽故人。祝道，這一別五載，尚安好否？你在雒陽的事情早已經洗清了，家人也都放還，以後不必再隱姓埋名，東躲西藏的討生活。」

「啊！」男子聽聞，更感羞慚。

這男子，的確是曹朋當年出任雒陽北部尉時的故人——昔日雒陽大豪，一代劍客祝道。

五年前，曹朋出任雒陽北部尉時，與祝道打過幾次交道。說實話，兩人之間的接觸並不是特別愉快。祝道在雒陽根基頗深，有些看不起曹朋，言語間常有不屑。適逢岳關一案，雒陽命案連連，有好幾次那矛頭都指向了祝道是凶手。

當時雒陽的另一位遊俠兒張梁，投奔了劉備。趁一雨夜，他殺死了暗戀岳關的遊俠兒赤忠，並把事情栽贓嫁禍給了祝道……

祝道好龍陽，喜孌童。當時因為一名男寵移情別戀，怒而殺之，將那人的屍體埋在自家庭院裡。張梁告訴祝道，他殺死孌童的事情被官府覺察，要治他的罪。祝道也是心裡有鬼，聽聞張梁這般說，連夜逃離雒陽……

說起來，東漢末年龍陽之風、斷袖之癖頗為流行，也算不得什麼大事。關鍵是那奪走祝道男寵的人，在雒陽也算是小有名氣，如果被對方知曉，必然會收拾祝道。加之他此前對曹朋極為無禮，也擔心曹朋會藉此機會收拾他。離開雒陽後，祝道就跑去了中山國，投奔中山蘇氏一門……

家裡的情況，祝道倒是知道。

漢代有買罪一說，就是花一定數量的錢帛，便可以免去身上的罪孽。

那被殺的男寵，不過是個低賤的出身。雖說之前有人寵愛，但死了，也就死了。祝道的家人花了一些錢，與對方家屬達成了和解，而後又將家中在雒陽城外的土地贈與官府，算是為祝道減免了罪責。

只是祝道一直不敢回家。早先是因為曹袁之爭、官渡之戰，再來是擔心回去以後會遭受波及，故而一直留在中山國。此次蘇雙決意投奔曹朋，祝道再三思忖，決定隨蘇雙來碰碰運氣。

對於曹朋和祝道之間的矛盾，蘇雙倒是聽祝道提起過。他連忙躬身道：「孟之這些年來，一直悔恨當年荒唐，希望能將功贖罪，卻苦於一直沒有機會。今聞我來投公子，孟之也是猶豫了許久，斗膽前來，還請公子恕了他當年無禮。」

曹朋啞然失笑。

對祝道，他沒什麼好感。可是對他的劍術，卻頗為讚賞。

這是一個連史阿也會稱讚的遊俠兒，劍術自然不弱。說實話，當初曹朋出任雒陽北部尉，許多人都不太贊同。莫說祝道看不起，就連那雒陽治下的南部尉孟坦，也常心懷不滿。如果不是曹朋當初文名太盛，而且和陳群之間的關係又密切，說不得會有許多麻煩。

只是他的性取向……讓曹朋感覺有些不太適應，也正因此，他才沒有去攙扶祝道。倒不是他歧視，就是覺得有一點彆扭……

你這一個大鬍子的，不喜歡女人卻喜歡男人，這讓曹朋很受不了。

不過，曹朋並不會記恨祝道。當年他是雒陽北部尉，配享六百石俸祿，而今他已貴為一郡太守，堂堂北中郎將，兩千石俸祿的大員，這心境自然不同。

反倒是祝道，當年的雒陽大豪，而今卻不得不寄人籬下，漂泊數載，最後老老實實的在曹朋面前，口稱『罪民』。

雙方的差距太大了！大到了曹朋如果不是見到祝道，甚至可能忘記了這個人……

他笑著一擺手，「昔日曹某年少不更事，若有得罪，祝公莫掛懷。雖說你當初曾殺過人，但你家裡已經為你解決了禍事，大可以返回家鄉，與妻兒團聚……不過，你今日既然來到我跟前，你的心思，我也大概能知曉。你願意為朝廷效力，此乃一樁好事，但我這裡的規矩多，有些事情你必須要明白。首先，你那遊俠兒的性子必須改了，其次，你那個……那個習慣，最好丟掉。」

祝道滿臉通紅，俯伏在地，顫聲道：「道謹記公子教導，昔日惡習定不復犯。」

「也好，那起來坐吧。」

曹朋擺手，示意蘇雙等人坐下。

他這臨時廳堂，還是當初召集會盟的甌脫，只不過之前那些什麼狼皮狐皮榻墊都換了，換上普通的墊子。並且，隨著曹朋確立了在河西的主導地位之後，他開始著手推行一些他的生活習慣。

比如，漢代人席地而坐，而曹朋則找工匠打造了大批的桌椅。比起跪坐，坐在椅子上似乎更舒服一些。若是在中原，他推廣這些東西，不免會遭到一些非議，可是在河西，無論他做什麼事情，都不會有人反對。此次被遷徙過來的八千戶漢民中，有不少工匠，所以曹朋的那些想法也不是什麼問題。

當然了，一開始也是有很多人不太習慣。

比如龐統、徐庶等人，總覺得這桌椅顯得不倫不類，甚至連蔡琰也認為桌椅不太方便……反倒是李儒覺得挺好，曹朋造出小樣後，便被李儒找人都搬到了他的住處。

「孟之，也不必擔心這裡不習慣。說起來，這河西還有一位你的老友，待會兒若見到了你，必然會非常高興。」

曹朋靈機一動！

他正要設法為李儒的身分掩護，這祝道來了，豈不正好？

祝道當初在雒陽，和化名玄碩的李儒往來頗為密切。不如就讓祝道擋在李儒前面，分散賈星的注意力。至少在這一段時間裡，可以讓賈星的視線暫時從李儒身上轉移。

想起賈星，曹朋也頗為無奈。

這小狐狸深得賈詡三昧，或許不似賈詡那般算無遺策、出謀詭譎，可是在河西，卻是翹楚。至少，在曹朋身邊眾多文臣中，賈星絕對能排得上一流，甚至在龐林和孟建之上。他的思路極寬，能隨機應變，跳躍性很大，讓人往往跟不上他的想法。

在沉穩和大氣上，賈星比不上龐統和徐庶；在政務熟練、事無巨細上，他又比不得步騭……

但不得不說，賈星的存在卻極好的補充了龐統等人的不足。他好劍走偏鋒，而且出招毒辣，往往牽一髮而動全身，受賈詡影響很深。就連李儒都認為，賈星再大十歲，等他過了而立之年，心智成熟，經歷豐富，眼界完全打開後，將會成為第二個毒士。

可是，曹朋卻不記得，歷史上有賈星這個人嗎？

賈詡之後，似乎再也沒聽說過他的子嗣有什麼高明之處……也許，這又是一個他這隻小蝴蝶帶來的變化吧！

同時，賈星出現在河西，也讓曹朋感受到了賈詡的另一層深意。賈詡現在官拜冀州刺史（虛職），也算得上是曹魏幕僚中的核心。他不可能和曹朋走得太近，那樣會令曹操產生猜忌，甚至連他那兩個兒子在朝中也都顯得很低調，從不和某一個人，或者某一個派系走得很密切。

讓賈星來河西，是不是賈詡向曹朋釋放的一個善意？

對於這個猜測，曹朋還專門向李儒請教過。

李儒也同意他這個想法，「賈文和這個人智謀深遠，極擅隱藏。如果不是你把他放到了明處，估計他現在未必會被人這般看重……嗯，他讓賈星來幫你，與其說是向你釋放善意，我看倒不如說，是他在向倉舒公子釋放善意。」

「先生是說……」

「呵呵，我可什麼都沒有說。」

當時李儒一笑，便把這話題轉開了。

但在曹朋的心裡，卻產生出了一個異樣的念頭。

章四 粽子美人

蘇雙此次來河西，可謂是傾巢而來。

他在中山國的根基，幾乎全部捨棄掉。除了蘇氏一脈的直系之外，加上蘇雙手下的那些工匠、門客，足足有兩千餘人。按照蘇雙的說法，他此次來河西，明面上帶來的輜重和錢糧，價值五百餘萬貫，也就是差不多五億大錢的資本……

蘇雙畢恭畢敬，將他所造清單呈到曹朋的面前。而後，他突然一笑，「公子，雙還為公子帶來了一件禮物，請公子萬勿拒絕才是。」

禮物？

曹朋還真不認為，蘇雙能帶來什麼值得他驚奇的禮物，或是神兵，或是寶馬……

他缺兵器嗎？曹朋的老子曹汲，就是當今最有名的大師，所造兵器價值千金，且有價無市。至於寶馬良駒？錯非獅虎獸那種層次，估計很難引起曹朋的興趣，若非如此，他也不會把照夜白那等神駒贈與夏侯蘭為坐騎。

對曹朋而言，看重蘇雙是因為他的商業能力。一個能雄霸河北的馬販子，可以輕鬆遊走於胡漢之間的巨賈，絕對是一個了不得的人才。而河西目前最需要的，也正是蘇雙這種經營能力。

所以，蘇雙說完，曹朋並沒有放在心上，只是讓人把『禮物』送到他的小帳裡，便拉著蘇雙說起事情。

「蘇公，我欲在河西開設商會，希望蘇公能出任這首任大行首之職，不知可否？」

「商會？」蘇雙一怔，想了想，「可是與公子在海西的行會一樣？」

「有相同，亦有不同。行會總體而言，是一個半獨立於官府的組織，更多時候是合作；而商會，則是一個依附於官府之下的半官方組織。蘇公當清楚，這河西商業貧瘠，交易的方式也非常原始。商會，就是為河西創造一個更好的商業環境，同時還要擔負疏導、監管等職責。所以說，這商會比之行會更具權威性，同時擔負更大的責任。我思來想去，唯有蘇公最適合這個職務，但不知道，蘇公是否願意屈就呢？」

蘇雙先是一怔，旋即大喜。他如何感受不出曹朋對他的重視？

這商會，一旦成立，將擔負起整個河西商業的正常運轉。若不是心腹之人，斷然不會委以此等重任……蘇雙越發相信，他做出了一個一生裡最正確的決定。

「公子如此看重，雙焉不效死命？」蘇雙連忙起身，再一次向曹朋效忠。

而帳中蘇氏一門眾人也紛紛行禮，表示對曹朋的感激。

見蘇雙願意接受河西郡商會，曹朋總算是鬆了一口氣。自商會這個機構設立以來，他考慮過許多人，包括當初在海西時的九位行首，但最終都被他一一否定。

原因？非常簡單：格局不夠！

海西九大行首，或許在經商上有些手段，但大局太差。在海西一縣或許還能游刃有餘，甚至到了一州之地，也能做得妥善；可若是放在河西，就遠遠不足了。

章四
粽子美人

河西，是一個胡漢錯居之地，南接關中，北臨塞外，向西就是鼎鼎大名的河西走廊，向南則可入河北之地。所以，河西郡商會在構想之初，就鎖定了全域。這個商會的大行首，不僅僅需要精通商事，更要有全域觀，還牽扯到與異族的接觸。特別是河西走廊，曾經是中原文化向外輸出的必經之路，而今隨著商人的地位下降，加之長年累月的戰亂，已經近乎廢棄。

曹朋希望能透過河西郡商會，重新打開絲綢之路。

河西，不應該是一個封閉的河西！

就如同李儒所說的那樣：河西應該是一個包容的、開放的地方，對外可宣揚我中原之赫赫武功，對內可以吸收、融合各種各樣的文化，從而達到一同的局面。

曹朋思來想去，認為蘇雙無疑是一個最合適的人選……

他與蘇雙談論許久，又將河西郡商會的許多細節進行了完善。

末了，蘇雙拿著那份計畫書，告辭離去。曹朋的這個設想，對蘇雙無疑是產生了巨大的衝擊，他得慢慢消化，才能夠做出更好的規劃來。而這消化，需要一定的時間才行。

河西郡商會，是曹朋摸著石頭過河的第一個步驟。

此後，曹朋會逐漸規範和提高商人的作用，透過商品更迅速的流通，進一步刺激河西的繁榮。這需要一段漫長的時間，不過曹朋覺得只要堅持下去，總會有成果。

安頓好蘇雙一族後，曹朋復又找到了李儒。他把祝道的事情說出來，而後又將自己的想法和李儒一一說清楚。

「若是有祝道，的確是可以擾亂賈星的思路……這樣吧，過一會兒我去拜訪祝道。」

「如此，甚好。」

李儒微微一笑，示意曹朋坐下。

「我這些日子來，一直在想一件事。之前時機尚不太成熟，所以也不好說出來。而今，蘇雙一家既然來了，而且他也願意為公子效死，那差不多是時候可以告知。之前蘇雙曾向公子獻策，自塞外購買奴隸，公子可否記得？」

按照這河西的規模，容納百萬人綽綽有餘。可惜隨著朝廷對河西的漠視，使得當年打下的良好基礎，在百年間付之一炬。

中原，仍在混戰。即便是曹操幹掉了袁氏，統一北方，這戰亂也會繼續蔓延。

希冀從中原遷徙人口，難度很大。就比如這一次，曹操遷徙八千戶，已經是極限。

所以，想要增加河西人口，一方面要歸化、融合本地的羌胡異族，同時還要不斷從塞外擄掠，以持續增加。甚至說，在未來的十年，甚至百年中，從塞外擄掠人口會成為一個必須的手段。曹朋雖說不喜歡這樣，卻不得不承認，這辦法最有效果。

誰讓河西人口貧瘠，偏偏又需要大量的勞力呢？

「確有此事。」

李儒道：「但只是購買奴隸，只怕格局小了些。」

「哦？」

「你可知道，這漠北塞上有多少異族？這些異族間，又劃分為多少部落？而這些部落間，又有多少矛盾和衝突？此前，檀石槐也好，乃至於當年冒頓也罷，依靠強硬手段，凝聚成匈奴和鮮卑這樣的大族。可實際上，部落與部落之間的衝突卻從未減少。公子你拉一個、打一個的想法，倒也沒有什麼錯誤，可說實話，這樣做也會有養虎為患的可能。某有一計，不知公子可願聽從呢？」

曹朋連忙道：「還請先生指點。」

「很簡單，讓蘇雙去挑動那些部落之間的矛盾。大部落和大部落衝突，小部落和小部落衝突……同時，加大對奴隸的購買力度。如此一來，公子無須為河西人口不足而發愁，又能夠令塞外漠北保持一個不斷征戰、不斷消亡的局面。哪個強大，咱們就支持其他部落聯手攻擊……公子不可出面，只需要有人在外面挑動即可，如此河西則可安穩發展，並不斷向外擴張。」

「這個擴張的過程，可能十年，可能二十年……但總有一日，當那些胡人再無可能聯手之時，便是公子入主漠北塞外之日！呵呵，不知公子以為如何？」

曹朋心裡一動，暗自點頭。

李儒的這個主意，的確是一著妙棋。若能夠執行，則整個塞外將陷入不斷的衝突和戰亂之中……

不過，李儒現在提出的還只是一個構想，具體要實施、執行，需要更加細化的安排。

曹朋想了一想後，突然笑道：「我欲將此事託付於先生。先生要人我給人，要錢我給錢，一切聽從先生安排。只是不知道，先生是否願意擔當此重任呢？」

李儒大笑，「若公子不以儒卑賤，願當此重任。」

曹朋聽罷，連連點頭……

和李儒細談了半晌，曹朋也有些乏了。

李儒自去找祝道，而曹朋則返回了自己的住處。小帳裡，擺放著一個浴桶，裡面的水已經燒開。步鸞正在往浴桶裡灑花瓣，看到曹朋進來，忙迎了過來。

「小寰呢？」

「今天蔡姐姐有些不太舒服，小寰在那邊幫忙照看。」

「哦？什麼問題？」

曹朋這些日子來，常被郭寰和步鸞拉著去蔡琰那裡走動。一來，蔡琰背書已近百冊，曹朋常會過去看上一看，二來郭寰二女和蔡琰關係好，經常在一起聊天。

「卻是前些天背書，有些累了，又染了些風寒，所以不太舒服。不過沒有什麼大礙，已請人診治過來……夫君，妾身有一件事想要和你商量。蔡姐姐每日背寫經典，極為辛苦，而她還要照顧阿迪拐和阿眉拐，著實……我和寰姐姐商量了一下，想讓人從中原為她買些能奴婢，也好照顧她不是？」

曹朋愣了一下，旋即一拍額頭。

「這是我疏忽了……只注意保護蔡大家的安全，卻忘記了找人照顧。嗯，這件事必須要儘快安排，妳一會兒就寫封書信，我連夜派人送往許都，讓月英和小真幫忙找幾個奴婢過來……不過在此之前，妳和小寰就多費些心思，順便從營地裡挑選兩個手腳勤快的，若能讀書識字的婢女最好，先負責照顧一下。」

「那好，我這就去安排。」步鸞顯得非常高興，歡快的答應下來。

她服侍著曹朋將衣物換下，而後曹朋便赤身裸體的跳進浴桶，將身體完全埋在了水中。那舒服的感覺，令曹朋忍不住發出一聲輕呼。

「對了，蘇雙剛才派人送來了一個箱子，說是給夫君的禮物，就在那裡……箱子挺大的，不過妾身還沒來得及打開。」步鸞一邊往外走，一邊回頭交代。

曹朋應了一聲，表示知道，而後便閉上雙眼，享受這難得的安寧。

忽然，他聽到一個隱隱約約，似有還無的聲音。

「誰？」

曹朋忙長身而起，嘩啦一聲，帶動浴桶中水花四濺……

「嗯嗯嗯嗯……」

好像有人在帳中，但是卻無法說話。同時，還伴隨一連串的砰砰聲響，似乎是在撞擊什麼東西。順著聲音看去，曹朋就看到在帳中一角，有一個大箱子在晃動。他連忙從浴桶中走出來，順手抄起一口長刀，邁大步就走到了箱子跟前。

長刀卡嚓一聲斷鎖，曹朋用刀口挑著那箱子，向上一掀，而後又向後退了一步，伸頭看去。

這一看，卻讓他頓時吃了一驚……

幽州，涿郡——

年關的一場大雪，給幽州平添了許多寒意。眼見著就要開春，可這天氣卻越來越冷。屋簷下一根根冰柱在陽光下閃爍著冰冷氣息，更增添幾分嚴寒的冷意……

袁熙，臉色鐵青。他身形挺拔，儀容不俗，雖然比不得袁譚高大，也不如袁尚威猛，卻有一股書卷氣，透著一絲儒雅。

只不過，此時的袁熙看不出半點儒雅，宛如受傷的野獸。

「夫人失蹤了？怎麼可能……她在鄴城好好的，怎可能一下子不見了人？」

「二公子休怒，非是三公子不盡心，而是……夫人非是在鄴城失蹤，而是在中山國不見了蹤跡。上月，老夫人身體不適，故而請夫人還家，後來老夫人身體漸漸康復，夫人便離開了無極老家，可是過去大半個月，卻一直沒有消息。三公子當時正忙於戰事，所以也沒有太留意……直到月中，無極縣縣令來鄴城述職，無意中透出此事，才覺察到情況不太妙。」

「三公子立刻派人前往無極甄家詢問，得出的答案卻是早已離開。本來，三公子以為是甄家故意隱瞞了夫人的行蹤，有貳心。可那無極縣縣令證明，夫人的確是離開了無極。三公子立刻讓人沿途偵查，在半途中發現了夫人的車仗，以及護衛的屍體……」

袁熙的身子顫抖不停，半晌後，一聲怒吼：「是誰？會是誰！」

其單薄的身體透出一抹殺氣，信使噤若寒蟬，好半天才囁嚅道：「三公子已命人掃蕩鄴城至中山一帶的山賊盜匪，尋找夫人下落。不過正南先生卻認為，這絕非是普通山賊所為……夫人的護軍，皆三公子帳下親衛大戟士，有豪勇，人數頗多，卻被人無聲無息所殺，沒有一個人逃出，只能說對方絕對是一方豪士。」

袁熙心裡一動，脫口而出道：「張燕？」

「正南先生也是這般猜測。不過……」

「不過什麼？」

「今張燕和老賊曹操往來頻繁密切，似有意歸附曹操。正南先生覺得，此事很有可能和老賊有關……天下人皆知，老賊好色，猶戀那風韻甚美的女子。之前在宛城，曾為了一女子而壞親子性命，徐州時更霸占過呂布部將秦宜祿之妻杜氏，甚至與帳下大將鬧得極不愉快。夫人美豔，世人皆知，那曹操老賊又是……正南先生覺得，很有可能是張燕為討老賊歡心而為之。」

「住口，住口！」

袁熙暴跳如雷，如同一頭受傷的野獸，在屋中徘徊。

他是袁紹的次子，卻是庶出，比不得袁譚是大婦所生，也不如袁尚那般為袁紹所寵愛。袁紹諸子中，袁熙最不得重視。後袁紹雄霸河北，讓袁熙鎮守幽州，為幽州刺史。但論地位，甚至比不得袁紹的外甥高幹，混得可算是很不如意。

不過，袁熙還是有一樁如意的婚事，那就是娶了中山無極豪族甄氏之女，名叫甄宓。

甄宓非常賢慧，而且文采飛揚，為人孝順。

袁尚的母親劉氏，對甄宓萬分喜愛。當袁熙出任幽州刺史的時候，劉氏將甄宓留在身邊，一方面固然是捨不得，另一方面當然也有節制袁熙的意圖。畢竟，袁熙鎮撫幽州，與遼西烏丸人關係密切，若沒個節制，只怕早晚會成心腹之患。

袁熙倒也沒有拒絕，他也想藉此機會和袁尚打好關係，故而同意甄宓留在鄴城。

哪知道……老婆竟然被人劫走了！

袁熙這個人，性子有些柔懦，說穿了就是優柔寡斷。

袁譚和袁尚相爭，他一直保守中立。哪怕是曹操出兵攻打鄴城，袁熙也是猶豫不決。他不知道是否該去幫助袁尚，同時又擔心夾在袁譚和袁尚之間會很尷尬，索性置之不理，鎮守幽州。

要說起來，袁紹給袁家留下的基業，不可謂不雄厚。以曹操之力，在袁紹死後，也用了數年時間才算是將河北統一。偏偏這袁氏兄弟內鬥，彼此間相互猜忌，袁譚和袁尚一直在拉攏袁熙，但袁熙一直不肯表態。

「老賊，欺我太甚！」

哪怕是再柔弱的人，如果面臨老婆被奪走，腦袋要變成綠色的時候，都會感到憤怒。更何況，袁熙甚愛甄宓。曹操把甄宓劫走，著實觸動了袁熙的底線。

「曹操、張燕，我與爾等，誓不兩立！」

說著話，袁熙厲聲喝道：「來人，速令張南，點起兵馬，隨我蕩平黑山……還有，命人前往烏丸，請蹋頓單于幫忙。就說某欠他一人情，請他借我兩萬，不！三萬烏丸鐵騎。」

「喏！」

袁熙發出命令後，如洩了氣的皮球，一屁股坐下。好半天，他對信使道：「回去告訴三弟，無須為張燕擔心，我自會將他幹掉。」

與此同時，遠在鄴城的府廨裡，袁尚和審配正竊竊私語。

「先生以為，二哥真會出兵？」

審配一笑，「二公子雖然柔懦，但是對那甄夫人卻是愛極。只要讓他得到消息，他必定會出兵相助。到時候，主公大可不必為黑山賊擔心，說不得二公子還會為主公請來烏丸突騎相助。到時候，主公就可以得一臂助，則曹賊必敗無疑。」

袁尚聽聞，頓時笑逐顏開。

他暗自慶幸，當年對審配極恭敬，如今才得了審配的看重。與那郭圖和逢紀不一樣，審配對袁尚盡心盡力，而且在才能上，也的確有不俗之處。至少在袁尚看來，審配的才幹在郭圖、逢紀之上……

不過，他旋即斂去笑容，輕輕搖頭道：「只是單憑二哥，恐怕也難以挽回如今局勢。那無賴子毫不掛記父親的仇恨，竟與老賊勾結，欲壞父親打下的基業……他雖無能，卻畢竟是大婦所出。有他在，老賊手中，便多了幾分勝算啊。」

袁尚口中的無賴子，就是袁譚。

要說起來，袁尚雖然和袁譚爭奪河北的控制權，但一開始做的倒也不差。至少在袁譚危險時，袁尚出兵相助。只是袁譚想要吞了他的兵馬，令兩人之間的矛盾徹底加深，從而反目成仇。

這其中的恩怨，很難說得清楚是誰對誰錯。也許在袁譚看來，他是長子，而且是嫡長子，是名正言順的繼承人，憑什麼袁尚能霸占鄴城，和自己爭奪這繼承人的位子？那些兵馬，原本就該是屬於他的兵馬……

而袁尚呢，則是另一個想法。

他從小被袁紹所寵愛，而且袁紹有好幾次透出想要立他為繼承人的心思。

我是父親所看重的，而且我的才能和實力都比你強，憑什麼讓你當河北之主？再說了，我看在兄弟情分上，出兵幫你，你卻要吞我兵馬，豈不是恩將仇報嗎？

再加上兩邊謀士不斷的挑撥，令兄弟二人最終反目。

不過，袁尚雖然狂傲，卻也知道那曹操勢大，所以當他得知了甄夫人失蹤的消息後，立刻有了主意。

審配也認為，甄夫人不管是不是被曹操劫走，都必須是曹操劫走的。

誰讓老曹的名聲不太好，好色不說，偏偏最喜歡別人的老婆……宛城的鄒夫人、徐州的杜夫人，都是前車之鑑。就連曹朋對他都有點提防，否則也不至於當初在徐州時，拚了命要把呂布的家眷送走。

審配認為，只有這樣，才能讓袁熙出兵幫助。

聽袁尚說完，審配嘿嘿一笑：「主公休要擔心，令二公子出兵只是第一步，配尚有第二著。」

「哦？還請先生明示。」

「不知公子，可留意河西？」

「河西？」

審配點頭道：「老賊貪婪，河北未定，就急於鎮撫涼州。他命他那族姪曹朋，出鎮河西偏荒之地。可那裡雖說是偏荒，卻也是馬騰之所。馬騰對河西，早有野心。他在西涼雖說震懾一方，但終究是小了些，而且也有些危險。今老賊要取河西，已觸動了馬騰的利益。主公何不修書一封，以卑謙之語，請馬騰出兵？趁老賊在河西根基未穩之時，讓馬騰得了河西，而後即刻威脅關中，令關中震盪。主公再請高刺史出兵，襲擾河東，令老賊收尾不得兼顧。如此一來，關中必然大亂……關中亂，則河洛亂；河洛亂，則河南必亂。」

袁尚聽罷，眼睛灼灼閃亮。他一拍手，大笑道：「有先生之謀，老賊必敗！」

夜色已深，曹朋赤身裸體，手持長刀，腦袋裡一片空白。

只見那箱子裡，橫臥著一個同樣赤身裸體的女子，一頭秀髮散亂，全身被繩捆索綁，更勾勒出美妙的曲線。女子的口中，被塞著一塊粗布，一雙有些無神的明眸，盯著曹朋，露出駭然光彩。她嗚嗚的想要呼喊，在箱子裡拚命的掙扎，卻使得那妙處畢現，令人血脈賁張。

曹朋發現，他竟然非常可恥的……硬了！

這算什麼？

愛情動作片……還是捆綁系嗎！

看著眼前的這個被捆綁得如同粽子一樣的美人，曹朋忍不住嚥了唾沫，不自覺的向前走出一步。

那怒而昂首的巨蟒，隨之輕顫。

女人眼中的恐懼之色更濃，在箱子裡拚命的掙扎。不過，這掙扎，卻更令人著迷……

章五 東漢末年金融戰

小帳裡，燭光搖曳，忽明忽暗。

郭寰、步鸞和蔡文姬都趕了過來，而那女人也穿好了衣服，怯生生站在一旁，低垂著頭。

女子體態高䠷，約一百七十公分左右，頗為豐腴。從那白嫩的小手上看，不是個做下人的，似乎是個大家閨秀出身。

曹朋揉著太陽穴，坐在那裡一言不發。他最終還是決定禽獸不如，忍住了那一腔的欲望。

「甄姑娘，妳怎會在這裡？」

「妾身也不知道……妾身甚至不曉得這是何處。妾身的丈夫，便是幽州刺史袁熙，一直住在鄴城。前些時候，家中老母不適，妾身回家照應。後來老母康復，妾身準備返回鄴城……不成想在路上，被一群人劫持，護衛皆戰死。妾身被灌了迷藥，一路上都昏沉沉的。今日飯後，妾身也不知怎地便睡了，醒來時……」

「卻是個可憐人。」蔡琰大致上聽明白了這其中的玄機，扭頭向曹朋看去。

「看我作甚？我都不知道她是誰！這件事是蘇雙他們自作主張，與我並無關係。」曹朋哪能不明白蔡琰那目光中的涵義，二話不說便頂了回去。

不過，他話說了一半，突然愣住了，再次確認道：「妳剛才說，妳丈夫是袁熙？」

「正是。」

「袁紹次子，袁熙？」

「是！」

曹朋驟然間想起了眼前這女子的身分。

甄宓，剛才她自報家門的時候，曹朋並未有什麼聯想。可是當她說她是袁熙的老婆時，曹朋有點懵了……袁熙的老婆，豈不就是洛神嗎？後世名揚千古的《洛神賦》，據說就是曹植根據他的嫂子甄氏所做。而那甄氏，之前不就是袁熙的老婆？

《演義》裡說，曹操攻破鄴城之後，曹丕去袁紹家中，見袁紹老婆劉夫人端坐正堂。一個女子躲在劉氏身後，容貌甚美，令曹丕心動。於是曹丕就詢問那女子的姓名，得知她是袁熙的老婆後，便二話不說納到房中。

甄氏，甄宓……

曹朋不由得心中叫苦：這蘇雙，可真是膽大妄為！

不過想想，似乎也在情理之中。袁尚對蘇雙的壓迫很重，再加上他好友張世平被殺，蘇雙對袁氏的恨意必然不小。既然決定反叛，那他給袁尚上點眼藥也很正常。甄宓不也說了嗎？她是在返回鄴城的途中被襲擊，那必然是蘇雙所為。

蘇雙帶來了不少人手，其中更有祝道這種一流的劍手助陣。身為中山巨賈，往來於胡漢之間，蘇雙必然會招攬許多遊俠兒為門客助手，否則就會遭人窺視。張世平為什麼敢造反，也就是因為他有許多門客。東漢末年，門客制度依舊存在。即便是在許都，曹洪、曹仁這些人家裡也都蓄有很多門客。

曹朋呼的站起身來，虎目圓睜，瞪著甄宓。甄宓嚇得連退了好幾步，身子不受控制的輕輕顫抖。

「夫君……」

曹朋聽到郭寰的呼喚，總算是清醒下來，同時心裡好一陣的苦笑：沒想到，自己搶走了諸葛亮的老婆不說，如今又搶走了曹丕的老婆！

「甄夫人，妳可知此為何方？」

「妾身不知。」

「這裡是河西，乃曹公治下。」

「啊？」

「妳丈夫與我，是敵對。所以，不管妳是怎麼來到這裡，有一點妳須弄清楚，我不可能送妳回去。當然，妳要是想回去，我也不攔著妳……不過此地距離幽州有萬里之遙，而且戰事頻發。這一路上會有許多凶險，妳能否回去，尚在兩可。」

「我不妨把話說得再明白一些。袁氏必敗！就算妳回去了，也不過是階下囚，將來會是什麼命運，我也說不清楚。若妳願意，可以留下來……我看妳也知書達理，想必聽說過蔡大家之名。正好，蔡大家現正幫我背寫先賢經典，妳可以留在蔡大家那裡，協助整理文章……待到時局穩定下來，我可以派人送妳回家。只是現在的情況，我卻無法幫妳。」

兩條路，留在河西，抑或自己走回去。

且不說這萬里之遙，中間還要穿過戰亂區，會有多少危險；就算妳回去了，也只能做階下囚。

甄宓很清楚，作為階下囚是什麼後果。她不由得一陣恐懼，抬起頭，眼中淚水漣漣，透出萬般嬌柔之色。她想回去，可是又被曹朋嚇到了！

「夫君，何不幫她一回？」步鸞見甄宓可憐，忍不住上前詢問。

曹朋聽聞大怒，「胡鬧！河西百廢待興，我哪有那人力和精力護送她返回河北？再說了，就算是回到河北又如何？這劫人的罪名已坐死在我頭上，我就算是有千張嘴也說不清楚……這該死的蘇雙和祝道，來就來，偏偏給我帶個這麼大的麻煩。總之，就請甄夫人自己選擇。」

甄宓抽泣起來……

「算了，反正也不急在這一時。友學你剛才說讓甄夫人幫我抄錄經典，倒是辦法。夫人，不如先隨我去，住在我哪裡。如果什麼時候想明白了，什麼時候再決定。真要想回去的話，我覺得友學也沒說錯，等局勢穩定下來，再送妳回中山，到時候妳可以自行決定……」

甄宓細想，似乎這是目前唯一的辦法。讓曹朋把她送回鄴城，斷然不太可能；留下來，可又不自覺想起了剛才曹朋赤身裸體的那一幕……甄宓的心裡發慌，最終決定搬去和蔡琰一起住。畢竟，蔡琰是一女子，而且又頗有名望，留在她那裡，終歸是安全一些。

至於河西郡是哪兒？甄宓還真不清楚。畢竟這河西郡到目前為止，還沒有真正叫起來。既然走不得，且暫時留下來，待日後決斷吧。

最後，蔡琰領著甄宓走了。

曹朋坐下來，無奈的拍了拍額頭。

「夫君，不如早些休息吧。」

曹朋搖了搖頭，站起身來，「妳們先歇息吧，我去找李先生商議事情。」

「怎麼，難道有禍事？」

「禍事倒說不上，不過我總覺得，這甄夫人被劫到河西，搞不好會發生什麼變故。」

夜色深沉，北風越過賀蘭山，掠過河西牧原。

今晚的月亮，只剩下一個月牙兒，高懸在夜幕上，透著幾分寂寥和清冷之意。

曹朋離開小帳，逕自來到李儒的住處。發生這件事，他第一個想到的，便是找李儒問主意。

李儒尚未歇息，小帳裡燈火通明。他坐在火爐旁，一邊烤著火，一邊在燈下看書。曹朋走進來時，李儒正好端起一杯酒。

「公子，何故深夜來訪？」

曹朋二話不說，走上前從李儒手中接過那杯酒，一飲而盡。往旁邊的椅子上一坐，露出一抹苦色。

「怎麼了？」

「蘇雙給我帶來了一個禮物。」

「那又如何？」

「先生可知道，他帶來的禮物是什麼？」

李儒愣了一下，把手中的書放下，而後盯著曹朋，看了半晌，「莫非，是麻煩？」

「是個大麻煩……這傢伙，竟然把袁熙的老婆劫持過來，赤裸裸的送到我帳中。」

「袁熙的妻子？」李儒想了想，「莫非是那中山國無極縣，上蔡令甄逸之女？」

「咦，先生也知此女？」

李儒哈哈大笑，「安聞五女，據說個個國色天香，美豔動人。尤以這次女甄宓，最是美麗。公子倒是好福氣，居然有人把她送來……呵呵，不知可一嘗滋味？」

這傢伙，對這事情似乎是毫不吃驚，多多少少讓曹朋感到意外。

不過想一想，似乎也正常。東漢時雖說沒有那麼嚴格的男女大防，可女人的地位並不高，往往被人作為貨物相送。送老婆、送小妾的事情屢有發生，似乎也算不得什麼問題。李儒對這種事見得多了！當年若非他那母老虎一般的老婆，少不得也會做些這等事情。

在這個時代，送小妾給別人，也能稱得上風雅。

「先生，我哪有那心思……那可是袁熙的妻子。」

李儒聽聞，一聲嗤笑，「袁熙又怎地？不過一豎子耳！若非袁本初，他什麼都不是。要我說，這哪能算得上麻煩，根本就是一樁美事才對。公子新獲美人，怎不去細細品嘗，卻跑來我這邊叫苦？你這等麻煩，恐怕連曹孟德也要羨慕呢。」

曹朋面紅耳赤……

說實話，他真沒這般開放。家裡兩妻兩妾，已經足夠，這淫人妻子的事情，他還做不出來。

曹朋雖愛美色，可畢竟是穿越眾，有時候這心裡的矜持，讓他做不得那麼開放之事。不過李儒這麼一說，曹朋心裡還是有點可惜：方才匆忙，卻未能看得清楚，那甄宓果如洛神？

「不過，要說麻煩嘛，肯定會有。」李儒調笑兩句之後，話鋒驟然一轉，露出肅然表情。「我聽說，那袁熙對甄氏女甚為寵愛。如今此女被劫走，他未必肯善罷甘休啊！」

曹朋道：「我所擔心的，也在這裡。」

「公子無須擔心。擔心的，應該是孟德。」

「哦？」

「甄氏女在冀州被劫，說不定會被栽贓嫁禍到孟德身上，到時候袁熙甚有可能會改變之前的態度，與袁尚共同抵抗。孟德要攻取鄴城，恐怕會費一些手腳。」

「袁熙會參戰？」

「此子柔懦，但如果真不顧一切的話，那麼孟德想要蕩平河北，卻非一樁易事。不過，公子不需要擔心，以孟德之能，若連那區區袁紹二子都對付不得，那就休言大事。費些手腳是肯定的，但袁家二子絕非他的對手。倒是公子你這邊，還要小心才是。」

曹朋有點不明白，疑惑的看著李儒。如果袁尚真的把這劫人的罪名栽贓到曹操頭上，有麻煩的應該是曹操，而不是他。那麼李儒所說的『小心』，又是何意？

曹朋發現自己的腦瓜子有點不太夠用了！也許在其他方面，他有著穿越者的優勢，但是論分析時局上，似乎還有很大的差距。古人的腦瓜子，轉得可不慢，當曹朋還在消化李儒之前所說的那些事情時，李儒的思路已轉到了另一方面。

「還請先生指教。」

李儒猶豫了一下，給自己滿上一杯酒，然後又給曹朋滿上一杯。

「公子認為，如今這冀州困局，當如何才能解決？」

曹朋愣住了！

冀州的困局，可不是他的困局，那是袁氏的困局，與他何干？說實話，曹朋從來未想過如何為袁氏勾畫未來。而今李儒這沒頭沒尾的一句話，讓他不知如何回答。

好在，李儒並沒有讓他考慮太久，而是伸出手來。

「其一，袁氏兄弟必須齊心協力。此前袁家諸子各自為戰，除了一個高幹依附袁尚之外，可以說彼此間根本沒有聯繫。而今袁譚大勢已去，難有作為，即便是他在背後對孟德出招，孟德也未必會把他放在心上。袁譚困居南皮，青州大半已被孟德所掌控，無須考慮。那麼，就剩下袁尚和袁熙兩人。」

「袁尚坐擁冀州，有袁本初為他打下的基業；袁熙性情柔懦，但畢竟是幽州刺史，且此人與遼西烏丸蹋頓、公孫康之流頗有交情。如果此二人聯手，麻煩頗多。最重要的是，此二人再加上高幹，坐擁三州，實力不可小覷。」

曹朋點了點頭，表示明白。

「敢問先生，可有其二？」

「當然！」李儒喝了一口溫熱的酒水，沉吟片刻，組織了一下思緒。而後，他看著曹朋道：「這其二，若我是袁尚，單純憑藉自家兄弟，必不是曹操對手。想當初袁紹掌四州，坐擁百萬雄兵，卻慘敗曹操之手……他兄弟二人外加一個高幹，雖有力與曹操一戰，卻不能長久。故而，若解河北困局，在外而不在內。」

「在外，不在內？」

「內，便是他兄弟鬩牆，彼此相爭。不過現在已不需要擔心……袁熙此人野心不大，非雄主，故而袁尚大可以放心。高幹是袁紹的外甥，對袁氏忠心耿耿。雖說資歷頗深，但是這名望……呵呵，說起來，高幹的名望甚至在袁熙之上，但想要成為河北之主，卻萬萬不可能。這，便是內！解決了內憂，袁氏兄弟至少能與孟德僵持，但如果沒有這外援，則早晚必敗。」

「何人，可為袁氏外援？」曹朋隱隱約約覺察到了李儒話中的意思。

李儒笑了！他輕聲道：「袁氏之外援，便在西涼……想來公子也感覺到了，卻還未看破其中的玄機。以前袁氏兄弟不合，所以也無法考慮太多；而今，如果袁熙與袁尚合作，必然會想到外援的問題。馬騰此人，名為漢臣，實為漢賊，假伏波將軍之名，坐擁西涼，實力不俗。若無公子在河西插手，馬騰早晚將河西拿下……因為這河西，若依照治下，本就有一部分屬武威郡，剩下的則是無主之地。而公子的出現，令馬騰無功而返。可此人卻不會就此善罷甘休，必然會等待機會，復奪河西。」

「若我是袁尚，會請人前往西涼，與馬騰結盟，而後派兵襲擾河東，可斷去公子後援。試想，河東一亂，衛覬等人勢必出兵救援。這時候，袁尚請馬騰在西涼出兵，趁公子立足未穩之時，一舉克之，則河西不復存在。馬騰得了河西郡，可南下渡河，直撲大散關。而他尚有盟友韓遂，可從金城出兵，攻取隴西。安定隴西兩郡一旦丟失，則關中必然大亂……」

「關中若發生動盪，受影響最大的，莫過於雒陽。到時候，雒陽一旦發生騷亂，許都也會產生影響……整個河南，都將為之動盪。」

李儒的一番話，令曹朋倒吸一口涼氣。他從沒有站在袁氏的角度，來考慮這一場河北之戰。但如果按照李儒所說的這樣，那麼河北困局，還真有可能會被袁氏二子破解。

眼睛，不由得眯成了一條線。曹朋抿了一口酒，輕聲道：「馬騰，會出兵嗎？」

「河東治，則馬騰不會輕舉妄動，但河東若亂，馬騰必然出兵……別看他此前曾為孟德解河東之危，可現在，他絕不會放棄這奪取河西的機會。依我看，馬騰會出兵，而且很可能就在年初。」

「袁氏，有此謀乎？」

曹朋有點不太相信，畢竟《三國演義》裡，那袁紹諸子可是一個比一個廢柴。在他的印象裡，曹操幾乎是不費吹灰之力便將河北蕩平。但是從目前來看，曹操征戰河北並非一樁易事，至少從袁紹死後至今，已經兩年了，河北依然未定。

李儒說：「審正南，剛愎。然其智謀並不差，至少未必遜色於當初的沮授、田豐之流……」

審配？

說實話，曹朋對他印象不深，只是依稀記得這傢伙是在鄴城城破時，縱火焚城，但除此之外，審配有什麼特別的貢獻，他卻想不起來……似乎袁紹手下的那些人，一直在內鬥、內鬥。審配如此，郭圖和逢紀同樣如此，以至於到最後，大好的局面被鬥得四分五裂。

審配，能有這麼厲害？

曹朋閉上眼睛，靠在太師椅上，輕輕拍打額頭。

半晌後，他猛然坐直了身子，「如此，我明日一早，便召集士元和元直，商議此事。」

「如此，甚好！」

李儒沒有就此事再說下去，而是美滋滋的喝了一口酒。

曹朋手下，有謀士！無論是龐統還是徐庶，都是多謀之人，甚至包括步騭和龐林，也非等閒。凡事不可做得太滿，須留那麼幾分給別人來做。他知道，以龐統等人之智，必能想出破解之法，不需要他去費心。相比之下，當事情發生後，曹朋第一個便來找他，足以說明他在曹朋心目中的地位。

李儒並非謀主，卻比之謀主更加重要！

日後，他早晚要離開……畢竟他的身分，不可能永遠瞞下去。

李儒覺得，他自己可以走，但是應該為他的兒子打一個好基礎。以前，他是想著十年之期一過，他拿著他的黃金，帶著他的兒子，找一荒僻之地，隱姓埋名，過富家翁的生活。可那是不得已而為之的事情……如今，若自己的兒子能跟隨曹朋，卻是個不錯的選擇。

世人知李儒多，而知其子少。這其中也有李儒相對低調的因素在裡面。李儒認為，他可以走，但必須要為兒子謀劃一個未來。

曹朋，人不錯！是個能容人，也能聽得進別人勸諫的主兒。更重要的是，他這人重情義，想必以後會看在自己的面子上，給孩子一些照拂……

帳外，起了風。風捲戰旗，獵獵作響。

邦邦邦，三聲梆子響，已是三更時分。

曹朋驀地驚醒，看著李儒苦笑道：「不知不覺，竟已三更，卻是耽擱了先生歇息。」

「哈，這算得什麼！」李儒微微一笑，拿起那卷書，「反正也無甚事情，能與公子聊一聊，倒也是一樁美事。若公子不嫌棄，儒欲與公子徹夜暢談，只是不知道公子是否願意呢？」

「固所願也，不敢請耳。」

曹朋收服李儒之後，很少與其徹夜長談，往往是短短幾句話的聊天，便能使他茅塞頓開。似今夜這種一說話就是兩、三個時辰，可是很少見。他睏意全消，聽李儒這麼一說，也頓時升起了夜談之心。

李儒道：「我正在看公子所撰寫的銀樓營運，有些問題想要請教。」

「請教不敢說，只是小子一時興起，胡思亂想罷了。」

「不，不是胡思亂想。也許乍看，這銀樓平淡無奇，但仔細深究，卻可以看出這其中蘊含了許多玄機。」

李儒讓人準備酒菜，拿著那卷書，和曹朋討論起來。

說實話，曹朋前世不過是一名警察，哪裡懂得那麼多金融上的事情。當初他設立銀樓，主要是為了解決海西行會與雒陽之間路途遙遠，而交易量極大，運輸錢幣頗為繁瑣的問題，除此之外，他並未想太多。

不過，對於銀行營運的一些基礎方式，他也並非一無所知。李儒問的問題大都很淺顯，所以解釋起來倒也不算特別麻煩。當然了，若問的深了，曹朋一時回答不出，便藉口需要考慮一二，推搪過去……可即便如此，李儒眼中卻閃爍光彩。

「如此奇思妙想，果然不凡！」李儒在聽完了曹朋的介紹之後，忍不住連連讚嘆。

他猶豫了一下，為曹朋斟滿一杯酒，輕聲道：「只是公子這想法絕妙，卻未能盡其用。若只是為了存取銅錢、方便交易而設立銀樓，實在是有一點可惜了……」

「哦？」曹朋眉毛一挑，「願聞先生指教。」

「其實，公子設立的銀樓，用處遠非如今這樣。若操作得當，這小小銀樓，勝似百萬雄兵……嗯，讓我想一想，該怎麼來操作。公子，我有一計，憑此銀樓，能使西川大亂！」

曹朋不由得心裡一動，「朋願聞其詳。」

但李儒此時卻沉默了！

良久後，他起身走到帳篷的角落，從一堆雜物中取出一個小盒子，然後走回來坐下。手掌輕輕摩挲那小盒子，半晌後他嘆了一口氣，好像下定決心般，將盒子打開來。燈光下，那盒子裡有一串黑黝黝，看上去粗劣不堪的錢幣……

「公子可認得此物？」

曹朋伸出手，從李儒手裡接過錢幣，眉頭卻不由得一蹙：「這是……」

銅錢大小比五銖錢小很多，且製作的相當粗劣，再者，那錢幣上沒有任何文字。

他認得出，這就是董卓時期，流行於市面上的『無文錢』。

董卓控制朝堂，手裡的銅錢不夠，於是開始私下鑄錢。但鑄錢需要用大量的銅，董卓手裡並沒有這麼多的銅，便把民間的銅貨、銅鐘等銅製品銷毀，鑄造錢幣。由於董卓改鑄小錢，分量不足不說，還造成了大批的劣幣充斥，使得物價瘋狂上漲，短短時間，單是穀價就上漲到了幾萬錢，乃至於幾十萬錢一石的地步。當時有這麼一種說法，想要買一升穀物，就必須要拿著一升的銅錢進行交易……

後來，人們開始自覺淘汰這種錢幣——我不買了！

於是乎，便出現了以貨易貨的情況，並造成了整個市場的物價進一步的混亂。

董卓所造的這種小錢，便是曹朋手中的『無文錢』。

李儒笑了笑，輕聲道：「想必公子已認出這就是『無文錢』。當年丈人掌控朝政，諸侯討伐，使得丈人不得不退至長安。當時為擾亂關東，我便想出了無文錢的招數。短短兩年，我使關東集市混亂，幾乎破敗……本來，若再堅持一二載，丈人便可以兵不刃血，奪取整個天下。可惜……於是，我便將此事藏在心中。」

「無文錢，出自先生之手？」曹朋愕然，看著李儒。

在他的記憶裡，所有人提起無文錢的時候，都會說那是董卓橫徵暴斂的斂財手段，卻不成想……

同時，曹朋激靈靈打了個寒顫。

劣幣淘汰良幣！李儒這一手，不正是後世的金融手段嗎？

透過大量的劣幣投入市場，造成某一區域，或某一國家的市場物價混亂，到最終崩壞。這樣的手段，在後世倒是層出不窮，不值得奇怪，可是沒想到這東漢末年居然也有這種事情。

無文錢造成的災難，曹朋的記憶已經不多，不過時常聽曹汲夫婦或者鄧稷夫婦談及，在當時無文錢充斥時期的慘澹景象。以中陽山為例：曹汲當時為人修理農具、打造鐵器，根本就不接受錢幣，而是要求直接以貨易貨，但又由於這貨值的分歧，時常會與人爭吵，乃至於不歡而散。那幾年，可真是痛苦！

其實，曹朋也是少見多怪。他並不知道，這種初具雛形的金融戰，在三國年代屢見不鮮。

比如在後世以『仁義』而著稱的劉備劉皇叔，也曾經幹過這樣的事情。他在攻取巴蜀的時候，因軍用不足，便鑄造了一種名為『直百五銖』的大錢，一錢頂百錢。後來，劉備在巴蜀稱帝，自號為『漢』，也就是後世所稱的蜀漢。蜀漢的貨幣更加繁雜，除了直百五銖之外，還有『太平百錢』、『定平一百』等大錢，其中最有名的就是『犍為五銖』。劉備透過這種鑄幣，不斷聚攏蜀漢的財富。

打個比方：比如民間的資金總量有一萬錢，劉備鑄造一個大錢，就能換民間一百五銖錢。那麼，只要劉備鑄造一百個大錢，就等於擁有了一萬錢。聽上去，社會財富似乎並未因此而產生變化……不過別急，當這一百大錢全部進入市場流通，兌換五銖錢或者購物時，你老百姓手裡的一萬錢就同於貶值了一半，而另一半便流入劉備的腰包。

或許，劉備是為了湊集軍費；或許，他是為了充盈府庫。但這種大錢充斥於市場中所造成的危害，不言而喻。

其實，不只是劉備，孫權也幹過這種事。

歷史上，孫權就曾鑄造過一種名為『大泉五百』的銅錢，聽名字就知道，一錢頂五百錢。到後來，還出現過『大泉當千』、『大泉兩千』和『大泉五千』這樣的貨幣……好在孫權及時發現，最後停止流通，並下令官府回收。

不回收不成啊！因為這些大錢，差一點造成整個東吳的暴動……

當然了，這些事情曹朋並不知道，當李儒說出了以劣幣淘汰良幣的計畫時，他不禁感到吃驚。

李儒道：「我的想法就是，先透過朝廷，以這銀樓的名義，統一鑄造五銖，以穩固中原局勢。而後，公子設法鑄造五銖，混以雜物，使其在外表來看與五銖錢相同，再將這大量的劣幣投入……比如，巴蜀！嗯，就是巴蜀……巴蜀乃天府之國，今劉璋治下，尤以寬鬆。其物產豐富，糧米充足，正是涼州所需。公子透過河西郡商會，將大量劣幣投入巴蜀，換取貨物。」

「這是一個緩慢的過程，也許一、兩載，也許四、五載，但是劉璋一開始絕不可能覺察出來。待這許多的劣質五銖錢充斥巴蜀的時候，勢必會造成大規模的貨物價值上揚。劉璋想要再去治理，卻已經晚了……即便是他願意自己出錢來換取這些劣幣，估計也難有成效。這種情況下，巴蜀必亂。到時候公子出兵便可兵不刃血，占領巴蜀之地。這是我的一個想法，但若要實施起來，還需要仔細籌謀。」

尼瑪，這不就是假鈔嗎？

曹朋真的懵了！他詫異的看著李儒，有點回不過神來。但如果仔細想想，又覺得這並非沒有可操作性。但先決條件就是，必須統一中原的貨幣，以避免這劣幣回流所造成的巨大衝擊。

銀樓，等於中央銀行？

李儒言語中的銀樓，豈不就是後世的中央銀行職能嗎？

不過如此一來，銀樓的所有權肯定要被完全收回。此前，這銀樓是在曹朋和陳群等人手中，如果真要實行這劣幣淘汰良幣的計畫，那麼曹操會第一時間將銀樓收回。

如果說，歷史上劉備、孫權等人的做法，是為了湊集糧餉的話，那麼李儒就是在有意識的利用貨幣，擾亂對方的市場，破壞對方的經濟……

這東西，可以搞嗎？

毫無疑問，可以搞！

如果真能做到這一點的話，說不定三國征戰，就無須持續太久。

曹朋閉上眼睛，一邊消化著李儒的計畫，一邊努力的回憶後世的金融戰細節。他雖然只是刑警，可是看過、聽說過許多這樣的事情。

於是，曹朋不斷將他記憶裡的那些金融犯罪手段提出，並透過李儒的不斷改變，以適應這個時代的需求。到後來，李儒乾脆拿起紙筆，記錄並書寫起來。

不知不覺，天亮了……

當李儒的親兵走進小帳，想要叫醒李儒的時候，兩人已寫下了厚厚的一疊紙張。

「天……亮了？」

李儒絲毫不覺得疲憊，似乎又回到了當初為董卓謀劃時的那種狀態，極為亢奮。曹朋則覺得腦袋一陣陣發懵，站起來時，甚至有一種天旋地轉的感受……

「先生，今天就到這裡吧。關鍵是，這些東西目前都只是一個輪廓，操作起來必然會有許多的具體問題。不如這樣，請先生先籌謀起來，若需要我說明，大可開口。我會尋找機會向司空上奏，一步步完善這個計畫……最好是，咱們一邊做，一邊完善，如何？」

李儒聽聞大笑，連連點頭。舉手投足間，讓人感受到一種意氣風發的昂揚氣概。

「要做起來，其實不難。河西郡商會運作之時，便是這計畫推廣之日。這樣，我不需要什麼兵卒，只要將蘇雙和祝道兩人與我，便足矣！」

一個是未來河西郡商會的大行首，精通商業；另一個則是遊俠兒，交友頗廣。讓他二人為助手，的

確是綽綽有餘。畢竟，如果真要執行這計畫，所需要的並不是才高八斗，也不是文采過人，這是個需要辦實事的人，才可以執行的計畫。相對而言，蘇雙和祝道，的確是最合適人選。

曹朋點頭道：「我會讓他二人全力協助。」

建安八年的最後一天，新的一年即將到來。

雖說環境貧苦，可是對於生活在紅水大營的百姓們來說，依舊興致不減，他們興高采烈的在營地裡進行布置，每一個簡陋的帳篷上都纏上了一條紅綢，以示歡喜。曹朋也下令，讓人們把那氣死風燈籠披紅掛彩，增添新年的氣氛。同時，他下令屠宰牛羊，每個帳篷都分上一些，作為新年的禮物。

當所有人都在忙碌著迎接新的一年到來時，曹朋把徐庶、龐統以及步騭、賈星找來，將昨晚李儒所說的那些事情告知眾人。果然，龐統等人聽聞後，立刻感受到了一絲絲威脅。他們相互間竊竊私語，而後向曹朋提出了一個又一個的計畫……

夜幕降臨，當曹朋帶著一身疲倦返回住所的時候，就看到郭寰和步鸞等人正在準備飯食。蔡琰帶著甄宓也在一旁幫忙，阿眉拐（蔡眉）則用小手支著下巴，看眾人忙碌。

「在準備什麼？」

「新年將至，當然是要準備年夜飯嘍。」

曹朋掃了一眼眾人準備的材料，突然興致勃勃的說：「既然是新年，怎能少得了餃子？」

「餃子？」

「哈哈哈，莫著急，我來示範，其實並不難。今夜除夕，百無禁忌！把蔡迪也叫過來，咱們一起動手，慶祝大家有緣相聚一起，希望來年能事事如意，無災無難……都過來，咱們一起過這個年！」

章六 建安九年

建安九年的春天，在不知不覺中到來。

冰雪消融，潁水滔滔，河兩岸的垂柳，已生出嫩綠枝芽，透出勃勃生機。原野中，地氣勃發，預示著新的一年到來。隨著雨水的臨近，水獺開始捕魚，並把捕獲的魚兒擺放在岸邊，如同祭祀一般，感謝上蒼恩賜，而後才會慢慢的享用。

正月中，天一生水。雨水的到來，給大地注入了活力。

一夜小雨過後，曹操披衣走出臥房，精神抖擻。

白溝，已開鑿完畢；對鄴城的攻擊，也準備妥當。接下來，將是他橫掃河北的開始。去年一冬，曹操總感覺有些心悸。劉備在新野縣雖然還不成氣候，但崢嶸已露。這個人在去了荊州後，似乎變了個模樣，特別是在得到那不知何方神聖的諸葛亮輔佐，更與早先有完全不同的感覺。

如果在以前，劉備說不得會對南陽發動攻擊，以擴大地盤。而現在，劉備卻悄無聲息……

可越是悄無聲息，曹操就越是緊張。他有一種預感：劉備已脫胎換骨，進入了另一個境界！

如果說，以前的劉備還有些張揚，有些鋒芒外露的話，如今的劉備，則變得格外內斂。據賈詡回報，劉備的實力一直在擴張。新野縣雖小，卻是個土地肥沃的地方，劉備據此沃土，收攏百姓，把這小小的一個縣城治理的井井有條。一個冬天的時間，整個新野的人口暴增三萬餘人，令曹操感到心驚。

劉備，從只重軍事，逐漸演變為一個軍政兼顧的梟雄！

誰都不能否認劉備的軍事才華，不管是在初出茅廬時期與黃巾鏖戰，抑或在徐州時，左右逢源；汝南一戰，千里大迂迴更是劉備軍事才能的巔峰體現。可惜投奔袁紹以後，只能做一個馬前卒，難以施展才華……而今，這傢伙開始沉澱了，從一個只知道征戰的傢伙，變成了一個知道收斂、學習隱藏鋒芒的梟雄！

越是如此，曹操就越是擔心！

河北之戰必須要儘快結束，否則，一旦劉備羽翼豐滿，奪取了荊州，必有大禍。同時，曹操又有些恐懼。如果繼續留在許都，一旦劉備突破南陽防線，便可兵臨潁川，到時候許都將直面對手，實在是太過凶險。當初他因躲避袁紹鋒芒而定都許縣，而今他必須要考慮劉備的威脅……若是能蕩平河北，鄴城倒是一個不錯的選擇……

這念頭剛一升起，便被他按捺下去：算了，想這麼多，倒不如考慮一下，如果征伐冀州……

「王勝殷，殺受，立武庚，以箕子歸，作《洪範》。惟十有三祀，王訪於箕子。王乃言曰：『嗚呼！箕子。惟天陰騭下民，相協厥居，我不知其彝倫攸敘。』……」

從遠處的青梅園中，傳來一陣朗朗讀書聲。

那聲音帶著幾分稚氣，卻又充滿了活力。曹操聽到那聲音，心情頓時愉悅。他聽得出，讀書的人正是他那寶貝兒子曹沖，而讀的卻是《尚書‧洪範》。

「君明、仲康，咱們過去看看。」曹操突然打消了處理政務的念頭，對緊隨身後的典韋和許褚笑道。

兩人相視一眼，也不出聲，只是用力的點了點頭。

三人沿著院中小徑，直奔青梅園。晨間的露水打濕了曹操的衣襟，而他渾然不覺。走進青梅園，就見一個小亭子裡，三個少年正跪坐亭中，背誦文章。環夫人則閉著眼睛，似乎假寐，可實際上卻又在聆聽著三個少年背誦的內容。

曹沖，在背誦《洪範》；荀俁，看的是《淮南書》；而鄧艾背誦的，卻有些古怪，似乎是兵書，但曹操從未聽過。

腳步聲驚動了環夫人，卻沒有驚動三個孩子。環夫人睜開眼睛，看到曹操，連忙想起身。卻見曹操把手指放在嘴上，示意她不要打攪孩子們背書，然後站在涼亭外，面帶笑容，靜靜聆聽……環夫人見此，也就作罷，旋即又閉上眼睛。

片刻後，幾個孩子把書背完了。曹操這才大笑著，鼓掌喝彩。

「父親！」曹沖扭頭看去，見曹操，立刻興奮的跑上前來。

已八歲有餘的曹沖，看上去很健壯，個頭也比同齡人高出不少。荀俁和鄧艾連忙上前行禮，而後恭敬的在一旁垂手肅立。

「倉舒剛才讀的，可是《洪範》？」

「正是。」

「可我記得，你去年就已經學過，為何今又重讀？」

曹操走進涼亭坐下，招手示意三個孩子上前。典韋和許褚則分立亭外，抱胸而立。

曹沖搔搔頭，有些羞愧的說：「先生來信，說讀書不可囫圇吞棗，並提問孩兒八政之說。孩兒有些看不明白，便決定依照先生所言，重讀《洪範》，還有《貨殖列傳》和《食貨志》。這兩天再讀下來，覺得頗有收穫，故而再三誦讀。」

「先生？」

曹操以為曹沖說的先生，是官學的老師。環夫人在一旁輕聲道：「倉舒只認一個先生，就是友學。」

「哦？」曹操一怔，旋即笑了。「倉舒還在向友學求教嗎？」

「一直未曾中斷。這孩子每每遇到問題，都會想到去找友學解釋。不過之前友學忙於政務，所以便託付月英和小真代為講解。他偶爾會寫信詢問倉舒的課業，並提出一些問題，讓倉舒思考。有時候，還會著重介紹一些書籍，讓倉舒重讀。」

「是嗎？」

曹操這一年來忙於河北戰事，倒是疏於對曹沖課業的檢查。他低頭，看了一眼擺放在書案上的幾本書，眉頭不由得輕輕一蹙。

《尚書》、《貨殖列傳》、《食貨志》……

他發現，曹沖讀的書似乎一脈相承，全都是有關食貨的書籍。抬起頭，曹操疑惑的看了一眼曹沖，片刻後沉聲問道：「倉舒，何以如此關心這食貨之事？」

曹沖想了想，朗聲道：「管子曰，倉廩實而知禮節。自古民以食為天，而王以民為天。由此可知，食貨是根本。先生說：不知食貨，不可以治天下！孩兒頗有感懷……去年孩兒就學時，先生曾賦詩一首：鋤禾日當午，汗滴禾下土。誰知盤中飧，粒粒皆辛苦。孩兒當時並不太理解，可重讀食貨後，方知這食貨之重。」

曹操眼中流露出欣喜之色，連連點頭。

打天下時，或許可以不知食貨；但若治天下，怎能不知食貨？

如今，他在打天下；而未來治天下的人，必須要懂得這民生經濟。曹沖開始重視食貨，說明他已經開始關注以後的事情。他才只有八歲，竟然就有這等眼光？

不過，曹操心裡隨之一顫：曹朋似乎是在著重培養曹沖治天下的本領，難道說，他是在……
這念頭一出現，就再也無法抹滅。曹操臉上雖然帶著笑容，可這心裡卻有些嘀咕。
「嗯，倉舒所言，極有道理。」曹操說著話，拿起了另一本書，「小艾，這是誰寫的？」
「回司空，此乃舅父所著。」
「是嗎？」
曹操翻開來，但見扉頁上寫著『三十六計』四個大字。
好大的口氣啊！
他翻開扉頁，往下看去，卻見三十六計的總綱，根據其計謀類型分為勝戰計、敵戰計、攻戰計、混戰計、並戰計和敗戰計六種。這書中的開篇，便是勝戰計，記載六條計策，分別是瞞天過海、圍魏救趙、借刀殺人、以逸待勞、趁火打劫和聲東擊西。每一條計策下面，都會有相應的注釋，以及一些案例的注解。
比如這瞞天過海四個字後面，便寫著：備周則意怠，常見則不疑。陰在陽之內，不在陽之內。太陽，太陰。
再往下面，則有三個戰例，專門用於解釋。而這些戰例，大都出自於春秋戰國時期的戰事，除此之外，還有楚漢之爭，以及有漢以來的幾次經典戰役。
這一看不要緊，曹操頓時眼睛一亮，連連點頭。不過，這書裡只注了勝戰計，其他五個類型並無記載。曹操忍不住問道：「小艾，何故未有其他戰計？」
「舅父今正忙於事務，故而還未寫出來。這六條計策，是舅父在去年時派人送來，讓我閒暇時學習。」
曹操聽罷，不由得輕輕點頭：「那就是說，你舅父尚未完成此書？」

「沒有吧……月英舅母說，若舅父完成了，肯定會派人送回來。如今既然沒有動靜，想來是還未完成。」

曹操忍不住感慨，「友學，真奇才哉。」

環夫人輕聲道：「倉舒這一年來在官學中就讀，回來時常說，先生講解無趣，不若友學生動。妾身是覺得，既然友學有此才能，何不讓他回來，繼續教授倉舒？總好過那些迂夫子誤人子弟。再說了，河西苦寒，讓他留在那裡……」

「婦道人家，懂個什麼？」曹操忍不住呵斥道：「河西，乃節制西涼要地，更是關中北面屏障。當初友學建議立足河西，也是他自己的選擇……而今，他剛站穩腳跟，怎能輕易離開？不過，夫人說得也有道理。倉舒聰慧，又有友學早先啟蒙，已非同齡人可比。既然如此，以後就不必去官學就學，且讓他隨著性子，自行發展吧……對了，小艾！」

「喏！」

「日後若你舅父有新作來，一定要抄錄一卷，送給我。」

鄧艾連忙答應，正準備退下，卻聽曹操道了聲：「且慢！」

曹操扭頭與環夫人低聲說了兩句話，環夫人一笑，輕輕拍了曹操一下，起身離去。不一會兒的工夫，就見環夫人帶人回來，那奴婢的手中還捧著一個托盤，上面擺放著幾卷竹簡。

「小艾，拿回去，慢慢品讀。」

「這……」

「此乃我所著《孫武十三篇注解》（亦即孟德新書雛形），尚未全部完成。我觀你舅父所著三十六計，與我新書頗有相似，你既好兵學，就拿回去慢慢研讀。若是有不解之處，可向你舅父提問。不過，一定要把他的回信抄錄給我，如何？」

鄧艾聽聞，萬分欣喜，連忙躬身道謝。

環夫人白了曹操一眼，卻見曹操臉上露出一種高深莫測的笑容，令她心裡一動：司空此舉，莫非另有深意？

大軍將動，會有諸多瑣事。

雖說荀彧解決了大部分的問題，可曹操還是得做出一些安排才好。比如，許都兵權由誰節制？比如各項政務，該歸誰打理？林林總總，看上去好像不多，可安排起來卻是極為繁瑣。好在，隨著夏侯淵自山東歸來，使得許都安全可以保障。

待處理完後，天色已晚。

郭嘉正準備回去，卻被曹操喚住。他隨著曹操來到後宅的書房裡，見書房裡的陳設似乎有一些奇妙的變化。以前的坐榻和長案都不見了，取而代之的是一張太師椅和半人高的寬大書案。

「這是友學在河西，根據胡人的家具做出來的新玩意兒。開春時，他派人送來了一套，還有八十卷伯喈公當年的藏書，據說是昭姬背寫出來的。他讓人在許都買一些能讀書識字的婢女，說是要送給昭姬……呵呵，說起來也怪，昭姬顛沛流離多年，居然不肯返回故土，選擇留在了河西。」

曹操開篇，一副嬉笑之色，末了還眨了眨眼，透著一副『你懂的』表情。

郭嘉知道，曹操把他留下來，很可能是要討論關於曹朋的事情。不過既然曹操不先開口，郭嘉也不會主動提起。於是他笑呵呵道：「才子佳人，最是美談。友學才學橫溢，昭姬更是琴棋書畫無所不通。在一起，留在河西倒也正常。」

「哈哈哈！奉孝所言，深得我心。」

曹操笑罷，臉色突然一變：「奉孝，近來可曾聽到什麼風聲？」

「哦？」郭嘉愣了一下，有點捉摸不定，於是搖搖頭，輕聲道：「最近嘉身體不適，故而很少留意外面。」

不是我不關心，是我身體不好！

曹操一笑，「我卻聽到了一些說法，言倉舒聰慧，甚得吾心，可以為世子？」那雙細長的眸子，如鷹隼般，凝視郭嘉。

郭嘉心裡一動，故作驚訝道：「不會吧？倉舒年僅八歲，誰會那般無聊，言及此事？」

「可是，子桓卻信了。」

曹操步步緊逼。

郭嘉道：「子桓公子年歲已長，若繼續留在漆縣，眼界不免狹窄。今返回許都請戰，倒也是一個機會。河北之戰在即，正是子桓建立功業之時，我看很合適。」

曹操忍不住笑了！

他想要套郭嘉的口風，可是郭嘉就是不往上靠攏。他搖搖頭，「奉孝，你知我意。」

郭嘉頓時沉默了……

他知道，這一次他恐怕是無法躲避過去。於是，沉吟片刻後，郭嘉抬起頭，正色道：「司空正值春秋鼎盛，何必急於立嫡？」

「雖非我所願，卻不得不為之。」曹操嘆了口氣，輕聲道：「子脩故去後，一直有人勸我，可我卻總是無法下定決心。子桓沉穩，子建才高，而倉舒聰慧，皆上上人選。但問題是，子桓根基不穩，無甚功勳，難以服眾；子建好清談，才學雖高，可為名士卻不足以當大事；倉舒則年紀太小，而子文好勇鬥狠。我本想等過幾年再想此事，但現在……」

「做大事，當須早籌謀。有些事情若沒個準備，萬一發生，豈不是措手不及？袁紹昔年猶豫，而使河北混亂；此前車之鑑，我須及早籌謀，以免重蹈覆轍啊！」

曹操說得很隱晦，但郭嘉卻聽出了其中的意思。

他在擔心！

可他又擔心什麼？

當曹操提及袁氏諸子的時候，郭嘉心裡一動，聯想到之前曹操提及曹朋，頓時豁然開朗。

莫非，曹操擔心黨爭？

這可是一個大問題，郭嘉也不得不小心謹慎。在沉吟半晌之後，他輕聲道：「主公，友學……」話到嘴邊，又嚥了回去。

思忖了一番之後，他驀地向曹操看去，眼中流露出驚駭之色。

「主公，我有一計，可使主公無後顧之憂。」

「講！」

郭嘉咬咬牙，「今日主公曾示友學三十六計，雖只勝戰計，但卻……主公，敵已明，友未定，引友殺敵，不自出力，以『損』推演。不知若何？」

曹操的眼睛瞇起來，閃過一抹精芒。

半晌後，他突然笑了，「哈！奉孝說笑，某不過隨意一說，奉孝不必往心裡去。」

「哈哈！嘉亦說笑。」

「那早些回去歇息吧。」

「嘉，告退。」

郭嘉起身離去，而曹操則端坐太師椅上，手指輕輕敲擊扶手，陷入了沉思之中……

初春的風，仍有寒意。

郭嘉走出司空府，激靈靈打了個寒顫，這才覺察到自己的內衣幾乎濕透。心裡，隱隱有些發冷，卻又忍不住有一些興奮。他可以感覺到，那禁錮曹操野心的緊箍咒有些鬆動。事實上，到了如今這個地步，曹操可說是大勢已成，只待北方平定，只是此前曹操一直有所顧慮，而今他這種顧慮好像有些消滅。

不過，曹操對曹朋，似乎有所警覺。

郭嘉雖然沒有想明白這其中的機巧，但還是覺察到了……

但願友學莫要怪我！

他暗自嘆息一聲。

剛才與曹操說的那一番話，源自於曹朋『借刀殺人』之計的解釋。

曹朋，是刀！殺誰？

曹操知道，他郭奉孝也清楚……只是目前而言，時機似乎尚未成熟。也唯有這樣，才能讓曹操消滅掉對曹朋的顧慮。

希望他，將來能明白我的苦心吧！

郭嘉用力甩了甩頭，登上停在司空府外的馬車。這件事，必須忘記，就當沒有發生過吧……

「去毓秀樓！」

隨著郭嘉一聲吩咐，車夫應諾，揚鞭在空中啪的一聲脆響，趕著馬車緩緩駛動。

建安九年，二月。

曹操揮師征伐鄴城，河北戰事，一觸即發。

與此同時，遠在河西的曹朋，一身斜襟短孺，赤著腳，扶著曹公犁，站在田壟上。

中原的土地，已經開始耕種；可河西，才剛剛解凍。黑色的土地，在經過一個冬天的蟄伏後，終於要開始播種耕種。曹朋作為河西郡太守，必須要參加這開耕的儀式。事實上，他名下也有一些田地，作為耕田。而身為一郡太守，他要開這第一犁，以鼓勵大家農耕。

兩頭耕牛，在田壟上靜靜站立。曹朋一手執鞭，一手扶著耕犁，隨著一陣歡呼聲，揚鞭趕牛，扶耕犁而走。鋒利的犁頭，破開沉睡了一個冬天的土地。帶著一股土腥味的地氣撲面而來，令人頓感精神抖擻。

田壟周圍的百姓不由得歡呼雀躍起來，看著那黑色的泥土不斷翻滾，一個個笑逐顏開。

走完一壟，曹朋停下來，微微喘息。

步鸞和郭寰連忙上前攙扶，而作為河西郡二把手的步騭，則從曹朋手中接過耕犁，繼續開墾土地。接下來，龐統、徐庶、郝昭、夏侯蘭還有潘璋這些河西郡大員，會一個個上來。待他們耕完了之後，也就代表著，河西屯田正式開始。

同樣的儀式，不僅僅是在紅水縣展開，鳳鳴堡、廉堡、胡堡還有武堡，都有這樣的儀式。

其中廉堡的耕地最多，因為其縣城已經建設完畢，算是正式投入；而紅水縣，隨著春回大地，也準備復工；胡堡和鳳鳴堡須重頭開始，武堡則是在紅水集的基礎上進行改造。整個河西，如今有耕地三萬頃，遠遠達不到曹朋的要求。

在曹朋的計畫裡，至年末時，河西郡要達到六萬頃的耕田才可以。

不過呢，耕田倒不急於一時，大批的奴隸將會以修建城池為主，而後才會著手開荒。總體而言，河西郡今年的任務很重。如果能按照計畫實行起來，待來年可以將人口增加至四十萬人。這需要一個緩慢的時間，更需要曹朋等人的努力。

從步鸞手中接過濕巾，曹朋擦了擦額頭的汗水。

這農活，比練武還要辛苦，才一壟田，就讓他氣喘吁吁……

蔡琰帶著甄宓站在人群裡，看著曹朋那笨拙的動作，忍不住哈哈大笑。甄宓也想笑，卻又不敢笑，畢竟她現在還只是一個俘虜，和蔡琰的身分全然不一樣。從最初被擄來河西的驚慌失措，到現在漸漸的平靜，甄宓在慢慢的習慣。

「小鸞、小寰……再過兩年，這裡一定會成為漠北的一顆明珠，妳們信不信？」站在田頭上，曹朋意氣風發，手指田間，頗有些指點江山的氣概。

這時候，龐統剛接過耕犁，一個不小心就摔倒在地上，模樣好生狼狽。步鸞、郭寰等人忍不住大笑。

而曹朋也是搖著頭，對跟隨在他身邊的曹彰道：「看到沒有？三十六行，行行出狀元。想要做一個優秀的泥腿子，也不是那麼簡單的事情。」

「先生，狀元何物？」

「呃……」

曹朋突然意識到，他好像忽略了什麼事情。狀元這個稱呼，好像在這個時代還沒有出現。他想了想，並沒有開口解釋，而是推了一下曹彰，「子文，你也過去試試，讓我看看你這耕田的本事如何？」

我好像一直忘記了什麼事情？可是，究竟是什麼呢？

就在曹朋思忖之時，遠處一匹戰馬疾馳而來。

「公子，河東戰報……高幹率部，襲擾河東，衛覬將軍已出兵平撫，請公子提防。」

章七 涼州亂（一）

高幹，出兵了！

這早已在曹朋的預料之內，同時也有些令他意外。李儒果然不愧當年涼州第一謀主的稱號，竟然把袁氏的反應算得如此準確。那麼接下來，馬騰就該出手了吧……

曹朋並沒有急於把這消息告訴其他人，而是在沉默片刻後，繼續讓大家開墾田地。來就來吧！難不成，老子還怕你馬家父子嗎？

金城，郡廨——

韓遂也得到了高幹出兵的消息，在花廳中徘徊，猶豫不決。他不知道，自己是否該出兵呢？

馬騰來信，邀他聯手出兵。可韓遂心裡卻不願意和馬騰一起造反。

袁尚使者為馬騰畫了一個大餅，令馬騰心醉。但在韓遂眼中，那計畫幾乎不可能實現。袁紹尚不是曹操的對手，更何況袁尚兄弟？如果這件事是袁紹一手策劃，那麼韓遂說不得會心動，但袁尚兄弟……不過志大才疏之輩，絕無可能。

馬騰野心勃勃，且心高氣傲，自恃為伏波將軍馬援之後，總想著要做一番大事業。他在河西栽了一個大跟頭，雖說元氣未傷，卻讓他無法接受。而且，河西對武威而言，有著極其重要的戰略意義，馬騰自然不會心甘情願坐視河西被人占據，隨時都可能威脅到武威。

馬騰想要奪回武威！這一點，韓遂心裡很清楚。可問題是，他能奪得回去嗎？

韓遂不是很瞭解曹朋，但也聽說過曹朋的名氣。

從某種程度上而言，韓遂和曹朋屬於同一種人。曹朋是中原名士，韓遂是涼州名士。說起來，韓遂這輩子最希望的，就是能夠融入進中原士林的圈子裡面。可惜，涼州偏荒，又是胡漢錯居之所，在中原人的眼中，總是有那麼點不入流。

曹朋入主河西，韓遂就一直在關注曹朋。從他一開始的隱忍，到後來的突然爆發，每一個舉措都使得韓遂無比稱讚。現在，馬騰讓他起兵反曹，韓遂真不願意點頭……

屋外傳來一陣腳步聲，韓遂轉身看去，就見一個青年將軍，邁大步從屋外走進來。

「彥明，你來的正好。」韓遂看到這青年，頓時笑逐顏開。

來人名叫閻行，字彥明，是韓遂的女婿。他也就是那尹奉所說，真正的涼州第一武將。之前馬、韓不合，交兵鏖戰，閻行曾與馬超鏖戰三百合，最後折槍差點要了馬超的性命。這其中，有運氣的成分，但也是閻行的本領高強，如果他沒有那麼高的武藝，恐怕也無法和馬超相爭。

那場大戰，發生於建安元年，距今已有八年。昔日的莽撞少年，已變得沉穩有度。馬、韓相安無事，其中有一部分原因，便是閻行的勇武令馬氏父子感到心驚。

韓遂膝下無子，只有一女，還嫁給了閻行。在韓遂眼中，閻行幾乎就等同於他的繼承人，平日裡自然是極為倚重，不管大事小事，他都會與閻行商議，詢問閻行的意見。這次馬騰邀他出兵，韓遂自然要把閻行找來，詢問一下他的意見。

閻行身高八尺有餘，細腰寬背，極為英武。

「丈人，究竟是什麼事情，使丈人如此焦慮？」

「彥明啊，你且坐下。」韓遂示意閻行落坐，而後將馬騰的那封書信遞給閻行。

閻行看罷，眉頭微微一蹙，「馬壽成欲反乎？」

「袁尚邀他出兵，並許以關中王之名。加之他去年在河西折了面子，自然有心討回。今，高幹自並州出擊，襲擾河東。關中衛覬已調集兵馬，抵禦高幹……衛覬之前還向我借兵！言共同禦敵……我藉口河湟羌胡有變，不敢抽調兵馬，推諉過去。現在馬騰也要我出兵，我著實有些猶豫。馬騰勝了，他是關中王，我還是金城太守；馬騰若是輸了，則家破人亡，而我也要面臨曹公報復。可如果我不答應，勢必要與馬騰反目，到時候金城少不得又要面臨刀兵之禍，實非我所願見到的結果。」

韓遂對閻行，倒是沒有半點隱瞞。

馬騰在信中寫的明白，若占據關中，願與他平分涼州。

聽上去好大的一個誘惑！

可實際上，什麼叫做平分涼州？如今的形式，和平分涼州又有何區別？他坐擁金城，背後有河湟胡騎為臂助，坐穩了一方諸侯之名。韋康見他，也很恭敬，涼州各郡，他出入自由。平分涼州？究竟怎麼個分法？了不起把隴西交給他而已。

可問題是，韓遂對隴西的興趣，還真不算太大……

閻行沒有立刻回答，而是認認真真把書信看罷。而後，他冷笑一聲，抬手三兩下就把那書信撕得粉碎，道：「馬壽成打得好主意。」

「彥明這是何意？」

「丈人，馬家父子分明是對您不懷好意啊！」

「此話怎講？」

「他讓咱們攻打隴西，他自武威出兵，奪取河西後，渡河而擊安定和北地兩郡。可您想過沒有？您若是攻打隴西，就必須在早期承受三郡之聯手夾擊。隴西乃涼州治所，屯紮駐兵，西部校尉王猛與戎丘都尉王買，此父子倆皆虎狼之將，有萬夫不當之勇。我曾見過那王買，也不是一個好對付的角色。況乎那臨洮令石韜頗有能耐，在臨洮雖只一載，卻令百姓信服；武山氏何等囂張，被他兵不刃血收服。此人有遠謀，加上王猛、王買父子，絕不可能一舉攻破。而安定張既、漢陽楊義山，非無能之輩。若連三郡之力，只怕不等馬騰出兵，金城已然危矣。」

閻行所說的楊義山，就是涼州別駕，參軍事，漢陽郡太守楊阜。

這楊阜本是天水郡冀縣（今甘肅甘谷）人，建安四年，以涼州從事的身分，做涼州刺史韋端的使者出使許都，被任命為安定長史。楊阜回涼州後，關中諸軍問袁紹曹操誰可獲勝，楊阜回答：袁紹寬厚而不果斷，好謀略而缺乏決策。不果斷就沒有威嚴，缺乏決策就會誤事，雖然現在強大，卻不可能成就大業。而曹公有雄才遠略，決斷應變毫不猶豫，法令統一，而軍隊精良；能使用不循常規之人，所任用的人，也都能各盡其力，是一個能夠成就大事的人，可以追隨。

也正是因為他這番話，最終使得涼州諸將沒有行動。

不過，楊阜也很傲氣，不願意擔當一個副職，於是便辭去了安定長史的職務。

建安八年，張既出任安定太守後，想要征辟楊阜。但涼州刺史韋端卻任命他為涼州別駕，參軍事，令張既感到可惜。於是張既又透過鍾繇向曹操舉薦楊阜，幸好曹操對楊阜有印象，就對鍾繇說：「既然義山不願為長史，那就做太守吧。」

於是，楊阜在建安八年冬，受漢陽郡太守。同時韋端又不願意放棄此人，便讓他繼續兼任涼州別駕參軍事……

賊 章七

涼州亂（一）

閻行點出了張既、楊阜，兩個人在關中都頗有名望。韓遂一聽到這兩個名字，不由得眉頭緊蹙。楊阜和張既，一個謀略過人，一個能治理地方，都是關中的名士，與關中世族有著千絲萬縷的關聯。這兩個人，再加上隴西……韓遂也有些頭疼。

「丈人，就算丈人可請來河湟精兵，就算最後能大獲全勝，只怕也會損失慘重。到時候，他馬壽成渡河而擊，拿下了北地和安定之後，下一步會對誰出手？依我看，他未必會立刻攻擊關中，而會將金城掌控於手中。如此一來，他將一統涼州，就算將來司空派兵前來，他也能用擊殺叛逆的名頭推諉丈人，而後坐鎮涼州，做他的涼州王。司空有心對他用兵，也要考慮一下這其中的利害得失。」

閻行一番話，說得韓遂冷汗淋漓。他大聲道：「若非彥明所言，險些中了馬賊算計。」

搔搔頭，韓遂徘徊兩圈，「既然如此，我便不出兵，彥明以為如何？」

「不可！」閻行再次搖頭，「不出兵，勢必會激怒馬賊，弄不好他會立刻出兵攻打。丈人莫忘了，韋端老兒對我兩家一直有猜忌，若非馬、韓聯手，他早就對咱們用兵了。這時候，如果咱們相互攻擊，最後得益的人，必然是那韋端父子。」

韓遂深吸一口氣，苦笑道：「出兵不是，不出兵也不是……那我當如何為之？」

「如今之計，丈人當將出而不出。」

「將出而不出？」韓遂眉頭攢動，陷入沉思之中。

「我有一計，可使丈人無憂。令河湟胡騎攻占河關，而丈人領兵奪取榆中、勇士之後，屯兵牧苑，便停止攻擊。如此一來，馬壽成必無話可說。他若能奪取河西，渡河攻擊安定，則丈人繼續進擊；若馬壽成失敗，丈人可以順勢收兵，出兵平叛，順勢奪取武威郡。到時候，丈人坐擁金城、武威，照樣是一方諸侯，而且此後再也無須擔心馬騰襟肘，西域之利盡收丈人手中，丈人何樂而不為呢？」

韓遂聽罷，不由得連連點頭，心道：閻行之計，就目前而言，的確是最好的辦法……

他眼睛不由得瞇成了一條線，半晌後嶄露出笑容，「彥明所言極是，就這麼辦！」

建安九年二月，並州刺史高幹自西河出兵，強渡通天山，攻占了河東郡的蒲子縣。河東太守曹仁大驚，忙下令中郎將甘寧出兵迎敵。同時，曹仁緊急向長安求取援兵，衛覬不敢耽擱，從關中抽調三萬兵馬，自龍門山入河東郡，馳援曹仁。一時間，河東郡烽火連天，局勢更變得格外緊張，戰事一觸即發。

建安七年才經歷過一場兵禍的河東百姓，都感受到了莫名的壓力。這好端端，怎地又要開戰？高幹前年才被趕走，怎麼今天又派兵前來，莫非再要有一場大戰？

適逢此時，從河西傳來消息：河西正在招納百姓移居……

河西郡的口號是：有田有牛有屋住！

並對外宣稱：河西絕不會遭受戰亂襲擾。我們會將戰事阻隔於河西之外，令百姓安居樂業。

這聽上去，似乎有些玄幻！

河西郡在哪裡？很多人都沒有聽說過河西郡的名字。

可有田有牛有屋住，著實令不少人感到心動。許多人開始打聽，這河西郡究竟是在什麼地方？仔細打聽之下才知道，河西原來是在大河以西、賀蘭山以南的廣闊牧原。那裡原本是武威郡治下，但年初時，朝廷已經下令獨立置河西郡。

而河西郡的太守，居然就是那大名鼎鼎的曹三篇，曹朋。

河東不少人都聽說過曹朋的名字，畢竟那蒙學三篇，就出自於曹朋之手……

「我聽人說，那位曹公子很厲害。河北四庭柱的顏良，就死在他的手中。據說當年他曾協助東郡太守鄧稷，把海西那麼一個偏僻的地方治理得非常富庶。他在河西，半年中便打得那些羌胡歸附，統一了

章七 涼州亂（一）

偌大地盤……你們說說看，到了河西，是不是真的會有田有牛呢？」

「很有可能……我家小三現在讀的《三字經》，據說就是曹三篇所著，他對曹太守可是敬重得很呢。」

「有田，還有牛啊！」

東漢末年，豪門世族對土地的兼併極其瘋狂。

許多人在失去了田地之後，不得不依附在那些豪強門下，世代勞作。後世人常說，土地情結，使華人對土地有著無法抗拒的吸引力。對於那些失去了土地的尋常百姓而言，土地和耕牛，無疑讓他們心動……如果真的有田有牛的話……

不少人，開始心動！

時間，就這樣在惶恐和戰火中，悄然流逝。

河東硝煙瀰漫，而河西，看上去卻極為平靜……

春耕已經全面鋪開，首批的播種主要集中在紅水以東、大河以西的廣袤土地上。

在原有的耕地開始播種的同時，紅水縣的建設已經完成了大半。與此同時，武堡、鳳鳴堡也都趨於竣工。胡堡的建設還在繼續，估計會在年中結束。

建安九年過去的三個月裡，曹朋透過蘇雙的管道，陸續從漠北購來一萬多名奴隸，其中漢奴占據了六成之多，胡奴不過四成。品質嘛，倒是說不上特別好，老弱病殘占據多數。不過曹朋並沒有感到不滿，相反下令蘇雙，加大收購的力度。

同時，河西郡商會的六小行首成立，使得商會開始正常運轉起來。

第一筆生意，便是透過雒陽購來大量的糧食，已填充河西郡的府庫。同時，蘇雙啟動了他多年的人脈，透過各種途徑，將河洛駐軍換裝下來的兵器送來河西。隨之這些貨物商品源源不斷的從中原流入，河西郡商會組成的第一次商貿會，也拉開了帷幕。各部落首領透過商會的溝通，得到了豐沛的利潤，這也使得河西郡的凝聚力在悄然中提升了許多，促使更多部落願意和官府合作。

而此時的曹朋，卻悄然離開紅水縣，來到了武堡……

擺在曹朋面前的，是一個面積足有一百平方米大的巨型沙盤。

半個河西郡，以及武威郡番和縣（今永昌）以東的輪廓，分毫不差的呈現在他面前。站在武堡縣解巨大的廳堂裡，彷彿能鳥瞰整個世界。為了這個沙盤，從龐林接手武堡之後，合兩縣，也就是鳳鳴堡之力，耗時近四個月才算是完成。

沙盤兩邊，分坐眾將。除了潘璋、夏侯蘭、郝昭三人之外，尚有徐庶和龐統，以及從鳳鳴堡趕來的鄧範和韓德。

平日裡看上去挺寬敞的大廳，此時顯得有些狹窄。而在大廳外面，王雙和牛剛率黑甿警戒。在曹朋身後，蔡迪和曹彰兩人恭敬站立。

看著沙盤，曹彰只覺熱血沸騰。他隱隱有一種感覺，一場大戰即將到來……

來河西眨眼已經快半年了！鳳鳴灘一戰，他沒能趕上，而紅水集一戰，根本沒能讓他一展勇武。除了幾次小規模的剿匪之外，曹彰基本上沒有遇到過太多的戰鬥。雖然兵法上又說，上戰伐謀！可他來河西，是為了能建立功勳，如果這樣子一直伐謀，豈不是浪費了他那一腔熱血？好在曹彰知道，在河西不愁沒仗打，只不過他沒有想到，這一仗居然來得這麼快，來得這麼突然，讓他不知所措。

「河東的事情，想必諸位也都聽說了。」曹朋看罷了沙盤，非常滿意的點了點頭，而後與眾人說道。

看罷這沙盤，他總算是確定了一樁事。他終於弄清楚了這紅澤，究竟是在哪裡。

在後世，由於水土流失，加之古河流殘留下來的沖積物，使如今這片水草豐沛的草原變成了第四大

曹賊

章七

涼州亂(一)

沙漠，騰格里沙漠。而武堡現在所處的位置，就是在騰格里沙漠的東部，距離月亮湖大約三十餘里。當然了，如今月亮湖還沒有形成，這裡的水草已經豐沃。曹朋的腦海中，大致勾勒出了河西郡的整體輪廓，似乎是屬於寧夏的土地。不過，這只是曹朋的一點惡趣味，也沒有太多的意義。

他已經開始推行植林，至少在目前而言，這四十五萬頃土地不會變成沙漠……

「高幹勾結柯最，出兵河東。不過有曹太守鎮守河東，加之興霸領兵，還有衛將軍援助，想來不會有太大的問題。興霸之能，我甚放心……在座諸位或許有人不知道興霸，但我相信，知道他的人，一定不會擔心。呵呵，我今日請諸位來，不是為河東，而為河西。」

柯最，是一位烏丸大人，不過早已歸化，駐紮於並州。

其實這烏丸，和匈奴、鮮卑一樣，也有很多部落。比如遼西烏丸、河北烏丸、並州烏丸等等，分別設有部落大人的位置。柯最，便是並州烏丸的部落大人。

此前，柯最就隨高幹打過河東，但由於馬超出兵，最終將他們驅逐。而這一次，柯最又領兵隨高幹犯境。從某種程度上來說，這位柯最算得上是堅定的袁氏擁護者。

花廳中，知道甘寧的人，還真不算太少。

鄧範肯定知道，而且和甘寧關係甚為密切。潘璋、夏侯蘭也知道甘寧，特別是夏侯蘭，在甘寧尚未歸附曹朋的時候，便已經認識。韓德更不用說了，延津之戰時，他是甘寧的部曲。甚至連曹彰也知道甘寧，因為甘寧在虎豹騎為副都督的時候，曹彰和他打過很多次交道，甚至還跟隨甘寧習武，他所修煉的熊搏術，便是甘寧傳授。總體而言，曹彰和甘寧也算是半個師徒，非常的親近。

反倒是龐統、徐庶、龐林等人，不太清楚甘寧的來歷。龐統還好些，在許都時見過甘寧。至於徐庶和龐林，對甘寧就相對的陌生許多。

特別是龐林，他甚至不知道甘寧是誰，不過見大家都沒有出聲，他也沒有開口詢問。

聽曹朋說完，龐林忍不住問道：「河東距離河西尚遠，莫非河西將有戰事發生？」

曹朋沒有解釋，而是坐在了太師椅上。

龐統和徐庶相視一眼，徐庶站起身來，沉聲道：「早在正月，公子曾與我們有過一次對話。那次對話提到了一個可能，就是袁氏是否會與馬騰勾結一處……當時我和士元都認為，不太可能出現這種狀況，可公子堅持說，要防備萬一。所以，當時我們做了一次推演……就是猜測：若馬、袁聯手，會出現什麼情況？當時得出的結果，便是馬、袁聯手，則袁氏必犯河東。」

「哦？」

廳中眾人，不由得齊刷刷向曹朋看去，那目光中更流露出莫名的敬重。

曹彰則看著曹朋，眼中透出狂熱之色。

曹朋笑道：「非我能掐會算，前知五百年，後曉五百年……這裡面呢，有一些事情我也不好明說。所謂未雨綢繆！便有了這防備萬一的推演。諸君莫如此看我。」

有一些事情？

眾人倒也不是特別關心。

曹朋則暗自讚嘆：李儒，你他娘的真牛逼！

如果不是李儒的提醒，說不得也就沒有了曹朋今日的裝逼，甚至可能是河東發生戰事，而他毫無覺察……不過現在，倒是能透出他未卜先知的高深莫測。

徐庶道：「建安七年，馬騰協助司空抵禦袁氏，是因為沒有利益衝突。而今，公子鎮撫河西，從武堡至姑臧，也不過數日工夫，已威脅到了馬騰的利益，因此馬騰協助袁氏的可能非常大……所以，士元和我當時就推算，如果袁氏找到馬騰，馬騰很有可能答應。那麼，怎樣判定馬騰是否和袁氏勾結呢？」

說到這裡，徐庶停頓下來。

在一雙雙幾乎是可以殺人的目光注視下，龐統笑呵呵起身。

「判定馬騰和袁氏是否勾結，只看高幹如何動作。」他咳嗽了一下，大聲說道：「司空在二月，將對鄴城發動攻擊，袁尚到時候必然會拚命抵禦。這時候，高幹應當出兵援助袁尚。如果他向鄴城靠攏，則說明袁氏未與馬騰聯手；但如果他沒有向鄴城靠攏，而是犯境河東，就說明馬、袁已經勾結在了一處……」

「河東遭遇兵禍，勢必會抽調關中兵馬，而司空在鄴城，肯定難以分身。這時候馬騰如果出兵攻打河西的話，河西必將孤立無援。即便是最後河西獲勝，公子先期投入的心血也必將會付之東流。所以，公子便命賈星秘密組建斥候營，嚴密監視馬騰的動靜。河東戰事開啟後，武威兵馬調動頻繁，更說明了馬騰和袁氏之間必達成協議。」龐統說完，和徐庶一同落坐。

大廳裡，頓時陷入一陣竊竊私語中……

潘璋搶先一步，大聲道：「公子，既然馬氏自取滅亡，潘璋請命，與馬氏一戰！」

「夏侯蘭請戰。」

「韓德請戰！」

四員大將，只有鄧範沒有站出來，而是坐在一旁，沉思不語。

「五哥，怎地不說話？」曹朋突然問道。

鄧範忍不住笑了，「友學既然已有決意，我自當遵從。」

要說這些人裡最瞭解曹朋的，恐怕就是鄧範了！曹朋和鄧範，那是起於微末，彼此間心氣相通。一個鄧範，還有一個王買，這兩個人毫無疑問是曹朋的追隨者。小八義裡，恐怕也就是他們兩個對曹朋有著無與倫比的信心。在這一點上，不管是夏侯蘭還是龐統，抑或曹真、典滿等人，都無法相提並論。

曹朋說：「我想聽聽五哥的想法。」

鄧範一笑，「打，當然要打，而且要狠狠的打。」

曹朋的眼睛一亮，不由得讚道：「五哥這些年隨公明將軍，果然是大有收穫。」

鄧範說的是『打』，而不是潘璋等人所說的『戰』，這二者有巨大區別。

曹彰先是一愣，旋即眼中光彩閃爍，他也聽出了鄧範這個『打』字裡面所蘊藏的深意……

曹朋站起身來，環視廳中眾人，片刻後沉聲道：「諸君，我們現在所站之地，名曰武堡。何以為『武』，乃赫赫戰功之地。武堡後面，便是我們河西治下，便是紅水縣。那裡，有六千七百三十四戶，共三萬一千四百餘人。他們，有的是土生土長的河西人；有的是不遠萬里，長途跋涉遷徙而來的中原百姓；也有一些信我們，所以歸附我們的歸化漢民。但不管他們是從何處來，如今他們都生活在河西郡，生活在這片土地上，他們依靠著我們，也都在關注著我們……」

「我曾向他們承諾，讓他們過上太平的日子。一直以來，我，還有諸君，都在為此而努力，為此而奮鬥。開春後，他們耕耘、開墾田地、建造房舍、修築城牆，默默的支持著我們的每一個政令。可是現在，河西將面臨自成立以來，最嚴峻的局面！」

曹朋大步走上前，用一根拇指粗細的桿子，指著武堡，並在武堡前面畫出了一條線。

「如果馬騰跨過了這條線，整個河西將生靈塗炭。而你、我、在座諸君，還有河西二十八萬百姓所做的一切努力，都將會付之東流。那時候，百姓們會說：曹朋是個只會說大話的傢伙！他不能給我們保障，你看馬騰帶著兵馬殺來，他卻束手無策……而那些歸化的，還有正在猶豫不決、沒有歸化的胡人，也會因此再次造反，令河西動盪……」

「諸君，我們必須要戰，因為我們沒有退路！我們不僅要戰，而且要把這戰火燒到武威郡去……進攻，永遠都是最好的防禦。馬騰虎視眈眈，和我們早晚會有一戰，既然是這樣子，那我們就該搶先出擊。」

這大廳裡，除了韓德有些迷惑之外，其他人都不愚蠢。包括蔡迪在內，也聽出了曹朋話語中的涵義：曹朋要打，而且要打到武威去……

潘璋、夏侯蘭等人詫異不已，曹朋則繼續道：「這一戰，我們沒有援軍。關中兵馬，已被抽調去了河東參戰；而安定、漢陽，也無法給予我們太多支持。原因嘛，很簡單……他們同樣要面臨戰事。河西而今孤懸於外，我們只能孤軍奮戰。我不準備從那些百姓裡徵召兵馬，因為他們付出的、給予的已經足夠多了，我們不能再向他們要求什麼。」

「紅水縣有八千兵馬，鳳鳴堡有六千兵馬，而武堡也有四千人……我們只有這一萬八千人，將面對武威數萬大軍，同時還有可能會面臨羌胡鐵騎。諸君，這一戰會很艱苦。贏了的話，我們將可以在姑臧城裡痛飲美酒；輸了的話，我們就只能戰死疆場。我不會離開河西，因為灰溜溜離開，將會是我一生的恥辱！」

曹朋說著，伸出手去。蔡迪手捧一個刀匣，呈上前來。曹朋打開刀匣，從裡面取出一口短刀。

「榮耀即吾命！」

曹朋深吸一口氣，「這五個字，是我想出來，請父親刻在上面，奉與司空。持此刀，即榮耀！若此戰失敗，我將以此刀了結我命，以全我榮耀。諸君，我要告訴你們的是，我們沒有退路，也不會有任何選擇，唯有拚死一戰！」

在座眾人裡，知道天罡刀來歷的人，莫不動容。

曹朋把天罡刀都取出來了，足以說明，他的決心無可動搖……

鄧範起身，大聲道：「榮耀即吾命！」

「榮耀即吾命！」潘璋臉漲得通紅，眼中閃動狂熱之色。

「榮耀即吾命！」夏侯蘭和韓德，也不禁熱血沸騰。

就連龐統、徐庶、龐林幾個文弱書生，也一個個咬著牙，振臂大聲吼道：「榮耀即吾命！」

曹彰和蔡迪相視一眼，大步上前，站在曹朋左右，「榮耀即吾命！」

一聲聲的呼喊，令曹朋眼中透出開懷。他深吸一口氣，暗道一聲：萬眾一心，此戰必勝。

「那麼，就讓士元和元直，來為大家說明。」

徐庶和龐統相視一眼後，點點頭，邁步走上前來。

徐庶從曹朋手中接過了木桿，來到沙盤旁邊。眾人也立刻上前，站立在沙盤周圍。

「諸位將軍，此一戰，我們的目標……」徐庶用木桿在沙盤上的一個城市模型外圍畫了一個圈，而後沉聲道：「便是這武威縣！」

武威縣，位於休屠澤之畔，距離武堡一百二十里、鳳鳴堡七十六里，在武威郡極北之地。它座落在秦漢兩座長城之間，正好守在休屠澤南面。

最初，武威縣是休屠各人的領地，在秦長城以西。漢武帝時，驃騎大將軍霍去病揚威異域，置武威縣，而後又修建漢長城，將武威縣保護其中。這武威縣最初設置的目的，是為了抵禦休屠澤的休屠各人襲掠，後來慢慢的，就成了羌胡錯居之地。休屠各人被趕走以後，休屠澤便成了羌人聚居地，聲勢極為壯大……

不過，由於馬騰和羌胡之間的關係，使得羌漢之間的關係日趨緩和。為表現出善意，馬騰將武威縣讓出，不駐兵馬，羌胡可居於縣城，羌漢混居於此。

鳳鳴灘一戰，唐蹄慘敗，一病不起，羌胡頓時陷入一片慘澹愁雲之中。昔日四大豪帥之一的越吉，開始蠢蠢欲動。唐蹄戰敗後，聲威大減，而四大豪帥如今只剩下他一人，也就顯得彌足珍貴。

建安八年十一月，燒戈羌發生暴亂。

章七
涼州亂（一）

昔年豪帥燒戈，由於戰死於鳳鳴灘，使得燒戈羌分為兩派，一派主張向漢室求和，一派則力主為燒戈報仇。雙方的爭吵越來越激烈，到後來，竟演變成一場武裝衝突。雙方大打出手，不死不休，甚至連累得許多羌胡部落也受了波及。

越吉以羌王唐蹄之命，奉命平息叛亂，十一天內鎮壓燒戈羌暴亂，力主求和的部落大人被殺戮一空。旋即，越吉卻沒有收兵，而是趁勢將燒戈羌吞併，一下子成為這羌胡之中實力最大的部落。

用『最大』可能有點誇張，畢竟唐蹄的部落人數仍占據第一。

但由於唐蹄病重不能打理事務，所以唐蹄部落的人數雖然多，卻無法凝聚成一團。就這一點而言，越吉在吞併了燒戈羌後，即便比不得唐蹄人多，可是戰鬥力卻不見得遜色於唐蹄部落。

徹里吉俯伏在武威縣城的縣廨大廳裡，痛哭流涕，大聲的哭訴著。

在大廳中央，端坐著一個男子。他身高七尺有餘，看上去孔武有力，髡髮之後結成了一圈鞭子，絡腮鬍子如同鋼針一般硬邦邦的，透著一股威武。只是他的氣色卻不算好，整個人看上去似乎有些萎靡，有些不振。端坐大廳，他的神色木然。

「大人，我們該如何是好？」

徹里吉半晌聽不到動靜，抬頭看去。

那男子苦澀一笑，「徹里吉，你為何帶著人退到了武威縣？」

「自從大人失蹤以後，羌王病重，根本不理事務。如今一切事務，都是由越吉一人掌控。王帳裡從上到下，有一半多都是越吉的人……越吉此前曾想要招攬我，但我並未同意。本來那傢伙想要用兵，不想燒戈的女人跑回老家，求來援兵。再加上蛾遮塞部落也對越吉不滿，所以越吉也不太敢對我輕舉妄動……」

「大人不在，部落裡人心惶惶。許多人動心思想要投奔越吉，我見情況不妙，便讓出了牧原，退到這武威縣裡，至少在這裡，有城池可以依託。周圍的牧原雖說不算特別豐美，但養活我們已足夠了。越吉就算想要吞併我們，我們也可以憑藉此城池，與他周旋，而後向羌王和馬騰求援。」

男子聽聞，閉上了眼睛，久久不語。

這男子，赫然正是羌胡四大豪帥之一，雅丹。

鳳鳴灘一戰，雅丹被俘虜，卻不知為何會出現在這武威縣城裡。

他沉吟片刻之後，突然問道：「徹里吉，你認為如果越吉攻打我們，馬騰會出面嗎？」

「這個……」

雅丹苦笑一聲，「他絕不會出面的！」

「大人，您的意思是……」

「我敢說，越吉敢這麼明目張膽的吞併，甚至視大王為無物，裡面未嘗沒有馬騰的支持。燒戈羌……哼！說不定就是越吉在裡面挑唆，而後才找到藉口出兵。」

「徹里吉，大王老了！他已經無法繼續控制這西涼羌胡幾十萬部眾。之前馬騰為什麼會和我們交好？是因為羌胡上下一心。而今，羌胡四分五裂，正合了馬騰的心思。我敢肯定，馬騰早就想吞併了咱們，只是苦於沒有機會。鳳鳴灘一戰之後，他找到了機會。」

徹里吉愕然看著雅丹，半晌後輕聲道：「大人，馬將軍不會吧……他可是咱們的朋友……」

「朋友？」雅丹突然怒道：「他若是朋友，鳳鳴灘戰敗時，為何按兵不動，不肯出兵救援？那時候他如果強攻紅澤，至少可以給我們一個喘息的機會。但是，他沒有動作，反而兵退三十里，而後又撤退百里……燒戈羌混亂，越吉吞併時，他為什麼沒有出面阻止？他和大王有多年的交情，難道不是朋友？可是他卻不理不問！」

徹里吉頓時無語。

雅丹說：「如今蛾遮塞的人牽制著越吉，但必不長久。等越吉幹掉了燒戈的女人之後，必然會收拾蛾遮塞部落。一旦蛾遮塞部落被吞併，咱們就算是退到武威縣城，恐怕也不是越吉的對手……最多兩年，到時候連大王都無法保存。那個時候，這休屠澤就是……就是越吉一手遮天，整個西涼，都將歸附於馬騰。徹里吉，你很聰明，可是在這大勢上，卻看得不清楚。」

徹里吉沉默無語，露出思忖之色。

「我這次能活著回來，賴朝廷之恩義。曹將軍並未為難於我，而是於我曉之以理。他在出兵紅水集之前，曾與我有過一段話：越吉，不可信；馬騰，亦不可信。他和我打賭，說越吉一定會進行吞併，當時我不太相信……可是後來事態的發展，卻不由得我不信他。」

「大人這次回來，莫非是……」

雅丹點了點頭：「曹將軍說，我再不回來，我這家當，必被越吉所吞併。」

徹里吉沉吟良久，輕聲道：「大人，漢家兒可信乎？」

雅丹瞇起眼睛，想了想，低聲說：「別人我不敢保證，但曹將軍，我卻是相信……」說到這裡，他突然笑了。

「徹里吉，你可能想像，堂堂河西郡太守、北中郎將，和我交談時，居然用的是羌語？只是他那羌語說得叫一個難聽，錯誤百出，讓人發笑……可就是這樣，我更能感受到曹將軍的真誠，還有他廣闊的包容心。至少我所知道的漢家兒裡，為了能和咱們交流而專門去學習羌語的人，沒有一個……馬騰他們生活在這裡，會羌語不足為奇。可是那位曹將軍，是中原名士，居然找人一字一句的學習。」

「正月裡，他還請我吃了……吃了……哦，餃子！那味道可著實美妙。據說，是他夫人親手所做……徹里吉，你聽說過漢家兒的官員，會讓妻子做食物給俘虜吃嗎？」

徹里吉不由得動容，半晌後點頭道：「若以大人這樣說來，這位曹將軍倒是不同。」

雅丹笑了！

話說到這個分上，徹里吉如果還不明白這其中的意思，那就真的是個傻子了……

大人分明是想要歸附漢軍啊！或者說，他想要歸附那位河西郡太守。

「大人，曹將軍雖好，可畢竟是河西郡太守。而咱們的根，還是在這西涼……如果投奔曹將軍，難道要拋棄咱們的根基嗎？再說了，曹將軍終究是朝廷的人，即便對您寬宏，可是對其他人……我可聽說，那河西郡的漢民，人數不少。」

徹里吉考慮的，也不能說不對，畢竟羌漢之間的仇恨不小，不論是從生活習慣，還是從各個方面來說，區別甚大。

羌漢之間的矛盾，往往是源自於細節。

而朝廷對羌人的打壓，也極為酷烈。當初羌人暴動，也正源於這一點……

百年前，羌人臣服於漢室朝廷，甚至甘為朝廷馬前卒，可是朝廷卻對羌人無休止的徵兵，並且施加以沉重的徭役和賦稅，令羌人極為憤怒。最後不得已，羌人發動了暴動，致使河西……包括整個涼州在內，百年中戰亂不止。從永元十年到現在，整整過去了一百零五年，這仇恨可大了去。

雅丹示意徹里吉坐下，「你知不知道『河西郡商會』？」

「這個……聽說過。」

「那你知不知道，二月時河西郡商會組織的交易會上，河西毛奴羌用八百頭白犛牛和六百匹上等軍馬，透過河西郡商會，換來二百石粗鹽和三千支龍雀？」

「啊？」

「胡堡的柯里漢部落，因為牧原被漢民墾荒，而造成了衝突。結果曹將軍判定，被漢民開墾出的二十畝土地，作價兩百貫賠償給柯里漢，而引發衝突的漢民更被杖脊二十，罰作三個月。柯里漢在這次交易會上，用一千頭白犛牛和兩千匹軍馬，換來五百石粗鹽和三萬支箭矢，以及三千支長矛。」

「以前，咱們和漢民交易，總擔心上當受騙。可如今河西那些部落，有曹將軍手下的商會進行保障，總能獲得滿意的結果。河西二十八萬人口，其中羌胡占據六成以上，可是所有歸附的羌胡，無一不稱讚曹將軍公平，說他是羌胡人的好朋友，是值得信賴的好官員……你說呢？」

徹里吉聽罷，再也不說什麼了。

而雅丹繼續道：「至於武威河西……哈，說穿了都是朝廷治下。曹將軍說的非常好，普天之下莫非王土，率土之濱莫非王臣。這天下，是朝廷的天下，而現在的朝廷，是曹將軍的族叔，曹司空掌控。依我看，這天下早晚會改姓為曹。武威，是曹將軍的，不過早晚而已。馬騰想要對付曹將軍？非是我看不起他，他還真沒有那個本事，更沒有那個魄力。我們現在投奔曹將軍，漢家人有句話怎麼說來著？雪中送炭！等曹將軍崛起之時我們過去，可就晚了。」

雅丹被俘三個月，這談吐和見識似乎有了很大的不同。

就連徹里吉都認為，自家大人比以前厲害許多……

而且聽他這麼說，似乎投靠河西郡，還真是一個最佳的選擇。不過，徹里吉從雅丹的話語裡，還聽出了另一層意思：投靠曹將軍，似乎也不需要背井離鄉。

「大人，那您說，咱們該怎麼做？」

「你立刻派人，秘密聯絡燒戈的女人，讓他們不管用什麼辦法，都要拖住越吉。」

「這個容易，燒戈的女人曾派人找我求援，只是我當時不敢答應，但也沒有拒絕。」

「徹里吉，你做得非常好。聯絡了燒戈的女人之後，你務必要挑動蛾遮塞部落參與進來。這休屠澤越亂，對我們的好處就越多。等到武威郡變了天，也就是咱們崛起之日，到時候你當為首功。」

徹里吉聽聞大喜，連連點頭……

建安九年三月，河東戰事呈現焦灼。

高幹似乎對河東戰局是勢在必得，不惜一切的投入兵力。在短短十數天中，高幹督兵馬近十萬人，越過通天山，屯紮蒲子縣。河東的兵力，頓顯薄弱。曹仁不得已再次向衛覬求援，從關中抽調出兩萬人馬，與河東兵馬併為一軍……

曹仁親自掛帥，督戰臨汾。中郎將甘寧則領一萬兵馬，進駐永安縣，一邊要死守汾水，同時還要守住霍大山一線，防止上黨郡的烏丸騎兵突襲。河東的戰局一下子變得緊張起來……

曹操得知以後，也不禁為河東感到憂慮。他有心調涼州兵助戰，不想河湟羌胡突然攻占了河關，直逼隴西郡。同時，韓遂在金城郡出兵，占領牧苑，令涼州局勢頓時緊張。原本還希望衛覬能繼續抽調兵馬，可韓遂一動，卻令關中風雲變幻。

南陽，新野——

三月的南陽，已春暖花開。漫山的桃紅杏白，煞是動人……

劉備坐在門廊上，修長的手指靈活動作，不一會兒的工夫，就編出了一隻草鞋。

一晃，四年！

自東海郡戰敗之後，逃亡荊州，寄人籬下，已四年之久。

四年來，日子過得倒也算是安寧。只是，這安寧的生活，終究不是劉備所期望。他希望金戈鐵馬，渴望建立功勳。堂堂大漢皇叔，難不成這一輩子就寄人籬下，靠著編織草鞋來打發空閒時光嗎？

「主公！」

就在劉備長吁短嘆時，外面匆匆行來幾人。

為首的兩個，正是荀諶和諸葛亮。兩人一進來，立刻拱手笑道：「主公，機會來了！」

章八　涼州亂（二）

鄴城，曹軍大營——

夜色已深，中軍大帳中，仍燈火通明。

曹操橫臥榻上，似乎已經熟睡。王圖小心翼翼走上前，將油燈的燈芯撥滅一根，使得帳中的光亮一下子暗淡許多。可也就是這時候，曹操驀地翻身坐起。

「主公……」

「立刻請公達過來。」

「喏！」

王圖也不清楚發生了什麼事情，可這個時候，曹操讓他把荀攸找來，一定是有要事商量。自從他出任曹操的親兵後，一直小心翼翼。得了吩咐，他更不敢怠慢。

他可不是曹彬！

雖說曹彬並不是曹操親生的，但畢竟從小在曹操身邊長大，更和他兄長曹真一樣，隨了曹操的姓氏，算得上是曹操的親信。如今，曹彬出任許都城門校尉司馬，算是正式有了職務。王圖很羨慕曹彬，一直希望能如曹彬一樣，獲得曹操看重。

不一會兒的工夫，荀攸來了。

曹操已坐好，整個人也清醒過來。見荀攸到，他也不客套，直截了當的說：「我欲啟動黑山張燕，公達以為如何？」

「主公之意，令黑山張燕出手？」

「正是！」曹操輕輕咳嗽，而後道：「沒想到袁家小子竟有如此魄力，死守鄴城，卻不令高幹救援。我原本是想要張燕在黑山屯紮，待高幹救援時，一鼓作氣將其擊潰，奪取並州。可高幹居然棄鄴城而不顧，反而猛攻河東。如果僵持下去，恐怕有變數。」

「主公擔心的，可是馬騰？」

曹操點頭，輕聲道：「韓遂屯駐牧苑，絕不是偶然為之，此必是馬壽成所指使。鄴城之戰，非一日之功可成。審配非比等閒，守禦頗有章法，一時間也難以攻取。而高幹在河東傾巢而出，子孝壓力甚大。雖有衛覬相助，但也難一下子就分出勝負來。高幹出兵，必然是為馬騰吸引注意，一俟關中兵力空虛，馬騰趁勢奪取河西，攻占安定，便和韓遂合兵一處，威脅關中。到時候，關中震盪，河洛必亂，而南陽劉表……」

曹操這一番話，使得荀攸連連點頭，表示同意。

「既然高幹不救鄴城，那麼張燕這支伏兵，也無須繼續隱藏，應該馬上出兵河東。」

荀攸想了想，「不過張燕十萬大軍進駐河東，也非易事。可分批進入，加以休整。只是這進駐河東之前，須有人前去策應，當以何人為好？」

張燕，是黃巾餘孽，原名褚飛燕，後隨黃巾大帥張牛角的姓氏，改名張燕，坐擁黑山，號百萬之眾。一直以來，這張燕都是冀州的心腹大患，也許其麾下並無百萬人，但是十萬大軍卻是有的。

十萬大軍開拔，若沒有個休整的過程，很難形成戰鬥力。

荀攸的意思，是派個人過去，讓張燕的黑山軍能夠休整一下，而後再進入河東參戰。這個休整，其實就是調撥糧草，提供輜重，進行淘汰。十萬黑山軍當然不可能全部進入河東，這裡面必須要有一個調整。派人過去，就是這麼個目的。

「子桓今在何處？」

「世子今在五鹿城，整編袁氏降卒。」

「讓他去吧！」曹操想了想，沉聲道：「就任他為中丘中郎將，負責整編黑山軍。他既然要建立功勳，總是在後面也沒甚意思。待整編結束，讓他前往河東。」

荀攸連忙道：「荀攸明白。」

自曹昂死後，關於繼承人的問題，一直被大家所關注。論年紀和資歷，曹丕無疑最為合適；但若說到寵愛，則是曹沖最受寵愛；才情最高者，是曹植曹子建；而武力最強橫者，便是那位蹺家跑去河西，在曹朋帳下效力的黃鬚兒曹彰……

曹丕已長大成人，而且頗有幾分氣度，只是他戰功太少，軍中威望不足。

想必曹丕也意識到了這一點，故而拋去了治理一年的漆縣，年初返家時，向曹操請求參戰。曹操也同意了，但出於安全考慮，曹丕之前一直駐守在五鹿城。

現在，想必是曹操希望給曹丕一些威望……

荀攸躬身退下，而曹操則就著燈光，翻閱戰報公文。

袁尚這一招不可謂不毒，但也是要有破釜沉舟的勇氣，才敢做出這樣的決定來。畢竟，一旦馬騰失手，關中亂不起來，這鄴城可就真成了一座孤城。高幹在河東元氣大傷之後，就算想要救援，也有心無力。所以說，袁尚的這一手，非常凶險。但置之死地而後生！如果他成功了，必然能和曹操鼎足而立，割據河北。

高明，真是高明！

曹操手指輕輕敲擊桌案，忍不住笑了！

友學那句話怎麼說來著？寶劍鋒從磨礪出，梅花香自苦寒來。曹朋生於貧苦之家，才有了今日成就；袁尚也是經歷了許多磨練，已漸漸的透出了一絲鋒芒。

這也是曹操下定決心，要曹丕前往中丘的原因。

袁紹比不過我！

你袁紹的兒子，同樣也不會是我兒子的對手！

「主公！」大帳外，突然傳來一聲輕呼。

曹操抬起頭，向外看去，「何事？」

「許都急報！」

「哦？」曹操聽聞一怔，連忙站起身來，快走幾步，來到大帳門口。

只見王圖帶著一名信使俯伏在大帳外，見曹操行出，那信使緊走兩步，「主公，大事不好！」

曹操心裡一咯登，「究竟發生何事？」

「六天前，劉備突然出兵，攻克安眾，直逼穰城！」

曹操聽聞，倒吸一口涼氣：劉備出招了嗎？老子就知道這傢伙不是個安分的主兒！

之前曹操就擔心，如果河北戰事持續太久，很可能會造成後方的動盪。那劉備非等閒之人，沒想到他還真的出手了……

這一次出手，選擇的時機可是真好！曹操被袁尚死死的拖在鄴城……如果他不能打下鄴城，勢必會前功盡棄。

涼州亂（二）

當年，他打徐州的時候，也遇到過這種狀況。眼見這就要打下徐州，沒想到後方大亂，濮陽呂布來犯，陳宮造反，使得曹操不得不收兵撤退，結果是便宜了劉備，而後造成了徐州四年裡戰亂不止。等到曹操收復徐州的時候，幾乎成了一個爛攤子，若不是當時鄧稷在海西屯田，為徐州保住了一絲元氣，後果還不知道是什麼狀況。而現在，曹操再一次面臨這樣的情況，令他左右為難。

這一次，曹操面臨的選擇，比之過去更嚴峻。

他很清楚，如果他退兵，則河東戰事也將隨之平息，關中也會穩定，河洛不會動盪。可這樣一來，造成的結果必然就是，他再想奪取冀州，難上加難！

為了今日這一戰，他耗費四個月時間，開鑿白溝，花費了無數錢糧，若無功而返的話，對他的聲望必然是致命打擊，甚至有可能會造成他朝堂上一次劇烈動盪。可不收兵，則劉備也是一個麻煩啊……

「王圖，立刻請郭祭酒來。」

「喏！」

曹操看了一眼信使，聲音陡然轉厲：「你且下去休息，不過要記住，不可將剛才的事情透露半句。」

「喏！」

信使轉身，剛要離開，忽聽身後傳來一聲龍吟虎嘯般的聲息，鏘啷啷，曹操拔出佩劍。不待信使回過神來，曹操一劍，將他刺倒在地。

「主公！」

「今日只能委屈你了……汝死後，勿掛念，汝妻子我自養之。」

曹操是真不敢有半點的疏忽，如果後方遭遇劉備攻擊的消息傳開，勢必會令軍心動盪。不管是出於什麼考慮，這信使必須死。

曹操擺手，典韋帶著人走過來。

「把他好生掩埋，不可聲張。還有，剛才那王圖……悄悄處理掉。明日起，讓羊衜來接手他的職務，暫為我親隨。」

「喏！」典韋點頭，二話不說，拖著那信使的屍體便轉入暗處。

羊衜，泰山郡南城（今山東費縣西南）人，也是官宦子弟。同時，這羊衜還有一個身分，便是蔡邕的女婿。蔡邕有兩個女兒，長女蔡琰，如今在河西定居；次女蔡貞姬，便是羊衜的妻子。

羊衜如今在曹操手下，出任軍謀掾之職。此人熟讀兵書，且文采不俗。曹操將他招為親隨，自然也有他內心裡的一番考慮。

自有牙兵，將地上的血跡清理乾淨。至於王圖，曹操不需要擔心，一切由典韋來解決。

不一會兒的工夫，郭嘉衣衫不整的走來。他是在睡夢中被喚醒，聽說曹操召喚，甚至來不及梳理，便跑來了。

「主公深夜喚嘉，可是出了事故？」

「劉備，占領了安眾。」

「啊？」郭嘉聽聞一怔，但旋即便明白了曹操找他來的用意。「主公，此時絕不可收兵。」

「哦？」

「今日若主公收兵，日後費十倍之力，未嘗能奪取河北。甚至有可能發生動盪，令主公聲威大減。劉備，小賊耳！雖奪取了安眾，卻不足為慮。今南陽有張繡，葉縣有元讓，汝南尚有文和坐鎮，李通亦精通兵法，有萬夫不當之勇……此皆善戰多謀之人，即便劉備小勝，卻也無礙大局，早晚都可以平定下來。當務之急，主公應點兵馬，強攻鄴城，絕不可以再拖延下去，時間越久，戰事越發不利……至於河東方面，可令張燕進駐。」

後世常說，曹操有五大謀士。但這五大謀士裡面，最和曹操一心、最能體會曹操心思的人，就是郭嘉了。

荀彧也知道曹操的心思，可終究還牽掛著漢室。所以，說起一心，荀彧還是差了郭嘉一籌。不過，這也和他二人的出身有關。荀彧出身世族豪門，而郭嘉則相對貧弱，郭嘉唯有緊緊跟隨曹操，才能出人頭地。

曹操眼中，流露出讚賞之色：「知我者，奉孝也！」

南陽，宛城——

張繡長身而起，面露驚異之色：「安眾丟失了？」

「正是。」

「那穰城……」

「將軍，穰城如今已岌岌可危。劉備奪取了安眾之後，命陳到守禦，他自領兵，攻擊穰城。將軍，若再猶豫，只怕公子性命危矣。」

穰城守將，正是張繡之子張泉。

所以，在聽說安眾被劉備攻破以後，張繡也是嚇了一跳。

這安眾的位置，實在是太重要了……進可擊涅陽、棘陽、穰城三縣，退可守新野，尚有劉表精銳。如此重要的地方，如果被劉備站穩腳跟，張繡就陷入了被動。更何況，他兒子正面臨劉備的威脅。

張泉追隨張繡，也算是久經戰陣的主兒。如果對上普通對手，張繡倒不是太擔心，可要和對上劉備，張泉絕非對手。且不說劉備同樣久經戰陣，其所經歷的戰事比張泉聽說過的都要多。而且他手下有關、張二人，還有陳到等一干猛將，皆非等閒之輩，張泉絕不可能是劉備的對手。他若不救援，則張泉性命不保……

張繡，只此一子。此前他還有個姪兒張信，在宛城之戰時已經戰死，凶手至今也不知是誰。如果張泉死了……

張繡二話不說，立刻下令，點起兵馬，馳援穰城。

不過，他倒也不是莽撞之輩，心知這樣子前往穰城，甚有可能中了劉備的奸計。

那劉備，也是響噹噹一號人物。當初曹操那麼多人都沒能圍困住他，反讓他來了個千里大迂迴，打得曹軍狼狽不堪。如果這麼傻乎乎的直奔穰城，焉知那劉備不會在中途伏擊？所以，這穰城要救援，但並非是要去穰城……張繡命人通報夏侯惇，而後率部直撲新野。

老子這一招，叫做圍魏救趙。

你不是要打穰城嗎？老子就去打你的老巢，迫使你不得不放棄穰城，回兵援救新野！到時候，我在伏擊你，趁勢奪回安眾。等夏侯將軍揮軍抵達時，我們聯手，直接滅了新野。

能夠在東漢末年割據一方的人，都不是等閒之輩。

張繡當年能在猛將如林的董卓麾下站穩腳跟，且在叔父死後，將西涼兵聚在一起，割據南陽，還打得曹操狼狽不堪，甚至連兒子都折進去，又豈是無能之輩？

以前，他有賈詡出謀劃策。而今賈詡不在，張繡也只有自行決斷。

總之，這一次我要讓你劉備知道我的厲害，以後再也不敢來窺視我張繡的地盤……

天還沒亮，張繡點起八千軍馬，朝新野縣城方向撲去。此次，他可說是精銳盡出，其中更有兩千西涼鐵騎，誓要取新野縣城於手中。

如今劉備的兵馬在外，新野必然空虛。

張繡深知兵貴神速的道理，不敢有半點耽擱，在當晚就繞過棘陽，抵達九女城大營。數年前，曹朋從九女城大營走出，改變了他的命運。而張繡在抵達九女城之後，距離新野縣已不足五十里，於是便放慢了腳步，下令在九女城駐紮休整。

一天一夜的行軍，兵士們也格外疲憊。

張繡雖然龍精虎猛，體魄健壯，可畢竟歲月不饒人，已過了他最巔峰的歲月……

空蕩蕩的九女城，不見一人。據說早在幾年以前，也就是曹操征伐湖陽的時候，劉表就下令將九女城的百姓全部撤離，搬去了章子鄉或者新野縣居住。所以，九女城已經沉了廢墟，而昔日的九女城大營更是雜草叢生，看上去頗有幾分荒涼之色，令人不由得心生感慨。

「大耳賊，可有動靜？」

「尚未見有反應……安眾縣陳到還在整頓縣城，安撫民眾。劉備似乎已出發，準備攻擊穰城。」

「好！」張繡忍不住哈哈大笑，「此天助我也！今新野必然守備空虛，正可一鼓作氣拿下。傳我命令，兒郎們早些休息，明日丑時早飯，寅時點卯出擊……我要在天亮之前，兵臨新野城下，打他一個措手不及！嘿嘿，等劉備反應過來時，新野已落入我手中！」

「將軍高見！」

軍卒立刻馬屁聲不斷，樂得張繡哈哈大笑。

入夜後，大營裡漸漸安靜下來，偶爾有幾聲馬嘶傳來，在九女城大營上空迴盪。

張繡有睡前看書的習慣，所以吃過晚飯，並沒有急於休息，而是坐在油燈下，翻閱一部兵書。趕了一天的路，也著實有些累了，張繡看著看著，眼皮子開始打架，腦袋一沉一沉，睏意襲來。帳外梆子聲響，預示著已過了戌時。他放下書，和衣而臥，躺在榻上，不知不覺便睡著了……他夢到，自己攻占了新野，將劉備一眾人斬首。站在新野縣城的城頭上，他放聲大笑，眼前有一片血光瀰漫……

「將軍，將軍醒來！」

就在張繡樂不可支時，一陣急促的喊叫聲，突然把他喚醒。張繡連忙坐起來，蹙眉問道：「什麼事？」

「敵襲，敵襲……」

張繡還沒有睡醒，本能的說：「敵襲就敵襲嘛……」

他一頭栽倒，可是頭剛碰到木枕，卻激靈靈一下子清醒過來，呼的翻身再次坐起：「你說什麼？」

「將軍，有劉備軍夜襲！」

「啊！立刻迎敵！」張繡說著，慌忙披掛歸家，衝出大帳。

早有軍卒為他備馬抬槍，他衝上前，翻身上馬，將大槍擎在手中……

距離九女城大營外不遠處，一名騎白馬，手持丈二龍膽槍的將領，目視遠處的大營。他突然舉槍在空中一擺。從他身後的蒿草從裡，呼啦啦湧出兩千名弓箭手。

這些弓箭手貓著腰，向九女城大營逼近。大約在距離大營百步時，他們停下來，從胡祿裡取出特製的箭矢，擦亮了火摺子，而後彎弓搭箭，對準了九女城大營。

「放箭！」

嗡！一聲弦響，一排火箭騰空而起，向九女城大營飛去。第一排弓箭手剛射出去，第二排弓箭手就彎弓搭箭，對天拋射。接著是第三排、第四排……弓箭手排列成四排，每排五百人。

數以千計的火箭騰空而起，飛向九女城大營時，望樓上迷迷糊糊的衛兵懵了……眼見著那火箭入營，落在雜草叢中，呼的一下子燃燒起來時，這衛兵才反應過來，扯開嗓子大聲叫喊道：「敵襲，有敵軍夜襲……」話音未落，一枝火箭迎面飛來，蓬的一聲正中他胸口。衛兵慘叫一聲，從望樓上栽倒下去，摔了個腦漿迸裂，當場斃命。

時值孟春，正是多雨，可不知為什麼雜草遇到了火箭，頓時燃燒起來，蒸騰濃濃黑煙。

整個九女城大營一下子亂了！

張繡提槍上馬，卻見到眼前一片火光，不由得目瞪口呆。

這火勢，蔓延的也太快了！

不好，中計了！

那些雜草叢裡已經有引火之物，否則火勢不可能迅速蔓延。如果是這樣的話，那就說明劉備早有防備。他攻克安眾、打穰城是假，引自己上鉤才真……如果是這樣的話……

「突圍，隨我突圍！」

張繡冷汗都出來了。他的心思、他的一舉一動，都被劉備掌握在手中，可說是一清二楚。這個對手實在是太可怕了，劉備以前似乎沒這麼厲害，難道說到了荊州，有長進了嗎？

就在這時，營外突然傳來震天價響的喊殺聲。

夜色裡，也看不清楚有多少劉備的兵馬從四面八方掩殺過來，瞬間湧入九女城大營。

一隊軍卒，簇擁著兩人登高眺望。

黃羅傘蓋下，這兩人都是高個子，一個身披月白色鶴氅，手持羽扇，頗為魁梧；另一個則略顯單薄，一襲青衫，面帶笑容。

「軍師，果然料事如神。」那鶴氅青年拱手讚道。

單薄中年男子微微一笑，「張繡，莽夫耳，不足掛齒。只是這張繡一旦出事，必引來曹賊報復。今夏侯惇、李通近在咫尺，不出三日，必會前來。接下來還須孔明費心，在劉荊州面前多多美言，借一些兵馬過來才是。」

諸葛亮點頭，「只要主公此次能拿下涅陽和棘陽兩縣，劉荊州又豈有不支持的道理？」

「呵呵，這話倒也不差。不過荊襄世族對主公素有敵意，還需要孔明從中化解才是。」

「亮明白！」

張繡方帶人衝出轅門，迎面就見一白馬銀槍的大將向他衝來。

「張伯鸞休走，常山趙雲在此！」

說話間，那大將舞槍而上，一下子就攔住了張繡。

趙雲？沒聽說過！

若是關、張二人，張繡少不得要小心一些，可是這趙雲……看年紀也就是三十上下，不足掛齒。張繡也不畏懼，擰槍迎上前去，大槍撲稜稜一抖，分心便刺。可是沒等他刺出一半，就見一抹銀光刷的到了跟前，那趙雲槍疾馬快，猶如閃電一般。

張繡嚇了一跳，暗道一聲：好快！

他畢竟久經戰陣，經驗豐富，手中鐵槍一個倒轉，鐺的一下崩開了對方的銀槍。可那趙雲卻沒有退縮，手中銀槍一槍快一槍，槍槍相連，槍影重重，猶如萬朵梨花綻放。張繡大吃一驚，不敢再小覷對手，抖擻精神，和趙雲戰在一處。

這傢伙是什麼人？竟有如此武藝？為什麼從未聽說過……

張繡越戰越感到心驚。趙雲的銀槍不但快，而且力道凶猛，越打就越是凌厲。

兩人馬打盤旋，戰了十餘個回合，也不分勝負。

此時，從亂軍中衝出一匹快馬，馬上一員小將大聲道：「子龍將軍休慌，呂吉來也！」

說時遲，那時快，呂吉揮戟上前。

「韃虺吉？你沒死！」

張繡可認得這員小將，是呂布的假子。當年呂布歸附董卓的時候，呂吉才十幾歲。這麼長時間過去了，呂吉雖然長大了，可樣貌並沒有太大的變化，特別是他那明顯的混血特徵，張繡一眼就認出來。

呂吉身披唐猊寶鎧，配獅蠻玉帶，掌中一桿方天畫戟。

乍一看，張繡還以為是呂布來了……當年呂布死後，呂家人遠遁海外，張繡還以為呂吉也跟著走了，沒想到他竟然投靠劉備……而且，看樣子混得還不錯。

說實話，呂吉的本領和呂布差得遠了。單打獨鬥，十個呂吉也不是張繡的對手。

可是，張繡被趙雲殺得有些狼狽，而周圍喊殺聲四起，火光中，到處都是劉備的兵馬追著他的宛城兵打殺。張繡本就有些焦躁，呂吉這一過來，立刻讓張繡感受到了莫名的壓力。他心知再打下去，說不定就要陷在這九女城大營，於是二話不說，虛晃一槍，撥馬就走。

趙雲想要追上去，卻被十幾名副將縱馬攔住。他不慌不忙，銀槍亂舞，一道道、一條條、一抹抹的銀光在火光中劃出奇詭弧光，十幾名副將在瞬間被趙雲挑殺大半。呂吉從旁助陣，也連殺兩員大將……

不過，也就是這一會兒的工夫，張繡已落荒而逃。

「休走了張繡！」

九女城大營中，不斷迴響著喊殺聲，此起彼伏。

張繡拖槍而走，狼狽不堪。剛跑出去一、兩里，他突然看到一個身穿金甲的大將，手持雌雄大劍，在亂軍中劈砍。

「劉備？」張繡心頭一震，喜出望外：只要殺了劉備，這一戰還是我贏！

「大耳賊，拿命來！」張繡抖擻精神，躍馬挺槍，便撲向了劉備。

不是有人說，劉備在穰城圍攻張泉嗎？

那就是個幌子！

其實，劉備根本沒想要打穰城，而是荀諶獻計說：「如今涼州動盪，河東戰亂。曹賊在鄴城被袁尚拖住，一時半會兒也無法抽身。今正是主公行動之時，先攻安眾，而後攻打穰城，則南陽郡必亂。南陽一旦動盪，許都也會發生騷亂，天下大勢亦隨之變化。」

劉備說：「我打穰城，萬一那張繡救援怎麼辦？」

沒想到諸葛亮卻說：「張繡必不會救援穰城……若我是張繡，趁此機會，當取新野。」

「那豈不是說，我不能打穰城？」

「不，主公還是要圍困穰城，不過圍而不打……明打穰城，實取張繡。」

諸葛亮初出茅廬，便展露才華。他和荀諶定下的計策，便是聲東擊西，引蛇出洞——把張繡引出來，而後一舉殲滅。至於圍困穰城的兵馬，不過是由關平領軍。此時，關平怕已經退回安眾了。

張繡看到劉備，眼睛都紅了。他躍馬擰槍，向劉備衝去，誓要取劉備性命。

要說劉備，也不是那種無能之輩。他手中雙股劍，名為劍，其實就是龍雀大環，長約五尺，每一把重達十斤。能在馬上舞動十斤的大環，說明劉備的臂力不小。從涿郡起兵至今，劉備大大小小經歷過上百次戰事，更經常身先士卒，衝鋒在前，若說他沒有武力，絕對是冤枉了劉備。可這武力，也要看和什麼人比。

對付等閒之輩，哪怕是三流、二流的武將，劉備不成問題，可若是對付張繡這種超一流的武將，他可就力有不逮。見張繡如凶神惡煞般的撲來，劉備也怕了，二話不說，雙劍一擺，劈翻了一個西涼兵後，作勢要迎戰。

「張伯鸞，還不下馬投降！」他喊完這句話，猛然撥轉馬頭，催馬就走。

把個張繡給弄得懵了！

這前腳還要我下馬投降，後腳就跑？

不過張繡馬上就明白過來，他被劉備戲弄了！心中頓時大怒：「大耳賊，哪裡走！」

說話間，張繡催馬就追。有幾名白毦精兵上前阻攔，卻見張繡大槍一抖，撲稜稜巨蟒翻身，一下子就殺出了一條血路。劉備在前面跑，張繡在後面追，沒等他追出多遠，耳聽一聲霹靂般的巨雷炸響：「伯鸞小兒，燕人張飛在此，死來！」

一匹黑馬，從斜裡殺出。馬上大將豹頭環眼，威風凜凜，正是三爺張翼德。

他的烏騅馬被曹朋搶走了，送給了甘寧。後來投奔袁紹時，袁紹為拉攏劉備，又送給張飛一匹好馬，不過論品質，卻比不得原先的烏騅馬那麼有靈性……

張繡心裡一驚，提槍應戰。

而遠處劉備已經勒住馬，見張飛和張繡鬥在一起，頓時哈哈大笑：「張伯鸞，爾今插翅難逃，還不下馬投降？」說罷，他提雙劍催馬衝來……

見過不要臉的，沒見過這麼不要臉了！

張繡心裡面把劉備的祖宗八代都操了一遍，可是他也知道，他不能戀戰……且不說他不是張飛的對手，就算他能打過張飛，可久戰之下必然精疲力竭，最後還是難逃一死。既然殺劉備已沒有可能，那就趕快走吧。想到這裡，張繡虛晃一槍，拖槍敗走。

劉備和張飛則在後面追殺不停，只殺得張繡狼狽而逃。好不容易，看見了大營的側門，外面靜悄悄的，似乎沒什麼人，張繡連忙催馬加速，眼見著就要衝出營門時，卻見一隊校刀手呼啦啦從營門後衝出。一員大將，赤面美髯，臥蠶眉，丹鳳眼，身穿金甲，外罩鸚哥綠的戰袍；九尺身高，胯下一匹的盧馬，掌中大刀。

「張伯鸞，關某在此，恭候多時……」

金城郡，始於西漢昭帝始元六年，也就是西元前八一年，所轄之地包括今甘肅蘭州以西和青海部分，最初，其治下統領有九個縣城。隨著時間的推移，建武十三年（西元三七年），金城郡被併入隴西。不過，在明帝時，又重新恢復了金城郡的設置，下轄允吾、金城、允街、枝陽、浩門、令居和榆中七縣之地。金城郡的治所，依然是允吾縣，一直到建安末年，才把治所改為榆中縣。

所以說，韓遂進駐榆中，屯兵牧苑，說他是犯境，並沒有錯，因為牧苑是在漢陽郡；可說他沒有犯境，也不算過分。牧苑雖是漢陽郡的領地，但是從邊章之亂以後，很難說得清楚，反正無人真正接手牧苑。

建安九年三月，曹操對鄴城發動了總攻。

與此同時，劉備在南陽郡開始動作，偷襲安眾縣之後，又設計伏殺南陽郡太守張繡。張繡一死，南陽大亂。關平和陳到各領一支兵馬，趁機奪取了涅陽和棘陽兩地。

就在劉備準備攻取宛城的時候，賈詡搶先一步，命蕩寇校尉、中郎將李典率部抵達宛城，並在夕聚，與賈詡聯手夾擊，一舉擊潰陳到和關平，奪回了棘陽。

隨後，夏侯惇率部進駐宛城；李典、樂進則分守湖陽、棘陽兩地，呈掎角之勢，抵住了劉備的攻擊。張繡之子張泉，固守穰城不出，使得劉備也無可奈何，只好暫時收回兵馬……

可即便如此，安眾和涅陽兩縣丟失，也預示曹、劉兩家的衝突一觸即發。

韓遂在允吾郡廨，迎來了一位不速之客——馬騰突然來訪，令他多多少少感到猝不及防。

「文約，你我相知，有多久了？」在大廳裡，馬騰喝了一口酒，突然發出感慨。

韓遂想了想，「自中平二年相知，已近二十載。」

「二十載？」馬騰啞然而笑，「這時間過得可真快啊……想當年，我不過一介小卒，而今卻已兩鬢斑白。文約，這二十年，你我有合作，也有過不愉快，但都不重要。你我聯手，雄霸涼州半壁，就算是那韋端老兒，也奈何不得你我，算得上榮辱與共。」

韓遂道：「正是。」

他不清楚，馬騰為何突然來金城。不過他也相信，馬騰過來，絕不是為了和他緬懷過去、暢談友情，只是馬騰不說破，他也不會率先提出來，只是迎合著馬騰，不時點頭表示贊同。

「人道是，大丈夫生於世上，當提三尺劍，立不世功業。而今，正是我輩施展拳腳，大展宏圖的時候，我欲請文約助我一臂之力，如何？」

肉戲來了！

韓遂坐直了身子，看著馬騰道：「不知壽成，欲取何等功業？」

「涼州雖好，不免苦寒。你我雖坐擁半壁涼州，可終究難以成就大事。如今，中原混戰，曹操被困河北，難以抽身。而河東戰事熾烈，關中兵力空虛……古人言，得關中者得天下，某不欲取天下，卻不願關中受戰火波及。我請文約聯手，共謀關中，不知可否？」

馬騰開門見山，直接說出了他心中的想法，這也使得韓遂一時間不知道該如何拒絕、如何應對……

「壽成，欲為關中王乎？」

「哈哈哈！」馬騰笑了，連連搖頭，「關中王誰來做，都不重要。若文約欲做這關中王，我亦支持。不過，我已誠心待文約，文約卻欺我。」

韓遂一怔，露出惶恐之色，「兄長，此話從何說起？」

「我在武威，已蓄勢待發，攻取河西。我請文約為我牽制漢陽楊義山，可是文約你……我今日來，其實就是想告訴文約，你我休戚與共，合則兩利，分則兩害。若文約你有什麼要求，但說無妨，為兄只要能做到，就絕不會推拒。至於將來，你若想坐鎮關中，我就留在涼州；你要是想得涼州，我就去關中……你我相識二十載，事無不可言，你以為如何？」

韓遂沉默了！

馬騰開門見山，直抒胸懷，令他有些感動。

說他沒野心？那是胡說八道……到了他們這種地位，若說沒有野心，那絕對不可能。只不過，韓遂表現得沒有馬騰那麼強勢，多年來兩人合作，他一直處在一個輔佐的位置。

關中？

韓遂不是不想要！但他很清楚，他不能要……

「兄長，你為槐里侯，又是朝廷欽命前將軍，督撫涼州，理所當然。可是，燒當老王與我交情甚厚，今被困於龍耆城以西，生活日漸艱苦，曾多次與我請求，希望兄長能開放木乘谷……今弟厚顏懇請，不知兄長能答應嗎？」

這龍耆城，就在今青海省的海晏縣。

燒當，是生活在河湟地區的一個羌族部落。燒當老王因不服唐蹄的統治，數次抗爭無果後，率部離開西涼，進入河湟落腳。不過當時的青海，比涼州還要貧瘠苦寒，在那樣的環境裡，燒當羌靠著韓遂的資助，才算是勉強的生存下來……

龍耆城，原本是西部都尉的治所，但從邊章之亂後，這裡已不受控制……所以王猛為南部都尉，卻只能落腳隴西。

如今鎮守龍耆城的，便是龐德龐令明。

韓遂這一番話，聽上去好像只是為燒當羌求情，可實際上包涵了兩個意思——

這第一點，你馬騰是槐里侯，是前將軍。似你這樣的身分，理應坐鎮關中。所以你要做關中王，我支持，絕不會反對。

而這第二點，則是韓遂的要求。

馬騰藉羌人而雄霸西涼，發展到如今的地步。整體而言，涼州羌人大都服從於羌王指派，所以馬騰可以調動大批人馬。但如果燒當羌從河湟殺出，必然不會臣服唐蹄，或者說，不會臣服馬騰。燒當羌崛起的話，也就代表著唐蹄羌沒落。

馬騰和唐蹄關係好；韓遂和燒當老王，更好！那豈不是說，你馬騰做關中王，就去關中好了，把涼州給我讓出來，我來統治？

這古人說話，總是喜歡拐彎抹角。

韓遂在話語中，表達了他想要占據涼州的意圖。

馬騰連連點頭，「賢弟說的不錯。」

之前，他稱呼韓遂『文約』，可是如今，已改稱賢弟，已表示兩人關係的親密。

「令明少不更事，我倒是疏忽了！那孩子凡事都喜歡認真，所以嘛……不過賢弟放心，我已命令明返回武威，出鎮宣威縣。從今以後，龍耆城就交由賢弟掌控，木乘谷從此就對燒當羌開放。」

韓遂聽聞，心中大喜。他原本是抱著試探的想法，不成想馬騰立刻答應。

龍耆城，原本是武威所治。馬騰用這樣一種方式來告訴韓遂：我願意交出涼州。

韓遂心想：這樣更好，至少我們達成了一致。

他心裡高興，立刻命人擺酒宴，款待馬騰。兩人推杯換盞，喝得很開心。天黑後，韓遂留馬騰在郡廨休息，卻被馬騰拒絕。他帶著兵馬，駐紮城外，還是回兵營的好。

韓遂一聽，也就更放心了，又拉著馬騰說了一陣子的話，才客客氣氣的把馬騰送出府邸。馬騰走後，韓遂長出一口氣，這心裡有說不出的痛快……等馬騰走了，他就能獨霸涼州……

嘿嘿，關中王？老子才不稀罕。

我只要能做好我的涼州王，就足夠了！

王對王，咱誰也不見得比誰低一等。雖說關中富庶，涼州苦寒……但掌控了涼州，就等於控制了河西走廊、西域商路，其財富未必就少。而關中連年征戰，頗為破敗，到時候少不得要花費心思整治，而且還要面對曹操從關外的反撲。思來想去，還是涼州好……

「丈人，這件事，我總覺得有些古怪。」

「哦？」

「馬騰可不是這麼大方的人，怎會就這麼輕輕鬆鬆的，願意讓出涼州？」

韓遂聽聞笑了，「彥明不必擔心，就算馬騰是敷衍，只要燒當老王從河湟殺出來，與白馬羌聯手，這涼州就是我的天下。他到時候反悔，我就歸附曹操，聯合曹操對付他。他要是答應，那我就坐擁涼州，他馬騰又能奈何我呢？」

閻行聽罷，還是有點不放心，但是見韓遂那副高興模樣，他又不好再說什麼……不過無所謂，想來馬騰也奈何不得他們，這件事走一步算一步，如果馬騰真願意讓出涼州，也不是壞事。

「丈人早些歇息吧……小婿還有事，去和公英商議。」

「去吧。」韓遂很隨意的點點頭，走回後宅。

公英，名叫成公英，也是韓遂身邊的軍師，對韓遂忠心耿耿。

《三國演義》裡，成公英並沒有登場。但是在歷史上，他從中平末年便跟隨韓遂，被韓遂依為心腹。建安中，韓遂為曹操所敗，兵敗華陰，退還湟中，其部曲盡散，唯有成公英追隨。後韓遂被部曲所殺，成公英為韓遂報仇後，便歸順曹操，拜列侯。其曾以參軍從雍州刺史張既，憑盧水胡伊健妓妾等，在延康、黃初之際，受詔佐涼州平隴右之亂，後病故。這同樣也是一個被歷史所湮沒、不為人知的牛人。

成公英本來是要奉命出鎮榆中，卻不想得了風寒，以至於在家中臥床不起。

曹賊

章八

涼州亂(二)

閻行找成公英，就是為了商議楡中的事情。

在病榻上，成公英聽閻行說完了馬騰的來意之後，也不由得眉頭顰蹙，露出沉吟之色。

「這，的確不是馬騰的風格。」

「是啊，我擔心，此馬騰詭計，可又想不出什麼緣由。丈人對馬騰的話倒是深信不疑，這讓我非常擔心。公英，你是丈人最信任的人，不如明日你我再與之勸諫？」

成公英想了想，點頭同意：「彥明，我身體已經康復，最遲後日，便會前往楡中。我離開之後，你要多多協助主公。主公有遠謀，可是在小節上不免會有疏忽，你當時時提醒。另外，馬玩、梁興等人，也要小心。這些人，說實話並不算可靠。」

「軍師放心，行省得！」

兩人在書房中，商談即將到來的戰事。

不知不覺，天色已晚，子時將至……閻行起身告辭，成公英一直把他送到了府門外。

忽然，就聽遠處城門方向，傳來一連串急促的梆子聲，緊跟著喊殺聲響起，火光沖天。

「怎麼回事？」

閻行和成公英都一怔，愕然朝城門方向眺望。

那喊殺聲越來越響，瞬間傳遍了整個允吾縣城。與此同時，縣城裡許多地方出現了火光，眨眼間，就連成了一片火海。

敵襲？

成公英和閻行相視一眼，眼中頓時露出駭然之色。兩人不約而同的大叫一聲：「馬騰！」

成公英扭頭對府中下人高聲喝道：「來人，給我牽馬備刀！」

「公英，可有大槍？」

「有！」

閻行是來找成公英商議事情，根本就沒佩戴兵器，這突如其來的喊殺聲，讓他也有些措手不及。好在成公英府上有不少兵器，閻行選了一桿三十餘斤重的鐵脊長矛，翻身上馬，甚至連盔甲都沒有來得及穿戴。

而成公英也是匆忙應戰，騎上馬，提著一口七尺大刀，領著家人，和閻行便衝了出去。他這口七尺大刀，刀鋒暗紅，是典型的曹公刀，又名青霜斧，刀重二十八斤，一面開鋒，刀背厚重，刀身狹長。如果讓曹朋評判，這口青霜斧應該屬於官渡之前曹汲的作品，而不是如今曹汲的水準。在市面上，這口青霜斧售價一千二百貫。

成公英的家人不多，大約有百餘人，在閻行和成公英的帶領下，衝到了長街之上。火光中，但見到處都是叛軍。閻行和成公英的臉色不由得一變，因為他們發現亂軍並不是馬騰的西涼兵，很多是金城兵。也就是說，金城兵造反了……

「是侯選的人！」成公英一眼就認出那些叛軍的來歷，忍不住大聲喊道。

侯選，韓遂八部將之一，那也是韓遂的心腹啊……而且侯選和程銀、李堪關係甚好，其中侯選和李堪還是兒女親家。侯選既然反了，那程銀和李堪豈不是也反了嗎？還有馬玩、楊秋、梁興、張橫，會不會也造反了呢？馬騰又是怎麼說降了他們？這城門，是如何被打開的？

一連串的疑問，在成公英和閻行腦海中浮現……

不過，他們已沒有時間考慮這些，閻行一咬牙，催馬向叛軍衝去，「公英，速救主公！我來攔住他們！」

涼州亂（三）

允吾城牆，始建於始元十年。當時設置金城郡，很大程度是源於河湟羌胡之亂，所以在建造之初，就充分考慮到了允吾縣城的防禦性能。城牆高八丈，馳道可並行四匹馬，足見允吾巍峨。

馬騰手扶城牆，仰天大笑！

韓文約，你想要做涼州王嗎？你的野心，太大了……若你肯老老實實的輔佐我，我大可以將金城、隴西兩郡合併交給你來打理。可是你要做涼州王，那豈不是在我背後放上了一口利刃嗎？

既然你不仁，那就別怪我不義！不要以為你暗中和楊阜聯繫的事情我不知道，在這涼州地界裡，我才是真正的涼州王！

在馬騰身後，有一個矮胖男子。

此人姓費，名沃，是金城大戶，靠著販賣私鹽而發家，如今也稱得上是金城的大家族。不過，他還有一個身分，那就是馬騰的丈人。馬騰如今的老婆，就是費沃的小女兒。靠著馬騰這一層關係，這些年來費沃在涼州端的是呼風喚雨，整個河西商路被他霸占了三分之一。

馬騰龐大的軍費開支，有很大一部分，就是靠著他這位丈人支撐起來的。

費沃一直表現的很老實，似乎除了賺錢，再也沒有什麼興趣，十幾年如一日，以至於韓遂已經把他忽視了！不僅是韓遂，許多人都覺得這老兒是個財迷，沒什麼大野心。要知道，其他大戶人家或多或少都會蓄養私兵，偏偏費沃家裡沒有私兵，只有幾十個門客，也就是為了妝點他的門面……

不過，他也不需要私兵。在涼州地界上，沒人敢動他的商隊。如果進入西域的話，馬騰自會出兵保護，哪裡用得上什麼私兵？

可就是這麼一個人，一手造成了允吾縣今日之亂。他家裡的那些門客，要麼是遊俠兒，要麼就是作奸犯科的亡命之徒。當馬騰決意要奪取金城，費沃二話不說，便答應做內應，同時還花費了大筆的錢帛，將金城八部將半數收買。

侯選、程銀和李堪，早已經暗地裡歸順馬騰。只是馬騰一直沒有動作，所以他們也不好擅自行動，表面上對韓遂仍是言聽計從。

「若非丈人相助，騰焉能立於此處？」

費沃臉上的褶子笑得好像一朵盛開的菊花，「韓文約自恃孤高，竟然想要和將軍平分涼州，實罪該萬死。小老兒不過是順應天時，並未立下什麼功勞，將軍過譽。」

「丈人，你我一家，何必說這等客套話？對了，我打算讓小鐵出鎮金城郡。他資歷淺，年輕氣盛，到時候還要丈人多多照拂。這孩子需要打磨一下，將來我這些家底兒，早晚都是要交給他來繼承。」

「呵呵，將軍放心，若小鐵來了，我哪能不盡力呢？」

費沃，是馬鐵的外公，而且是親的那一種。馬鐵來金城，費沃自然很高興，不過最讓他開心的，莫過於馬騰的那句話：他這家底兒，早晚都會是馬鐵的……

也就是說，西涼的繼承人選，馬騰已有了決意。

城下，馬超一身錦袍，在亂軍中橫衝直撞，一支大槍翻飛，好似巨龍咆哮，挨著就死，沾著即亡。

金城兵雖然有不少忠於韓遂，可是卻沒有人出面組織，所謂群龍無首，大致上就是這種情況。眨眼間，城門樓下，遍地死屍，鮮血橫流。

馬超手執大槍，勒馬向城門樓上看去。那血染征袍的模樣，令無數西涼兵感到敬服……

「馬將軍威武！」

也不知是什麼人帶頭高呼，瞬間響徹允吾城頭。

費沃臉色一變，「大公子，當真勇猛。」

馬騰眼中閃過一抹戾芒，似是不在意的說：「只知衝鋒陷陣，也不過一介莽夫耳！」說著，他厲聲喝道：「孟起，韓遂尚在，何不取他首級，停在此處作甚？」

你他媽的還不去給我殺敵？在這裡耀武揚威是什麼意思！

馬超面頰抽搐一下，一咬牙，撥轉馬頭，厲聲喝道：「兒郎們，隨我殺韓遂去！」

他一馬當先，沿著長街急馳而去。在他身後，西涼兵奮勇爭先，緊隨不捨……

「大公子的威望，可不低啊。」費沃笑呵呵的一句，帶著稱讚的口吻。

馬騰臉色又一變，眼睛瞇成一條線，片刻後輕笑道：「這孩子自幼隨我征戰，立下不少功勳，的確是有些威望。這次攻占金城，我打算讓他去龍耆城，對付燒當羌。那燒當老王和韓遂關係甚密，若知道韓遂出事，必然會出兵救援……在金城七縣未穩定之前，必須要有人擋住燒當羌才行……孟起征戰多年，勇武過人，而且在羌人之中頗有威望，讓他出鎮龍耆城，定能使燒當羌不敢犯境。」

費沃連連點頭，表示贊同：「將軍帳下，若說最能威懾羌胡者，非大公子莫說……呵呵呵，這一點，恐怕連將軍都無法與之相比啊。」

「沒辦法，誰讓這孩子勇武過人呢？」馬騰微笑著，一臉慈祥。可是在心裡面，卻越發對馬超感到忌憚……

允吾縣城裡，已亂成一片。老百姓們不清楚發生了什麼事，一個個緊閉房門，躲在角落裡瑟瑟發抖，不敢出來觀看。

閻行渾身是血！不過他身上的血，全都是那些叛軍和西涼兵的。

從街頭殺到了街尾，閻行也不知道自己究竟殺了多少人，反正那些叛軍看到他，都遠遠的躲開，就好像看到了魔鬼一般。鮮血，順著槍刃滴答滴答的落在地面上，濃稠至極。閻行喘了口氣，正要前往郡廨，忽聽遠處有人高聲喊喝他的名字。

「閻彥明，休走！」

隨著一聲斷喝傳來，只見一匹白馬從長街盡頭風馳電掣般衝來。

馬上大將同樣是血染征袍，掌中一桿虎頭金槍，上面沾染著濃稠的鮮血……

這虎頭金槍，用精鐵打造，長約一丈一尺三，重四十八斤……槍頭呈鎏金虎頭形狀，虎口吞刃，也叫做猛虎吐舌，是用百鍊精鋼所造，鋒利無比。

閻行一見來人，心裡也不由得咯登一下。對於這個人，他一點都不陌生。

建安元年，馬、韓發生衝突的時候，閻行曾與此人鏖戰三百合，最後是折矛險勝。

九年過去了，閻行自認武藝提高不少，但是對方同樣也在進步。從他跨坐馬背，身體隨馬身起伏猶如一體的姿勢來看，馬超已到了超一流的水準。閻行也在超一流武將的行列，可是這些年來他幫助韓遂治理金城，瑣事纏身，不免有所懈怠。而馬超在過去的九年裡卻征戰不止，從未有過懈怠。

九年前，閻行自認可險勝馬超；但九年後的今天，他隱隱有一種感覺，馬超已經超過了他……

如今的馬超，恰似一頭猛虎，跨坐馬上，所產生的無儔氣勢，令閻行暗自心驚。可是他已無法躲避，唯有迎頭而上。

曹賊

章九

涼州亂(三)

當下閻行一咬牙，催馬迎著馬超就衝過去，掌中大槍一抖，朝著馬超分心就刺。馬超的虎頭槍卻微微一顫，看似不經意般，鐺的崩開了閻行的大槍，兩人錯身而過。馬超槍頭倒轉，彷彿是從肋下突然生出，翻身一槍直刺，好在閻行有所提防，舉槍一個二郎擔山，擋住了馬超這奇詭一擊。論招式，兩人都很熟悉，可是馬超槍馬純熟，渾若天成，那夾在大槍中的奇詭之勢，令閻行格外難受。

這麼打下去，早晚會被他所敗！

閻行一邊擔心韓遂，一邊又要和馬超爭鋒，這一心二用，漸漸就落了下風。兩人在長街上戰了十幾個回合，閻行撥馬就走。

馬超緊追不捨，同時暗自從兜囊裡取出一枚流星錘。這流星錘約拳頭大小，重八斤開外。這也是他在紅水集受曹朋鐵流星的影響，打造出來的暗器。馬超拿出流星錘以後，猛然一催馬，胯下龍駒長嘶，驟然提速。

隨著龍駒提速，馬超手裡的流星錘呼的一下子飛出。

閻行正拚命奔跑，那料到馬超會用暗器？

猝不及防下，只聽啪的一聲響，那流星錘正中閻行後背！也是閻行感覺到了危險，令戰馬突然提速，同時身體微微向前一頓，讓過了那流星錘的猛勁兒。饒是如此，被擊中的感覺也不太舒服，閻行伏在馬背上，哇的噴出一口鮮血，手中大槍再也拿不住，噹啷掉在地上。

「公子，休慌！我來救你！」

從一旁的小巷裡，衝出一隊軍卒。為首一名少年將軍，朝著閻行衝來。

閻行認得，這小將正是韓遂帳下親兵牙將，名叫楊奇，年僅十六歲。

「公子速走，成將軍已護著主公從西門撤離，我來掩護，請公子速速離開……」那小將說完，躍馬挺槍，就向馬超衝去。

閻行眼淚都快出來了！他很清楚，楊奇絕不是馬超的對手。楊奇這樣做，只是為了給他爭取逃離的時間而已。

一名西涼騎軍迎面而來，挺槍便刺。

閻行雖然不是馬超的對手，可也不是一個小小的西涼騎軍能夠敵對。只見他在馬上微微一側身，探手砰的一下子攫住大槍，而後大吼一聲，將那西涼騎兵硬生生從馬上挑起來，狠狠的砸落在地上。這槍的分量雖然不趁手，但好過手無寸鐵。

閻行不敢再逗留，縱馬擰槍，硬生生殺出一條血路，落荒而逃。

楊奇拚死攔住馬超，可終究差距太大，只兩、三個回合，便被馬超一槍挑落馬下，氣絕身亡。待馬超再準備追殺閻行時，閻行已經奪路殺出允吾城，氣得馬超大叫一聲，反手一槍狠狠刺在楊奇的頭上。這一刺，小將楊奇頭顱迸裂，腦漿散落一地……

「什麼？」允吾郡廨大廳裡，馬騰怒聲喝問：「你沒有抓到韓遂，居然還放跑了閻彥明？」

「父親，非是孩兒放跑，實……」

「住口！」馬騰怒罵道：「虧你還號稱西涼第一猛將，如今狀況下，卻連個閻彥明都抓不到……」

「將軍息怒、將軍息怒！」費沃連忙勸道：「此事非大公子之過……閻彥明勇武，乃涼州人盡知。當年大公子曾敗於閻行之手，心裡面有些畏懼，也是難免。你又何必責怪大公子呢？」

這話，明裡為馬超開脫，實際上卻是譏諷馬超。

他不是抓不住閻行，是他怕了！因為他曾經輸給閻行，所以會有些畏懼。

「我……」

「住嘴！」

馬超想要爭辯，卻被馬騰喝止。片刻後，馬騰突然笑了，「孟起，此事也怪不得你，閻行此人的確勇猛，你能把他打敗，已是難得。今日，你征戰一夜，也累了……回去歇息吧。等天亮之後，為父還有重任交付與你，望你休要推脫。」

聽了這一番話，馬超這心裡面多多少少舒服了一些。

「那榆中……」

「榆中之事，你莫再掛念。我已命你兄弟馬休，還有馬岱前往榆中。有他二人，想必足以使那楊義山頭疼。」

原來馬休和馬岱去了榆中……不對啊！父親把馬鐵留在武威，還讓馬成輔佐，更把龐德從龍耆城調去宣威，聽從馬鐵的指派。也就是說，河西之戰，將會由馬鐵來獨立完成。現在金城奪取，漢陽之戰肯定是由父親親自指揮。馬休和馬岱都做了先鋒，那我做什麼？

馬超這心裡，頓時有一種不好的預感。他不知道馬騰會怎樣安排他，但他可以肯定，絕不會是什麼稱心如意的差事……

馬超心事重重的退下了。馬騰則志得意滿，端坐在坐榻上，輕輕拍擊坐榻的扶手。

「丈人，待明日各縣平穩之後，我將前往榆中督戰……楊義山，非等閒之輩，小休和小岱恐不是他的對手，我必須要親自前去。只是我這一走，善後之事就要麻煩丈人。允吾城便交給丈人……韓遂、閻行等人，絕不可放鬆，一定要設法找到，生要見人，死要見屍……韓文約一日不死，都是這金城郡的心腹大患。」

費沃聽聞，微微一笑，「將軍只管放心。」

送走費沃後，馬騰獨自一人坐在這空蕩蕩的大廳裡，突然間感慨萬千……

外面，喊殺聲漸漸止息。

他依著坐榻，閉目思忖對漢陽之戰的策略。

一陣急促的腳步聲從大廳外傳來，緊跟著就聽到有人嘶啞著嗓子說：「武威急報，我要面見將軍！武威急報……河西軍兵困武威縣，三公子特命我呈報！」

武威郡亂了！

準確的說，是休屠澤亂了，武威縣亂了……

由於雅丹還是俘虜（徹里吉並沒有第一時間將雅丹返回的消息傳遞出去），所以徹里吉就成了代理豪帥。面對越吉越來越強硬的威逼，徹里吉放棄了原有的地盤，退守武威縣城。對此，武威縣縣長也沒有表示出反對的意見，准許雅丹部落在武威縣周圍牧馬。可是，越吉並沒有就此放過雅丹的部落……

燒戈的女人求來的援兵，雖然對越吉造成了一定程度的困擾，可是卻無法對他產生威脅。要想統一休屠澤，雅丹和蛾遮塞兩大部落是越吉必須要解決的問題。

在唐蹄臥床不起，基本上不理世事的時候，也是越吉收攏羌胡力量的最佳時機。

他吞併了燒戈羌，實力暴漲，但相比起唐蹄，還略顯薄弱……最主要的原因就是，蛾遮塞和唐蹄之間是聯姻的關係。蛾遮塞的姐姐，就是唐蹄的閼氏。雖說唐蹄病重，蛾遮塞戰死鳳鳴灘，可兩家的關係猶在。越吉對付燒戈，唐蹄也許不會在意，但如果他對蛾遮塞的部落動手，唐蹄絕不會視而不見。所以，越吉最終還是把目光落在了雅丹部落。

雅丹部落由六大部落組成，有近六萬人口。

如果吞併了雅丹部落，再加上越吉從燒戈羌奪來的四萬人口，還有他手裡的八萬人口，將一舉達到近二十萬人。那時候，就算是唐蹄和蛾遮塞部落聯合，越吉也有足夠的本錢抗衡。不過，吞併雅丹部落

涼州亂（三）

並非易事……越吉先是提出與蛾遮塞部落結親，娶了蛾遮塞的堂妹為閼氏，而後又向唐蹄懇求，願意把他的女兒獻給唐蹄。

越吉的女兒，名叫阿伊朵，古匈奴語中，有著明珠的意思。而阿伊朵，也的確是休屠澤的一顆明珠，長得美豔動人。

唐蹄欣然納之！

待一切都準備妥當之後，越吉終於決定要對雅丹部落動手……

他命人向徹里吉發出最後的通牒，三月末若不臣服，他將會向雅丹部落開戰。而武威縣，則在這時候關閉了與雅丹部落的集市交易。所有的跡象都表明了馬騰和越吉之間，已經達成了某種協定。或者說，就是馬騰在暗地裡指使、支持越吉這麼肆無忌憚的行事。

隨著時間一點點的推移，眼見即將到越吉所指定的時間，徹里吉卻在某一天的夜裡，突然對武威縣發動攻擊。武威縣猝不及防，被徹里吉占領，縣長在亂軍中被人殺死，人頭被懸掛在武威縣城頭。隨後，徹里吉宣布，武威縣歸於雅丹部落所有；而雅丹部落，自即日起脫離休屠澤，歸附河西郡。

一時間，休屠澤震盪！

龐統身著一襲黑裳，外罩棕綠色大袍披衣，頗為舒適的坐在一頭白毛駱駝背上。他手持一柄摺扇，合起來，輕輕敲打駱駝背上的鞍轡鐵環，表情悠然。

在他身後，十匹高大雄壯的駱駝靜靜的俯伏在地上，十名黑毦披衣的牙兵持刀而立。

三月春風柔柔襲來，吹拂得龐統髮髻飄揚。那張醜醜的臉，露出一抹古怪的笑容……

這群駱駝，是在河西商會的交易會上得來。原來持有這批駱駝的，是一群西域胡商，用來充當馱馬。可不知為什麼，曹朋看到這些駱駝後，頓時產生濃厚的興趣，竟然以昂貴的價格將那些西域胡商的駱駝

全部買來，總量共三百二十二頭。

曹朋在三百黑毦的基礎上，組建起一支白駝軍，清一色長矛大刀，連衣甲也做出了統一的更換和調配。同時，他又從河西軍中抽調出五百精壯驍勇、武藝高強的壯士，交給郝昭訓練，並命人從西域繼續購買白駝。

龐統問他：「何故如此？」

曹朋卻笑呵呵道：「看著歡喜。」

令所有人都不禁啞然……

其實，曹朋心裡自有其他的想法。

以前他組建黑毦，是看著劉備的白毦兵著實眼紅，所以才用了黑毦這麼一個名字。可隨著時間的推移，當年劉備的白毦兵，老的老、死的死，幾乎都被淘汰出去。而曹朋的聲望越來越大，用『黑毦』兩字，不免有拾人牙慧的感覺，讓他非常不爽。他一直希望擁有一支獨一無二的精兵，將來能夠在史書中留下名號。

黑毦、白毦，實在是太容易混淆了！

歷史上，劉備的白毦兵後來被說成了白毦兵，又變成了白耳精兵。

他這黑毦兵，可別到最後變成黑耳精兵……要是不懂的人，說不定會把他誤會成是劉備的人。兩者相似度太大，實在不好區別，這讓曹朋心裡非常糾結。

袁紹的大戟士、曹操的虎豹騎，還有無當飛軍、丹陽精卒……你聽聽，聽聽……簡單而響亮，還容易被人記住！

所以，當他看到西域胡商的那些駱駝時，眼前一亮，頓時想到了一個響亮的名字，那就是白駝兵。

這年月，駱駝在中原可是稀罕物，甚至有很多人都不認得。用這麼一批白駝做標誌，簡單響亮，還能被人記住。

對，就是白駝兵！

身為一郡太守，他可以擁有八百親軍。

如果能搞來大象，曹朋甚至願意組成一支象騎軍來……不過大象那玩意兒的成本太高，如今好像只有天竺那邊有。曹沖秤象的故事也還沒有發生，天曉得那是不是杜撰。反正據曹朋所知，整個中原，到目前為止還沒有出現過大象的蹤跡。

他倒是讓人去天竺尋找來著，但恐怕一時間，也不會有什麼消息傳過來。

與其這樣，倒不如用白駝。

黑甿是一支類似重裝步兵的隊伍，並不需要特別強悍的機動能力。白駝則加強了黑甿的機動能力，衝鋒的效果並不輸給馬匹，更何況白駝的負重能力遠非戰馬可比。白駝兵人手一頭白駝，可以節省出六百匹馬。

而在費用上，白駝的花費更遠短少於戰馬，可以節省一大筆開支。

曹朋還是騎他那匹獅虎獸，但三百黑甿已變成了白駝兵。多出來的二十二頭駱駝，龐統和徐庶，一人十一頭。對於曹朋的這種惡趣味，龐統和徐庶都表示無奈。但不得不說，騎駱駝的感覺的確比騎馬強，最重要的是視野變得開闊。

手中摺扇輕搖，龐統把思緒收回來。

「宣威，可有動作？」

「回軍師，宣威守將龐德，已率部馳援。據探馬回報，最多一個時辰，他們就會抵達盧水灣。」

龐統微微一笑，點頭道：「夏侯將軍，可已準備妥當？」

「夏侯將軍和王司馬，已在盧水上游堵死了都野的水流，隨時等候軍師發令。」

都野，就是休屠澤的別名。後世，那是一片荒漠，但在東漢末年，都野卻衍生出兩支河水，在武威縣以南匯聚成為盧水，是武威郡一條極為重要的水源。

龐統沉吟片刻，輕聲道：「再探！」

武威縣城下，喊殺聲一片。

徐庶登上縣城門樓，向城外看去。

越吉的先鋒軍，已抵達武威縣城下。徹里吉趁對方立足未穩，率部殺出縣城。

這徹里吉，也是一名羌胡悍將，一柄鐵蒺藜骨朵，重五十四斤，有萬夫不當之勇。只見他縱馬在亂軍中馳騁，手中鐵蒺藜骨朵翻飛，打得越吉先鋒軍，連連敗退。

既然雅丹已經歸降，曹朋自然不會虧待了他。曹朋用三千匹配備高橋鞍和雙鐙的戰馬，換取了徹里吉一千五百匹寶馬良駒。說實話，曹朋那三千匹戰馬，遠遠不如那一千五百匹大宛良駒，就算是六千匹，也未必能比得上這個價格。可如果加上馬鐙和高橋鞍，這價值就不一樣了。

曹朋的意思非常清楚：老子用科技換你的資源。

徹里吉等人嘗試了一下，二話不說，便同意了這一樁交易。

就目前而言，馬鞍和雙鐙在中原已經開始流傳，但在西涼，還無人知曉。至少在一年內，羌胡不可能普及這樣的裝備。雅丹和徹里吉自然願意享用這一年的優勢，一年時間足以令他們雄霸休屠澤。用一千五匹大宛良駒來換這些裝備，有何不可？

「此人，真猛士也！」徐庶笑呵呵說道。

在他身後，曹彰一臉的不服氣：「軍師，要是我出戰，未必會輸給他。」

「呵呵，子文勇武，我深信不疑。你是公子親傳弟子，若論武功，你是名副其實的大弟子，就算是

小艾也沒有你輩分高。不過今日一戰，只是為了吸引越吉的注意力。雅丹大人已趕赴王帳，你我還須忍耐。如果打得太狠，越吉就會避戰不出。讓徹里吉先衝殺一陣子吧，等越吉來了，才是子文你展露身手、建立功勳的機會。」

曹彰聽聞，眼中閃爍出狂熱之色。他心中暗爽不已：先生待我真好，竟給了這麼大的功勞與我。

和其他人不一樣，曹彰的性情是曹操諸子當中，最與曹操相似的一個。這個相似，是指早年的曹操。曹操年輕時，最渴望的就是揚威異域，建立功業。

黃鬚兒曹彰也是如此！他對中原混戰的興趣，說實話不是太大，可這揚威異域、開疆擴土，卻讓他產生了無與倫比的興趣。若不是因為這樣，曹彰也不會跑來河西。如果只是為了逃婚，他可以有很多選擇，比如去找曹丕，或者到長安，曹操也未必真的會把他抓回去。可是最終，曹彰還是選擇了河西。

從某種程度上說，曹彰的民族主義思想，甚至比曹朋還強烈幾分。曹彰深信，普天之下莫非王土，率土之濱莫非王臣，他鐵蹄踏踩之處，便是漢家之地。

幾個學生裡，曹朋也最喜愛曹彰。

此次，曹朋決意發動武威會戰，卻不願意讓曹彰參與其中……他有一個期望，那就是讓曹彰槍下浸透異族鮮血，而不要去沾染漢家人的鮮血。畢竟，那些事情有曹操、有他、有曹丕，甚至將來可能有曹沖，足夠了！

隨著時間的推移，曹朋對曹氏的歸屬感越來越強烈。他想要為曹操培養出一個霍去病似的驃騎大將軍，而不是皇甫嵩那樣的中興名將。

城下，戰事漸趨平和。

徹里吉本就是那羌胡中有數的高手，單以武力而言，僅遜色越吉半籌而已。

如今，城頭上有曹將軍的使者觀戰，正是他徹里吉展現的時候，那鐵蒺藜骨朵舞動，鮮血迸濺，屍橫遍野。三千鐵騎一陣凶猛衝殺，一舉將越吉先鋒軍擊潰。而越吉的先鋒官更被徹里吉在亂軍中，一棒打得腦漿迸裂……

徐庶點了點頭，轉身往城下走。

已不需要再觀戰了！此戰，武威縣大獲全勝……但真正的鏖戰，還沒有開始。越吉大軍抵達之時，武威會戰，才算是徹底的拉開序幕。他心裡隱隱有一絲激動，更感到無比興奮。

這次武威會戰，是他和龐統兩人一手策劃。這一戰，將會是他徐庶立足涼州的首秀……此前的紅水集，不過牛刀小試，現在才是對他的真正考驗。

士元，我不會輸給你！公子謀主之位，我勢在必得！

宣威守將，名叫龐德。

也就是歷史上那位大名鼎鼎，抬棺而戰的龐德龐令明。此人武功非同小可，最初在馬超麾下，以馬超之勇也無法掩蓋去龐德的厲害，其人可見一斑……

龐德後隨馬超，投奔張魯。劉備入川時，劉璋向張魯求援，馬超領兵出擊。龐德當時因病留在漢中，沒有參戰，結果卻是馬超臨戰倒戈，歸降了劉備。

後曹操征伐漢中，龐德曾與之惡戰，最後迫使曹操用計才把他擒拿，並將其收服。

龐德一生，唯有顯赫戰功。最出名的，便是和關羽決戰，甚至令關羽也為之讚嘆。後關羽水淹七軍，生擒龐德；龐德至死不降，而另一位曹軍主將于禁，卻歸順了關羽……

如今龐德，年二十七歲，正是黃金一般的年紀。但是從他身上，卻少有那種張狂跋扈之氣，蓋緣於在過去數年間他不知怎麼得罪了馬騰，被發配在龍耆城。

而今復起，龐德自懷一番雄心壯志！

曹賊

章九

涼州亂(三)

斜陽，夕照。

落日的餘暉灑在澄淨的盧水河面，微風拂來，河面上泛起層層漣漪，煞是好看。

河兩岸，桃紅杏白，遍地殘落。河水的鱗光，落日的餘暉，與這滿地的殘落交相呼應，勾勒出一副清冷圖畫，美極了……

龐德卻無心欣賞美景，勒馬於河畔。

河面上原本有橋梁，可不知為什麼，不見了蹤影。

「傳令下去，兩個時辰內，我要見到河面上十座浮橋，子時之前，務必兵臨武威。」

「喏！」

西涼兵對龐德，還是表現出了足夠的尊重。

這位年輕的將領，少年成名，曾經在軍中享有赫赫聲威。『馬龐雙璧』，這其中的龐，就是龐德；而另一個馬，則是如今那位享譽西涼的錦馬超馬孟起。

不過，建安四年後，馬騰對龐德漸漸疏遠，以至於後來，乾脆發配到龍耆城，對付河湟的燒當羌。一晃六年過去，昔日的少年將軍已將三旬而立，那張古銅色的面龐，透著河湟朔風留下來的滄桑痕跡。四年裡，龐德與河湟羌人，大大小小有過近百次戰鬥。他手中那口大刀，浸透鮮血，不知有多少羌胡猛將折在了龐德的刀下，可謂戰功赫赫。可是如此顯赫的戰功，卻一直沒有得到提拔，甚至這次從龍耆城調回武威，也僅僅是個都尉的頭銜，表面上坐擁宣威，可實際上卻受到重重節制。

許多西涼兵，都為龐德感到不值……

斜陽下，龐德立於河畔。那張剛毅的面龐如刀削斧砍般，稜角分明。

「將軍，吃些東西吧……從晌午出發，到現在您水米未進，如何能解那武威之厄？」

「安平！」

「嗯？」

「這幾年來，我一直想不通一件事。」

「什麼？」

「還記得建安四年，我與君侯往許都的事情嗎？」

君侯，就是槐里侯馬騰。

而這位安平，則是龐德的堂弟，名叫龐明。四年來，他一直隨著龐德，征戰於龍耆城。一道從耳根劃到嘴角，血肉翻開，至今仍未癒合的刀疤，更使得龐明透著一股猙獰剽悍。他個子沒有龐德高，身體也沒有龐德壯，卻別有一股氣勢。

「當然記得！」

也就是那次從許都回來，馬騰開始疏遠龐德，並最終把龐德發配去了龍耆城。龐明怎會不記得。

「我一直在奇怪，曹朋為何認識我？」

「啊？」

「那次在許都，一個偶然機會裡，我見過曹朋一次。當時他剛從下邳回來，而且還是待罪之身……呵呵，不過你知道，那傢伙惹禍的本事可真是不小，他當時私下裡放走了呂布的家眷，只為當初呂布幫他，贈給他兩百兵卒。這個人，我很佩服。不過在那之前，我從未見過他，而他也沒有現在這麼大的名聲。主公介紹我時，他竟然脫口而出我的表字。我一介小卒，他怎麼會認得我呢？」

對於龐德被冷落、被發配的緣由，龐明並不清楚。哪怕在過去四年裡他不止一次的詢問，可龐德從未正面答覆。

現在，龐明懂了！

龐德之所以被冷落，恐怕就是因為那次事情。試想，一個從未謀面的人，怎可能知道對方的表字呢？

龐德當時也只是在馬騰軍中有點名望，『西涼馬龐』之名，也是後來才叫響的。換作任何人都會認為，曹朋和龐德一定是認識的……

龐德默默無聞，可那時候的曹朋卻已嶄露頭角。

曲陽一戰，令他聲名鵲起，而曹操對他的寵愛，在當時也被許多人所稱道。

問題，就在於此。

那時候馬騰簽了衣帶詔，是曹操的敵人。而曹朋是曹操的心腹，龐德卻被馬騰看重。馬騰因此而產生猜忌，龐德又無法解釋清楚，自然會被冷落、流放。

龐明疑惑的問道：「將軍，果不識曹友學乎？」

「呵呵，你看，連你都懷疑。」

「我不是……」

龐德笑著搖頭，「我還真不認識他，當時只知道他是許都小八義之一，曾與呂布、陳宮鏖戰曲陽，幫著他的姐夫治理海西，在淮南好像有那麼一點點的名氣。哪像是現在，人人皆知……主公問我，我真不知道該怎麼回答。不過於我而言，雖被流放四年，但收穫頗豐。這一次，將與那曹友學對決疆場，正是我洗刷冤情的時候，我定要與他分出高下……對了，傳說呂布曾將畢生所學傳他，不知道這謠言是不是真的？」

「將軍問我，可是為難我了！」龐明道：「反正河西傳的是神乎其神，不過我總覺得太過虛假，未必是真的！」

「不管是不是真的，如今正要與他一戰。」

兄弟二人在河岸上說著話，不知不覺，天色已晚。

河面上，浮橋已經搭建完畢。有軍卒過來稟報，說是大軍已準備妥當，可以過河。龐德點點頭，和龐明跨上戰馬，橫刀而立。

一輪明月，懸於夜幕。那河面上波光粼粼，異常美麗。遠處，牧草隨風蕩漾，彷彿波浪起伏。如此美景，若是個詩人，說不得會詩興大發。

突然，河面上傳來一陣喧譁。

龐德問道：「發生何事？」

「車仗從浮橋落水。」

「哦？」龐德一怔，催馬上前。

浮橋不寬，而且也不穩固，車仗行駛其上很容易翻到，這本算不得什麼事情。

「河水怎地這麼淺？」

當龐德看到那輛掉進河水的車仗，仍露出一個車把的時候，不由得一怔。這盧水灣，是兩條河水交會之地，河水應該很深。而西北解凍的時間也比中原晚，暮春時節，河水剛剛解凍，水流正應該是湍急的時候，為什麼會如此的平緩呢？

十座浮橋搭在水面上，大軍正陸陸續續的通行。

龐德突然間打了個寒顫，一雙虎目圓睜，厲聲吼道：「停止前進！停止前進！都回來……」

話音未落，只聽北面傳來一聲轟鳴巨響，轟……轟……連續兩聲巨響過後，又從北面隱隱約約傳來隆隆巨聲，好像有萬馬奔騰，又恰似地動山搖。

龐德二話不說，撥馬就走，「安平，快走！我們中計了，中計了！」

盧水上游，巨浪排空，兩條奔騰的巨龍咆哮著從上游衝下來。

河水中夾帶著一根根巨木，還有尚未消融的堅冰。許多西涼兵站在浮橋上，舉目看去，頓時被這一幕驚人的場面所嚇住了，很多人甚至忘記了要逃走……

可即便逃走，能逃往何處？

洪水直沖而下，位於最北面的一座浮橋，被數十根三人合抱的巨木轟的一下子摧毀，浮橋上的軍卒瞬間被水龍吞噬。兩條水龍在盧水灣相會之後，激起萬丈水氣。那水霧中，水龍合而為一，變得更加可怕。一名西涼兵被水龍捲起，而後一根巨木飛來把他撞得粉身碎骨，堅冰沖過去，更帶走了一片血霧……

好慘！

十座浮橋，幾乎是在同一時間煙消雲散。浮橋上數百名軍卒在水龍的咆哮聲中，無聲無息的死去。水龍並不肯就這麼甘休，而是繼續向下游沖去。積蓄了一整天的洪水，明顯不是這盧水河道可以容納的，一下子沖上了河岸。河岸上的西涼兵連人帶馬被捲入其中，隨著洪水而走。戰馬悲嘶，軍卒哀號，卻被水龍的咆哮聲全部淹沒！

龐德和龐明帶著人想要逃離，可戰馬再快，也快不過那滔滔洪水。

一股巨浪，狠狠拍在了龐德的背上，龐德哇的噴出一口鮮血，便栽倒在馬下。龐明比他好不到哪兒去，直接被洪水沖翻在地……

三千西涼兵，只瞬間，便全軍覆沒！

「將軍醒來，將軍醒來……」

龐德從昏迷中甦醒，想要站起，卻發現自己被繩捆索綁，躺在一片泥濘之中，動彈不得。在他周圍，有一百多個西涼兵，或昏迷不醒，或拚命的呼喚龐德名字。

龐明也在其中，但是看樣子，還沒有清醒過來。

龐德大吼一聲，翻身想要站起來，卻聽身後勁風響起，呼！一根木棒，狠狠砸在他的身上。

「老實點！」

「狗賊安敢……」

龐德被打得差點背過氣去。扭頭看，只見一個帶著極為明顯匈奴特徵的少年，正惡狠狠的盯著他。

少年不過十一、二歲，手裡是一根紅松木製成的短棍，長約有三尺六寸左右，粗若雞卵。那短棍一頭用錦緞子包裹，而後纏繞著銀絲，將錦緞子固定起來。

短棍刷著一層紅漆，鋥亮！

少年見龐德瞪他，毫不示弱的瞪了回去：「先生吩咐，老實點，若亂動，就打斷手腳。」

身上的繩索很粗，想要掙斷，卻不可能。而且這少年恐怕也是個練家子……剛才那一棍，絕對不是他這個年紀能打出來的。如果真硬來的話，只怕是自取其辱。

洪水，已經平息。

月光皎潔，灑落大地，可以隱約看到那河面上漂浮著浮橋殘斷痕跡。

一群軍卒正在河水中打撈屍體。他們把一具具屍體從河水裡撈出來，擺放在河畔，若有那倖存者，則直接捆上，交給河岸的軍卒處理。

河灘上，橫七豎八，一具具西涼兵的死屍，還有戰馬殘骸。

龐德躺在泥濘中，心裡暗自發苦。

什麼叫做虎落平陽被犬欺？他現在的狀況，已經做出了最好的說明和解釋。

原本想要建功立業，可不成想，連敵人的影子都沒有看到，就成了階下囚徒？是誰做的？

龐德無須費心考慮。

這種時候，能做出這樣事情的人，恐怕也只有那位河西太守，北中郎將曹友學。

人言，曹朋詭詐，果不其然。此人不出手則已，出手便是步步連環，不死不休。如此對手，端地有些可怕，不是他龐德可以應付。只可惜，自己滿懷雄心壯志，被流放四年後，渴望著能夠建立一番功業，可是卻……我死則死矣，只怕這武威郡，從此不再復『馬』姓了。

遠處，馬蹄聲響。

龐德睜開眼，只見火光攢動。一群騎著白色駱駝、身披白袭的軍卒，簇擁著一個青年從遠處行來。

操，好大的場面！

龐德可以肯定，他這輩子都沒有見過這麼大的排場，特別是那三百頭白駱駝，給人以一種極強的視覺震撼。駱駝上的騎士，清一色長矛大刀，看上去格外威武。

而為首的青年，胯下一匹罕見的獅虎獸。跳下馬身高八尺有餘，魁梧壯碩。一件唐猊寶鎧，罩百花戰袍，腰繫獅蠻玉帶。肋下配劍，馬上掛刀，身後尚有一匹大宛良駒馱著弓弩箭矢，和一桿沉甸甸、鵝卵粗細的畫桿戟……

呂布？

龐德下意識的閃過一個名字。

呂布雖已死去多年，可虓虎之名，至今仍不為人忘懷。

不過他馬上意識到，這不是呂布……看年紀，看這排場，只有一個人——曹友學！

龐德掙扎著想要站起來，卻被蔡迪按住。

「小迪，扶龐將軍起來吧。」

曹朋甩蹬下馬，踏著泥濘，走上前來。

在他身後，三百頭駱駝同時跪地，三百名白駝兵齊刷刷甩蹬從駱駝上下來。那動作，整齊的好像一個人。

龐德不由得嚥了口唾沫，心中暗自發苦。

好一個曹朋……只看他這些親衛，就知道他的財力何等雄厚，花費了何等心思。

「龐將軍，許都一別，別來無恙啊。」

「哼！」龐德臉一紅，扭過頭，也不理睬曹朋。

你挖苦人就是這麼挖苦的啊！要不是你曹朋，老子何至於被流放四年？而今，我為階下囚，狼狽不堪。你是勝利者，堂堂北中郎將，河西太守，何來『無恙』？

龐德已經想好了，如果曹朋勸降他，他絕不低頭。

你說，我是啐他一臉唾沫，還是一頭把他撞倒好呢？撞倒估計有點困難……對，他只要過來，我就啐他一臉唾沫。大丈夫死則死矣，絕不仿效那貪生怕死之輩。

想到這裡，龐德胸脯一挺，露出傲然姿態。

曹朋在距離他還有幾步遠的時候，卻突然停下來。那雙明亮如星辰般璀璨的眸子，含著笑意，上上下下打量，似乎在告訴他：你的小算盤，我已經知道了……

龐德臉一紅，扭過頭去。

「今日一戰，某施計而勝，卻勝之不武。」

「啊？」

曹朋笑咪咪說道：「想來令明也不會服氣……不如這樣，我放令明走，咱們姑臧城下，一決高下！」

章十 涼州亂（四）

「小賊癡心妄想，某絕不……」龐德怒氣衝衝，怒聲吼道。可吼了一半，那後面的話硬生生又嚥了回去。

所有人都奇怪的看著他，就連剛甦醒過來的龐明，臉上也透著古怪，看上去很有趣。

「你要放我走？」

「是啊！」

「你……你不殺我？」

曹朋忍不住哈哈大笑，「令明，我若取武威，如探囊取物，非你可以阻擋。既然如此，我又何必殺你？我看你也是條好漢，若殺之實為不祥。而且你心裡必然不服，那麼待我兵臨姑臧城下時，咱們再一決雌雄。到時候，定讓爾臣服。」

我是想招降你，不過不是為了武威郡。

我要打武威，誰也阻擋不住我的腳步……我就是欣賞你，所以要打得你心服口服。

何等霸氣，何等張狂！就連龐德也說不出話來。半晌後，他低下了頭。

馬騰，絕不會有曹朋這種氣概。馬騰也很霸氣，但總體而言，給人感覺格局還是小了。

這番話若出自別人口中，龐德說不定會暴跳如雷，簡直就是視天下英雄無物嘛……

可出自曹朋之口，卻讓龐德怎麼聽，怎麼覺得那麼舒服。這感覺也不知因何而起，也許就是曹朋的那種坦承，那種睥睨天下英雄的豪邁，令他頓時心生敬重。

「小迪，給龐將軍鬆綁。」

蔡迪二話不說，收起短棍，從腰間拔出一柄短刀，一下子就割斷了龐德身上的繩索。

龐德猶豫了一下，「公子氣度，龐某敬服。不知，公子可留我這些部曲一條生路嗎？」

「一併放走！」

曹朋手一揮，自有軍卒將包括龐明在內的一百來人身上的繩索割斷。

「給龐將軍兩匹馬，把我那口虎咆刀取來。」

有人牽馬，王雙捧刀上前。

曹朋接過虎咆刀，掃了一眼之後，展顏笑道：「身為大將，豈能身無寶刃？將軍乃上將，須寶刀相襯。此刀乃家父所造，是我心愛之物。今將此刀贈與將軍，權作你我許都一面之情誼。日後疆場上見，咱們各為其主，某必會手下留情，還望將軍奮勇而戰，無須有甚掛念。宣威，已為我所取，將軍回姑臧去吧。」說著話，他解開身上那件大紅色裘衣披風，上前兩步，披在了龐德的身上。

「令明，走好！」說完，曹朋轉身就走。

王雙牽馬而來，曹朋扳鞍認鐙，翻身上馬。獅虎獸一聲長嘶，身後白駝兵立刻騎上駱駝，隨著曹朋風馳電掣般的離去。而河兩岸的曹軍，也紛紛散去。

偌大的河灘，眨眼間就剩下龐德等人，還有幾匹孤零零的戰馬，在河灘上嘶吟。

龐德用力甩了甩頭，總算是清醒過來。

「安平，他走了？」

「是！」

「會不會有什麼詭計？」

「哥哥，這個時候，你我都這副模樣了，人家還用得著解衣贈刀，耍詭計不成？」

「這個……」

龐德還是有一種如墮夢中的感覺。他低頭看了看身上這件大紅色裘衣披風，在夜色中格外醒目。而手中擎著的那口虎咆刀，長九尺，刀口暗紅，散發著一蓬濛濛血光，寒氣逼人，是一把寶刀。刀上，刻有刀銘：建安七年汲造，吾兒冠禮。

這是曹朋二十歲時，正式行及冠之禮，一代大匠曹汲親手所造，贈給曹朋的禮物。

如果是尋常兵器，龐德或許不會有什麼感動。可這口虎咆刀，同樣採用虎吐舌的設計造型，鋒利無比，更兼虎咆刀本身獨有的意義，使得龐德感受到了曹朋對他的重視。一時間，龐德的眼睛竟紅了……

「哥哥，咱們乾脆降了吧。」龐明突然說道。

「馬騰父子視咱兄弟若鷹犬，只為一點點猜忌，便把咱們流放到龍耆城，忍受四年淒苦。而今把咱們調回來，意思非常明白。他想要立馬鐵為嫡，故而讓咱兄弟為他兒子賣命。此等人，不值得咱們效忠，倒不如降了曹公子，至少舒心啊！」

一席話，龐明並沒有刻意去掩飾。

龐德心裡一動，也生出了奇怪的想法。他發現，那百餘名西涼兵似乎也有些動心。

「安平休得胡言！」龐德激靈靈打了個寒顫，猛然清醒過來。他從小所受教育，忠孝仁義，這『忠』字排在第一位。

龐德為自己剛才那一剎那間的意動而感到羞愧，厲聲道：「將軍提拔我於貧寒，與我有知遇之恩。

為人不忠，豈非禽獸不如？安平豈可胡言亂語，口出大逆不道之言。」

龐明神色一黯，嘆了口氣，不再說話。

「我們走。」

「去哪兒？」

「姑臧……見三公子。」

「那宣威……」

「曹朋既說了宣威失守，那必然失守，你我回去，自投羅網耳。今自當趕赴姑臧，協助三公子抵禦那曹……賊。今日之事，不許對外說，就當作沒有發生。」

說罷，他一把撤掉了身上的披衣，本想把虎咆刀丟棄，可下了半天的決心，最終還是不捨。大將豈可無寶刃？了不起，將來我在陣前，饒他曹朋一命，權作酬謝。可是，曹朋也饒了我一次……這恩情，要還到什麼時候？

龐德閉上眼，半晌後睜開眼睛，目光落在了地上的那件大紅色披衣上。披衣，已沾染泥濘，看上去不復之前的鮮豔色彩。龐德緊走幾步，上前把那件披衣拾起來，小心翼翼的抹去上面的汙跡。猶豫片刻後，他把披衣疊好，放在馬背上。

做人要忠貞不二。

可也要曉得好歹……人家一番好意，解衣贈刀。他把這披衣扔了，又算是怎麼回事？

想到這裡，龐德心中苦澀。不管怎麼說，這個恩情，恐怕一輩子都無法償還了。

「走，去姑臧！」

月色淒冷。韓遂倒在一堆雜草中，氣息奄奄。他身中三刀，刀刀砍中要害，基本上已無可挽回。

成公英臉色鐵青，而閻行的妻子，也就是那韓氏女，抱著韓遂痛哭不停。

「真的沒救了嗎？」成公英看那醫士走出來，語氣有些凝重。

醫士，說穿了就是個在鄉村之間的土郎中，醫術很普通，若是小病小災的，倒還能診治一番。可韓遂目前的狀況又豈是小病小災？他也是束手無策。

大半夜，被人從暖和的被窩裡拖出來，沒想到是這麼一碼子事……本來心裡還有點火氣，可現在，他只有深深的恐懼。

「來人！」

「大王饒命……」郎中嚇壞了，撲通一聲退下，抱著成公英的大腿，「非是小人不盡心，實在是……老爺的傷勢嚴重，不是小人這等醫術能夠診斷。小人已經盡了力，大王饒命！」

成公英哭笑不得，搖搖頭，伸手把他拉起來。

「先生勿怕，我非是要殺你。」他猶豫了一下，輕聲道：「不過，如今形勢，我也不能就這麼把你放走。這樣吧，委屈你在這裡待上一夜，天亮後再離開，我保你性命無虞，你看如何？」

這是怕郎中去通風報信。

郎中哪敢拒絕，連連點頭道：「願從大王吩咐，願從大王吩咐。」

「來人，請先生去洞中歇息。」

幾名親兵上前把那郎中帶走。

成公英猶豫了一下，沿著緩坡，慢慢登上了山丘。

站在山丘上，可俯瞰金城大地……遠處，大通河河水奔流，滔滔不絕向東去，與大河匯聚。

閻行身形挺拔，若一株古松，站在山丘上，看著遠處河水，面色凝重。他聽到身後腳步聲傳來，卻沒有回頭。成公英走到閻行身邊，也沒有說話，只是靜靜的和他一起，眺望河水。

「彥明，再大的水流，終究是要匯聚大河。」好半天，成公英沒頭沒腦的說了一句，便不再往下繼續說了。

閻行身子一顫，面頰抽搐。他沒有回頭，輕聲道：「丈人，真的沒救了嗎？」

「三刀皆中要害，那侯選沒有半分留手。若非我趕去及時，而侯選也沒有帶太多人手，恐怕主公首級不保。彥明，還請原諒，非是我不盡心……我已盡力，雖護家眷逃出，但終究無法保住主公性命。」

閻行的眼睛，登時紅了。

他強忍著悲慟，笑了笑，沒有指責成公英。他真的沒辦法去指責成公英，為了保護韓遂一家，成公英連自己的家眷都顧不上——三個兒子在允吾城裡戰死，女兒投井自盡，妻子自刎於堂上！如此情形，閻行還能責怪什麼？責怪他為什麼沒有及時趕去嗎……他是韓遂的女婿，若不是楊奇拚死阻攔馬超，恐怕已死在允吾。所以，成公英請罪，他只是用力的拍了拍成公英的肩膀。

腦海中，浮現出過往種種……

閻行，出身貧寒，原本是湟中孤兒，當初因誤殺了湟中令的鬥犬，以至於被定為死罪。就在他命懸一線時，韓遂出現了！那時候的韓遂還不是金城郡太守，只是一個金城名士，在涼州之地頗有名望。韓遂見閻行可憐，於是便向湟中令求情，花錢替他買罪，保住了閻行的性命。

那一年，閻行十歲。而那一年，正是中平元年。韓遂收養了閻行，並教他讀書識字，習文練武。閻行天生神力，而且非常聰明。韓遂當時曾戲言說：此兒成長，可為吾佳婿。

所有人都以為韓遂只是說說玩笑話，但後來誰也沒想到，韓遂居然真的把女兒嫁給了閻行。可以說，沒有韓遂，就沒有閻行。閻行見證了韓遂的每一步崛起，從最初被北宮伯玉、李文侯等人挾持造反，到後來韓遂初有根基……閻行一點點的長大，武藝越發強橫，更精通於兵事和政務。

閻行對韓遂的感激，發自內心。韓遂雖非他親父，但在他眼中，韓遂就是他的父親。如今……

閻行緊握拳頭，那指甲沒入掌心，手掌鮮血淋漓。他深吸一口氣，「公英，這裡且請你代為照看，我去見丈人，看他有什麼吩咐，咱們再做決定，如何？」

「請！」

閻行轉身，大步走下山丘。

他還沒進山洞，就聽到妻子的哭泣聲。

「丈人，可醒了？」

「夫君，爹爹他……」韓氏女看到閻行，更是痛哭流涕。

韓遂幽幽一聲嘆息，「彥明來了？」

「丈人！」

「女兒，妳且先出去，我與彥明說些事情……乖女兒，爹有一句話，妳要牢記。日後須謹守婦道，聽妳夫君的話，切不可似從前那樣，動輒使性子，要做個乖女人。」

「女兒，謹記父親教誨。」韓氏女眼睛通紅，跪下來，朝著韓遂磕了三個頭。

閻行知道，這是韓遂要交代遺言了。他鼻子一酸，險些哭出聲來……可他知道，自己不能哭！他是這些人的主心骨，他若是哭了，則所有人都將茫然失措。

在韓遂身旁跪下，閻行一如小時候那般，「請丈人教誨。」

小時候，他總是說：請先生教誨！

而今，先生變成了丈人，可那份濡沫之情，卻絲毫沒有減弱。

韓遂蒼白的臉上浮現出一絲笑容。他伸出手，握住了閻行的手掌，「若我當年未從賊，你我如今，說不定還在老家逍遙快活。我可以看著你和乖娃恩愛，還有我那小孫孫……」

「丈人，是閻行無能。」

「彥明啊，怪不得你，怪不得你！」

韓遂劇烈的咳嗽起來，從嘴角流出一抹血絲，他輕聲道：「想我一生算計，甚至被稱之為黃河九曲……沒想到，到頭來卻被那馬騰一介莽夫所算計……不過我不怨！我算計別人，別人也算計我，只看誰的手段更加高明而已。今允吾丟失，金城已無你立足之地。和公英一起，帶著乖娃走……去尋一個能保你建立功勳，成就功業的人輔佐吧。」

「丈人，那我該投何人？曹操嗎？」

「曹操確是明主，但對你而言，並非最佳選擇。他麾下謀士如雲，猛將無數……你才華橫溢，卻無半點根基，想要站穩，並不容易。我可以為你尋一人……他年紀雖然不大，卻聲名響亮，更甚得曹操所重視。」

「北中郎將？」

韓遂笑了，「彥明，能阻止馬騰一統涼州者，必是那曹友學。去投他吧……他會接納你們。此人有大才，且有包容心。投靠他，你日後成就，必不可限量……」

突然，韓遂的瞳孔瞬間放大！他大笑三聲，「馬壽成，看你得意幾時！」說罷，氣絕身亡。

建安九年三月，韓遂亡！

西涼，姑臧——

馬鐵看著堂下的龐德，俊俏的面龐上布滿陰霾。

「三千鐵騎，三千鐵騎……龐令明，你好大的本事，竟然一下子都給我丟沒了！」

「末將無能，請公子責罰。」

「既是無能之輩，留你何用？來人，拖出去斬了！」

馬鐵是真的怒了！原本武威縣丟失，就已讓他感到憤怒。那曹朋小賊，不過運氣好而已，連河西都未站穩，居然就要攻打我武威郡？我不去找你麻煩，已經是好了……你既然自己上門送死，那我就不對你客氣了！

聽父親說，這龐德是一把好手。所以在得知武威縣造反之後，馬鐵立刻讓宣威守將龐德率部馳援，可沒想到……

腦海中，突然間閃現過一件流傳許久的事情。當初龐德被流放龍耆城，就是因為他好像和曹朋有交情，卻矢口否認，所以才被馬騰扔到了河湟。難道說……

馬鐵突然道：「慢！」

刀斧手停下來，疑惑的看著馬鐵。

就聽馬鐵道：「龐令明，你與那曹朋，究竟是何關係？」

「未有關係。」

「那你又是如何回來？」

龐德一怔，片刻後輕聲道：「是那曹朋放我回來。」

「哈，還說沒有關係！」馬鐵怒極而笑，站起來手指龐德道：「若無關係，他會放你回來？若無關係，他會贈你寶刀？龐德，父親離開之前就對我說過，要我防著你，說你是養不熟的白眼狼。我本不信，還想著你能助我一臂之力。沒想到，你果然是歸降了曹賊。」

「末將沒有！」

刀，被收沒了。龐德無話可說……可要說他勾結曹朋，那斷斷不可承認。

龐德想再爭辯，卻見馬鐵上前，一腳踹在他的胸口。馬鐵年紀雖小，卻是將門之子，從小習武，槍馬純熟。雖比不得他大哥馬超那樣勇猛，卻也是一員猛將。

這一腳，踹得龐德噴出一口鮮血，險些栽倒。

「這物證當前，你還敢說沒有？」

「三公子，末將的確是被曹朋所俘，不過曹朋此人，光明磊落，說是勝之不武，要與我在姑臧城下決戰。故而放我回來……他說不想占我便宜，故而贈我寶刀。」

龐德胸懷坦蕩，頗有一種事無不可言的意思。

他說的是理所當然，可是在馬鐵聽來，簡直就是匪夷所思，胡說八道。

「他器重你，所以放了你。他要光明正大勝你，所以贈你寶刀……龐令明，你當我是三歲的小孩子不成？」馬鐵那張俊秀的面容，因憤怒而扭曲。

「分明是你降了曹朋，他派你混入我這姑臧，而後裡應外合。龐德，虧我父親看重你，你竟敢背主求榮。今日若不殺你，某項上人頭，早晚成你覲見之功……來人，把他給我拖出去斬了！把他給我碎屍萬段！」馬鐵暴跳如雷，厲聲咆哮。

他倒不是生氣龐德投降，而是氣這龐德看不起他，居然用這種謊話來欺騙他。

馬鐵也知道，他在軍中威望不足。這一點從上次征伐紅澤，各部將領不聽調遣，就可以看出端倪。那些雜種欺負我也就罷了，你一個小小的龐德，也看不起我嗎？老子今天要殺了你！

「公子，末將冤枉，末將冤枉！」

「拖出去！」馬鐵一揮手，大聲吼道。

就在這時，馬成從外面跑來，大聲道：「公子，刀下留人，刀下留人啊！」

「成叔，你要為此獠求情嗎？」

馬成氣喘吁吁，停下腳步後，看了龐德一眼。說起來，他對龐德很瞭解。這孩子是個很忠誠的人，而且任勞任怨，非常老實。他武藝高強，卻不似馬超那般張狂。

曹賊

章十
涼州亂（四）

當初馬騰只是為一些不足為人所道的理由，將龐德發配龍耆城，馬成就不太同意。

曹朋知道龐德的名字又有什麼？當時龐德剛嶄露頭角，說不定曹朋是透過什麼管道，知道了龐德這個人的存在，你又何必懷疑？

可馬騰剛愎，馬成也不好說太多，只能眼睜睜看著馬騰把龐德發配，而且一發配，就是四年。可這四年來，龐德可是一句怨言都沒有，他盡心盡力的在龍耆城守護，與河湟羌胡大大小小打了近百仗，死在龐德刀下、有名有姓的羌胡將領，至少也有幾十個。正是龐德坐鎮龍耆城，使燒當羌無法和韓遂聯合起來，極大程度的限制了韓遂的發展，才有馬騰坐大。

曹朋？

詭計多端！

龐德輸給曹朋，似乎也在情理之中。

英雄相惜，也是常理。就算贈刀釋放，也算不得什麼。也許在常人眼中，這聽上去荒誕不經。可那曹朋是常人嗎？在馬成眼中，河西那幫人，沒有一個正常。

正常人，有膽量在鳳鳴灘連敗七陣，誘敵深入？

正常人，能在短短半年平定了混亂的河西，把紅澤聯盟搞得四分五裂嗎？

正常人……

總之，在馬成看來，曹朋就不是個正常人。

可是看馬鐵那憤怒的模樣，馬成也知道他勸說不得馬鐵。這位三公子，倒真是像極了馬騰，特別是那小心眼和剛愎的性子，簡直就是同一個模子裡出來的。

馬成苦笑道：「公子，非是我要為龐德求情，而是有軍情稟報。」

「講！」馬鐵大手一揮，坐下來氣勢十足。

馬成深吸一口氣，「休屠縣，丟了！」

馬鐵剛坐下來，好像屁股下面有根彈簧似的，騰地一下子又竄起來，「你說什麼？」

馬成咳嗽兩聲，「休屠縣，在昨夜被襲，休屠長戰死，曹朋已奪取了休屠縣，斷去了顯美和番和兩地援兵。」

「怎麼可能？」

沒什麼不可能！

賈星，就是武威人。他那乾爹賈詡，也算是姑臧極有名氣的名士。雖然離開涼州多年，但人脈還是有一些，特別是一些家族豪強，與賈詡當年多少都有交情。

賈星憑賈詡之名，在奪取宣威之後，單騎前往休屠縣，將休屠拿下。這一點，連曹朋都沒有料到。休屠縣，和休屠澤並沒有什麼關係。它位於秦漢長城之間，扼守著河西走廊和姑臧之間的咽喉。休屠縣丟失之後，也預示著武威郡北方三縣就算是出援兵，也難以立刻馳援姑臧。而姑臧治下的城鎮，兵力也不足，畢竟西涼八千精兵幾乎都集中在姑臧。

馬成接著道：「還有一件事。」

「還有什麼事！」馬鐵有點控制不住情緒了，大聲咆哮。

「張掖太守鄒岐，本已答應出兵援救。可是酒泉太守蘇則突然發兵，奪取合梨山，占領了昭武。鄒岐雖有心救援，可是卻無力出兵，他必須先把蘇則擊退。」

蘇則，酒泉太守；鄒岐，張掖太守，後黃初曹丕初置涼州，以其為涼州刺史。

不過，此時的涼州也非常混亂。涼州刺史韋端聽調不聽宣，也就是說表面上臣服朝廷，可是卻不願意聽從調遣。歷史上，韋端死後，涼州被他的兒子韋康所有。直到馬超造反，殺了韋康之後，曹操才趁機出兵，將涼州真正的把持。

所以，用『群雄割據』來形容涼州目前的狀況，絲毫沒有誇張。

當然了，勢力最大的，莫過於馬騰、韓遂、韋端三人，三足鼎立。而河西走廊上，又有張掖郡和酒泉郡。其中，張掖郡太守鄒岐，和馬騰有著極為親密的合作關係；而酒泉太守蘇則，則是董卓時期朝廷派出的官員，屬於……有點說不清楚。

不過，從他在這個時候出兵張掖來看，蘇則親許都更多一些，似乎並無自立之心。

這涼州，可真的是亂了，到處都在打仗！

馬騰奪取了金城郡，威逼漢陽；曹朋攻入武威郡，連取三縣，馬上就要兵臨姑臧城下；現在，張掖又起了戰事，蘇則出兵，必然拖住張掖兵馬，令其無法救援武威郡。曹朋當初在設計拒敵於河西之外的計畫，如今可算得上是大獲成功，只是，連他都沒有想到會亂成這副模樣……

「公子，曹友學占領休屠，只怕接下來就是姑臧了。大戰將起，若臨戰而殺將，乃不祥之兆。龐德既然說他沒有歸降曹朋，何不令他陣前將功贖罪，證明清白呢？若他能勝曹朋，則說明他並沒有和曹朋勾結一起；若他再敗，公子到時候二罪歸一，斬了他首級，想來他也說不出什麼話來。」

「這個……」馬鐵猶豫了！

馬成見馬鐵心動，立刻回身喝道：「龐德，某剛才所言，你可聽得清楚？」

「末將字字聽真。」

「那你可願意迎戰？」

「末將願意……若不能勝那曹朋，末將就戰死疆場，以洗清白，請公子明鑑。」

「來人，還不為龐將軍鬆綁！」馬成鬆了口氣，命人釋放龐德。

哪知道，馬鐵卻在這時喊了一聲：「慢！」

馬成心裡一緊，扭頭向馬鐵看去。只見馬鐵沉吟片刻，對龐德道：「成叔說的有理，臨戰殺將，乃不祥之兆。不過，我還是信你不過……來人，將他打入牢中，待我戰敗曹朋，再與你算帳。」

馬鐵心裡終究信不過龐德。同時，他更自信滿滿：一個曹朋罷了，有什麼了不得？我就不信，少了龐德，我還贏不得他嗎？

龐德被押解出去。而馬成看著龐德的背影，心裡有些發苦，暗地裡一聲嘆息。

建安九年三月，就在曹朋攻占了宣威後的第六天，他兵不刃血的便拿下休屠。

與此同時，越吉統帥大軍兩萬，兵臨武威城下。

那越吉，號稱羌人猛虎，有萬夫不當之勇。掌中一桿長柄鐵錘，重達百斤，力大無窮。這長柄鐵錘，可不是一般人能夠使用，不但要力氣大，還要有技巧。

《三國演義》裡，除了越吉之外，還有其他人用這種兵器。

比如虎牢關外，北海上將武安國，用的就是長柄銅錘，不過分量只有越吉的一半。那武安國，也是虎牢關外登場不多，卻沒有被呂布所殺的武將。只是他被呂布斬斷了一隻手，此後便銷聲匿跡。畢竟斷去一手，就形同如廢人。

兩萬羌胡，浩浩蕩蕩衝向武威縣。不過他們才看到武威縣的城牆輪廓，就見一支人馬列陣城外。

徐庶在城頭親自督戰，命八千河西兵擺開了陣勢，一副要與羌胡決戰的架式。

越吉在中軍，聽聞之後，不由得哈哈大笑：「漢家兒張狂，若他們據城而戰，說不得倒是要有一番爭鬥。可現在他們竟棄城與我野戰，分明是自尋死路。傳我命令，全軍出擊，某今日當一戰功成！」

兩萬羌胡發出如同野狼般的嚎叫，縱馬衝鋒。

但見河西兵軍陣不亂，徐庶依照著長兵在前、短兵在後的陣法，將三千弓弩手放在最前面。河西兵的箭矢，是經過了特殊的打造，並不是這個時代最為常見的青鋒箭，或者狼舌箭。曹朋請曹汲打造出一種三稜箭，箭頭較之普通箭矢細長，呈三稜形狀。為此，曹朋還專門為這種三稜箭取名為『曹公矢』。

正月，首批二十萬枝曹公矢送至河西。

這是曹朋自己出錢打造，所以曹操也不是特別清楚。等這二十萬枝曹公矢送出之後，曹操才知曉了狀況。他一眼看出這曹公矢較之普通箭矢，有著無法比擬的殺傷力，想要追回，已經來不及了！於是命曹汲日夜趕工打造三十萬枝曹公矢，準備用於鄴城之戰。為了此事，曹操還斥責了少府劉曄，差一點把劉曄罷官。

曹操的三十萬枝曹公矢還在打造之中，而武威城外，曹公矢即將初顯崢嶸！

徐庶站在城頭，看著那瘋狂衝來的羌胡騎軍，眼中流露出一抹殘忍的笑意……

他輕搖羽扇，猛然向前一指。城頭上，大旗招展，城外漢軍將領嘶聲吼道：「放箭！」

千人箭隊，挽弓而射，一蓬箭雨，嗡的一聲沖天而起，朝著羌胡騎軍射去；緊跟著，第二排千人箭隊開弓放箭，緊隨那箭雨而行；第三排箭隊在喝令聲中，也挽弓射箭。三排箭雨沖天，遮天蔽日，令日月無光。這種輪射之法，與當年秦軍箭陣頗有相似之處，所用強弩皆特製而成，非力大者不能使用。

曹公矢在空中飛行，撕裂空氣，發出刺耳銳嘯。

三千枝箭矢射出之後，第二輪箭陣已然準備完畢……

「放箭！」

又是一輪箭雨騰空！

三月的武威郡，青草嫩嫩，和風陣陣。

這，原本是一年裡最美的兩個時節之一。可是在武威城下，天空中好像出現了一片陰霾，那溫暖的太陽被這陰霾所遮擋，籠罩著一層濃濃的肅殺之氣。

徐庶立於城樓。在萬箭齊飛的一剎那，風捲起那件月白色的鶴氅飄動。那隻緊握羽扇、堅定遙指前方的手臂，在空中紋絲不動。那景象，真的帥呆了，酷斃了！

與此同時，萬箭如飛瀑直落，三稜箭強大的穿透力，根本無可阻礙。

羌胡並不是所有人都能穿戴鐵甲，更多的是一身布衣遮擋。如此簡陋的防禦，根本無法擋住那呼嘯而來的箭矢。鋒利的三稜箭撕裂了肌膚，直沒入體內，一枝、兩枝、三枝……當一個人在瞬間被插滿了箭矢之後，那模樣可端地恐怖。騎兵連人帶馬倒下，甚至連聲音都未能發出。

數百名羌胡騎兵連人帶馬同時栽倒，那場景也是格外壯觀。

箭雨，一直在下，更多的羌胡騎兵倒在血泊之中。

與普通的狼舌箭不一樣，三稜箭鑽進身體之後，那鮮血順著血槽迅速的流淌出去，根本無法救治。許多羌胡騎兵倒地之後，並沒有立刻死去，他們或是仰面朝天，或是被戰馬壓著，或是俯伏地上，身體隨著鮮血的流淌，抽搐不停……

武威城外的草地，瞬間被鮮血染成了一片紅色。

越吉也沒有想到河西軍的箭陣會如此凌厲，如此凶狠。三稜箭的穿透力，遠非狼舌箭可以比擬。同樣的力量可以打落狼舌箭，但對於三稜箭而言，卻只能是偏離方向。細長的箭頭穿透了身體，那赤莖白羽，在陽光下顯得是格外刺眼。

羌胡騎軍越來越近，眼見著他們快要衝破箭雨覆蓋的範圍，忽聽武威城頭響起邦邦邦急促的梆子聲。緊跟著，從城頭上飛出密密麻麻一堆物品。

是陶罐……

陶罐落地粉碎，從罐子裡滾出各種奇形怪狀的鐵蒺藜，瞬間就散落一地。戰馬奔行，一腳踩在那鐵蒺藜上，頓時發出一聲聲淒厲慘叫，撲通撲通的倒在地上。前面的騎軍摔倒在地，後面的騎軍卻不知道

涼州亂(四)

發生什麼事情，攻勢不由得為之一頓。

也就在這時候，城頭上的令旗再次搖晃起來，河西軍將領嘶聲吼道：「曹弩，平射！」

原本是拋射的弓箭手們，頓時改變了射箭的方式，從拋射變為平射，一蓬箭雨平地而非，呼嘯著射向羌胡騎軍。第一排箭陣射出箭矢後立刻蹲下，換第二排弓箭手平射，而後是第三排。這三排弓箭手，從頭到尾沒有任何移動，就在原地不停起伏放箭。

這一眨眼的工夫，就有數不清的羌胡騎軍死於曹公矢下。

如此密集的箭雨，就算是徐庶在城頭上觀察，也不由得打了一個寒顫……

「是不是有點殘忍了？」他扭頭，向身後的親隨詢問。

「嗯，是挺殘忍。」

他有十名白駝扈從，專門負責保護他。

說起來，他這些扈從也都是久經戰陣的主兒，可是他們從來沒見過這麼凶猛的箭雨。敵軍根本衝不上來嘛……

這也是曹朋在訓練河西軍時提出的『遠程覆蓋』理論，多多少少有點類似於後世的火力覆蓋。不過這年月沒有熱武器，所以最佳的手段，就是加強弓箭的威力。曹公矢，就是專門為曹朋的遠程覆蓋理論而設計。

遠程覆蓋，要求弓箭手輪射，在最短的時間裡將手中箭矢射完，並且要和對手保持一定距離，所以當對手縮短距離的時候，弓箭手需要學會移動射箭。當然，這需要非常嚴格的訓練，也不是一時間就能夠完成目標。先是靜止射箭，同時用其他手段來進行輔助，比如發射鐵蒺藜，以延緩騎軍的衝擊速度。

為此，曹朋交給郝昭一萬人，專門訓練弓箭手。從河西平靖到現在，整整四個月時間，才練出了五千人，而且還不能讓郝昭完全滿意。這一次征伐武威郡，曹朋將五千弓箭手全部帶出來，單只是武威縣，

就有三千人之多。

這種遠程覆蓋的箭陣理論，最大的問題就是箭矢消耗的速度。

這才一眨眼的工夫，徐庶心下粗略計算，恐怕消耗了至少近兩萬枝曹公矢，而整個武威城裡，也不過五萬枝而已。但效果還是非常明顯，這殺傷力也格外驚人。

徐庶輕輕搖動羽扇，突然嘆了一口氣，「既然已是殘忍，那就更殘忍一點吧。傳我命令，十輪連射之後，騎軍出擊！」

十輪連射，那就是要把剩餘的三萬枝曹公矢全部射出。

可別小看這十輪連射，對於弓箭手來說，這十輪下來足以耗盡他們所有的力氣。五萬枝箭矢過後，還能有多少人存活在面前？這個問題不是徐庶需要考慮的！他只知道，這五萬枝箭矢射出之後，羌胡騎兵基本上也就只有一個結局，那就是潰敗、潰敗……

「火蒺藜，準備！」

武威城頭，令旗晃動。

「放！」

又是一個個黑影從武威城中騰空而起，好像蝗蟲一樣飛落而下。

還是陶罐，不過外面卻裹著一層燃燒的乾草，有那羌胡將領抬手將陶罐擊碎，沒想到這一次，陶罐裡不僅僅是鐵蒺藜，還裝著半罐子的桐油！陶罐一碎，那桐油頓時燒起來，瞬間沾在了那些羌胡騎軍的身上，鐵蒺藜散落一地，遍地燃起火焰。戰馬受驚，希聿聿長嘶，有的一下子便把身上的騎兵掀翻到馬下。

火海、箭雨……武威縣城外，幾近修羅地獄！

咚！咚！咚！戰鼓聲，從武威縣城的城頭傳來！

章十

涼州亂(四)

兩百面牛皮大鼓擺在城上。雖是三月，風還有些寒，可四百名彪形大漢光著膀子，腰繫牛皮大帶，手持鼓槌，掄圓敲擊戰鼓。鼓聲，一開始緩慢，迴響天地，甚至連那城外的喊殺聲都淹沒，令人感到頭皮發麻……至少，越吉就有一種毛髮悚然的感覺。

整個羌胡騎軍的軍陣已經完全亂了，至少有三、四千人倒在疆場上，形容淒慘。明明已經看見了武威縣，偏偏就是無法靠近，無法觸摸！那種感覺，真的很要命！

如果說，羌胡騎軍一開始還能憑著一股悍勇之氣衝鋒的話，那麼到後來，近在咫尺卻遠似天涯般的感受越來越強烈。死的人越來越多，羌人已經崩潰了！

當戰鼓聲響起的時候，無數羌人不約而同勒住了戰馬，迷茫和恐懼交織一起。

鳳鳴灘的慘敗，不約而同出現在眾人腦海中。

他們的對手，不是雅丹部落的羌人，而是那群從河西走出來，殺人不眨眼的漢家軍！

突然，戰鼓聲變得急促起來，似是在下令衝鋒。越吉頭皮發麻，撥轉馬頭，大吼一聲：「中計了，快跑！」

一陣風襲來，捲倒了越吉的中軍大纛。

看那大纛消失，羌人頓時亂了……跑吧！

可是，來得及嗎？

「鬚虎騎，隨我衝！」

一員小將，從武威城外的高坡上縱馬疾馳，衝在最前面。在他身後，八百黑甲鐵騎緊隨其後。這支騎軍猶如一股黑色洪流席捲而來，瞬間就衝進了亂軍之中。

而另一邊，也是一個黑臉少年，舞動長戟，縱馬衝出。在他身後，飄揚大纛上書『小惡來牛』四個大字。那黑面少年，正是牛剛。

曹彰和牛剛，各領八百鐵騎，奉命在城外高丘上等候命令。鬚虎騎，是曹彰的衛隊。

曹彰被曹操稱讚黃鬚兒，可是在河西，人頌黃鬚虎之名。他對老爹的虎豹騎早就羡慕已久，而曹朋組建了白駝兵後，更是讓曹彰眼紅。於是他乾脆以黃鬚兒之命，給他的衛隊取名鬚虎騎。至於牛剛那『小惡來』之名，也是曹彰所起，反正牛剛的舅舅是典韋，叫做小惡來也不為過。

至於典滿他們是否答應，曹彰才不會去理會……反正我就是這麼叫了，你能怎樣？

兩個少年就如兩頭猛虎，領著兩隊騎軍衝來。

有羌騎上前阻攔，卻見曹彰、牛剛二人舞槍弄戟，毫不畏懼。

曹彰槍疾馬快，且力大無窮。史書記載，他有生裂虎豹之力。過去他隨曹朋習武，後來更隨甘寧學熊搏術，別看他年紀小，這氣力之大，就算是成年人如李典等人，也無法相比。

牛剛更是有一膀子神力。他習武，不如曹彰聰明，所以曹朋也沒有教他什麼巧妙的招數，全都是那種硬打硬拚、以力取勝的招法。

羌騎善於騎射，但曹彰和牛剛的坐騎，可全都配備有高鞍雙鐙，憑此神器，等閒羌騎根本無法阻攔。而那位西羌第一猛將的越吉，這時候已經被嚇破了膽子，哪裡還顧得上和曹彰、牛剛爭勇鬥狠，跑都來不及呢！

「明犯我天威者，雖遠必誅！」

「雖遠必誅！」

曹彰在馬上咆哮，大槍抖動，殺得羌騎血流成河。

這一戰，在後世被稱之為都野之戰。它不僅僅是以摧枯拉朽之勢，證明了曹朋『遠程覆蓋』理論的可行性，也代表著曹朋的軍事思想日趨成熟——史官如是說。同時，都野之戰，也代表著曹氏第二代子弟正式登上了歷史的舞臺。

本來，曹朋、曹真，都屬於曹二代。

可由於這兩人的年紀，加之曹朋的聲望太高，以至於後世很多人從不把他看作是曹二代，甚至將他擺在曹一代的位置。畢竟，曹朋是曹彰和曹沖的老師，說他是『曹一代』，似乎也不為過。

而就在曹彰在都野衝鋒陷陣之勢，曹丕剛整頓好了行囊，帶著司馬懿，興致勃勃的離開了五鹿城，朝中丘縣方向趕去……

建安九年三月末，鄴城之戰，正式拉開了序幕！

時值初夏。姑臧城，涼風習習。

曹朋在休屠縣經過了短暫的整頓之後，領四千兵馬，抵達姑臧城外。

四千人！

他只帶了四千人……其想法不言而喻：姑臧之戰，根本就不需要他費吹灰之力，四千人足以攻陷。

張狂，忒張狂！

完全不把馬鐵放在眼中！

事實上，不管是從戰績，還是從名望上來看，馬鐵也的確是沒有和曹朋叫板的資格。可你不能表現的這麼明顯吧！馬鐵好歹也是個有理想、有抱負的有為少年，你曹朋的年紀比馬鐵大不了多少，這麼赤裸裸的歧視，簡直是叔可忍，嬸兒不能忍了。

馬鐵暴跳如雷，不顧馬成的阻攔，領兵出戰。

他既然出城邀戰，作為河西太守、北中郎將，完全不把馬鐵『放在眼裡』的曹朋，自然不會拒戰。

曹朋命賈星和王雙在軍中坐鎮，而後帶了三百白駝兵，便衝出轅門。

姑臧城下，曹朋躍馬盤旋。獅虎獸大黃，似乎也受到了感染，張狂的嘶吟，發出一陣陣恰如龍吟獅吼般的咆哮。曹朋甚至沒有披掛，一身白色戰袍，掌中畫桿戟，耀武揚威。

馬狂，人更狂！

那副囂張的氣焰，足以讓馬鐵咬碎鋼牙，氣沖斗牛。

這是鬥將！

雙方不約而同的，都選擇了鬥將。

馬鐵在旗門下，厲聲道：「何人與我取曹賊狗命？」

「末將願往！」

馬鐵聲音還未落下，就見一員將縱馬擰槍，衝出旗門。馬鐵大喜……

此人名叫藍山，號武威上將，殺法驍勇，頗有功勳。

藍山縱馬，衝到兩軍陣前，大槍遙指曹朋，厲聲喝道：「你家藍將軍在此，小賊還不下馬就縛，否則取爾狗命！」

藍山是誰？

曹朋露出一臉的迷茫之色。西涼眾將當中，他只知道馬超、龐德、馬岱……好吧，馬鐵好像也有些名氣，《演義》裡這廝保護馬騰突圍，著實費了曹操一番手腳。不過，藍山又是哪一頭呢？

既然你出來了，那我就不客氣了！

曹朋也懶得和藍山多語，兩腳一磕飛虎蟾，獅虎獸一聲長嘶，長身竄出，似離弦之箭。

「無名之輩，也敢張狂！」

曹朋單手執戟，大吼一聲，畫桿戟在半空中舞出一抹圓弧冷芒，嗡……劈向藍山！

章十一

涼州亂（五）

藍山躍馬而出，他正要擰槍出招，卻忘記了獅虎獸那驚人的爆發力。大黃長嘶，聲起時身形竄出，聲落時已到藍山馬前。曹朋在大黃竄出的一剎那蓄力掄轉畫桿戟，當獅虎獸止住腳步時，這畫桿戟的力量隨之達到了巔峰。藍山嚇了一跳，忙舉槍相迎。

鐺！

一聲巨響。戰馬希聿聿慘嘶不止。

那不是畫桿戟，而是一座山，一座逾萬斤之重的巨山壓來！

藍山也算得上西涼悍將，卻從未遇到過如此對手。人倒是勉強還能撐住，可是胯下坐騎卻慘叫一聲，撲通就倒在了地上。藍山被曹朋一招砸下了馬，大槍也被甩出去老遠。整個人如同傻了，藍山腦袋空蕩蕩的爬起來，還沒等他站穩身形，卻聽到一聲龍吟獅吼般的咆哮……

大黃猛然仰蹄而起，蹄子上的馬蹄鐵閃過一抹冷光，照著藍山的胸口一記凶狠的踹擊，砰的將藍山踹飛了出去。

「哇！」藍山倒在地上，一口鮮血噴出。胸骨被獅虎獸踹得粉碎，那胸甲更有一個明顯的馬蹄形狀，向內凹陷進去……

明眼人都能看得出來，藍山恐怕是沒救了！

「賢弟！」

這邊獅虎獸放下蹄子，西涼軍中大部分人都還沒能反應過來，包括馬鐵在內。

藍山，西涼上將啊！

才一個回合，就被斬落馬下？

想當初，這傢伙可是肆虐西涼的馬賊，與其他三人號稱西涼四虎，少有人能敵。馬騰費了多少心思才算把藍山四人收服。這次讓馬鐵留守武威郡，馬騰帶走了馬超等人，卻留下了龐德和這四員虎將，以期能幫助馬鐵建立一些威信。哪知道……

一個回合！

只一個回合……馬鐵不由得嚥了口唾沫，若自己出戰，當何結果？

他一時間胡思亂想，卻惱了陣中的其他三虎。楊胡、張五、程造三人與藍山可說是親若手足，一起長大，一起習武，一起當馬賊，又一起歸順了馬騰父子。

如今，藍山被殺，楊胡三人眼睛都紅了。

也不管馬鐵是什麼想法，三人躍馬就衝出本陣。楊胡善使雙刀，張五一桿鐵矛，而程造則是一柄大斧。直到三人衝出，馬鐵才算是反應過來，想要阻攔，已不太可能，這時候他若是攔住三人，非自己打起來不可，於是他大聲喝道：「擂鼓！」

咕隆、咕隆隆……

戰鼓聲頓時隆隆響起，西涼兵搖旗吶喊。

反觀曹軍陣營，卻好像什麼事情都沒有發生一樣。三百白駝兵面無表情，列陣排開。

章十一 涼州亂（五）

曹朋毫不畏懼，催馬迎上前去，畫桿戟翻飛，呼呼作響，戟雲翻滾，閃過一抹抹光毫。楊胡三人一到近前，立刻被曹朋圈住。畫桿戟每一次揮出，都會發出一陣陣古怪的雷音，勢大力沉。

三人圍著曹朋，馬打盤旋。

三個回合後，曹朋趁著錯馬之時，左手從兜囊裡取出一枚鐵流星，反手就是一擊。那鐵流星劃出一道寒光，程造猝不及防，正中面門。鐵流星藏有巨力，一下子將程造的眉骨砸裂，鮮血呼的一下子就湧出來，還摻雜著一些渾濁的白色物質。

「三弟！」楊胡淒聲呼喊，舞刀向曹朋劈過來。

而曹朋依舊是不慌不忙，大戟一横，鐺的崩開楊胡的雙刀。這時候，張五正好從身後衝過來，一矛刺向曹朋的後心。曹朋耳聽身後有金鋒聲響，身體猛然向前一伏，那鐵矛貼著他身體掠過，張五就已和他並轡而行。就見張五面色猙獰，咬牙切齒的準備變招，曹朋呼的一下子坐穩身子，在馬上輕舒猿臂，蓬的就攫住了張五的大帶。

「還不給我下來！」

曹朋厲聲喝道，手臂一用力，硬生生把張五從馬背上提溜起來。而這時，楊胡雙刀再次劈來，曹朋雙腳踩著馬鐙猛然發力，扭轉身形將張五向外狠狠甩出去，正衝著楊胡的刀口，嚇得楊胡連忙收刀，他也不知道是不是該棄刀接住張五。

就在楊胡這一愣的工夫，曹朋手中畫桿戟猛然一轉，戟鑽做槍，反手狠狠戳去。

「啊！」楊胡被那戟鑽戳得一個正著，頓時栽倒馬下。這時候，他也不用去考慮是否應該棄刀救人，人落下馬，雙刀直接脫手飛出。

張五正好砸在了楊胡的身體上，曹朋手起戟落，鋒利的小枝一下子將張五人頭斬下。一腔子熱血，就這麼直接噴在了楊胡的臉上。楊胡將張五的身體推開，翻身站起來，卻聽馬蹄聲響，只見曹朋迎面撲來，畫桿戟撲稜稜一顫，噗的一聲，戟刃就沒入楊胡胸口。

曹朋一手勒馬，單臂用力，大吼一聲，畫桿戟挑著楊胡的屍體就直接舉在空中。他催馬上前兩步，朝著西涼軍陣前一甩，楊胡的屍體就飛落地上。

「馬家小兒，敢戰否？」

西涼軍的戰鼓聲才響起一輪，這搏殺，就已經結束……

西涼四虎，此時變成了西涼四頭死虎。

程造的身體還在不停抽搐，但氣息全無。而剩下三人，則死得不能再死了！

鼓聲止息，搏殺結束。曹朋的喝聲也正好響起，簡直是配合的天衣無縫。

「馬家兒，敢戰否？」

一直保持沉默的白駝兵，突然間舉刀撞擊長矛，齊聲呼喝。

鐺鐺鐺……

「馬家兒，敢戰否？」

鐺鐺鐺……

刀矛撞擊的聲音，似蘊含著無盡殺氣。

而那整齊的呼喊聲，更似萬人高喊，在蒼穹迴盪，令人膽戰心驚。

西涼軍鴉雀無聲！一雙雙眼睛向馬鐵看去，那意思分明在問：三公子，你敢和這個人決一死戰嗎？

若是馬超在，不用曹朋開口，已縱馬衝出。

這是一個氣勢的問題。

曹朋沒有叫陣，那就是馬超邀戰，從戰略層面而言，這叫做主動出擊；可是現在，馬超不在，而馬鐵畢竟年紀小，根本沒有經過這種場面。曹朋叫陣之後，不管他馬鐵是否出戰，這主動權已經調轉到了

章十一
涼州亂(五)

曹朋手中，西涼軍的士氣必受影響。

戰，若敗了，慘！

不戰，那結果也好不到哪兒去……

馬鐵一咬牙，擰槍就要衝出旗門，卻在這時候聽到武威城頭上傳來『鐺鐺鐺……』一陣銅鑼聲響。這叫做鳴金！所謂擊鼓而進，鳴金而退，這是自古以來的規矩。就算是馬鐵身為武威主將，也不能違反這規矩。

聽到鳴金聲，他蒼白著臉色，猛然舉槍喝道：「收兵！」

西涼軍，氣勢洶洶的殺出姑臧，卻又灰溜溜的撤回。

曹朋也不追殺，突然回頭朝著白駝兵笑道：「三千虎賁喪家犬，馬家無人是男兒！」

白駝兵聽聞，哈哈大笑。

「三千虎賁喪家犬，馬家無人是男兒！」

「哈哈哈！」

「……」

白駝兵的笑罵聲，傳入姑臧城內。

西涼兵一個個面紅耳赤。馬鐵剛進城，聽到這十四個字的時候，頓時氣往上沖，眼睛都紅了，撥馬就要再次殺出去。馬成從一旁衝過來，一把就攫住轡頭。

「公子，不可再戰！」

「成叔，你放開我，那曹賊欺我太甚！」

馬鐵快哭了！他長這麼大，還沒有遭遇過這種羞辱。就算是當初在紅澤不戰而退，也比不得今日曹朋的這十四個字來的恥辱。聽聽，三千虎賁喪家犬，馬家無人是男兒……這種事情，誰能忍得？對馬鐵這種在溫室裡長大的孩子，那是萬萬無法承受。

馬成厲聲道：「公子，能敵曹賊否？」

一句話，令馬鐵頓時冷靜下來。

他能抵住那如狼似虎，儼然若虓虎再生的曹朋嗎？

四員西涼上將幾乎無還手之力，被人家輕輕鬆鬆的秒殺。馬鐵自認，單打獨鬥不懼任何一人，但若是三人聯手，他就算能勝了，也要百餘回合才能結束。可是，曹朋輕而易舉的斬殺了西涼四虎，自己就算是衝出去，能勝得了那曹朋嗎？

馬鐵閉上眼睛。只見吊橋升起，城門關閉，而白駝兵的笑罵聲卻仍清晰可聞……

「成叔，怎麼辦？」

「如今我姑臧城裡，唯一人可敵曹朋。」

「誰？」

「龐德！」

馬鐵幾乎沒有考慮，二話不說，「不成……絕不能讓他出戰，此獠與曹賊不清不楚，萬一他勾結曹賊，趁出戰之際攻城的話，豈不是令姑臧淪陷入曹賊之手？」

「那就……避戰吧。」

這個避戰，並不是說避而不戰，而是要開始正面交鋒。

鬥將，為的是一個士氣。兩軍交戰，特別是這種攻防戰，絕對是無法避免的。馬鐵原本是想要在西涼軍中建立自己的威望，故而主動出擊，要求和曹朋鬥將。

現在看來，這還真是一個錯誤的選擇……

看著馬鐵慘白的面容，馬成這心裡實在不是滋味。他原本就不贊成鬥將，可是馬鐵卻執意要鬥將。

好吧，你要鬥將也可以！咱姑臧城裡不是沒有好漢……那龐德在龍耆城與羌胡交鋒四載，連素以蠻勇而著稱的河湟羌胡也要讚一聲『龐將軍威武』。觀今日鬥將，能與曹朋一戰者，除大公子外，就是龐德了。

可是，馬鐵依舊不肯相信龐德，將他關在大牢裡。

這馬鐵的性子，可真是越來越像主公了……既然如此，那就準備和曹朋來一場血戰吧！想必此時，主公應該已經得到了消息！

馬成這心裡，隨之輕鬆許多……

「馬騰應該得到消息了吧？」

曹營中軍大帳裡，曹朋洗了手，笑呵呵的問道。

賈星歪著頭，算了算日子，而後點點頭，「應該已經趕來了……呵呵，想不到這馬壽成還真是配合將軍。將軍這邊剛準備出兵，他就要去奪取金城郡。沒了韓遂，他馬壽成的地盤雖說大了，可在一時間，恐怕也會力有不逮吧。」

曹朋揉了揉鼻子，在帥椅上坐下，問道：「接下來，怎麼辦？」

「就看士元那邊勝負如何。」

「那咱們這邊……」

「且先耗著吧！今姜敘在休屠縣，斷無問題。西部三縣想要救援姑臧，也沒那麼容易攻破休屠縣。能救援姑臧的，也就只有一個鸞鳥縣。不過鸞鳥縣如今怕是自身難保，馬鐵將西涼精兵盡數屯於姑臧，鸞鳥縣手裡也不會有什麼兵馬。」

曹朋點了點頭。

這一戰的主要目的，並不是打姑臧。用後世的軍事術語，這是圍點打援。曹朋是項莊舞劍，意在沛公……他真正的目的，是要將馬騰的援兵擊潰。只要援兵沒了，這姑臧城倒是唾手可得。別看馬鐵有八千西涼『精兵』，曹朋手裡可是有兩千弓箭手，還有十萬枝三稜箭。

打野戰，曹朋更不擔心。賈星善詭謀，但兵法不俗。他二人聯手起來，馬鐵就算再多八千人，也不在曹朋眼內。

這，就是自信！

從曲陽之戰以後，一步步走過來：白馬火燒顏良，延津斬殺文醜，戰袁紹，俘虜高順、張郃……而後出使匈奴，督撫河西。曹朋的自信是從一次次的勝利中取得，而他手中，如今更有徐庶、龐統這樣的謀士，還有賈星這樣的毒士。要兵有兵，要將有將，河西那邊還有一位大毒士藏於暗處，對武威郡虎視眈眈。他怕個甚？

以目前的狀況，不應該是他畏懼，而是馬鐵畏懼，西涼兵畏懼。

曹朋喝了一口水，輕聲道：「可這麼耗著，著實無趣……能否找些事情來做呢？」

賈星頓時笑了，「將軍，可是看中了那個龐德龐令明？」

曹朋倒也沒有掩飾他對龐德的喜愛。事實上，在前世他就非常喜歡龐德這個人物。忠誠，守諾，一旦認定目標，絕不會改變……

為報答曹操知遇之恩，龐德在重重懷疑中抬棺而戰，堅定了曹操對他的信任。事實上，關羽水淹七軍之後，于禁降了，而龐德卻寧可殺身成仁。

可惜了一員虎將！

以前看《三國演義》時，曹朋就有這種想法，所以在這一世，他希望能改變龐德的命運……

他已經改變了很多人的命運。比如郭嘉，他身體強壯得不得了；比如魏延，他現在是曹操的中郎將，

章十一
涼州亂（五）

能獨領一軍；還有甘寧、步騭、闞澤……等等。而最大的改變，就是把諸葛亮的老婆，變成了他的老婆。既然已經改變了這麼多人的命運，又何妨再改變一下龐德的命運呢？

馬成所預料的攻擊，並沒有出現。

第二天，馬成陪著馬鐵站在城門樓上，咬牙切齒的看著城下的曹軍，竟半晌說不出話來。連馬成這麼一個老實人都有點忍不下去了！

這曹朋，真欺人太甚……

一面長約十米，寬近三米的白絹上，寫著十四個大字——

三千虎賁喪家犬，馬家無人是男兒！

這幅白絹用兩根大杆撐起，就插在曹營轅門外。

什麼，你不認得字？

沒關係，那些曹兵會告訴你這上面寫的是什麼字。

五百曹兵在城下同時高呼，喊累了，換一批人過來接著喊。各種汙言穢語從那些曹兵口中吐出來，只讓人面紅耳赤。河西兵沒什麼文化，好多人甚至是胡人出身，罵起來無所顧忌。

更有甚者，在城下解開褲帶子，對著姑臧城撒尿，那囂張的模樣幾乎讓馬鐵咬碎鋼牙。

「出擊，隨我出擊！」馬鐵厲聲喝道。

馬成知道，如果這麼下去的話，那西涼兵的士氣會在這一陣陣笑罵聲中喪失殆盡。

打一次吧！

於是，馬成也贊成了馬鐵出擊的要求，令三千騎軍殺出姑臧城。

不過曹軍的反應，也格外迅速。兩千弓箭手瞬息間衝出轅門，列陣等候。曹公矢沖天而起，射向了

西涼兵。這一次，西涼兵算是領教了什麼是真正的箭矢如雨。

遮天蔽日的箭矢，以及從曹軍大營中彈射而出的鐵蒺藜，讓西涼兵清楚的領略了一番曹朋的遠程覆蓋理論。曹軍根本就沒有出擊，十輪箭射，兩萬枝曹公矢耗盡，三千西涼軍死傷過半，狼狽的退回了姑臧城裡。馬成更身中三箭，血流不止。

這曹公矢最狠毒的，不是它的穿透力，也不是它的射程，而是在箭頭設置了兩個小小的倒鉤。如果依著處理狼舌箭那種的手法，直接能讓人疼死。

一名西涼兵在被治療的時候，醫士還不清楚三稜箭的奧妙，直接拔箭，就那一下子，至少撕下來半斤肉。那可憐的西涼兵中箭時還能忍住，可這治療時竟發出淒厲的慘叫，直接昏迷過去。

同時，三稜箭上的血槽設計，也使得中箭者的血液流動加速。要拔出箭矢，必須將箭矢穿透，砍下來那箭頭，而後再拔箭桿。可在這穿透的過程裡，又不知死了多少人。鼓掌城門樓下，鮮血已染紅了地面。

馬成昏迷了三次，終於穩定了狀況。不過，即便他醒過來，也是奄奄一息，再也沒有半點力氣……

「公子……情況不妙……」

「成叔，你先養傷，別說了！」

「公子，聽我說……曹賊必有詭計。他們恐怕不是要打姑臧，而是在等姑臧不戰自潰……今西北三縣援兵，已指望不上，鄒岐恐怕也自身難保……主公的援兵，未必能及時趕來，甚至有可能……曹賊已經設好了圈套，等主公前來……」

「啊！」馬鐵頓時懵了！

他熟讀兵法，也有些謀略。不過呢，他的謀略在大多數時候，就如同戰國時那位只會紙上談兵的趙國將軍趙括一樣，對著書能滔滔不絕，可一旦臨戰，他這腦袋裡就反應不過來。

曹賊

章十一

涼州亂（五）

馬成識字不多，讀的兵書也少，但他追隨馬騰多年，從中平元年開始，從一個小卒子一步步到今天的地位，那可不是讀幾部兵書就能得來。他的戰爭直覺遠勝於馬鐵，甚至連馬超和馬騰都不如。所以，當馬成感覺到了這形勢並不是他之前所預料的那樣時，馬鐵卻完全聽不明白。

馬鐵疑惑的看著馬成，嘴巴張了張，卻不知道該如何發問。

「那曹賊，是項莊舞劍，意在沛公。姑臧於他並不重要……是主公……只要主公一敗，則姑臧就將成為孤城。這倒還不重要，最重要的是，那休屠澤的羌人！我料想，曹賊必然在武威，做好了準備。一旦主公援兵潰敗，那麼曹賊在武威縣的兵馬，必然會攻擊休屠澤……」

「唐蹄，已失去了銳氣。越吉雖勇，卻是莽夫，絕非那曹賊對手。到時候最有可能出現的狀況，就是唐蹄和徹里吉聯手，將越吉消滅，而後歸附河西。如此一來，武威縣的曹軍就能抽身出來，與唐蹄聯手，將姑臧圍困。那時候，就算主公再想要救援，也無可能……」

馬成越說越激動，臉色頓時呈現出一絲病態的嫣紅。

馬鐵腦袋裡亂哄哄的，幾乎失去了思考的能力，「成叔，那咱們該怎麼辦？」

「必須派人通知主公……不過，曹賊必有防範，會有重重圍堵。此人須有武勇，非等閒人可以擔當。我知道公子還不能信任龐德，但請看在老叔的面子上，信他一次。讓他殺出去，找主公報信，請主公提防……只要主公不敗，則姑臧無虞。」

說著話，馬成蓬的一下，抓住了馬鐵的胳膊：「我知令明，性情淳厚。請公子你能似信老叔一樣，信令明一回。我相信，他必然會以性命報答公子信任。」

「成叔，你莫說了，莫說了！」馬鐵眼睛紅了，連連點頭道：「我信他，我信他還不成嗎？你先好好歇息，我這就放他出來。」

馬成的臉上露出燦爛的笑容。他鬆開了手，癱在榻上，慢慢閉上眼睛……

馬鐵說：「成叔，我這就去釋放龐德，安撫他，向他道歉……請他前去告知父親。」

馬成沒有說話，只是點點頭。

馬鐵不敢再遲疑，扭頭匆匆離去。

耳聽馬鐵步履聲漸漸遠去，直至聽不見，馬成這才睜開眼，眸光中，閃爍著奇異光彩……

壽成，吾兄！

弟弟能幫你做的，也只有這麼多了。但願得，小鐵能從此改變性情，日後必有大作為。可惜弟弟不能看著你一統涼州，重振馬家聲威！就如小時候你和我說的那樣，你要做涼州王。但是我，恐怕看不到了……真懷念，從前的時光啊……

馬成的臉上透出一抹笑意。

「父親，孩兒未違背您的囑託，孩兒來了！」

他伸出手，突然大聲喊叫。

屋外的親兵聽到馬成的叫喊聲，連忙跑進來觀看，卻見馬成仰面朝天，那隻手筆直的向上伸展，手指微微彎曲，似要抓住什麼……

「將軍！」親兵驚聲呼喊。

這時候，馬鐵正朝房間走來，聽到那親兵嘶聲裂肺般的哭聲，身子不由得一顫。一股寒意，直沖頭頂！

「成叔！」馬鐵的眼淚，刷的一下子流出來。

「哥，馬家如此待你，何至於再為他們賣命？」

姑臧城城門樓的卷洞裡，龐明拉著龐德，輕聲道：「用你的時候，對你親熱；不用的時候，隨意辱罵。哥，咱別再犯傻了……這馬家，不值得咱們去保啊！」

「安平，住口！」龐德啪的把手搭在刀柄上，虎目圓睜，透出冷冷殺意。「你若是再胡說，我認得你，可我掌中這口刀，卻認不得你。」

「刀是別人送的……」

「你！」

龐德被龐明一句話噎得險些背過氣去。他低頭看了一眼手中的虎咆刀，這煞氣也不禁為之一動。之前的那份勇氣，變得有些動搖了……他何嘗不知道好歹呢？

「安平，主公與我有知遇之恩。此次又是成叔力薦，我才有此機會。於情理，我必須要拚這一次，為報答主公知遇之恩也好，為報答成叔保我性命也罷。這一次之後，我不會再為馬家效力，到時候咱們一起回老家，好不好？」

龐明知道，他勸說不得龐德，緊握著龐德手臂的手，也慢慢的鬆開了……

「能有命活著回來再說吧……你別忘了，你還欠了人家曹……的一條性命呢。」

「我……」

「好了好了，廢話少說。準備吧，我會領兵吸引曹軍注意力，你能做到什麼地步，就看這運氣如何了。」龐明伸手在眼睛上抹了一把，聲音微微發顫。他走上前，給龐德的坐騎緊了緊大帶，而後伸手抓住轡頭，屈膝對龐德道：「哥，上馬吧。」

「安平，你保重！」

「跟著你，我就算是想保重，也保重不得。」

龐德伸出手，用力拍打幾下龐明的肩膀，一咬牙，踩著龐明的腿，跨坐於馬上。

而龐明看著龐德上了馬，臉上強擠出一抹笑意。他深吸一口氣，拱手道：「兄長，保重！」

「安平，保重。」

龐明轉身走出了卷洞，翻身上馬，從親兵手中接過大槍。

扭頭，朝著黑漆漆的卷洞裡看了一眼，龐明一咬牙，縱馬而去。他今夜，要帶人偷襲曹營，以牽制曹軍的注意力，為龐德的突圍做掩護。盡人事吧……能否成功，誰也不知。

龐明縱馬來到姑臧城的另一座城門下，就見一隊軍卒正在等他。

「安平將軍，可出擊嗎？」

「嗯！」

那名軍侯轉身要走，龐明突然問道：「聽你口音，是天水人嗎？」

軍侯一怔，笑道：「末將確是天水人，將軍何以知曉？」

「呵呵，我以前和兄長在天水待過一陣子……嗯，天水郡的冀縣，那裡風光甚好。」

「那可真的是巧了，末將正是冀縣人。」

「哦？」龐明笑問道：「你叫什麼名字？」

「末將，姜冏。」

「唔……姜冏，好名字！」龐明深吸一口氣，對姜冏道：「一會兒出擊的時候，記得跟緊我，我會護你周詳……好了，去準備吧。一炷香後，咱們出擊！」

「喏！」姜冏聽聞，拱手應命，轉身離去。

跨坐馬背上，手握冰涼的大槍……龐明深吸一口氣，心道：也不知兄長此時，在想些什麼？

兩兄弟，在同一座城池，為同一個人效命，卻又相距甚遠。

就在龐明在思忖的時候，龐德亦跨坐馬上，手指拂過那口冰冷的虎咆刀……

「安平，要保重。如果我能活著回來，一定會信守諾言，和你一同回老家。這麼多年過去了，也不

章十一
涼州亂（五）

知狟道（今甘肅省隴西東南，三國時屬雍州南安郡治下）老宅子裡的那棵老松是否還在！」

不知不覺，一炷香的時間過去。

城門緩緩開啟，露出了一條縫。龐明深吸一口氣，催馬從縫隙中行出姑臧城，緊跟著姜冏帶著四百騎軍，也悄然走出來。當行出姑臧後，龐明扭頭向城門樓上看了一眼，城樓上黑漆漆的，看不到人影。死城，真他娘的是一座死城啊……

為了這麼一座死城賣命，真不甘心！

想到這裡，龐明朝地上啐了一口唾沫，大槍虛空一指，「爾等息聲，不得有誤。」

出城時，馬蹄子都裹上了草，每個人口中都咬著一根胡柴。姜冏朝龐明點點頭，示意明白。龐明這才催馬，朝著曹營方向緩緩靠近。

與此同時，姑臧城另一邊的城門也打開了縫隙，龐德縱馬衝出，朝著蒼松方向疾馳而去……

遠遠看去，曹營裡燈火通明。

隱隱約約的，可以聽到那營中傳來的喧譁聲。轅門外，那幅白絹格外醒目，在風中獵獵抖動，白絹上面猩紅的字跡，看上去讓人感覺有一些怵目驚心……

龐明面無表情，朝著曹營慢慢逼近。

轅門口，沒有看到兵卒！想必是曹朋勝券在握，沒有做什麼防禦。

龐明臉上忍不住浮現出一抹殘忍的笑意：你曹朋也忒狂妄了……難道我西涼，就沒有人能被你看在眼中嗎？對了，我兄長或許被你看重，只不過過了今夜，你怕是要對我們恨之入骨吧……也罷，兩軍交戰，各為其主。你當日不殺我們，是你自己愚蠢。今日，就讓你為你的愚蠢付出代價……

掌中大槍一顫，龐明驟然催馬，「隨我出擊！」

姜冏等西涼軍卒二話不說，隨著龐明朝曹軍轅門方向衝去……

越來越近！

龐明眼看著就要衝過那白絹了，他眼中閃過一抹凶光，反手抽刀，向那白絹的杆子砍去。

這是西涼武將的恥辱！

可就在他長刀將砍在那杆子上的時候，胯下馬突然間希聿聿長嘶一聲。緊跟著，地面好像突然間向下一沉……龐明暗叫一聲不好，連人帶馬已落入陷馬坑中！

又上當了！

當龐明的身體隨著戰馬向下墜落的一剎那，腦海中閃過一個念頭。

「姜冏，速走！」

他大吼一聲，緊跟著身體蓬的一下子就砸在了坑裡。也虧得是曹軍沒想往死裡弄，若是在陷坑底部埋上幾根木樁子、鐵鉤子什麼的，龐明絕對是一命嗚呼。

而在他身後的姜冏等人正奔行著，忽聽轟的一聲，在那白絹下出現了一個巨大的陷坑。龐明魁梧的身影連同坐騎都不見了，耳邊只迴響著龐明的呼喊聲。

「姜冏，速走！」

「將軍……」姜冏連忙勒住戰馬。

他倒是停下來了，可是不少西涼兵衝得太猛，即便戰馬在陷坑邊上停下來，馬上的騎士卻隨著慣性一頭栽進陷坑裡面。

龐明最慘，在最下面，上面落下來一個，他就得承受一份力道。也幸虧是他體格健壯，否則單就是這下餃子一樣的往坑裡掉人，便能把他砸個半死。

不過如此一來，龐明也就動彈不得。

章十一　涼州亂（五）

只聽地面上傳來梆子聲響，從兩邊突然竄出兩隊弓箭手，一邊五百人，組成五排箭陣，朝著那陷坑邊上的西涼兵，就是兩輪遠程覆蓋。

一邊五百人，兩邊就是一千人。輪曹公矢出去，差不多就是兩千枝。

龐明這次沒帶多少兵馬，只帶了一部，四百人而已，單只是掉進陷坑的就有幾十個，剩下的三百來人，甚至不夠那弓箭手瞄準的……

姜冏一開始還準備拚死救出龐明，可是那箭矢如雨，身邊的西涼兵慘叫聲不絕。姜冏也險些被那曹公矢射中，眼見西涼兵掉頭就走，他也知道自己留下來是死路一條，唯有一咬牙，撥馬往姑臧方向逃去。原本是打算襲營，不成想卻被人家打了一個埋伏……從出城到逃走，甚至不到一炷香的時間。身後曹軍也不追趕，只是衝著西涼兵哈哈大笑。

姜冏心道：這仗，真沒法打了！

曹營轅門外，曹兵手持撓鉤繩索，站在陷坑邊上，將那些掉進陷坑裡的西涼兵抓出來，繩捆索綁。剛才還說自己倒楣的西涼兵，等從陷坑裡出來後，忍不住一個個暗自慶幸，同時臉色發白。這陷坑前方，竟然沒有一個活物，西涼兵的屍體、戰馬的屍體，全都像刺蝟一樣，倒在血泊之中。

就在那兩輪覆蓋過後，至少有一百多人被當場射殺。至於那些活著的西涼兵，沒中箭還好……一旦中箭，那就是生不如死。

這些俘虜，可是看過那些中箭的西涼兵被救回去之後，是何等的淒涼……

當時就有人說：「還不如給他們一個痛快！」

話是這麼說，誰又能對袍澤下的那個狠手？只能看著傷者在痛苦中哀號，死去！

龐明被人用撓鉤拖出來，還想要掙扎一下，就見一個青年上來，雙手搭在他的肩膀上。也不知青年手上是如何動作，只聽喀吧兩聲，龐明的膀子就被對方卸下來，他想要掙扎，卻沒有那個掙扎的力氣。

龐明氣得破口大罵：「曹友學，爾也妄為上將，只知用這等詭計，可敢與俺一戰！」

「咦，怎麼又是你？」

一個童稚的聲音，從人群中傳來。

順著聲音看去，龐明一眼就看到一個帶著匈奴血統模樣的少年，手持一根短棍，腰裡插著一支匕首，正好奇的盯著他看。龐明那張臉，登時騰地一下子通紅。

怎麼這小子也在？

少年，就是蔡迪。之前在盧水灣的時候，他就見過龐明。

人常言：童言無忌。可有的時候，這童言不僅無忌，而且傷人，傷得還很深。

那詫異的口吻，令龐明無地自容。

怎麼又是你？

老子被個娃娃給鄙視了！

「蔡迪，你認得他？」在蔡迪的身後，一個瘦削的青年，開口問道。

這青年一張口，一口道地的涼州口音，讓龐明不由得一怔。

蔡迪說：「軍師，盧水灣的時候，此人被先生擒獲了一次……哪曉得這廝好不知羞，居然想要來偷襲。哼，這會先生不在，可不能再放他，簡直就是白眼狼。」

「哈哈哈……」青年不由得笑了。

不僅是青年在笑，還有剛才卸了龐明膀子的青年也在笑。

「小迪，這話不能這麼說。兩軍交戰，各為其主，怎能說他是白眼狼呢？了不起就是不識好歹，不識時務的蠢貨。」

「嗯，蠢貨！」

龐明的臉通紅，直發燙。可是對方的羞辱，卻令他感到憤怒。索性，他不再去理睬對方，而是大聲咆哮：「曹賊，曹朋！可敢與某家決一死戰。」

蔡迪用一種看怪物的目光，盯著龐明，笑道：「大個子，你莫喊了……先生如今不在營中！你以為你們很聰明嗎？先生和軍師早就猜到你們有可能會派人突圍……聲東擊西嘛。你知不知道，先生乃兵法大家？你們這套把戲，先生早就著書立說，和我講解過呢。想必現在，先生應該已經堵住你們要突圍的那些人了吧……嘻嘻，有先生和軍師在，你們那點把戲又豈能瞞過？告訴你，就算你們能突出去，還有龐軍師、夏侯世父、韓世父和潘世父他們等著，就算插翅也難飛。」

龐明激靈靈打了個寒顫，問向青年：「閣下，不是龐士元？」

青年忍不住笑了，「你聽我這口音，像是那荊州的龐阿醜嗎？」

「你是……」

「在下賈星，字退之。家父賈詡文和公，也是這姑臧人氏。某今拜河西參軍事中郎將，在公子帳下效力。」

參軍事中郎將，類似於一個參謀長的職務，和真正的中郎將有著很大的區別。曹朋的謀主，是龐統和徐庶兩人，但在明面上卻是賈星，因為他是朝廷任命的軍事中郎將。相比之下，龐統和徐庶卻少了一個正統之名。不過，三人之間並沒有什麼矛盾和利益上的衝突……

準確的說，賈星代表的是曹操，他是曹操的人；而徐庶和龐統，才是曹朋的心腹。對這一點，三人都很清楚，所以相處也很融洽。

賈詡嗎？

龐明聽說過！那也真算得上是姑臧的一位名士。

可笑自己這些人還以為得計……卻不知道，人家雖在城外，可城內的一舉一動盡在掌控之中。

不對！如此說來，我兄長危矣……

就在龐明醒悟過來的時候，龐德也陷入了重圍之中。

他離開姑臧之後，打馬揚鞭，朝著蒼松縣方向疾馳而去。蒼松、鸞鳥，都是武威郡的治下，鸞鳥縣在姑臧西南，而蒼松則位於姑臧東南。它背靠秦長城，準確的說，更似武威郡的一個隘口。從金城郡到武威郡，就必須要經過蒼松縣。

從姑臧向東南，須經天梯山。龐德不敢有半點耽擱，不停催馬急行。繞過天梯山，便是官道，可直通蒼松。距離姑臧越來越遠，龐德這才算鬆了口氣。

就在這時，忽聽一陣急促的梆子聲，緊跟著從天梯山的拐角處，殺出一支裝束極為奇特的兵馬來。清一色的白駱駝，披掛鐵甲。駱駝上的騎士，一個個身著白色裘衣大氅，在山風中舞動。近兩丈的長矛，矛刃奇長，在月光下流轉毫光。駱駝背上，還配有九尺大刀。

這支奇特的駱駝軍攔住了龐德的去路，三百支長矛寒光閃閃。那架式，只要龐德敢動，這支白駱駝軍就會毫不猶豫的將他碾碎。

白駝兵！

龐德認得這支駱駝軍……

莫說是武威郡，恐怕整個涼州，也只有那位河西太守才有這麼一支裝備奢華的奇怪隊伍！

對於曹朋的品味，不僅是龐德無法苟同，就連河西郡的那些將領也頗有些受不了。

你說你組織親軍，用什麼不好，居然跑去用駱駝當坐騎……而且還偏執的非要用白色駱駝。一頭白駱駝，差不多是兩匹大宛良駒的價格。好吧，你用白駱駝也就罷了，連騎軍也必須是白色甲冑，披掛白色的披衣……這廝甚至不惜耗費重金，在那些長矛上塗抹銀漆，連刀鞘也要弄成銀色。

一般而言，戰場上很少有人用白色，一來有點不吉利，二來嘛，太過於醒目。

就好像曹彰那匹爪黃飛電，曹操非常喜愛，可是從來不願意騎著爪黃飛電上戰場……何故？白馬的目標太明顯了！往那裡一站，大家就知道你是誰！

當然了，也有那種不怕死的偏執狂，比如公孫瓚的白馬義從……如今，又跑出一個比公孫瓚還要偏執的主兒，曹朋！而且他更過分，公孫瓚的白馬義從好歹是用馬，你曹朋的白駝兵乾脆全都用駱駝。

可是，曹朋屬於那種大事上可以商量，小事上誰也甭想勸說的主兒。

我喜歡，我高興，你們愛怎麼著就怎麼著！

不僅如此，連龐統和徐庶，現在也被逼著使用白駱駝。

龐德一見白駝兵出現，就知道壞了！

白駝兵既然在這裡，那說明曹朋也在這裡……馬鐵的打算，已經被對方看穿了。既然曹朋敢離開大營，那也就是說，曹營裡必有埋伏……安平危矣！

想到這兒，龐德二話不說，撥馬就想要走。

卻聽一個熟悉的聲音傳入耳中：「令明，既然來了，怎麼這麼急著回去？」

在來路上，出現了一隊人馬。

還好，這支人馬比較正常，至少他們是騎馬來的。人數不算太多，大概在百人左右。為首一個青年，胯下獅虎獸，掌中畫桿戟，面帶和煦如春風般的笑容，朝龐德輕輕點頭，頷首示意，「令明，別來無恙？」

你他媽的就不能換句話嗎？

龐德哪有心情和曹朋在這裡糾纏？二話不說，拔刀就向曹朋衝了過來。

而曹朋臉上，笑容不改。見龐德衝過來，他大笑道：「早就想要和令明一決雌雄，擇日不如撞日，今日你我就在這天梯山下分個勝負。令明，吃我一戟！」

我和你很熟嗎？很熟嗎？

你叫得這麼親熱，又算是哪門子事！

龐德心裡面鬱悶的快要死去。

當初就是你那一句『令明』，害得我在龍耆城受了四載苦寒。你他娘的欺人太甚了……老子今天拚了，和你曹友學拚了！

虎咆刀在龐德的手中，恍若有了生命一樣，幻出刀影重重。

當初，曹汲在設計虎咆刀的時候，在上面還搞了一個小機關。當持刀者用力舞動的時候，虎咆刀就會發出刺耳的聲音猶如猛虎咆哮。這也是虎咆刀命名的由來之一。

龐德手持虎咆刀，全然沒有留手，大刀翻飛，勢大力沉；而曹朋也毫無懼色，畫桿戟舞動戟雲翻滾，招招致命。

自曹朋達到了超一流武將的水準後，還沒有人和他痛痛快快的打過。

夏侯蘭、潘璋等人曾聯手與他過招，可終究還是有所顧忌，而曹朋也不可能施展全力。自己如今究竟是什麼樣的水準？他也不太清楚……不過，龐德是三國中有數的猛將，武力值絕對超過了九十。而且他的年紀剛好，正在往巔峰走，所以可以當作一個尺規，來檢驗自己的武藝究竟是怎樣一個狀況。

白駝兵和飛眊點起了火把。

火光照耀天梯山下，只見那火光中，寒光閃動，殺氣逼人。刀戟交擊所產生的氣流，不斷的擴散開來，迫得白駝軍和飛眊不得不向兩邊退。

龐德施展出了畢生所學，而曹朋更沒有絲毫留手。

人打得激烈，連坐騎也在不停的發生衝突，獅虎獸不斷朝著龐德的戰馬發動攻擊。畢竟是天生異種，獅虎獸一旦發起性子來，可不是普通戰馬能夠抗衡的。一開始的時候，龐德憑著虎咆刀和曹朋打得不分上下，可是隨著戰況的延續，他那坐騎便漸漸頂不住了。

獅虎獸就是頭流氓馬，連踢帶踹，又撞又咬……只片刻工夫，龐德的坐騎被獅虎獸打得遍體鱗傷，不停的哀鳴。龐德雖有心保護，卻被曹朋的畫桿戟死死壓制住。他自身難保，又如何能顧得了胯下的坐騎？兩人打了幾十個回合，龐德的馬終於頂不住了，被獅虎獸橫身一個撞擊之後，兩腿一軟，撲通就跪倒在地。

虎咆刀，飛出去老遠。

龐德躺在地上，腦海中一片空白。耳邊，迴響著急促的馬蹄聲。

曹朋縱馬衝過來，畫桿戟高舉，刷的一戟刺出……

章十二 龐德歸曹

冰冷，帶著淡淡血腥之氣的戟刃，幾乎是貼著龐德的面頰沒入地裡。

龐德看著畫桿戟落下，便知道完了……他閉上眼，可是半天卻感覺不到任何動靜，於是睜開眼睛看去，就見曹朋跨在馬上，俯視著他，臉上帶著一絲笑意。

龐德大怒：「曹友學，要殺就殺，休得辱我！」

曹朋搖頭笑道：「令明何必如此激動？我又何時說過要殺你……今日之戰，你並非敗於我手，而是運氣不好，又沒得一匹好馬，以至於才會敗得如此淒慘。某亦勝之不武！令明，似你這等忠勇的好漢，如今越來越少。某雖非好漢，卻也不願殺你，免得這塵世中少了一個熱血的漢子。回去吧，來日換匹好馬，你我再分勝負。」

說罷，曹朋拔出大戟，撥轉馬頭。「令明，你保重吧。」

白駝兵和飛眊隨著曹朋迅速撤離。

天梯山下，夜風陣陣。

龐德躺在地上，好像做了一場夢一樣。不過，身上的疼感卻在提醒他，這並非虛幻。

曹友學，你究竟是何等樣人？

他翻身爬起來，卻見戰馬蹣跚而來。他伸出手，輕輕拍了拍戰馬的臉頰，那匹馬打了個響鼻，發出一陣嗚咽，似乎是在向龐德抱委屈。

「好了，我知道，怨不得你！」龐德輕聲說道，似是對馬匹，又好像是在對自己說。

他扭頭看了一眼地上的那口虎咆刀，嘆了口氣，大步走上前，將虎咆刀撿起來，掛在馬背上。

可是，看著戰馬的模樣，估計一時半會兒的，派不上用場。

馬腿不住的顫抖，雖然幅度很輕微，但卻感受得很清楚，剛才和獅虎獸一戰，這匹馬被欺負得夠淒慘。也幸虧獅虎獸沒往死裡弄牠，否則現在能不能站起來還很難說。他抬起頭，看了看天色……一輪明月高懸，已近寅時，天快亮了。

想趕去蒼松，顯然不太可能。

曹朋雖然饒了他的性命，卻不代表會允許他破壞計畫！

想到這裡，龐德牽著馬，沿著原路緩緩而行。

黎明時分，原野裡寂靜無聲……

啟明星閃爍，天邊出現了一抹魚肚白的光亮。戰馬經過這許久的歇息，總算是緩過勁來，雖然看上去還是有些精神萎靡，但至少只身子已不再顫抖。龐德翻身上馬，一咬牙，朝著姑臧城方向疾馳而去。

也不知道，安平今若何？

曹營中，龐明被繩捆索綁，壓在大帳外。

只見這軍營裡燈火通明，軍卒一個個看上去神色輕鬆，但同時又步履匆忙，忙，而不亂！

這就是龐明的感覺。

偌大的曹營裡，看上去井然有序。賈星不斷發出各種命令，軍校們毫無緊張之氣，進進出出。這才是大將之才！

龐明不由得感慨萬千……

相比之下，姑臧裡那小子，又如何能夠比得？

他搖了搖頭，不免有些擔心兄長的狀況。也不知道兄長是凶是吉？曹朋親率兵馬阻攔，恐怕有完全的準備。兄長單人獨騎，就算再厲害，恐怕也難以突圍吧。

就在這時，營中突然響起一陣歡呼聲。

一隊白駝兵出現在轅門外，緊跟著曹朋領著一百飛眊，縱馬衝進了轅門。

中軍大帳裡，賈星也得到了消息，連忙帶領將官走出大帳，向曹朋迎了過去。

「將軍，辛苦。」

「呵呵，不過是遛馬而已，何來辛苦之說。倒是軍師徹夜未眠，抵禦敵兵，才是真正辛苦。有軍師在，曹某可真是省了許多心思。」

對賈星，曹朋也很看重。

賈星的才華毋庸置疑，小毒士之名，並非憑空得來。也許在大局上，他比不得賈詡、李儒，甚至比不得龐統、徐庶，但是他卻繼承了賈詡那種事無巨細，算無遺策的本事。在局部的謀劃之細密，猶勝於龐統和徐庶。

這也是個鬼才！

賈星笑了，「些許賊兵，何來辛苦？」

龐明聽聞大怒：「某乃西涼大將，爾等犯我邊境，反而誣我等為賊兵！依我看，你們才是賊，一群助紂為虐的國賊！。曹朋，只知詭計邪?可敢與我一戰？」

「哈，原來是龐明將軍，盧水灣一別，才幾日工夫，你我又見面了。」曹朋的記性很好，一眼就認出了龐明。

一句話，臊得龐明臉通紅，但他卻昂著頭，毫不畏懼。

「和你那兄長，倒是一個德行。」

「你把我兄長怎地？」

「我能怎地他？」曹朋笑了，突然話鋒一轉，笑呵呵問道：「龐明，你喊著要和我一戰，卻不知，和你兄長相比，你又如何？」

「米芒之光，豈可與皓月爭輝？」

龐明對兄長龐德素來敬重，所以言語間，也透著無比的驕傲。

「那你可知，皓月之輝，卻源於驕陽？」

「啊？」

曹朋不再理睬龐明，和賈星並肩向大帳裡走去。

「連這都聽不明白，簡直是對牛彈琴。」

龐明一臉的茫然，突然大聲吼道：「曹朋，你什麼意思?你這話是什麼意思？」

「說你是牛，懂不懂？」

一個稚嫩的聲音響起，卻見蔡迪一臉『你無可救藥』的表情，搖了搖頭說：「皓月之光，是因驕陽而生。沒有驕陽，何來皓月?這都聽不明白，怪不得兩次中計。依我看，就算再來十次八次，你也只能是階下之囚……大個子，休要瞪我。我剛打聽了，你哥哥沒事兒，他在天梯山下被先生堵住，和先生打了三十個回合後落敗……不過先生沒殺他，估計這會兒，正在往姑臧城的路上走吧。」

「大個子，你那兄長倒是真厲害！自我從師以來，還沒有見過什麼人能與我家先生打三十回合，你兄長是第一個。」

龐明腦袋嗡的一聲響，頓時懵了。

「小娃娃，你休得胡言……我那兄長，有萬夫不當之勇，豈是你那先生能戰敗？」

蔡迪嗤笑一聲。「萬夫不當之勇？這句話，我已聽得耳朵裡生了老繭。可除了先生，我還沒見什麼人真能萬夫不當之勇。輸了就是輸了，有什麼了不得？你那兄長，可有與當年虓虎爭鋒之能？」

「這個……」

蔡迪道：「對牛彈琴，先生說的一點不錯。」

明明是個小孩子，卻要做出一副大人的模樣，一甩袖子，逕自離去。只留下那龐明在帳前，目瞪口呆。

「喂，那小娃娃究竟什麼人？」

一個白駝兵笑道：「此蔡邕蔡伯喈之孫，蔡大家之子，名叫蔡迪，是我家公子學生。」

龐明恍然大悟。

蔡邕，他倒是聽說過。不過蔡大家又是哪個？但這蔡迪能拜曹朋為師，想來也是個了不得的英雄人物吧。將來若有機會，定要領教領教。

但旋即，龐明苦笑。

如今是階下之囚，恐怕曹朋也不可能再放過他。以後會是什麼樣子，誰又知曉？

天，大亮。

一輪驕陽升起，照亮大地。

龐德騎著馬，來到了姑臧城下。卻見姑臧城門緊閉，城頭上，西涼兵戒備森嚴。

「是龐將軍？」有人一眼就認出了龐德，不由得驚呼一聲。

龐德苦笑，在城下下馬道：「請報與公子，就說龐德有辱重託，沒能突圍出去。」

「龐將軍，稍等。」

這個時候，軍卒們也都留了心思，誰也不敢輕易的打開城門。

龐德倒是可以理解這些軍卒的想法，所以也沒有為難，於是站在原地，一動不動。

大約過了一炷香的時間，忽聽得城頭上一陣嘈亂之聲。緊跟著，就見馬鐵出現在城門樓上，手扶垛口向下看，臉色看上去極為壞敗……

「龐令明，你何以在此？」

龐德連忙拱手道：「公子，龐德未能突圍，故回來請罪。」

「請罪？」馬鐵冷笑一聲，聲音突然變得尖亢獰戾，「我看你不是請罪，是要向那曹朋邀功吧。」

「公子，此話怎講？」

「我問你，你可遇到曹賊阻攔？」

「遇到了……」

「那你為何身無半點血跡，就這麼回來了？可別告訴我說，是那曹賊不忍殺你，所以將你趕回來。你若不是歸降了曹賊，又豈能如此完好無損的站在這裡？龐德，你一出去，你兄弟就被俘了。而後你又這麼完完整整的回來，就好像出去遛馬一樣，莫非以為本公子好欺，來糊弄我不成？」

「龐德，父親早就看出，你腦後生有反骨，絕不可以相信。但看你四載在龍耆城也算盡心，所以才把你召回來，希望你能將功贖罪，輔佐於我。成叔讓我信你……可他終究是老了！你這等人，又豈能相信？今日你想詐我姑臧，我告訴你，休想！」

說著，馬鐵也不給龐德任何解釋的機會，手一舉，從他身後衝出一排弓箭手，朝著龐德就是一陣猛射。龐德大吃一驚，連忙舞刀護住周身，將箭矢一一磕飛出去。他倒是可以保護自己，可他那匹馬，卻是猝不及防。一眨眼的工夫，戰馬就被射成了刺蝟一樣，希聿聿慘嘶著，撲通就倒在了地上，鮮血瞬間染紅大地。

龐德一邊後退，一邊大聲喊道：「公子，龐德並未投降曹賊！」

馬鐵舉手，弓箭手停下。

但見龐德狼狽不堪，盔歪甲斜。

他眸光悲傷的看了一眼那倒在血泊裡的戰馬，心中無比痛苦。這匹馬，沒有死在曹朋手裡，沒有死在獅虎獸蹄下，卻死在了自己人的手中。想來，牠一定很難過吧？

「公子，龐德對天起誓，絕沒有歸降曹朋。若公子不信，請與我一匹戰馬，龐德現在就去曹營挑戰，若不能勝，願獻上人頭。」

「哈，臨走還想騙我一匹馬嗎？」馬鐵忍不住嗤笑起來。

「公子要如何才能信我？」

「你現在自盡了，我就信你。」

馬鐵原本並不是這種性子，但馬成亡故，而城外曹軍兵臨城下，城內人心惶惶。以前，馬成活著的時候，尚可以憑藉他的威望震懾眾人；可現在，馬成死了！

單憑一個馬騰最寵愛的幼子身分，馬鐵還真就缺乏足夠的威懾力。若是馬超在，西涼兵也不會如此。畢竟馬超十二歲就上戰場，十餘年征戰，那勇武之名盡人皆知。可馬鐵還沒有證明過自己的能力！唯一一次可能證明的機會，卻被龐統鳳鳴灘一戰破壞。

馬成沒了，西涼四虎也變成了四頭死老虎……父親的援兵，遙遙無期，而且還不知道能否抵達姑臧。

這種種壓力，在一夜間令馬鐵變了個人一樣。以前，馬成活著還能勸解；可現在，誰又能為他疏導，為他減壓呢？

馬鐵臉色猙獰，厲聲道：「你若自盡，我就信你。」

龐德臉色頓時大變，呆呆看著城上的馬鐵，半晌後，突然一咬牙，舉刀橫在頸間，「今日龐某，就以項上人頭，證明清白！」

「哥哥，休得魯莽！」

就在龐德要舉刀自刎時，遠處一匹戰馬疾馳而來，龐明在馬上大聲的呼喊。

「安平，你沒死？」

「哥哥，你怎地如此糊塗啊……」龐明縱馬到龐德跟前，怒聲罵道：「那馬家父子視你我若走狗，你卻還要為他們賣命，你到底想要傻到什麼時候？」

「我……」

馬鐵在城頭上厲聲道：「我就知道，你兄弟二人早就圖謀不軌！」

「公子，我……」龐德還想要辯解。

可是龐明卻一把將他拉住，抬頭厲聲喝道：「馬鐵，豎子耳！你有何德能，使三軍為你效命？你有何德能，令大將為你盡心？我兄弟自為你馬家效力以來，屢遭迫害。兄長更被流放龍耆城四載，每日受那朔風苦寒。你看看我兄弟身上的傷痕，全都是為你馬家賣命的代價。可是我哥哥不過在盧水灣戰敗，就被你左右懷疑，打入大牢。要用我兄弟時，你好言相向，用不到時，便翻臉無情。」

「你馬家上下，皆無情之輩。你馬鐵，更是心胸狹窄，無能小人……今日某兄弟與你馬家割袍斷義，從此再無關係！馬鐵，他日我定取你項上人頭！」

龐明說著，一把從龐德手中奪過虎咆刀，撩戰袍，虎咆刀劃過，一片戰袍飄然落地……

曹營望樓上，曹朋手搭涼棚，注視著姑臧城下的變化。

從龐德抵達姑臧城下的時候，曹朋就得到了消息。而當馬鐵箭射龐德之後，他便知道這火候已經差不多了。不是他想要陷害龐德，只不過一切順其自然而已。歷史上，曹操收服龐德，也是透過張魯手下進讒言，才獲得成功。

而馬鐵的一言一行，盡在賈星的掌握之中。要說對人心的把握，賈星堪稱高手，絕對屬於一流。在單騎說降了休屠縣之後，賈星便透過種種途徑，對馬鐵做了一個大致的瞭解。這是個心高氣傲，同時又被寵壞了的剛愎孩子！對付這種人，只要不斷露出破綻，讓他去懷疑，讓他去敵視，自然就能馬到功成。

當龐明奪過龐德手中的虎咆刀，割袍斷義的時候，賈星的臉上頓時露出一抹笑容。

「將軍，成了！」

曹朋一笑，「何以見得？」

「將軍以為，龐明可敵龐德否？」

「兩人之間相距頗大。」

賈星道：「若非龐德心思已動，以龐明的身手，豈能從龐德手中奪過兵器？龐德如今只怕是心灰意懶。將軍可以帶人去迎他一下，之後就敬候佳音吧。想來，馬騰的援兵也要到了！士元恐怕已做好了準備，待馬騰兵馬抵達之後，一舉將之擊潰，則西涼便可定矣。」

曹朋點點頭，表示了萬分的同意。

這符合他之前的計畫，收服龐德，圍困姑臧，接著消滅馬騰的戰鬥力，威懾西羌臣服，從而兵不刃血的將整個武威郡拿下。武威郡若得，則河西走廊門戶頓開，這對於河西郡商會的發展也極為有益。掌控西域商路，是一個極為關鍵的步驟。

只有重啟絲綢之路，貫穿河西走廊，河西郡才能夠真真正正的發展起來，畢竟河西郡太小了。雖說這是一塊寶地，可是它的環境也制約了將來的發展。向北，有賀蘭山為屏障，固然可以增強河西郡的防禦，但同時也使得河西郡向北發展變得困難起來。也正是這個原因，曹朋寧可損失資源，請檀柘部落北出石嘴山口，占據漠北之地，就是希望為將來北上打好基礎。

向北發展，不太可能。

向東呢？有黃河天塹，也很困難。

南下，則是安定郡的治下。曹朋總不可能強行掠奪安定郡的利益，那會造成紛擾。張既與河西郡的關係不錯，也非常支持河西郡的發展，若為一點點小利益而失去了張既的支持，得不償失……所以，這南下之路，也就難以成功。

唯一的出路，是向西發展。打通河西走廊，重啟絲綢之路，令西域和中原連為一體。只有這樣，才可以讓河西郡在短時間內發展起來。

曹朋對河西郡，有整體的規劃。

三年內，在滿足了基本需求之後，河西郡必須改變發展模式，單一的依靠屯田，絕非長久之事。隨著人口的增加，土地資源會越來越少，矛盾衝突也將隨之增加，所以得未雨綢繆。曹朋對城鎮的發展模式，也有一個小小的設想。把城市的政治軍事職能淡化，增強其經濟職能，從而讓河西成為勾連西域漠北的貿易中心，透過商業手段對西域和漠北進行滲透，加強控制力。

這，將是一個漫長的過程。

曹朋有足夠的耐心和時間，來慢慢的規劃和發展……

龐德歸曹

不料，就在曹朋準備出營迎接龐德兄弟的時候，姑臧城下卻是風雲突變！

一雙雙眼睛注視著馬鐵，令馬鐵惱羞成怒。

龐明破口大罵，讓馬鐵頗有些難堪。最重要的是，他從那一雙雙凝視他的目光裡，看到了一種疑惑和不信任。龐明的那些話，可真的是正中馬鐵的軟肋……

他，對於姑臧城的掌控力，著實太弱！

在失去了馬成和西涼四虎之後，馬鐵在西涼的威望可算是降到了最低。這一點，馬鐵也很清楚。只是在此之前，並沒有人把這件事擺到明面上說出來。龐明一番話，等於扯下了馬鐵身上僅存的遮羞布。

他是馬騰的兒子，而且還是最受馬騰寵愛的兒子！可除此之外，他還有什麼？

文不成，武不就！

這六個字來形容現在的馬鐵，絕對是最妥當的詞句。

馬鐵的臉，因羞怒而變得通紅，突然間他拔出肋下佩劍，「龐德，我不殺你，誓不為人！」說著話，他厲聲喝道：「誰人為我取龐德首級？」

西涼眾將一個個噤若寒蟬。龐德之勇武，眾人皆知。以前西涼四虎在時，或許還能和龐德叫板，可是現在……

馬鐵更怒：「誰人為我，去龐賊首級？」

「末將願往！」

就在眾將閉口不言，馬鐵快要爆發的一剎那，忽然有人大聲喊道。

人群驟然分開，一員小將從人群中如風一般的撲出來，向馬鐵衝了過去。

那小將，年紀也就是二十出頭，掌中一口環首刀。只見他面色猙獰可怖，眨眼間到了馬鐵跟前，厲聲喝道：「龐將軍何等英雄，卻受你如此迫害，我等眾人安得盡心？今日若不殺你，早晚必被你壞了性命！」

話音未落，這小將手起刀落，一刀將馬鐵劈翻在地，「爾等，甘願受此人所使乎？還不開門！」

馬鐵被劈倒在地將死之際，腦海中仍就是一派迷茫：這傢伙，又是什麼人？

城頭上大亂，西涼眾將一個個面面相覷，不知如何是好。看那小將的裝束，身分和地位不會太高，估計也就是個軍侯之類的低級軍官，很多人甚至不認得他，也叫不出他的名字，可就是這樣一個無名小卒，卻將所有人都震懾在城頭上。

與此同時，城門洞下，一陣騷亂，喊殺聲四起……

緊跟著，城門開啟，有一軍卒喊道：「將軍，何不奪取姑臧，以為覲見之功！」

城頭上這突如其來的變化，讓龐德兄弟目瞪口呆。龐明也是一時氣憤，才決意要反出姑臧。可不成想，一眨眼的工夫，姑臧城上已變了天——馬鐵被人砍翻在地，城門大開！

龐德還在猶豫……

可龐明卻大喜！他認出那小將正是姜冏。

「哥哥，機不可失，失不再來……今你我兄弟已反出西涼，何不趁此機會建功立業？」

「這……」

「哥哥，休再猶豫了！」

龐德一咬牙，一把奪過了龐明手中的虎咆刀，搶身上了龐明的戰馬，縱馬就衝向了姑臧城。

是啊，已經撕破臉了，還遮遮掩掩做什麼？

要說龐德心裡有沒有怨氣？肯定有，而且非常大……只是之前，他都盡力的壓制著自己的怨氣，畢竟他和馬騰曾有那麼一段主僕之情。可是現在，馬鐵死了，再說什麼主僕之情都是假的。當馬鐵下令箭射他的時候，那情誼就已經煙消雲散。

沒有情誼，也就沒有什麼顧忌。

事到如今，龐德別無選擇。

也罷，就讓這姑臧城，做我歸降曹朋的覲見之禮吧！

遠處，曹朋剛行出大營，看到這一幕，頓時目瞪口呆。好在他很快就反應過來，二話不說，厲聲喝道：「三軍聽令，隨我攻取姑臧城！」

他知道，當那小將砍翻馬鐵的時候，形勢已然失控。

曹朋可不是那劉備，面對著城門洞開的姑臧，他斷然沒有理由拒絕姑臧……

西涼，是一個以武為尊的世界。

這裡講究的是實力！些許仁義道德，並不是那麼重要。更何況，他和馬騰本就是敵對關係，又何須講究仁義？今有人要獻城，他若不取，只可能害了對方……也罷，反正這姑臧城遲早要得，雖說有可能壞了他的計畫，但也不是不能接受。

想到這裡，曹朋甚至來不及披掛盔甲，更來不及讓人取來方天畫戟，他騎著馬，手持一口大刀，就朝著姑臧衝去。在他身後，三百白駝兵和一百飛眊立刻緊隨出擊。

賈星在經過了片刻遲疑後，也二話不說，下令曹軍向姑臧攻擊。

好像玩的有點大了！但願不要壞了士元的大事，否則士元回來，必然不會與我善罷甘休……

賈星臉上閃過一抹苦笑。

龐德一馬當先，衝進了姑臧城裡。

姜冏手下的那些兵卒正在和西涼兵鏖戰。他們偷襲得手，打開了城門。不過西涼兵人數畢竟占了優勢，眨眼工夫，姜冏的手下就漸漸的落了下風。龐德縱馬來到城門卷洞中，猛然從馬上跳下來，舞著虎咆刀便衝進了亂軍之中……

他發現，有少部分人胳膊上都繫著白布，想來是自己人。既然分清了敵我，龐德再無半點猶豫。那口虎咆刀刀光閃閃，罡氣四溢，這許多日子來所受的種種委屈，在剎那間爆發出來。龐德如同一頭瘋虎般，在人群中衝殺，所過之處只見殘肢斷臂散落，鮮血四濺，竟無一人能夠將他阻攔。

「擋我者死！」龐德那張敦厚的臉上，透出猙獰。

老實人也有脾氣！

龐德性格雖說敦厚，甚至有些食古不化，有些愚忠，可一旦放開了手腳，簡直像是換了個人一樣，變得格外凶殘。緊跟著，龐明也衝進了城門裡，劈手從一個西涼兵手裡奪過長矛，他大吼一聲，長矛撲稜稜一振，便殺進了人群之中。

這兄弟二人聯手，西涼兵還真就有些抵擋不住。

原本已透著敗相的那些軍卒，在龐德兄弟衝進來之後，好像找到了主心骨一樣，奮勇廝殺。這小小的城門卷洞裡，喊殺聲四起，血流成河。西涼兵則茫然不知所措！他們之所以攻擊那些兵卒，與其說是敵視，倒不如說是出於本能反應。

當龐德兩人衝過來後，西涼兵頓時潰敗下來……

與此同時，姜冏在城頭上也陷入了苦戰。西涼眾將驚慌失措片刻，便立刻把他圍起來，瘋狂的斬殺。姜冏倒是一個好手，一口鋼刀使得是風雨不透，硬是抗住了西涼眾將的圍攻，但畢竟人單勢孤，片刻後他就遍體鱗傷，有些撐不住了。

這時候，龐德渾身浴血，好像一個血人一樣，殺上馳道，衝上了城頭。那馳道上，橫七豎八盡是西涼兵的屍體。而龐德猶如一頭瘋虎，紅著眼睛，面色猙獰，緊走幾步，上前便砍翻了兩名西涼武將。

「馬騰無道，某決意歸順朝廷，哪個再敢亂動，龐令明這口大刀可認不得人情！」吼聲，在城上迴盪。

西涼眾將被龐德那凶神惡煞一般的模樣，嚇得鴉雀無聲。

也不知是誰，鐺的將手中兵器扔在地上，「某早欲歸降，只苦於沒有機會……今，願隨將軍歸降。」

「願隨將軍歸降。」

西涼兵，兵敗如山倒。

曹朋的白駝兵衝進姑臧城後，幾乎沒有費什麼手腳，便輕而易舉的控制住了局面。緊跟著，曹軍蜂擁而至。

有那西涼兵想要衝上去拚殺，卻被攔住。

「瘋了嗎？忘了曹軍的箭陣攻擊？」

一隊鐵騎風馳電掣衝進了城裡。那馬上的騎士挎刀持弓，縱馬疾馳。當戰馬飛馳的時候，一枝枝曹公矢飛射而出，將那還在負隅頑抗的西涼兵射殺在地。

箭陣？

西涼兵激靈靈打了個寒顫，一想到昨日那鋪天蓋地的箭雨，一個個面如土色。

那情形，太可怕了……而這些曹軍騎兵，騎射簡直驚人。他們竟然能毫不費力的在馬上挽弓射箭，看那輕鬆的模樣，甚至比精於騎射的西涼兵還要嫻熟幾分。

城頭上的喊殺聲已經止息。

西涼兵就算再傻，也知道大勢已去……

當官的都停止抵抗了，咱們還打個什麼？所以，西涼兵將兵器往地上一扔，抱著頭蹲在路邊，大聲喊道：「休要再殺，我等投降，我等投降了！」

曹朋勒住了戰馬，目光掃視。

武威，姑臧！

這座年不過三百年的城市，始建於西元前八一年……如今，竟如此輕鬆的被奪取了。

可問題是，曹朋心裡並不希望這麼早就將姑臧拿下。

他不由得苦笑一聲：這戰場上瞬息萬變，還真是難以掌控，卻讓馬騰躲過了一劫。

章十二 誰為姑臧令？

「曹太守，你成功了！」

龐德領著西涼眾將，沿著馳道走下來，在曹朋馬前停下了腳步。在他身後，龐明攙扶著遍體鱗傷的姜冏，神情有些複雜。也難怪，他和龐德從十幾歲便開始為馬騰效力，也算是感情深厚，可現在他們卻和馬騰分道揚鑣。

剛才，龐明還義憤填膺。但當他攻取了姑臧後，又有些空虛，有些寂寞，有點冷……和姜冏這種剛為馬騰效力的將士不同，龐氏兄弟對姑臧，還是有著極為深厚的感情。這姑臧城，姓馬已近二十載。不過從今天開始，它不再姓馬，而該姓曹了……這種感覺，並不是特別美妙。所以龐德兄弟看到曹朋時，表情都有些古怪。

「呃……」曹朋有些尷尬。不過，不等他反應過來，就見龐德撩衣跪倒在地，「罪人龐德，今領姑臧，願降公子。」

賈星的眼睛一眯，閃過一抹精芒。

龐德沒有說願歸降朝廷，也沒有說願歸降曹操。他說，他願歸降曹朋，而且直接以『公子』相稱。

從某種程度上來說，他只是臣服於曹朋，並不是降於朝廷。或者說，從這一刻起，龐德將會以曹朋的家臣身分而示人……

友學，這恐怕就是你所希望的結果吧！

賈星的臉上，透出一絲笑意。只有他才清楚，曹朋為了這龐德花費了多少心思。兩擒兩縱，最終得一猛士……這筆帳，怎麼看都是曹朋得了便宜，占了大便宜。

曹朋連忙下馬，將龐德和龐明等人攙扶起來。

「曹某今得令明，實曹某之幸。」說著話，他解下白裘大氅，親手披在龐德身上。

這也是曹朋第二次解衣相贈！

只這一個動作，就令龐德感激不已。忍不住，他涕淚橫流，「公子看重龐德，亦龐德之幸，敢不效死命？」

曹朋大笑，上前和龐德一個熊抱，也顧不得龐德身上的血汙沾染在他雪白的大袍上。

這個動作，讓許多降將為之羨慕！他們知道，這龐德從此必為曹朋心腹。

「安平，今若非你，我險失猛士。」曹朋轉過身，向龐明看去，接著扭頭道：「王雙，取一頭白駱駝，贈與安平。」

龐明一怔，剎那間喜出望外。那白駱駝所代表的涵義，他已經知曉。

白駝兵，那是曹朋的牙兵親衛。也就是說，從今以後，他兄弟再也無須擔心前程。

「你，叫什麼？」曹朋看著遍體鱗傷的姜冏，沉聲問道。

「末將姜冏，天水郡人，見過曹太守。」

姜冏？曹朋搔搔頭，心道一聲：這名字好冏。不過他還是稱讚道：「今日某得姑臧，將軍當為首功。不知你可有什麼心願？提出來，只要我能做到，絕不推拒。」

章十三 誰為姑臧令？

姜冏一怔，猶豫了一下，輕聲道：「願為安平將軍馬前卒。」

「啊？」曹朋萬萬沒想到姜冏居然提出這麼一個要求，讓他有些詫異。他向龐明看去，旋即點頭笑道：「這有何難……既然你願為安平效力，我答應了！王雙，再取一匹白駱駝，贈與姜冏。對了，你是天水郡人？若是願意，可令家人在河西安置。」

曹朋是好意。在他想來，這姜冏應該是沒什麼根底的人，家裡恐怕也不太寬裕，安置在河西，也能給一些照顧。畢竟，天水郡並不受曹朋管轄，所以也難以太過照應。

姜冏連忙道：「末將父母已不在，今妻兒皆在姑臧。」

「呃？姜冏已有了妻小？孩子多大了？」

「小犬兩歲，方得名維。」

「呃，姜維……呵呵，好名字。」曹朋說著話，目光向其他人掃去。不過，他心裡猛然一咯登，突然扭頭向姜冏看了一眼。

姜維？難道就是那大膽將軍？

曹朋心裡疑惑。不過他倒是記得，姜維好像也是天水郡人……不過據記載，說他幼年喪父。難道說，這姜冏就是姜維的父親？不會這麼巧吧！得一姑臧，收服了龐德兄弟，還要搭上一個未來的蜀漢名將？有趣，當真是有趣……以後，要對這個姜冏多一些關注才是。姜維，人才啊！但願得兩人是同一個人！

不管姜維在日後會是什麼成就，現在他還只是個兩歲的小屁孩兒。

就算他以後再厲害，現在卻什麼都不懂。可以關注，但並不值得曹朋太過於重視。以後的事情，天曉得是怎樣？說不定這未來的發展，根本就輪不到姜維建立功業。

曹朋一一安撫了西涼眾將，而後下令，不許驚擾姑臧百姓，整頓軍紀，招撫降卒。之後，他在眾將的引領下，來到了姑臧郡廨。

昔日馬騰的住所，而今已被白駝兵把持。曹朋下令，不許驚擾馬騰的家眷，所以姑臧城裡即使到處都有亂兵的蹤跡，可郡廨內卻顯得格外安寧，絲毫不亂。

費氏領著馬家老小，聚在一個跨院裡。當曹朋走進來時，費氏等人都流露出慌張驚恐之色。

看著一群老弱婦孺，曹朋倒是真沒有為難他們的心思。可就在他準備轉身離開時，從那群婦孺中突然間衝出一個少女，手持利刃，惡狠狠的朝著曹朋撲過來。

也幸虧是曹朋身手高絕，當那少女衝出來的時候，他便感受到了危險。他腳下一滑，身體猛然一矮，少女手中的利刃貼身劃過……緊跟著，曹朋身形猛然一退，凶狠的向後一貼。砰的一下子，那少女被曹朋這凶狠的後靠，直接撞飛出去。

不等她站起來，王雙已上前將她按住。

曹朋眉頭一蹙，扭頭向費氏等人看了一眼，那目光中閃爍的殺意，令費氏臉色發白。

「她是誰？」

「狗賊！犯我家園，害我家人……只恨我是女兒身，不得親手殺你！」

費氏嚇得說不出話來，那少女則倔強的昂起頭，朝著曹朋大聲咒罵。

曹朋朝那少女仔細的看過去，卻發現那少女有著極為明顯的羌漢混血模樣。

羌女的臉龐大都嬌小，五官顯得非常精緻，而且羌女的皮膚很白皙，看上去很柔嫩。曹朋覺得，這少女的面目輪廓，和馬超有些相似。不過比起馬超那種稜角分明、線條陽剛的相貌來，少女更透出一種嬌柔的美感。

「曹將軍，您是朝廷大將，當今名士。您與西涼之爭，是你們男人的事情，與我等無關。文鸞年幼，不曉得是非，還請將軍大人大量，饒她性命。我保證，她不會再給您增添什麼麻煩……」

從費氏身後走出一名少婦，她看上去年紀大約在二十上下，生得甚美。

曹賊

章十三

誰為姑臧令？

曹朋愕然，「妳又是誰？」

「我夫君，便是馬超。」

馬超的老婆？

曹朋還真不是太有印象……

反正在《三國演義》裡，好像沒有太著重提及馬超的妻子是誰。倒是有一種說法，馬超在西涼造反失敗以後，妻兒盡被屠戮。也就是說，在這個時候，馬超已經有了妻兒。但是他失敗逃走，未能將妻兒帶走。後來先是投靠了張魯，張魯曾有心將女兒嫁給馬超，卻被人勸阻下來，未能成事。馬超在漢中時，倒是又娶過一個庶妻，姓董。不過馬超投降劉備以後，董氏和馬超的兒子馬秋則留在漢中。曹操攻占了漢中以後，董氏被曹操賞賜給了閻圃，而馬超的兒子馬秋則交給張魯處置，後被張魯親手所殺……

這聽上去，似乎很殘忍。

許多人在讀三國的時候，會喜歡那份熱血豪情，喜歡那鐵馬金戈，但是隱藏在那豪情之下的殘忍和血腥並沒有太多人留意。馬超歸順劉備之後，也不得重用，蓋因他野心太大，令劉備忌憚，所以被冷藏起來。《演義》裡，馬超在歸順劉備之後，幾乎就沒有再出場過，甚至連黃忠那樣的老將軍，都要比馬超出彩幾分。

馬超在西川再次成親，妻子不詳，但生有一子一女。子名馬承，繼承了馬超的爵位；女兒馬氏，則嫁給了劉備之子安平王劉理為妻。

眼前的女子，相貌很嬌美，那雙閃動的眸光，卻透出一種不太相稱的精明。

「馬夫人？」

「妾身姓楊。」

東漢時，女子結婚後，可以保留自己本來的姓氏，而不是後來那般，要把夫家的姓氏強加在自己姓

氏之前。

「楊夫人！」

「正是。」

曹朋深吸一口氣，沉聲道：「妳說的不錯，我與馬騰之爭，本不應牽連到妳們這些女子。可妳們既然嫁到馬家，就應該知道要承受什麼樣的結果。我不會為難妳們，但不代表我會任由爾等羞辱。那女子，妳是馬騰的女兒？對不對？」

「哼！」馬文鷺昂著頭，看著曹朋，絲毫不懼。

「馬小姐，休要給妳自己找麻煩，也莫給這些人找麻煩。剛才的事情，我可以不和妳計較。但妳記住，從現在開始，妳和妳的家人是階下囚，把妳那大小姐的脾氣給我收起來……否則的話，休怪我心狠手辣……我雖讀過聖賢書，但也不會做那養虎為患的事情。」

「費夫人、楊夫人……妳們在這裡，雖然會失去自由，但我會保妳們安全無虞……所以，請老實一些，看好妳們這位大小姐。再有下一次，我讓妳們生死兩難。」

曹朋的言語中，透著一股煞氣。馬文鷺雖然倔強，卻也能感覺到曹朋不是在說笑。

曹朋看了她一眼後，笑著搖搖頭，擺手示意王雙將她放開，而後邁步走出跨院。

「多謝公子，手下留情。」龐德在跨院外面，躬身答謝。

曹朋卻笑了笑，「我一個大男人，又豈能真的委屈這些女人呢？」

眾人來到大廳之後，曹朋示意大家坐下。

「今去姑臧，雖說是一樁好事，但也壞了我原先的計畫。我本準備對姑臧圍而不打，誘馬騰前來救援，而後一舉將之擊潰。可是現在……不過，倒也算不得什麼大事。我會立刻趕往蒼松，與士元商議應對之策。姑臧諸事，且交由退之打理。如今，姑臧陷入我手，武威諸縣就不可以任由之。我欲儘快平定武威之亂，不知諸位可有良策？」

龐德、龐明兄弟倆，面面相覷……沒想到自己兄弟倆的一時衝動，竟壞了曹朋的計畫。不過曹朋那份寬宏，也讓兩兄弟萬分感激。他將這事情說得輕描淡寫，絲毫沒有怪罪的意思。

龐德想了想，看了一眼龐明，一咬牙站起身來，向曹朋插手行禮道：「未想我兄弟一時莽撞，壞了公子大計……公子雖然不怪，可龐德卻心有愧疚。願將功贖過，為公子掃平武威。」

「哦？」

「某兄弟二人，只須八百兵卒，可定武威四縣。至於都野西羌，不過烏合之眾……待我兄弟定武威四縣之後，直奔都野，取越吉項上人頭。」

曹朋聽聞，眼睛眯成了一條線。他故作不見賈星對他連使眼色，笑呵呵點頭道：「既然令明出手，那武威可定，我便無須擔心了……退之，請點兩千人馬與令明，我會在蒼松靜候佳音。」

賈星心裡多多少少還是有點不太願意，畢竟龐德兄弟才剛投靠過來，就讓他們獨領一軍，實在有些不放心……可既然曹朋這麼說了，他也沒有辦法，只能起身道：「我這就去為龐將軍安排。」

龐德激動不已。他不是為別的，只為曹朋那份信任。

起身拱手，龐德大聲道：「十日之內，若不能蕩平四縣，龐某願提項上人頭來見。」

曹朋大笑，「令明休要如此，我信你！」

一句『我信你』，使得龐德徹底歸心，再也沒有其他的想法。

當天，曹朋令白駝兵三百、飛眊一百，離開姑臧，趕赴蒼松縣。也就是在同一天，龐德率兵馬兩千從姑臧出發，朝鸞鳥縣方向連夜出擊。

夜幕中，賈星站在姑臧城頭，看著龐德兄弟領兵遠去，不免有些憂心忡忡！

真不知，友學對這龐令明，何來如此信心呢？

建安九年三月末，姑臧被曹朋所得。

聽聞姑臧丟失，馬騰連忙下令侯選和程銀停止對武威郡的馳援，並使二人退回令居駐守。

四月初，也就是在姑臧被攻占九天後，鸞鳥、番和等四縣在龐德的威逼之下，舉城獻降。隨後，龐德率部趕赴都野……只是未等他抵達休屠澤，便傳來了捷報。

唐蹄率部歸降，越吉在得知後，帶著一部親軍連夜逃離休屠澤，向張掖流竄……

才入四月，氣溫陡然升高。

也許是受那如火如荼戰事的影響，大河以北變得炎熱起來。三月以來，鄴城幾乎浸泡在血水之中……袁尚表現出了從未有過的頑強，與曹軍鏖戰一個月。

巍峨高聳的鄴城城牆數次坍塌，卻被袁軍拚死賭上。

曹操已記不清楚，曹軍多少次攻上了鄴城的城頭，但是又被袁軍頑強的趕下來。典滿大腿受傷，退出了戰鬥；許儀身中數槍，若非親軍拚死保護，甚至可能戰死在城上。除此之外，還有數不盡的曹軍將領或死或傷，難以數計……

曹軍和袁軍，都打出了真火。原本以為可以輕而易舉攻克鄴城的曹操，卻未想到會遭遇如此凶猛的抵抗。一個月裡，曹軍死傷無數，而袁軍同樣死傷慘重，難以算得清楚。

打到這個分上，鄴城的袁軍也清楚，一旦鄴城告破，他們必然沒有好下場。而曹軍同樣是怒火熊熊，如此慘重的死傷，使得他們都殺紅眼了。

不過所有人都能看得出來，鄴城如今已經是困獸猶鬥，基本上敗局已無可挽回。

河東的戰局，也開始出現了轉機。

章十三
誰為姑臧令？

高幹雖暫時占據上風，但遲遲不得推進……

被袁尚寄予眾望的涼州，也沒有任何動靜。馬騰在奪取了金城郡之後，卻失去了武威郡老巢。好在他那丈人費沃於金城郡頗有些手段，迅速幫助他站穩腳跟，並且透過費沃的關係，馬騰與河湟羌胡取得了諒解，特別是燒當羌，也暫時與馬騰罷手言和。馬騰開放龍耆城，不再對燒當羌進行封鎖；而燒當羌也願意聽從馬騰的調遣，在必要時，給予馬騰兵力上的支持，聽上去似乎是皆大歡喜。

但馬騰知道，他在金城郡還缺乏足夠的威懾力。燒當羌之所以願意談和，是因為在過去的歲月中，馬騰封鎖河湟，令燒當元氣大傷。

燒當老王需要一個喘息的過程！

一俟馬騰露出破綻，那麼燒當老王絕對會像那生活在河湟地區的野狼一樣，衝上來把他撕咬的粉身碎骨。所以，擺在馬騰面前只有兩條路，或奪回武威郡，或另闢蹊徑取得其他勝利，採安撫也好、威懾也罷，迅速在金城郡穩住腳跟。

但是，該如何選擇？馬騰有些猶豫了……

涼州戰事遲遲沒有進展。另一方面，河東也陷入了焦灼。

劉備不敢再輕舉妄動去試探曹操的底線。特別是在賈詡從汝南抵達南陽郡，坐鎮宛城，迅速平穩了南陽郡混亂的局勢。

賈詡畢竟是從南陽郡走出去歸順曹操的，所以對於他的回歸，張繡的部曲表示了極大的歡迎，就連穰城的張泉，也願意聽從賈詡的調遣。因此賈詡抵達宛城之後，第一個命令便是讓李典和張泉換防。由李典接手穰城的防務，是一個極佳的選擇，畢竟李典性格謹慎，而且沉穩、識得輕重。相比之下，張泉還是有些年輕了。

隨後，賈詡復又向許都請命，調中郎將魏延出鎮湖陽。魏延是南陽郡人，可以在很大程度上安撫南陽郡有些波動的民心。此次河北之戰，魏延並沒有隨軍出戰，而是駐守延津，保障曹操的糧道不絕。

荀彧在考慮之後，同意了賈詡的要求，命魏延即刻率本部兵馬趕赴湖陽，接掌防務。

賈詡沒有急於發動攻擊，也沒有下令立刻奪回安眾和涅陽，他以極其平穩的心態，將南陽郡穩定下來，使得劉備再也無法討得便宜，而後從容布置好防禦，等待時機。

賈詡，就如一頭西北蒼狼，等待著劉備露出破綻。

武威戰事，已經平息。

四月的驕陽似火，武威的天氣開始變得炎熱起來。曹朋沒有返回河西郡，而是命步騭暫領河西郡事務，他則領兵駐紮姑臧，開始著手處理武威郡的事務。

人常說，打天下容易，治天下難。

其實治理一個武威郡，也是一樁麻煩事。從曹朋出兵到攻占武威九縣，不過是短短一個月時間，可是，要想使武威郡平復下來，卻需要更多的精力和時間。

武威郡，是曹朋打通河西走廊的關鍵。

所以武威昌盛，則河西昌盛；武威太平，則曹朋的財富就會滾滾而來。

如何才能使武威郡穩定呢？

首先，不能夠撤換大批的官員，如此一來，勢必會造成那些降將人心浮動，有可能適得其反。但有些縣城的官員，必須要重新委派，比如武威縣、休屠縣、蒼松縣和鸞鳥縣……如果再算上姑臧，曹朋必須要委任五名官員。其中姑臧令又是重中之重，若無合適人選，曹朋可不敢輕易委派。

龐統有些不甘！他苦心策劃，準備抽調兵力，給馬騰一個深刻的教訓，哪知道這姑臧突然間失陷，嚇得馬騰軍立刻撤退，竟退回令居，不敢妄動了。如此一來，龐統準備的各種招數和陷阱，也都沒了用處，不僅派不上用場，單只是恢復原貌，就要耗費大批的人力物力。氣得龐統在得知消息後，乾脆當了甩手掌櫃，把蒼松交給潘璋接掌，領夏侯蘭和韓德返回姑臧。

潘璋為護羌都尉，駐守姑臧，倒也情有可原。

而後曹朋又命鄧範駐守武威縣，與鳳鳴堡孟建遙相呼應，以震懾都野西羌各部。

唐蹄雖然臣服了，可是西羌並不算太平。一輪新的爭奪即將拉開序幕，雅丹、徹里吉、唐蹄都在蠢蠢欲動。徹里吉是雅丹的手下，可是經過武威縣一戰後，倒是變得野心勃勃，他不甘就這樣在雅丹手下一輩子，甚至想要取而代之。三人之間，必然會有一番龍爭虎鬥。

徐庶在離開武威縣的時候，告訴鄧範：「莫理羌人事，恪守中立。羌人事，羌人處置，但要記住，絕不可以讓他們馬上分出結果。西羌越亂，唐蹄他們鬥得越凶，就越利於掌控。」

同時，徐庶還安排李丁和竇虎兩人留在武威縣城，他二人對羌人習性熟悉，可以讓他們和羌人交道，趁機拉攏歸化。等到唐蹄他們分出結果的時候，想必這都野的大局已經掌控在鄧範的手裡……

「嚴法將軍，你是征羌校尉。這個『征』字，註定了你不能太心慈手軟。若西羌不聽話，你就應好好教育一番。」

鄧範聽聞，不由得笑了：「軍師放心，鄧某曉得如何應對。」

隨後，徐庶領曹彰和牛剛離開了武威縣，直奔姑臧而去。

「宣威縣令、鸞鳥縣令，可以由耿慶調任。」曹朋在眼前的名錄上勾了一下，而後抬起頭苦笑道：「可是姑臧令，誰可擔當？」

龐統等人也都無奈搖頭，對於武威郡的情況，他們還真不是特別清楚，於是把目光轉向了賈星。

賈星搖搖頭，「莫看我……我少隨義父離開涼州，怎知這武威太多事情？」

曹朋想了想，一擺手，說道：「乾脆這樣，命尹奉出任宣威統兵校尉，駐紮休屠，統領宣威。姜敘往廉堡，為廉尉，協助賈逵駐守靈武谷。姑臧令的人選，咱們可以先放一放。對了，退之可派人前往酒泉，與蘇則聯絡？」

賈星道：「已派出使者。如今武威得手，鄒岐有些恐慌，恐怕堅持不了太久時間。將軍還要著手準備接手張掖郡的事宜。想必蘇太守很快就會有捷報傳來。」

曹朋對蘇則並不瞭解，但聽賈星話語中的意思，好像是對蘇則很推崇。

想必那又是一個被《三國演義》隱藏起來的牛人吧！不過曹朋也很清楚，蘇則之所以協助自己，並不一定是他心向曹操，而是因為他是朝廷委派的官員……他究竟是向漢，還是向曹魏，目前還不清楚。和蘇則打交道不可避免，但是必須要有所保留，可以合作，但不可以全信，須慢慢觀察。

曹朋想了想，沉聲道：「張掖郡的事情，我恐怕難以插手。請轉告蘇太守，就說以弱水為界。我只求日勒，其餘五縣我無力掌控，請他見諒。」

賈星聽聞，頓時笑了：「將軍所言極是，我亦以為，求日勒足矣。」

日勒北依漢長城，南臨弱水，是距離武威最近的城鎮。過了長城，就是羌胡區，對曹朋而言，意義不大。如果他要接手張掖六縣，勢必會進一步分散兵力，造成人員配備的困擾。一個武威郡，曹朋還沒有吞下，又何必去強行吃下張掖？

曹朋之所以要日勒，是因為這日勒，是西域胡商必經之地。同時，這日勒也可以作為武威郡西部的橋頭堡，有弱水作為屏障，至少可以在一定程度上保證武威郡的安全。畢竟，過了日勒，就是武威西部三縣，那可不是一個安穩的地帶……

「日勒，何人可往？」曹朋搔搔頭，有些為難。

他手底下，如今的確是有很多能人，可是能派上用場的，還真不算太多……如果闞澤能來，也許可以緩解一下曹朋人手的稀缺。但是，他現在正在海西，估計短時間內無法來到武威郡……

這當官，需要有一個資歷。

徐庶還好一些，畢竟出任過東郡從事，要擔當一個下縣的縣長，綽綽有餘。可問題在於，讓徐庶去做一個縣長，實在是太屈才了！他在武威郡打得很漂亮，曹朋更希望他能留在自己身邊做事。除此之外，曹朋還真找不到合適的人選。

「公子，某倒是有一個人選，頗為合適。」

「誰？」

龐統一笑，「公子何故忘記了你的弟子？」

「你是說……子文？」

「正是！」

曹朋聽聞，不由得顰蹙眉頭，輕聲道：「子文還不足十四，讓他出任縣長，未免有些不太合適吧？再說了，日勒頗為關鍵，子文尚不足以獨當一面。」

「呵呵，這有何難？」龐統啪的將摺扇打開，動作瀟灑至極。「公子可以令蘇由任日勒長，而後命子文統兵協助。想來，公子你要日勒，更多是希望藉日勒來打通西域商路。子文能統兵出戰，正可磨練一番。同時，蘇由乃蘇雙之子，精於商事，他可以很好的紮根於日勒。」

曹朋有些意動了……

天色將晚，西北的夜風吹過，驅散了晝間的暑氣。

曹朋獨自一人走出書房，站在門廊上，手扶欄杆，看著院中的紫丁香綻放，思緒卻不太平靜。

是否讓曹彰出鎮日勒，他還沒有一個決定。但不得不說，讓曹彰接手日勒的確是最好的選擇。想那

孫權，十三歲就坐上了奉義校尉的位子。曹彰也十三歲，為何就不能坐鎮日勒呢？但問題是，曹操是否會答應？這是一個問題……同時，到了日勒，遠離中原，曹彰能否受得了寂寞？

搔搔頭，曹朋感覺很是為難。

日勒的問題，可以暫且放在一邊，畢竟蘇則那邊還沒有結果，現在考慮日勒的事情，不免有些早了……萬一有什麼意外的話，還須根據狀況再做決斷，所以倒是不必急於一時，就做出決定。

姑臧令！

這才是讓曹朋感到最為頭疼的問題。

眼角的餘光，突然閃過一個人影。曹朋猛然轉過身，厲聲喝道：「誰在那裡？」

一個婀娜身影從兩廡拐角處走出來。藉著燈光，曹朋認出來人，赫然是馬騰之女，馬文鷺。

馬文鷺這個人，倒是在野史裡出現過，正史中並無任何記載，甚至在《三國演義》裡也沒有登場。只是有一種說法，說馬文鷺是趙雲的老婆。不過曹朋是不太相信……因為趙雲現在已經三十多了，而馬文鷺還不到二十，她沒有走出過涼州，趙雲也沒有進入過武威，兩人又怎可能相遇？就算後來馬超投靠了劉備，恐怕也不太可能。

曹朋沉聲道：「文鷺小姐，有事嗎？」

馬家的家眷被俘虜之後，曹朋倒是沒有怎麼為難他們。除了少數幾個地方禁止通行之外，他們的腳步可以遍及整個後宅。當然了，沒有曹朋同意，他們無法離開郡廨。除此之外，吃穿用度一如之前，曹朋也沒有對他們怎樣的剋扣。

馬文鷺咬朱唇，猶豫片刻之後，大聲道：「曹將軍，我只問，你何時放我們走……」

章十四 曹之殤

看著眼前的少女，曹朋忍不住笑了！

按著東漢時的習俗，女子十四歲便可以成親，偏偏馬文鷺已二九年華，仍小姑獨處。在曹朋看來，馬文鷺的相貌頗精緻，可不知為什麼，龐統那些人卻認為馬文鷺的相貌很是一般。這是審美觀點的不同，說實話也沒什麼值得爭執……

倒是馬文鷺的性子很直爽，有時候顯得很天真，頗惹人喜愛。從一開始對曹朋的敵視，到後來慢慢的緩和。至少到目前為止，她對曹朋的敵意已減緩不少，不再如當初第一次見面，便拿著刀從人群中衝出來和曹朋拚命。

「妳嫂嫂讓妳來問的？」曹朋看了馬文鷺一眼，沉聲道。

馬文鷺一怔，脫口而出：「你怎麼知道？」

說實話，對於馬超的那個老婆，曹朋並不是特有好感。那位楊夫人有心計，同時還喜歡自作聰明。說她愚蠢，可能有些過了，但她確實喜歡賣弄一下小聰明。

「妳父親殺了韓文約。」

「嗯……」馬文鷺低下了頭。她倒是知道韓遂，而且在她小時候，馬、韓兩人交好時，韓遂還經常來拜會馬騰，對她也非常寵愛。對於馬騰殺死韓遂的事情，她實在不好予以評價，內心裡雖然不贊成馬騰這種做法，可她一個女孩子家，又怎可能阻止馬騰行事？

「妳莫誤會，我和韓遂並無交情，他死他活，說實話與我干係不大。可有一件事妳必須清楚，妳父親是朝廷委任的武威太守，槐里侯，前將軍……從官位上而言，他大過我，但這並不代表他可以為所欲為，憑性子來做事。」

「韓遂，也是朝廷命官。我不管他是誰封的金城太守，至少到目前為止，朝廷並沒有對他這個職務有異議。換句話說，韓遂和妳父親一樣，都是朝廷官員，而且是兩千石的大員……妳父親沒有這個權力隨意誅殺一位朝廷承認的官員，否則就視同於謀逆……我說的這些話，妳明白嗎？」

馬文鷺睜大眼睛，努力的想要理解曹朋這番話語中的涵義。可是到最後，她還是搔搔頭，一臉的迷茫之色，「我不太明白，你就直接說吧。」

「好！」看著馬文鷺那小迷糊樣，曹朋無奈的笑了。他深吸一口氣，「那就是我不能放你們走……你們現在是逆賊家眷，生死不由我來決斷，而是由朝廷做決定！若朝廷說，馬騰殺死韓遂，非是謀逆，那我就放了你們，甚至可以退出武威郡；但若朝廷說，馬騰是逆賊、亂黨……那麼……」

曹朋的臉上透出一抹厲色，「文鷺小姐，我會盡力保全你們。雖然說馬騰所為，非你們可以阻止，但既為他子女家眷，有些事就無可避免的要去面對。我只能說，在目前為止保住妳一家衣食無憂，待朝廷下詔之後，就不是我能做主。是生是死，是囚還是放，皆由朝廷決斷……這麼說，妳可明白？」

朝廷，非漢室之朝廷，而是曹操之朝廷。

曹朋這一番話，令馬文鷺臉上露出黯然之色。

半晌後，她微微一福，輕聲道：「文鷺還是代小娘和嫂嫂，謝過將軍的心意。」說罷，轉身離去。

看著馬文鷺的背影，曹朋搖了搖頭。他倒不是推脫，也不是恐嚇……而是他若想要掌控武威，就必須要坐實了馬騰亂黨之名。相信，曹操也很願意坐實馬騰的謀逆之罪。

至於這些女人……亂世之中，為梟雄子女，本就要承受著不同一般的壓力。也許很風光，但也許會很淒涼。司馬氏謀曹篡魏，曹氏子弟不也是死傷殆盡？

這就是謀取天下的代價！

歷朝歷代皆如此，非是他曹朋心狠手辣。他現在，只希望這大好河山莫要受那胡禍肆虐，若想要這般，就必須儘早結束戰亂。三國，鐵馬金戈，英雄輩出，但最終受苦的，還是那些底層的平民啊！

想到這裡，曹朋感覺思緒很紛亂，轉身剛準備進屋，卻聽道：「公子，德有一言，不知當講否？」

他抬頭看過去，就見龐德走過來。

說起龐德，卻是個極有趣的傢伙。他奪取了武威三縣之後，按照功勞，至少能做個校尉。依著曹朋的本意，讓龐德獨領一軍，坐鎮蒼松是最好的一個選擇……偏偏他死活不肯！返回姑臧後，將兵權盡數交還，還懇請曹朋，願為親隨——就是說，他想做曹朋的親隨牙兵，而不是獨領一軍的將領。

曹朋再三勸說，可這龐德卻好像認準了似的，就是不肯答應……

龐德的心思，曹朋倒是能夠理解。

他也是怕！

龐德是降將，而且又缺乏足夠的戰功和資歷。獨領一軍，看上去好像很風光，其實卻有著很大的風險。首先，他初降曹朋便獨領一軍，難免會有人不服，甚至會招來嫉妒。夏侯蘭、韓德、潘璋這些人，哪一個不是跟隨曹朋許多年？就連資歷最淺的韓德，從延津之後跟隨曹朋，至今已有五年，卻不過一個司馬。

潘璋，那是朝廷委任的護羌都尉，他獨領一軍，無人會反對。

夏侯蘭，從建安二年初就成了曹朋的護衛，從宛城到涅陽，涅陽到郎陵，郎陵到許都，許都到海西。曹朋出使江東時，他是護衛；曹朋血戰曲陽時，也為將領。再往後，潘璋當了官，可夏侯蘭還是曹朋的護衛……本來，夏侯蘭已經做到了千石俸祿的官員，可一聽說曹朋要開闢河西，二話不說，棄官跑到了河西相隨。這樣的人，哪怕是給他個中郎將，也沒人敢說什麼。

可龐德呢？

他或許武藝高絕，卻不足以服眾。至少在曹朋身邊眾多部曲裡，他的資歷最淺，聲名最小。這也是姜敘和梁寬可以成為縣尉、蘇由能被舉薦為日勒長、耿慶可以當鸞鳥長都沒人反對，而龐德……

龐德深知利害。所以，他寧願在白駝兵或者飛眊裡當個小卒，也不願獨領一軍。

領軍在外，眾口鑠金啊！

曹朋也許會看重他，信任他，但如果被許多人吹風，龐德恐怕也吃受不起。他受夠了當初被馬騰流放的苦，也受夠了被不信任的罪，於是他選擇了留在曹朋身邊做事。不說別的，但求把這資歷混足了，真正被曹朋幕府接受，他才有那獨領一軍的資本。

曹朋也是沒辦法，最後只得同意讓龐德暫時留在身邊。可這麼一員猛將，曹朋也不願意浪費。

夏侯蘭的年紀也不小了，三十歲的人再讓他做護衛，實在是太委屈了夏侯蘭。於是，曹朋向朝廷呈報，請夏侯蘭為中郎將，獨領一軍，駐紮河西；而韓德，也上奏為校尉，配合夏侯蘭在河西組建軍府，以儘快推廣府兵制度。

夏侯蘭一離開，白駝兵和飛眊就缺少了一名主將。龐德便接替了夏侯蘭，擔任曹朋的牙將，統領白駝兵和飛眊。而龐明則任軍司馬，為飛眊主將；姜冏也出任軍司馬，擔任白駝兵主將。這樣，算是填補了一個空缺。

「令明，有話但說無妨。」

「馬騰為人暴虐，馬超也極其剛愎，但文鷺小姐卻是個好姑娘。若將來朝廷真的定馬騰為亂黨，還請公子設法保全文鷺小姐一二。她……一直都很善良。」

「呃……」曹朋用一種非常古怪的目光看著龐德。

龐德立刻知道曹朋誤會了，他連忙擺手，急道：「公子切莫誤會，德與文鷺小姐並無干係……德在老家業已成親，且有二子，長子會已八歲，次子元也五歲。公子不要以為德有甚私心。文鷺小姐在姑臧，聲名很好，大家提起她來，都說文鷺小姐是好人，所以……」

「哈哈哈！令明不要著急。」曹朋擺手，「我並不是誤會，只是……好吧，我保證，會盡力保全文鷺小姐性命。」

「龐德謝過公子。」

曹朋笑了笑，轉身往書房走。

他相信龐德的話……龐德和馬文鷺，還真不太可能有什麼私情。按照他的說法，他至少在九年前便成了親，那時候也只是一個無名小卒。而後來被流放龍耆城四年，更不可能和馬文鷺接觸。所以，要說龐德和馬文鷺有私情？還真說不過去。

他為馬文鷺求情，說明這馬文鷺平日裡的確是人品不差。想來，保一女子，問題當不算太大……至於那什麼費氏啊、楊氏啊，曹朋沒什麼興趣。如果朝廷下令，他絕對會將她們殺掉，而沒有任何的猶豫。

馬文鷺，挺有趣的小姑娘！就當是給龐德一個人情吧。

「公子！」

「令明還有事？」

龐德猶豫了一下，輕聲道：「公子，可是還在為姑臧令的人選而發愁嗎？」

「是啊！令明可有什麼好推薦？」曹朋倒不需要隱瞞什麼，於是笑著問道。

龐德輕聲道：「德確知一人，可當重任。」

曹朋聽聞，不由得一怔。他剛才也只是隨口一說，沒想到龐德真的要推薦人選。之所以沒有在意，是因為龐德這四年來一直都在龍耆城，他在武威郡也沒什麼根基，問他恐怕也不會有結果。但既然龐德說了，曹朋倒是很想知道他要為自己推薦什麼人，「令明，那你說說看，誰可以擔當？」

「天水郡，冀縣趙昂。」

趙昂？

「趙偉章與楊義山同年，曾為羌道令。梁雙造反時，他兩個兒子被殺，妻子王異和女兒趙英躲避及時才倖免於難。後梁雙求和，為保大局，趙昂最終沒有尋梁雙恩怨，只是將妻女迎回，但之後他不願再助韋端，於是便辭官不做，是個頗有氣節的人。而且他才能卓絕，不僅精於內政，而且還通曉兵事。楊義山覺得他隱世可惜，硬是要請他出山，可是都被拒絕。去年，楊義山出任漢陽太守，又要征辟趙昂，但還是沒有成功。」

「若公子能請出趙偉章，則武威郡必然得大治。至少公子不必為姑臧的事情而擔心……這個人，真的很有才華，故而才斗膽舉薦。」

「你，認識這個趙昂？」

龐德搔搔頭，輕聲道：「德倒是不識……不過，他與明亮倒是有些關係，據說還是親戚。公子若是想要請他來，可以讓明亮去請他，想必趙昂必然不會拒絕。」

明亮，便是姜冏。

趙昂是冀縣人，姜冏也是冀縣人，龐德說他二人是親戚，恐怕沒有那麼簡單。楊阜楊義山還是冀縣人呢，而且和趙昂是同年，可楊阜請他，趙昂都沒出山，讓姜冏出面想請，就能請出趙昂嗎？曹朋還真不是太清楚趙昂是什麼人物，雖然《三國演義》裡倒是有過趙昂登場，但也僅僅是一個名字而已……

《三國演義》那麼多人登場，曹朋怎可能一一記得住呢？

不過梁雙造反，曹朋倒是聽說過，就發生在建安之初，當時他剛到海西。

歷史上的趙昂，在馬超自西涼起兵時，可是立下了戰功。曹操後來大封討伐馬超的十一位功臣為侯，趙昂受封的機率最大。建安十八年，馬超圍困冀縣，涼州刺史韋康——也就是現任涼州刺史韋端之子想要投降，趙昂卻堅決不同意。可韋康不聽，最終還是被馬超所殺。

馬超劫持趙昂之子，迫使趙昂聽命。但趙昂與梁寬等人（就是現在歸附曹朋的梁寬）結謀起義，討伐馬超，致使馬超兵敗，投奔張魯。馬超的妻子，今已成為曹朋階下之囚的楊氏，就是在那時候被趙昂所殺。建安十九年，馬超得張魯援兵，攻打祁山，又是趙昂和他的妻子王異，以微弱之兵，堅守祁山三十天之久，直到夏侯淵援兵趕到，才算是擊退了馬超。但趙昂之子，被馬超在祁山斬殺。

祁山之戰，趙昂九出奇策，令馬超無功而返。只是史書中對趙昂的記載，著實不太多；不過趙昂的妻子王異，卻是被寫進《烈女傳》中的人物。

曹朋疑惑的看著龐德，「明亮，如何能說得趙昂出山？」

龐德笑了，「趙偉章其人，品行甚好。但有一樣，對妻子極為尊敬。梁雙肆虐天水時，姜冏的父母為救王異母女而遭亂兵所害……所以王異便認了姜冏為義子，對他極為愛護。若非趙偉章女兒年紀太小，甚可能嫁給明亮呢。」

「有這種事？」

曹朋還真是不太清楚這其中的許多周折。史書上可沒說過，趙昂和姜冏還有這麼一層關係……

他想了想，道：「令明，去把明亮找來。」

面對曹朋時，姜冏顯得有些緊張。

話說，王霸之氣這東西一向都是一種很莫名其妙，甚至可以說是玄奇的存在。你可以說他有，也可以說他沒有。

一個生活在底層，連溫飽都難以保證的人，這王霸之氣基本上就是個傳說。試想，肚子都吃不飽的人，哪兒來的那個精氣神？而一個久居高位，或者聲名顯赫的人，在不經意間，就會有一種令人窒息的氣場產生，那就是王霸之氣……

曹朋在曹操跟前，會戰戰兢兢。但是姜冏在曹朋跟前，那份緊張，更甚於曹朋面對曹操的時候。看他手足無措，說話都結結巴巴的，連不成句子，曹朋忍不住笑了：「明亮，你我只是閒聊，不用這麼拘謹。」

他沒有立刻把話題引到趙昂身上，而是先談起了姜冏的家庭，還有他那個寶貝兒子。

兩歲的姜維，曹朋已經見過，生得是粉雕玉琢，極為漂亮，好像個瓷娃娃一樣。不過，曹朋還是無法肯定此姜維便是彼姜維，但看上去，這姜維倒是個聰明的娃兒。

聊了一會兒家庭，姜冏也輕鬆許多。

「聽說，你和趙昂認得？」

姜冏一怔，搖搖頭，「末將沒見過趙昂，不過王夫人待我確很好。當初，王夫人本想要舉薦我到楊太守那邊，可我不願意，所以才投到了武威郡。」

「那趙昂此人，你瞭解嗎？」

「趙先生啊……」姜冏似乎來了精神，頓時滔滔不絕。

從言語中，曹朋可以聽出來，這個趙昂的確是一個有才華的主兒。而且，他有個好老婆，便是王異。王異為人處世非常得體，更知書達理，有非常的才幹。

姜冏說：「聽英兒說，趙先生逢大事，一定要和嬸嬸商議。」

要想把趙昂請出山，王異是關鍵！

曹朋沉吟片刻，便有了決意。

按道理說，似這種事情，應該他親自去請，只不過曹朋現在的確是抽不出身來。他想了想，從書桌上取出一本書，而後沉聲道：「我有一件要事，希望你能代勞一趟。請趙先生一家來姑臧做客。到時候，你就把這本書轉交給趙先生……就說，我此書尚未完成，還請趙先生評定一番。當然了，他若不願意，那就算了！」

說完，曹朋又讓蔡迪取來一些書本，包在一起，「這些書，是與王夫人。你就說，蔡大家今正背書伯喈公藏書，實在太辛苦，希望她能來幫一幫蔡大家。」

曹朋從姜冏的話語中，感受到那位王異也是個極重視學問的女人。

有蔡琰這塊牌子，想來也容易打動這位王夫人……

「不管成與不成，你只管把話帶到即可。」

「末將遵命！」姜冏看上去非常興奮，二話不說便答應下來。

這是他歸降曹朋後第一次領任務，而且是曹朋親自下令。所以呢，姜冏也非常的重視。他知道，若是辦得妥當，他將可以得到更多重視。

於是，姜冏告辭離去，回家準備了一下之後，便連夜動身趕往天水。

曹朋把姜冏派走後，則感到了一絲疲憊。這一整天，商量來商量去，各種事情糾纏在一起，剪不斷理還亂的，讓他感到頭暈腦脹。於是，他吹熄了油燈，轉身回到臥室裡，一頭便紮在了那張木榻上。

睡習慣了家裡那張雕漆大床，再睡這木榻，實在不太習慣。想想，自己恐怕一時半會也無法離開武威郡，實在不行，就讓人把步鸞和郭寰接來。身邊沒個暖床、沒個貼心的人照顧，真有些空虛，有些寂寞，有些冷啊……

這一覺，曹朋睡得並不是太好。過了半夜，他忽然聽到有人在門外輕聲呼喚。

連忙坐起身來，曹朋沉聲道：「什麼事？」

「公子，冀州戰報，冀州戰報！」

冀州戰報？恐怕是鄴城那邊有結果了吧。

他深吸一口氣，用力搓揉了一下臉，而後披衣起身，拿了塊濕毛巾擦了擦臉。

嗯，清醒很多！

曹朋拉開門，就見龐德站在門口，苦笑道：「令明，這種事，以後讓雜役去做就好。」

「公子身繫河西安危，德豈能鬆懈？許都來人，說是有重要事情，須面稟將軍。」

「帶過來。」曹朋點點頭，往書房行去。

龐德忙傳令下去，而後在書房外守候。

不一會兒的工夫，就見一個人風塵僕僕的隨著牙兵走進了書房，撲通就跪在地上。

「環平？」藉著屋中的燈光，曹朋一眼認出來人身分。

這人說起來也不算陌生，在許都時，和曹朋也有過幾次交道。此人名叫環平，沒什麼名氣，也不是什麼達官貴人，但他有另一個身分，那就是環夫人族姪。

環平千里迢迢從許都趕來，一定是有要事發生，否則環夫人也不可能派他過來。

「公子，您這行蹤，可真不好找。」

「怎麼了？」

「許都發生大事，嬸嬸命我前來報信。我從許都趕到了河西，結果卻說，你已在姑臧。」

曹朋笑了，輕輕擺手，「此也是無奈之舉……對了，究竟什麼事，令夫人這麼著急把你派來？」

「二公子、二公子他……死了！」

曹朋一下子沒反應過來，詫異問道：「哪個二公子？」

「便是子桓，子桓公子死了！」

腦袋嗡的一聲響，曹朋如中雷擊，瞪大眼睛，半天也沒反應過來。

「你說什麼？」

「十五天前，二公子在中丘遭遇烏丸突騎偷襲，全軍覆沒。二公子他，被烏丸人殺了！」

「怎麼可能！」曹朋呼的一下子站起來。「烏丸人怎會在中丘出現？世子又怎可能跑去中丘？」

環平喝了口水，平息了一下情緒，續道：「本來，二公子奉命在五鹿城駐守。但由於高幹強攻河東，所以主公便決意，讓張燕提前下山。黑山賊，號百萬之眾，更有十萬軍卒。主公想要讓黑山軍在中丘整軍之後，便進入河東參戰。世子奉命，前往中丘整軍……不想烏丸人突然出現……不是冀州烏丸，是遼東烏丸突騎。烏丸人出現的太突然，以至於二公子遭遇不幸。」

曹朋稱曹丕世子，但環平卻稱曹丕為二公子，也表明了環夫人的態度。

曹朋聽聞，倒吸一口涼氣：曹丕，死了？

心裡莫名感受到了一種悸動……沒錯，是悸動！曹丕活著的時候，曹朋一直有些顧忌，畢竟那是大名鼎鼎的魏文帝啊！可現在曹丕死了，卻讓他感受到恐懼。

歷史，正朝著一個未知的方向發展。

原有的三國，正在改變著，而他對這個時代脈絡的掌控，也隨之變得越來越薄弱。

沒有了曹丕，三國會變成什麼模樣？

歷史，對於三國的時間界定，是在曹操死後、曹丕登基篡位而開始。但是現在，曹丕竟然死了，那未來會變成什麼模樣？曹朋可真是有些不好說了……

曹丕，是三國的一個標誌。當這個標誌消失後，將會有什麼人來取代？

曹朋呆坐半晌，總算是強迫著自己，冷靜下來，問道：「夫人，可有什麼吩咐？」

環平道：「夫人想要請教將軍，接下來該如何做呢？」

環夫人一直想要扶立曹沖，她的心思，曹朋倒是可以猜出來。而曹朋對曹沖，也是寄予了厚望。當曹沖在他面前行拜師之禮，並用稚嫩的聲音稱呼他為『先生』的那一刻起，他已經捲入了這場立嫡之爭。只是曹朋一直在擔心曹沖的身體狀況，因為歷史上的曹沖，十二歲就死了……

對於他的死因，也是有眾多傳聞。

曹丕下的手？不好說！從目前而言，曹丕似乎還沒有那麼心狠手辣。但幾年後，曹丕會變成什麼樣子，曹朋也不敢說。這只是一個可能……

可曹丕一死，會出現什麼樣的狀況？曹朋也不敢說。不過，他感覺得到曹沖會更危險。那危險，不再是源自曹丕，而是源自於痛失愛子的卞夫人！

卞夫人的三個兒子，曹丕、曹彰和曹植。其中，卞夫人對曹丕傾注了太多心血……

曹彰，好武事，性格張揚；曹植，好文事，卻是清高而自傲。說實話，這兩個都不是那種優秀的繼承人。但曹丕一死，卞夫人必然會從這兩人中，選擇一個人來代替曹丕。曹沖漸漸長大，而且越來越出色，這會讓卞夫人感受到一種莫名的壓力。

換位思考，如果我是卞夫人，絕不容曹沖活下去！

想到這裡，曹朋激靈靈一個寒顫。如果不能儘早處理，曹氏甚有可能重蹈袁紹覆轍。倒不是說曹操會像袁紹，而是這立嫡之爭會變得更加殘酷……

環夫人雖得曹操喜愛，但比起卞夫人的老辣彌堅，她似乎還顯得有一些單薄。她自己也知道這一點，所以才會拚命的拉上曹朋。

環平這時候一聲不吭，甚至連呼吸都強行壓抑著。這是決定環氏未來命運的時候，環平久在許都，他非常清楚環夫人對曹朋的看重。

「呼……」曹朋長出了一口氣。

他站起身，緩緩走到門旁，拉開房門，走到了門廊上，負手凝視那院中的紫丁香。

他現在只要說出一句話，就等於徹底綁在了環夫人的戰車上。不過，在許多人眼裡，他恐怕早就是環夫人一系的人了吧。想到這裡，曹朋不由得暗自苦笑！有人的地方，就有江湖；有江湖的地方，就有爭鬥……小至平民百姓，大到帝王將相。自古以來，這爭奪利益的事情，從來都沒有斷絕過……

「令明！」

「喏！」

「三十步內，不得有人靠近。」

龐德立刻明白有大事發生，他二話不說，立刻跑下去，緊跟著就聽到一連串的口令聲，隱藏在暗處警戒的白駝兵瞬間出現。他們每隔十步，組成一個崗哨，將書房牢牢的保護起來……

環平也是萬分緊張，看著曹朋，一言不發。

曹朋慢慢轉身，又回到屋中。這種事，他不可能與任何人談及。

「環平，兩件事。」

「請公子吩咐。」

「其一，告訴夫人，千萬不要妄動。世子方故，主公正心傷。這時候任何動作，都可能會造成主公的反感，甚至敵意。不但不可以妄動，而且還要盡量安撫卞夫人。名義上，要承認世子的地位。」

曹朋向環平看去。環平連忙站起來，欠身回答說：「環平記下了。」

「第二件事，同樣重要，尤甚於第一件事。」

曹朋揉揉太陽穴，閉上眼睛低聲道：「從現在開始，倉舒起居，必須要由專人照拂。倉舒喝的水、吃的飯，包括他生病要使用的藥物，都必須要經過檢查，最好先找人嘗試，無事之後才能讓倉舒使用。另外，倉舒的安全也要留意，他身邊的護衛最好讓貼心人來負責……若夫人信得過我，我可以推薦人選。你回去的時候，我會讓王雙跟你一同回去。總之從現在起，倉舒身邊發生的任何事情，都不可以疏忽。」

曹朋睜開了眼睛，凝視著環平道：「你，可明白？」

「明白。」

「還有，你且謹記……」

曹朋看著環平，心裡面突然一聲輕嘆：我變壞了！變得冷漠，變得殘忍，變得視人命如草芥了……

「告訴夫人，今日之事，出我口，入你耳，不可為第三人知。」

環平連忙道：「我記下了。」

「如此，你且先休息一下，我會讓人送來食物。天亮之前，我派王雙隨你返回許都，要儘快把我今天的這些話告訴夫人。」

「明白！」

曹朋看著環平，溫和一笑。

他走出書房，吩咐龐德，命人準備飯菜，同時又讓人把王雙喚來，在他耳邊如此這般、這般如此的吩咐了好半晌。王雙並不願意回許都，但曹朋既然這麼吩咐下來，而且態度堅決，他也知事情重大。於是王雙領命，下去準備。

而曹朋則站在門廊上，手指輕輕的敲擊欄杆。

曹不的死，會產生許多衍生的變故。未來會發展成什麼模樣，曹朋不是太清楚，但有一點，他可以清楚的感覺出來——他，留在西北的時間，恐怕不會太多了……

雲動

建安九年四月，曹丕在中丘縣遭遇襲擊，戰死於城中。他到死也沒有投降，而是和烏丸人血戰到底。他殺死了近二十名烏丸人，卻因寡不敵眾，最終被殺。

四月的天氣，炎熱。可是在鄴城外的曹軍大營裡，曹操卻感受到了從未有過的徹骨寒意！

建安二年，他攻伐宛城，而使得曹昂戰死；七年後，他攻伐鄴城，卻又痛失愛子……

「公達，那遼東烏丸，何故在中丘出現？」

初聞噩耗，曹操當時就昏倒在大帳裡。此時，他已經清醒過來，可是看上去，卻顯得是那樣萎靡不振。原本還是半黑的頭髮，在一夜間變成了灰白；一向健壯的身體，就好像被抽掉了骨頭一樣，顯得那麼佝僂，那麼衰老。鄴城尚未告破，愛子卻丟了性命！曹操豈能不哭？

荀攸有些擔心的看著曹操，喚了聲：「主公……」

「我沒事，我只想知道，那遼東烏丸，何故在中丘？」

「遼東烏丸素與袁熙交好。自遼東出擊，必經幽州，想必是袁熙從中作祟吧。」

「幽州，可有異動？」

「據說已正在易水集結。」

袁熙在幽州的舉措，豈能瞞得過曹操？只是，曹操沒想到一向柔懦的袁熙竟然有如此膽量，跨境出擊……

「張燕那邊，情況如何？」

「張燕遭遇袁熙攻擊，只怕一時間難以抽身出來。」

「嘿嘿，嘿嘿嘿……」曹操不怒反笑，到後來仰天哈哈大笑，「袁本初，卻生了一個好兒子啊！」

他終於明白過來，高幹為何會在河東做出那麼大的動作。原來，這三人竟聯起手來！高幹在河東的舉措，恐怕不僅僅是為了給馬騰營造條件，也是為了吸引他的注意力。黑山軍出山，即遭遇袁熙的攻擊，說明袁熙早有準備。袁尚、袁熙還有高幹……三個袁家子，竟謀劃出一盤好大的棋。錯非曹朋在河西反應及時，出兵奪取了武威郡，只怕現在涼州已經亂成一鍋粥，而馬騰便可以順勢奪取關中。

「高明，高明！」

「主公息怒！」

「公達莫擔心，我並非怒氣。只是這些年來我也許太順了，以至於小看了這些小兒。官渡以來，戰事順暢！袁紹一死，我原以為河北唾手可得，卻不想延續到了現在，也沒有拿下鄴城。袁熙既然出手了，想來那袁譚也不可能甘於寂寞……

「公達，速傳我命，使子廉立刻屯兵界橋，做好準備；再命公明自五鹿城秘密出發，藏於貝丘；命臧霸、呂虔從高唐渡河，嚴密監視袁譚動作，一俟袁譚異動，就立刻奪取平原郡。而後命子廉和公明在清河國夾擊，務必要將袁譚消滅。」

荀攸躬身，「遵命。」

「傳典韋、許褚、史渙和文則。」

荀攸連忙出去，不一會兒的工夫，典韋等人小心翼翼的走進了中軍大帳。

「主公！」

曹操一擺手，眼中閃爍著一抹戾色。他輕聲道：「三日，三日之後，某要站在鄴城城頭。」

聲音非常小，但是在典韋等人耳中，卻猶如一聲驚雷。曹操這是要下狠心奪取鄴城了……這也就是說，從現在開始曹軍將不惜代價，甚至要將鄴城夷為平地。

典韋二話不說，洪聲道：「主公，三日之內不克鄴城，典韋提頭來見。」

「許褚願立軍令狀，三日之內，必克鄴城。」

史渙、于禁兩人，也不敢有任何猶豫。

曹丕的死，令曹軍眾將感受到了莫名的羞恥。以如此優勢，竟被一小兒算計；小小鄴城，竟猛攻月餘而不克，實在是太丟人了！

典韋等人扭頭，大步流星走出中軍大帳。而曹操，也好像洩了氣的皮球一樣，一下子癱在了太師椅上，老淚橫流。

莫非，天令我曹操要受此災厄？

子桓，我兒！

淚水在曹操臉上流淌著，身體不住的顫抖。偌大的軍帳裡，只迴盪著曹操那強壓抑著的哭泣聲……

許久，曹操穩住了心神，猛然站起來，擦乾淨臉上的淚水。

「進之！」

「末將在。」

隨著一個洪亮的聲音，就見一個青年大步流星從帳外走進。此人名叫羊衜，表字進之，也就是蔡琰的妹夫。之前，王圖被曹操密令誅殺，便令羊衜接替了王圖的位子，出任他的親隨牙將。

羊衜走進來後，躬身行禮，「請主公吩咐。」

「傳我命令，讓張燕領黑山軍出擊，十日之內，務必蕩平中山國，奪取北平……告訴他，我准他黑山軍在中山國縱掠三日。但是，若十日內不取北平，讓他提頭來見。」

「喏！」縱掠三日！羊衜心中不由得一聲嘆息：中山國，完了……

曹操所說的北平，可不是後世的首都，而是位於中山國東北部順水的一處城池。那裡毗鄰易水，一旦袁熙敢動作，張燕便可以自北平出擊，一舉而殲滅之。

只是，這縱掠三日之後，中山國還能剩下幾人呢？

位於中山國南部，有一座縣城，它東向平原，西依太行，南鄰滹沱。其境內，地勢平坦，西高東低，呈緩坡傾斜。綿亙數十里，膏壤沃野，四季氣候分明，雨量充足，是一個生產糧食之所。

這縣城，名叫無極。

無極縣裡，有一大戶人家，姓甄。這甄家，就是洛神甄宓的家族。此時，整個甄家顯得格外混亂，所有人都面帶凝重之色。

甄家的花廳裡，甄氏族人盡聚於此。

甄堯輕輕敲打額頭，神色有些茫然，「張燕自黑山出兵，已攻入了中山國。」

「那又怎樣？」

「怎樣？」甄堯看著那開口的族人，突然間破口大罵：「袁熙引來了烏丸突騎，在中丘襲殺曹操長子曹丕。你知不知道曹操大怒，已下令血洗鄴城？七天前……鄴城被曹操攻破。審正南滿門被殺，袁尚更被曹操凌遲處死；五天前袁譚在清河國被曹兵伏擊，當場被殺。平原郡隨即告破，袁譚滿門皆被壓至鄴城，等待處置。」

章十五 雲動

「曹操這回是真怒了！如今常山國告破，安平國告破，曹軍已兵臨下曲陽，隨時都可能打到無極城外。曹丕是怎麼死的？是袁熙引烏丸突騎所殺！袁熙是什麼人？那是咱家的姑爺……那你現在告訴我，如果無極縣告破，會怎樣？會怎樣！」

看著甄堯那扭曲猙獰的面容，甄氏族人嚇得不敢出聲，縮在角落裡，一言不發。

「我兒，到了這時候，也非是發火的時候。」甄堯身後，是一個面目慈祥的老婦人。她輕嘆一聲，「我早就說過，這富貴來得太容易，並非好事。若在治世，小宓生有皇族氣，是一樁好事；可如今……你父親就是不肯聽我勸說。事到如今，也沒有其他辦法，只有丟下眼前這基業，離開中山國……」

「離開中山，去哪裡？」

老夫人想了想，半晌後抬起頭，從口中吐出兩個字來：「河西！」

「去河西？」甄堯一聽，臉色大變。「母親，萬萬使不得啊……河西，那不也是曹操治下？我聽說，那河西太守曹朋，是曹操的族姪，可不是個好對付的主兒。若是去了河西，豈不是自尋死路？」

「曹朋，與我們可有仇？」

「呃……沒有！」

「與我們可有怨？」

「這個……好像也沒有。」

老夫人輕聲道：「說起來，曹朋還欠著咱們。」

剛才甄堯發了一通火，將那些無干人等都趕走之後，現在聽老夫人這麼說，不由得愣了。

「母親，此話怎講？」

老夫人輕聲道：「我兒莫非忘了，你妹妹今在何處？」

「這個……」

「那曹朋，是個重情義的。老身曾仔細研究過此子，確實不俗。當年，他為了呂布那一點恩情，不惜殺身之禍，救走了呂布一家人，遠赴海外。聽說，那呂家在海外，如今倒也風生水起。咱們就過去，看他能怎麼處置咱們。要真是殺了咱們，那是咱甄家命該如此……但若是他肯幫忙，咱甄家說不得還能在河西闖出一個家業。蘇雙為什麼要跑去河西？不就是為投奔那曹朋嗎？論行商坐賈，咱甄家打出家業的時候，蘇家連個落腳之地都沒有，咱怕了他們？」

甄堯陷入了沉思。老夫人的一番話，倒是讓他有些心動，只是這一去河西的話，他那孝廉的功名就等於廢了……

「那要趕快準備才是。」

「準備個甚！」老夫人頓時怒了，呼的站起來，低聲喝道：「到了這個時候，你還想要準備什麼？通知你幾個妹妹，今晚就走。」

「啊？」

「不要通知任何人，悄悄離開。」老夫人說罷，靠在榻上，輕聲道：「從今天開始，你便不再是中山國甄氏子弟，是河西甄氏子弟。至於那些族人，你也看到了……從前他們捧著咱們、靠著咱們，可這大難臨頭之時，只怕那些人一個個都存著要拿咱們去做那覲見之禮的心。他們不會跟咱們走，只可能在關鍵的時候給咱們一刀，為那覲見之禮。」

甄堯面頰抽搐兩下。雖然他不願意承認這麼一個現實，但也不得不去面對。只看那些族人一臉若無其事的樣子，說出那句『那又怎樣』的話，怕真的存了這心思。

「我兒，你立刻去準備一下。笨重之物都丟了，不要帶著，只要帶上一些緊要的金銀器軟，而後準備兩輛馬車，咱們趁天黑前離開無極縣。這些家業，生不帶來死不帶去，重要的是咱們在塞外的那些商路，必須要帶走。那東西，才是咱們立足於河西的根本啊……」

「孩兒，明白！」甄堯不敢再猶豫，立刻下去召集姐妹，開始準備。

老夫人坐在堂上，從懷中取出一封書信來。她睜大渾濁的花眼，半晌後，突然笑了，「禍兮福所倚，福兮禍所伏！這塞翁失馬……呵呵，福之為禍，禍之為福，化不可及，深不可測啊……」

時間，在不知不覺中，進入了建安九年的五月。

河北戰事，漸漸落下了帷幕。而高幹在鄴城失守，袁譚被殺之後，迅速撤離河東。曹仁旋即下令，使曹軍跨過通天山，進入並州治下。柯最烏丸首當其衝，遭遇曹軍的攻擊。烏丸大人柯最在抵禦了十天之後，終於抵擋不住曹軍凶猛攻勢，率部逃竄。

也就是在這時候，從江東傳來消息：孫吳水軍大都督周瑜，奇襲江夏……

江夏太守黃祖被周瑜所殺，黃祖之子黃射被東吳俘虜，斬於江上，頓時荊州大亂。同時，孫權命大將太史慈自居巢出兵，攻占六安。合肥岌岌可危，壽春更面臨威脅。

曹操得知消息後，不得不暫停對河北的攻擊。從戰略角度而言，他此次攻至下曲陽，奪取中山國，已經達到了目的。而孫權這突然的舉措，令曹操不免感到憂慮重重。在與眾謀士商議之後，曹操命徐晃、張遼二人暫領河間、渤海兩郡，與張燕所在的中山國聯手，對幽州形成了包圍之勢，而後迅速返回許都。

河北之戰，至此告一段落。

然而，對曹朋而言，這預示著涼州之戰必須要加快速度。

建安九年五月，張掖之戰結束。蘇則在昭武大敗酈岐之後，迅速攻入了張掖郡，同時派遣使者抵達武威，請曹朋代為向朝廷上書……他這個看似極為平常的舉措，也讓曹朋頓時放下心來：這個蘇則，屬於曹派！至少他對曹操並不反感，否則以蘇則身分，大可以直接上奏朝廷。可是他沒有這樣做，反而要透過曹朋。明眼人都知道，曹朋上奏，與其說是上奏朝廷，倒不如說是上奏司空府。

如此一來，蘇則的政治傾向，也就明白無誤的表現出來了。

曹朋依照著之前和蘇則的約定，命蘇由出任日勒長。而曹彰以十三歲的年紀，出任日勒統兵校尉。同時，曹彰之前所立下的戰功，曹朋也命人迅速遞交許都。

至於張掖太守由誰擔當？

曹朋並未給出任何意見。他的目光，已經從武威郡的西部，轉而向金城郡看去！

許都，司空府——

雖是三伏，但是在司空府內，卻絲毫感受不到半點暖意，甚至還讓人有些發冷。

環夫人似乎並沒有太大的變化，一如往常般的動人。歲月並未在她臉上留下太多痕跡，相反，隨著時間的推移，環夫人越發透著嬌媚，好像一顆成熟的蜜桃，讓人看到就忍不住想要撲上去，狠狠的咬上一口。

環平恭恭敬敬的垂手而立，將曹朋的那些話，一五一十轉述一遍。

環夫人很認真的聽罷，臉上閃過了一抹喜色，「只有這些嗎？」

「呃，曹將軍最後還說，出我口，入妳耳，不可為第三人知曉。」

環夫人隨口道：「這是當然。」不過，她心裡突然一動，眼中陡然閃過一抹精芒。出我口，入你耳，不可被第三人知道——這原本只是一句非常普通的叮囑話語，可是在這個時候，說出來似乎就不太尋常了。

「環平，這一路上也辛苦，去歇息吧。」

「喏！」

環平離開後，環夫人驀地站起身來，緩緩走到門旁，就見環平的背影在跨院的小門邊上消失。環夫人的眼中透出一抹殺機，旋即又有些不忍，臉上似乎有些猶豫。曹朋那句話的意思，她已經明白了……

如果是在平時，那句話不算什麼。可這本來就是秘密聯絡，自然不可能被人知曉，能知曉這些事的人，即自己、曹朋還有環平，一共三個人。曹朋明知道那環平是心腹，還要專門提醒一句：不可被第三個人知道。那意思，豈不是非常清楚了？

環夫人、環平還有曹朋，三人中必須要有一人死去。這個人不可能是環夫人，也不可能是曹朋，那麼死去的人，豈不就是呼之欲出？

只有環平死了，才是真真正正『不被第三人知道』。但是，環平跟了自己多年……

環夫人眼中閃過一抹痛苦之色，一咬牙，似下定了決心。

章十五 雲動

時間，在飛快的流逝。轉眼間，就近了初秋，河西郡迎來了即將豐收的時節。

沉甸甸的麥穗，如一片黃金色的海洋，微風拂過，起伏若波浪般……看著那片金黃，曹朋站在紅水縣城門樓上，一臉的喜色。河西，即將度過最困難的時期。這一年來，他在河西郡的投入何止億萬錢計？海西兩年的收益，幾乎被他一下子砸進來，才有了今日的河西秋收。牧原上，傳來悠揚的牧歌聲。天很藍，白雲悠悠，與這大地上的金黃色構成了一幅極美的畫卷，讓曹朋的心飄飛起來。

這，才是他所希望的河西！

這，才是那傳說中的塞上江南。

進出紅水縣城的人們，看到那城門樓上的曹朋，都會發自內心的躬身行禮……曹朋也報以微笑。

誰也沒有說什麼話語，一切都是在默默無聲中進行。

曹朋站了一會兒，轉身回到門樓的廳廨中。龐德已命人擺上了一張大椅，曹朋坐下來，示意龐德兄弟也落坐。而後，他喝了一口河西人自釀的糯米酒，香醇可口。

「沒想到，河西如今竟變得如此繁華。」龐明忍不住發出感嘆。

曹朋一笑，心裡不免有些得意：「這一年，我征戰在外，並未投下太多的精力。河西有此規模，全賴子山等人的辛勞……呵呵，都說是我的功勞，卻和我未有關係。」

風，從門外吹進來，透廳廨而過。

曹朋閉上眼睛，享受這難得的片刻寧靜。

他此次返回河西，並不是為了即將到來的豐收。隨著武威郡漸漸穩定下來之後，曹朋想把步鸞和郭寰接到姑臧去，卻不想從河西傳來消息，步鸞竟懷了身子。算算日子，步鸞懷上的時間，正是曹朋離開河西、出征武威的那段日子。

雖說步鸞不是正室，而且出身也很普通，但說較起來，這步鸞也是最得曹朋喜愛，最為懂事的人。她心思靈巧縝密，與郭寰那種北方女兒的大氣不同，而是一種江南女子獨有的溫婉。她不會去爭奪什麼，但是每件事都會辦得合曹朋心意。如今聽說步鸞懷了身子，曹朋自然不敢讓她長途跋涉，於是便趕回紅水縣。

距離誕下嬰兒，時間還早。曹朋和步鸞、郭寰商量了一下之後，決定還是搬去姑臧。

同行的人，還有蔡琰母女。相比較紅水縣，姑臧位於河西走廊之上，蔡琰早就想去看看，同時，她也想早日將那些書籍經典背寫完畢。姑臧的條件要優於河西郡，也許過些年，河西郡能迎頭趕上，但就目前而言，姑臧還是最佳的選擇。

而且，步鸞和郭寰走了，她留在河西也沒什麼意思，連個說話的人都沒有……總不可能讓她找一幫子老爺們兒去交流吧？

蔡琰既然要走，那麼甄宓也要跟去。隨行的還有兩個從許都送來的女婢，都是很懂事，也能識文斷字的女兒家。河北戰事已經落下帷幕，鄴城告破也預示著河北之爭將進入尾聲，甄宓心裡掛念家人，卻也不敢在這時候返回老家。

聽說黑山賊出山了！整個中山國都陷入一派動盪之中。

曹操在鄴城大開殺戒，盡屠鄴城百姓；張燕也在中山國縱掠搶奪，令人感到惶恐。好在，隨著張遼和徐晃兩人占領河間、渤海兩郡，中山國正漸漸的恢復穩定。

即便如此，甄宓也不敢回去。她哀求蔡琰，透過蔡琰找到了步騭，而後送信回家。家中恐怕也很亂吧！不曉得母親和兄長他們，是否已經有所準備？

在蔡琰的勸說下，甄宓漸漸穩定了情緒。這次蔡琰要去姑臧，甄宓自然要跟隨。

「公子，卻是好悠閒啊。」

正當曹朋閉目在廳廨裡歇息的時候，外面腳步聲傳來，步騭滿面春風，走了進來。

「子山，快坐！」曹朋連忙站起，迎上前去。「這段時間，可是讓子山辛苦了。」

「公子此話從何說起？步騭在這裡，安穩得很呢……遠不似公子在武威經歷風險。」

兩人客套了幾句，步騭讓人取來了一部帳冊。

「這是河西郡這些日子來的發展情況。」

「呃，我實在懶得看，子山口述就是。」

步騭點點頭，翻開了帳冊，「今紅水縣人口，已超過了四萬……」

「怎麼這麼多人？」

「一來，根據公子的吩咐，我加大了對羌胡異族的歸化力度。公子給出如此優渥的條件，許多羌胡也願意加入咱們，僅這幾個月裡，就有大小數個鮮卑雜種胡歸化過來，人口大約在六、七千人左右。同時，還要感謝高幹，那傢伙在河東用兵，造成河東百姓人心惶惶，故而過往幾個月裡，自河東遷入河西者也有不少人……粗略計算了下，紅水縣增加了近五千人，而廉堡方面則增加了三千餘人。」

「秋後開荒的力度，勢必要加大。河西地勢偏高，故而我準備沿河水以西開荒，待來年，河西耕地可多達十萬頃。這人口數量，將能突破四十萬……」

「那糧食方面如何？」

河西人口四十萬，也就代表著要增加近一半的人。

曹朋首先考慮的便是這糧食問題。民以食為天……肚子不餓，才能建設家園。

步騭說：「河西今秋的形勢很好，我粗略計算了一下，六萬頃田地，足以保證郡府各縣的存糧。除此之外，蘇行首已派出商隊，入西川購糧……聽說，今年西川風調雨順，想必又是個豐收年景。成都的糧食已降至二十貫一斛，比之中原低了五倍之多。但具體能購來多少糧食，目前還不清楚，須蘇行首確認。」

西川？

曹朋眼眉兒一跳，心裡不由得一動：李儒已開始行動了嗎？

他當初把這樁事情交給李儒，說好了不會去過問，所以具體李儒是怎麼安排，又是怎麼展開行動的，曹朋並不是特別的清楚。但既然李儒行動了，那麼他就必須要加快在許都的活動。

想了想，曹朋點頭，問道：「來年，還要投入多少？」

步騭猶豫了一下，輕聲道：「公子若暫時停止向漠北購買奴隸的話，估計不會投入太多；但如果繼續購買奴隸，只怕還需要一大筆投入。具體的數量，我也要和蘇行首商議過後才能確認。但我粗略計算，至少也要八千萬錢以上……」

一旁聆聽的龐德、龐明兄弟，心裡一個勁兒發顫。

不到河西，不知道什麼叫做敗家。只聽曹朋他們商談的數目金額，就讓人感覺頭皮發麻，動輒就是逾億，少則也要幾千萬。龐德總算是知道什麼叫做財力雄厚！

武威郡也算是家底比較厚實，可滿打滿算，恐怕還不如人家說句話工夫花費的錢帛。

殊不知，這許多錢財，已經快耗盡了曹朋的腰包。從他在海西組建行會開始，官售粗鹽，販賣鹽引，這些年的收益幾乎全都砸在河西。當然了，他動的是他自己的腰包，奉車侯府自然還有一筆收入，他不會去動用。可即便如此，曹朋也感到了壓力。

八千萬，還真他媽要了我的親命！

「購買奴隸，不可以停止，不但不能停止，還要加大力度……蘇雙那邊恐怕一時間也難以再擴寬路子，咱們要再想辦法。朔方還沒有亂起來，鮮卑還不足以傷筋動骨。子山，這件事你不要管，這筆錢不從府庫裡出，我會透過商會想辦法解決。八千萬，還太少！」

朔方的南匈奴之爭，似乎漸漸落下帷幕。

劉豹占據朔方，並且和高幹勾結在一起，很快穩下了陣腳。

相比之下，去卑在河套以外，就顯得有些吃力，他背後還有一個軻比能的鮮卑，時時威脅他的地盤。若不是曹朋把檀柘請去漠北，與去卑聯手，恐怕他已經支撐不住。買賣奴隸，現在是檀柘和去卑手中一大財源，如果曹朋停止了收購，兩人恐怕很難再支撐下去。哪怕是給他們信心，曹朋也只有不斷加大力度……

輕輕搓揉面頰，曹朋苦笑道：「我就知道，子山來找我，必然不是什麼好事。」

「好事嗎？」步騭笑了，「要說好事，還真有一樁。」

他拍了拍手，就見兩個親隨抬著一筐東西走進來。

「公子，可知這是何物？」

曹朋掃了一眼，眼角一動，「石墨？」

「正是……前些日子，耿鈞在巡視的時候，在縣城西北，就是當初公子剿滅石魁的黃花林，發現了這種石墨。不過呢，好像和我們以前所見過的石墨有些不同。」

「不同？」曹朋站起來，走到那筐子旁邊，伸手從裡面取出一塊黑乎乎的東西，「焦炭？」

曹朋認出，這黑乎乎的東西並不是普通的石墨，而是焦炭。

黃花林怎麼會出現這種東西？

在曹朋的記憶裡，焦炭似乎是要經過加工才能生成。記得小時候，家鄉就有一座煉製焦炭的工廠。說是要把煙煤在隔絕空氣的條件下，加熱到一千度左右，再經過乾燥、熱解、熔融、黏結、固化和收縮之後，最終才能形成焦炭。這個過程，叫做高溫煉焦，也叫高溫乾餾。

這玩意兒，可是高爐冶煉、鑄造不可或缺的物品。

其實，早在漢代，人們就發現了煤炭，只不過當時很多人並不認得，曾有人請教白馬寺的高僧，說這叫做『劫灰之灰』。古人敬天地，敬鬼神，並不敢大肆進行開採，只是在那煤炭裸露之地撿來使用而已，所以不算太普及。

曹朋把焦炭扔在筐裡，想了想，突然道：「子山，把耿鈞找來，讓他帶我去黃花林看一看。」

「喏！」

耿鈞，如今是紅水縣的兵曹，在李其手下效力。

曹朋和龐德兄弟匆匆走下城樓，早有軍卒備好了馬匹。他翻身跨坐馬上，剛要離開，卻聽到城門口上傳來一陣騷亂嘈雜的聲音……

「我們是曹將軍的家眷，何故阻攔我等入城？」

曹朋聽聞一怔。

我的家眷？難道是月英她們來了？不可能啊！她們之前還派人送信，說是無法過來。那這家眷，又從何說起？

章十五

雲動

他舉目，向城門口望去……

紅水縣城外，甄堯面紅耳赤的從車上下來。

兩個族人的叫喊聲，讓他感覺很沒有面子，甚至有一些難堪。他甄家，何時要藉助他人名號立足？

但沒辦法，如今的甄家只是一頭落難的鳳凰，連雞都不如。

從中山國一路下來，不曉得遭遇了多少磨難。由於撤離匆忙，甄堯並沒有帶太多的資產，也沒有帶太多的護軍，途中時常會遭遇匪軍，以至於逃離冀州的時候，損失極為慘重，護衛死的死、散的散，只剩下幾十名老家臣還隨行保護。至於財產，也丟失了不少，其中有很多是那些護衛在散去的時候，順手拐帶走。甄堯有心阻止，卻是力有不逮。

一直到進入河東，情況才算好轉了一些。但是在渡河的時候，還是遭遇了一些狀況。由於他們身上並沒有攜帶任何證明，差一點被黃河渡口的曹軍當成流民緝拿。河東人口流失，令曹仁也感到無奈，他無法責怪曹朋，所以只能盡量控制這種情況，未帶證明，就要受到嚴密盤查。

加之甄堯一行人，一口河東口音，讓曹軍非常小心。

無奈之下，還是老夫人出了一個主意，讓甄堯打上河西郡太守、北中郎將曹朋的旗號。

說來還真有些巧，駐守龍門山的曹軍將領，赫然就是剛從霍大山退下來的甘寧甘興霸。聽聞有曹朋的家眷要渡河，甘寧也非常吃驚，還以為是曹朋的家人，於是便前來拜會。哪知道……老夫人便取出了一封書信，上面有河西郡郡府的大印，以證明自己並非袁紹奸細。甘寧看到了信封上的河西印綬，才算相信。

雖然不清楚曹朋何時與甄家聯繫上，但聯想到之前，蘇雙借道河東的事情，甘寧也沒有懷疑太多。

不過，他還是派人把甄家護送到了富平渡口，讓他們平安渡過河水。甘寧是為了防備甄家人出了什麼問題才這麼做，殊不知此舉正中了甄家的下懷，以至於很多家臣都認為，甄宓和曹朋一定是有著極為密切而特殊的關係。

「你們是太守家眷？」紅水縣門卒露出疑惑之色。

就在這時，曹朋帶著人走上前來，伸出手道：「把那路引拿來，讓我看一看。」門卒一見，連忙行禮，將甘寧開出的路引遞上。

「你們，是曹朋的家眷？」

「正是！」一個家臣大聲道：「我家小姐，乃爾等太守內室，所以趕快讓開通路。」

曹朋的臉，騰地一下子沉下來。

我內室？那不就是說，是我老婆？

你家小姐誰啊……怎地如此不知羞臊？

他打開路引，掃了一眼之後，臉色頓時變得古怪起來。

中山國無極縣甄氏？

曹朋搔搔頭，似乎有些明白了這其中的玄機，不禁有些尷尬起來。

沒錯，甄宓被劫持，並非他授意，甚至和他沒有任何關係。但不管怎麼說，甄宓現在的確是在河西，就在這紅水縣，而且就住在那郡廨中。蔡琰母女來到紅水縣後，曹朋擔心蔡琰生活淒苦，乾脆讓她住在郡廨裡，並仿效司空府和典府的格局模式，設立兩個大門，看似兩個宅院，但實際上就是從郡廨裡劃分出去罷了……為的是，方便照應。蔡琰有什麼事，可以很快通報過來，而步鸞和郭寰也能有一個說話的人，可以解悶。

可問題是，這事情說不清楚啊！他還看過赤身裸體的甄宓，更有些……

甄宓現在看到曹朋，還有些恐懼，經常是躲在蔡琰身後。雖不似一開始那般戰戰兢兢，但多少會有

五十章 雲動

些慌張。同樣的，曹朋每次看到甄宓，腦海中也會浮現出那具猶如羊脂白玉般的曼妙胴體……所以，曹朋也是盡量不與甄宓單獨相處。

結果現在，人家的家人找來了！

他撓撓頭，把路引收了起來，說道：「放他們進去吧。」

「喂，把路引還給我們！」家臣一見曹朋將路引沒收，頓時急眼了。這一路上，特別是在進入河西郡以後，這份路引可是起了大作用，所以不敢丟失。

曹朋眉頭一蹙，厲聲道：「休要聒噪！路引，我收回……你們進城去吧。自會有人帶你們前去住處，路上莫惹事生非，若觸犯了律法，誰也保不得你們……子山，找個人帶他們去蔡大家的府上，就說是甄小姐的家人，切莫要怠慢了。」

從城頭上剛走下來的步騭，聽聞不由得一怔，旋即臉上露出古怪的笑意，讓曹朋頓時面紅耳赤。

這邊曹朋也不遲疑，翻身上馬，帶著龐德兄弟便離開了城門。

步騭上前，看了一下門口的兩輛馬車，就見甄堯快步走過來，將家臣喝令退下。

「在下甄堯，不知……」

「三公子，請隨我來吧，我帶你們去見令妹。」

步騭和曹朋都穿著便裝，所以看上去並沒有什麼出奇之處。他也不想贅言，逕自上了馬，在前面領路。而甄堯則一頭霧水，登上馬車，隨步騭進入紅水縣城。

這紅水縣，尚未興建完整，但整個縣城的格局已初具規模，讓人一目了然。

縣城被分為東西南北四個區域，其中西部是校場，東部是集市，南北則分別是住戶。河西郡廨和紅水縣廨連為一體，位於縣城中心位置，而郡廨臨近校場，縣廨則靠近集市。縣城的主體工程已經完工，但城市內部仍在建設。街道很整潔，有一部分還未完工。

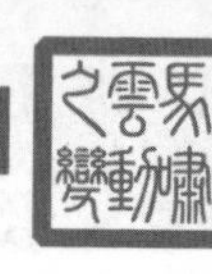

坐在車廂裡，甄堯可以看到那施工的場面……

一群囚犯打扮的人，抬著一筐筐碎石灑在路上，而後由壯碩的公牛拉著沉重的石頭碾子，在路上一遍遍的壓過去，使得地面非常平整。沒有什麼差役監視，也沒有看到什麼軍卒監工，但那些囚犯卻極為認真，絲毫沒有偷懶的跡象。

這河西太守，倒是有些手段！

甄堯暗自稱奇，連連點頭。

其實，似這樣的場面，他已不是第一次看到。初至河西，河西郡的道路讓他感到無比的震驚，與河北官道相比，河西這蠻荒之地的道路顯然更勝一籌。平整，寬敞，道路兩邊栽種樹木，使得景致極為美妙。快馬在官路上疾馳，絲毫不需要擔心道路的暢通問題。馬車行駛其上，也少有顛簸的感覺。沿大河一路，河堤上也栽種植物，據說都是河西太守所命。

「那些囚奴，何以如此忙碌，卻無人監守？」當時甄堯好奇的詢問當地人。

「客人一看就知道是外來的……咱們太守有令，所有奴隸只要完成一百個工分，就可以脫離奴隸身分為平民，到時候可以在官府報備，並安置產業為平民開荒，另外可得五分利。這每一段道路，都有劃分。每一段道路就是一個工分，若完成的快、完成的早，湊足了一百工分後，便可以得到平民身，誰會願意偷懶呢？」

類似於後世的承包制度，最大限度的調動奴隸的積極性。

隨著河西奴隸人數日益增多，平民化的進程也必須要加快腳步。所以，曹朋就想出了工分換戶籍的方法，鼓勵奴隸們進行勞作，換取足夠的工分。而奴隸們有了盼頭，自然也不願意偷懶，要知道，每一個工程都代表著他們距離平民更近一步……

河西郡有律例，凡逃奴，不論原因，格殺勿論。與此同時，曹朋又不斷改善奴隸的生活條件，使他們避免生活的困難。一邊是屠刀，一邊是希望……大部分的奴隸願意選擇希望，而不是死亡。在給予了足夠的物質保證之後，曹朋又啟用了連坐之法，逃一奴，連坐十人；逃一族，則連坐百人……使奴隸相互監視。

「母親，依我看，這河西不出十年，必賽過中山。」

老夫人有些疲乏，聽了甄堯這番話後，也點點頭，「這位曹三篇，確有些本事。」

不知不覺，馬車到了一座府邸門外。

步騭派人去通報，而後也不與甄堯等人告別，逕自離去。

「母親，那人好生無禮。」縮在老夫人懷中，生得粉雕玉琢頗為美麗的小女娃，突然對老夫人道。

這小女娃，便是甄堯最小的妹妹，甄榮。

「乖女兒，休得亂語……那位先生舉手投足頗有官味，氣度不凡，不是等閒人。他能親自領路，已經是極大關照，豈能再說人家的不是？這裡非無極縣，也不是咱甄家的老宅。以後說話，要多些小心，莫被人小看了，說咱家教不嚴。」老夫人氣度溫和，但話語中卻隱含警告之意。

甄榮噘著嘴，雖然不太情願，卻還是點點頭，輕聲道：「女兒記下了！」

「母親！」

就在眾人竊竊私語時，甄宓似一隻百靈鳥般，從府邸裡跑了出來。她站在臺階上，看到老夫人眾人，不由得淚水漣漣，泣聲從臺階上衝下來，一頭撲進了老夫人的懷中。

「我兒，卻是苦了妳！」老夫人抱著甄宓，也是大放悲聲。

蔡琰牽著阿眉拐，從府內行出。看到這一幕，她臉上露出一抹微笑，輕輕點頭。

「這裡，為何寫著蔡府？」

「母親，這是蔡姐姐的家宅啊……哦，我還未與母親引介，這就是蔡姐姐，蔡邕伯喈公之女，蔡琰蔡大家。」

蔡邕之女？

老夫人一驚，連忙肅容上前拜會。甄家雖說有些地位，卻終究比不得蔡邕這聲名響亮。蔡琰更是以才學而聞名天下，從小就有才女之稱，容不得老夫人敢去怠慢。不過，她心裡有些疑惑，何以女兒住在蔡琰家宅裡？

「小妹，剛才領我們前來的人，又是哪個？」

「領你們前來的人？」甄宓一怔，向家丁看去。

那家丁連忙道：「是步子山步郡丞，親自前來。」

「啊？」甄宓嚇了一跳，「怎勞動步先生大駕？」

送我們過來的人，是河西郡郡丞？那可是河西的二號人物，手握財政大權，是曹朋的心腹。聽說，他還是曹朋的親戚，他的堂妹就是曹朋最寵愛的妾室……怪不得，那人對我們沒有好臉色，卻是因為這個原因……可是，好像不對啊！步騭是河西郡二號人物，那麼能指揮他的人……

甄堯突然想起在城門口看到的那一幕景象。步騭好像是受了一個青年的指使，才來引路。整個河西郡，能指使步騭的人不就只有……

「小妹，曹公子，生得什麼模樣？」

甄宓一怔，臉頓時通紅，「哥哥說的，是哪位曹公子？」

「這河西郡還能有幾位曹公子？」

「嗯，還有司空三公子子文，是曹將軍學生，也是曹公子啊。」

「我說的當然是曹將軍……」

「曹將軍生得……」甄宓還真不曉得怎麼回答。那天恍惚間，就看到一個赤身裸體的男人，格外可怖；後來由於驚慌，心思不穩，所以也沒有注意他的相貌。再後來，曹朋開始征戰武威，甄宓更極少見到曹朋。雖然最近見過幾次，但每一次她都不敢正眼觀瞧，心裡總是有些緊張。

要說樣貌？曹將軍好像挺威武，但也很普通。只是那種氣度和威勢，令人印象深刻……

甄宓不曉得該怎麼回答才是，甄堯可就感覺有些不妙：「小妹，妳與曹將軍……」

「哥哥怎說的話，我與曹將軍並無干係。他待我一直很尊重，讓我幫助曹大家撰寫經文。」說著，甄宓睜大一雙水靈靈、柔媚的雙眸，「哥哥，何以如此詢問？」

壞了，好像鬧岔了！

甄堯臉色一變，暗叫一聲不好。同時，他隱隱猜出那位在城門口出現的青年將軍的身分。

這事情可怎生是好？妹妹和曹將軍並無干係，豈不是說我一家來河西，來的冒昧？若無曹將軍的支持，我甄家又如何能在河西立足！

甄堯眼珠子滴溜溜的打轉，心裡暗自叫苦。事情並不是他和老夫人以為的那樣，人家曹三篇好像也沒有打自己妹子的主意。可現在已經來了河西，總要想個主意才是。這件事，已不是甄堯能夠做主。這一路上，他們都是打著曹朋家眷的名號，如今才知道妹子和曹朋沒有干係，若曹朋追究起來，豈不是大難臨頭？

臺階上，老夫人和蔡琰談笑風生。

甄堯眉頭緊蹙，思忖半晌後，突然道：「小妹，待會兒要好生與我說說曹將軍的事情，還有這河西現在的種種狀況……此事，干係到咱甄家以後的生死存亡。」

甄宓一怔，輕輕點頭。

黃花林，的確是出現了不少焦炭。但焦炭之所以會出現，完全是一個意外。

黃花林的地下，蘊藏著一個煤礦（也就是後世的紅水田煤礦）。這個煤礦的煤炭蘊藏量不小，而且並不難開採。建安八年，曹朋火燒黃花林，造成了整個黃花林變成了廢墟，位於黃花林東面的沼澤地受大火波及，形成了一個密封的環境，意外使得底層表面的煙煤煉化成為焦炭。不過，這個數量並不算太多，又因為沼澤的緣故，使得焦炭的開採變得極為複雜。整體而言，曹朋想要大規模提煉焦炭的想法，似乎不合實際。同時，煉焦的過程和工藝，也並非想像的那麼簡單。

黃花林之所以出現焦炭，可以說是一個很難複製的巧合。不過，也正是因為這浮於地表的焦炭，讓曹朋隱隱約約猜測到，在這紅水地下很可能蘊藏著煤礦。

對於這個時代，煤炭能產生怎樣一種衝擊？曹朋並不是特別清楚。而且，要如何開採這個煤礦，同樣也是一個難題……

這黃花林的煤礦，讓曹朋隱隱約約的產生了一個構想，只是這個想法還不算清晰。

離開黃花林後，曹朋返回紅水縣，可是這一路上，他顯得有些魂不守舍，好幾次都差點走岔了路。龐德兄弟還有耿鈞，更不敢打攪曹朋，只能小心翼翼的跟隨著，一直到天黑才抵達紅水縣城。

紅水縣，有夜禁的規定。

事實上一直到宋朝，夜禁始終存在。

雖然曹朋想取消這個規矩，可由於紅水縣所處的位置，以及它目前的經濟狀況和物質條件，想要向商業化發展，還需要一個極其漫長的過程，非短時間可以做到。

城市，由軍事化、政治化而演變成商業化，歷經千年。

曹朋重生東漢不過短短九年，所能產生的作用還非常微小。

想要將河西郡向商業化演變，首當其衝的便是對商品和物質的需求，而這一點，恰恰是東漢末年無法達到的基本需求。當需求大於供給的時候，人們首先要做到的是完成衣食住行等方面的基本要求。所以，商業化的道路對曹朋而言，尚有一個漫長的探索期。

想將千年的進化轉為十幾年、二十年的進化，何其艱難？此時，兩淮才初步開發，大運河尚未出現，而後世的東南經濟圈，還處於蠻荒；兩湖之地，尚未演變成魚米之鄉；天府之國的財富，由於蜀道艱難，而無法順暢輸送中原。

春秋戰國時，楚國大夫屈原在《離騷》中道：路漫漫兮其修遠，吾將上下而求索。

那種心情，曹朋似乎有所體悟。

理想是豐滿的，現實是骨感的……他要走的路，還有很長，很長！

回到郡廨中，他孤立於門廊上。

院子裡，有淡淡的紫丁花香縈繞，一輪明月皎潔，月光灑進庭院，卻無法照亮曹朋心中的迷茫。

物質的極其豐富，人口的極其膨脹，是經濟發展的基礎要求，但以目前的狀況而言，這似乎有些困難。塞外的異族，對中原仍舊是虎視眈眈，那歷史上所謂的『民族大融合』，已成為縈繞在曹朋心中一塊無法消失的陰霾。

涼州，必須要儘快穩定……絲綢之路務必要儘快的打通……對漠北異族的經濟侵略，也必須要加快腳步……

算算時間，馬騰該有動作了！

隨著時間的推移，曹朋心中的緊迫感也變得越發強烈。

「公子，甄堯求見。」

「甄堯？」曹朋愕然回頭，臉上透出茫然。

姜冏輕聲道：「便是蔡府甄小姐的兄長。」

「啊……」曹朋一拍額頭，臉上頓時閃過一抹尷尬之色。

這該來的，總歸是要來。

他堂堂的河西郡太守，也沒有理由躲避甄家。再說了，甄宓的事情和他也無關係。這半年來，他可是對那位甄小姐待若上賓，並沒有半點侵犯和猥褻。不過，一想到甄宓，腦海中便立刻浮現出……

「有請！」

曹朋深吸一口氣，將綺念壓下。他揉了揉臉，邁步向花廳走去。不一會兒，就見一個不到三旬的青年，戰戰兢兢進來。

「罪民甄堯，特向將軍請罪。」甄堯一進花廳，連忙上前躬身行禮。

「甄先生，何故如此？這罪民二字，又從何說起？」

甄堯一臉尷尬之色，輕聲道：「我等為避難河西，不得不用將軍名號，稱將軍家眷，才得以諸多照拂。只是……甄家今至將軍治下，又怎能不與將軍請罪？」

「呃……」曹朋臉一紅，連忙攙扶起甄堯。

他日間之所以沒有表露身分，就是感覺著有些尷尬，可這件事終歸要有個說法，他也清楚無可避免。甄宓如今在河西，在他的治下，是一個事實！哪怕他為了避嫌，讓甄宓住在蔡府。可問題是，蔡府和郡廨比鄰而居，也很難說清楚狀況。蘇雙劫持甄宓，曹朋毫不知情……

你信不信？反正我是不太相信！

這種事，跳到黃河裡也洗不清。

不過既然甄堯來了，他總要給個說法才行。

曹朋苦笑一聲，「令妹之事，乃曹某之過。先生一家前來，我自當予以關照。」

他猶豫了一下之後，又輕聲道：「只是這件事，還是少為人知的好。還請先生盡力約束家臣，若走漏了消息，與曹某，與先生，恐怕都沒有什麼好處。先生當知，我家主公世子因何而遭難，若被人知曉，必會有殺身之禍。」

甄堯臉色變換，片刻後一咬牙，輕聲道：「請將軍放心，堯知當如何處理。」

「甚好！」曹朋點點頭，「此後，甄家乃河西一部，昔紅澤部落之一。這身分，我自會與先生盡力隱瞞。只是從現在起，河西無中山甄氏，還請先生牢記之。」

聲音低沉，聽上去很柔和，但是給甄堯所帶來的壓力，卻無比巨大。

曹朋的氣場很強，強到了讓甄堯膽戰心驚的地步。

話說到了這個分上，甄堯當然也很清楚了……

你甄家的富貴，我可以保障！我也可以保證，令你甄家在河西有一席之地。但是，你必須要將過往都忘掉才行。從今以後，只有河西甄氏！昔日中山無極縣甄氏一族，已經煙消雲散了……

這是一個大方針！

曹丕的死，畢竟干係重大。哪怕曹操對曹朋再信任，若知道這件事情的起因，未嘗不會生出一絲怨念來。

所謂未雨綢繆，大致就是這樣。曹朋必須要做好被曹操知曉的準備。

好在甄堯這一路，並沒有驚動太多人，只有甘寧清楚。而甘寧，是曹朋的人，所以這一點，曹朋倒是很放心。

警告了甄堯之後，曹朋便把話題岔開。他和甄堯聊起來，卻發現這甄堯確實有一些本領。他和蘇雙一樣，作為中山大戶人家，對商業有著極其敏銳的洞察力。不過所不同的是，蘇雙長於貿易，而甄堯卻善於規劃，從某種程度上而言，兩人有些重疊，但又能相輔相成。

河西郡商會，雖說是由李儒監控、蘇雙打理，但還缺少一個監督。此前，曹朋手裡沒有合適的人選，

而甄堯的出現，似乎將這一塊短板彌補過來……
曹朋心裡一動，將河西郡商會的事情向甄堯介紹了一下，而後非常期待的看著甄堯。
「先生，可願出山，為我謀劃河西？」
蘇雙劫走了甄宓，令甄家險些陷入萬劫不復，所以甄家絕不可能和蘇雙聯手，相反會在恰當時機，對蘇家予以制約和報復。這樣一個存在，對曹朋無疑有著極大的利益。特別是在對河西郡商會的掌控方面，有甄堯，可以令曹朋的監管力度進一步加強。
甄堯一怔，旋即喜出望外：「堯願為公子效死命。」
「誒，這大好光景，何言『死』字？我不日將往武威郡，屯紮姑臧。甄先生若是願意，可以隨我前往姑臧，一展身手。」
「甄堯，願為公子，效犬馬之勞。」
直到此時，甄堯心裡的惶恐才算是緩解了一些。
不過單只是如此，還不成！必須要進一步加強和曹朋的關係，成為他的心腹……
如何真正進入曹朋的核心幕府？這恐怕還要從小妹身上著手！從剛才曹公子談及小妹的表情來看，他似乎對小妹並不反感。回去之後，須和母親商議一樣，儘早促成甄家和曹家進一步結合。
想到這裡，甄堯已暗自打定了主意！

甄家到河西，並沒有停留太久。
兩天後，曹朋領著步鸞和郭寰，還有蔡琰母女，啟程離開紅水縣，前往姑臧。
甄家也跟隨著曹朋一同前往。只是這次離開，甄家的家臣少了一半多，不少人被留在了紅水縣，在郡廨效力。表面上看，這些家臣得到了重用，但甄堯卻知道，他再也見不到這些家臣。既然他們這麼輕易的就另投別家，也說明不足以信任。

而隨行的八、九人，則是甄堯的心腹，甚至還有兩個甄氏族人將成為河西甄氏的核心。有時候想想，或許有些殘忍，但為了自家前程，他卻也不得不狠下心來。

雖說甄家幾若破滅，可一個新的甄氏將會在西北崛起，得失之間，甄堯倒是還算看得清楚。

臨走時，曹朋正式任命夏侯蘭代理紅水縣長之職，同時委任武亭都尉、河西統兵校尉。河西軍事，盡由夏侯蘭執掌，這也算是曹朋對夏侯蘭這八年忠心耿耿追隨的一個報答。雖說只是個千石校尉，但性質卻和從前有很大程度的不同。

權力！

夏侯蘭的權力得到了極大的提高。河西五鎮，東起大河，西至鳳鳴堡，盡歸夏侯蘭執掌。

同時，曹朋也暗中開始推行府兵制度，在常備軍的編制下，進一步加強府兵制的建設。河西五鎮，兵農合一，兵牧合一之法，借鑑老秦兵制，以及曹朋、徐庶和龐統的整合，還有李儒的進一步改動，漸趨合理，可以嘗試著進行推廣……

而這份府兵制度，也隨著夏侯蘭出任統兵校尉的奏摺，一同送交許都呈報。畢竟，擅自改變兵制，那幾同於造反。府兵制一旦在河西推廣開來，遲早會被曹操知曉，與其到時候被動，倒不如現在主動上奏。權作一個試驗田，想來曹操也不會反對。

建安九年六月中，曹朋一行，返回姑臧！

「閻行、成公英？」

曹朋抵達姑臧後，便接到了潘璋奏報。

閻行，不就是那位號稱涼州第一猛將，曾險些折槍擊殺馬騰的主兒，韓遂的女婿嗎？他怎會來投奔我！

要知道，曹朋雖說占領了武威郡，可在表面上，卻要聽命於韋端父子的節制。而且他在涼州的根基並不算深厚，哪怕是攻取了武威郡，也還算不得穩定……畢竟武威郡九縣之中，曹朋並未完全控制。而西部三縣，為了平撫西涼舊部的情緒，曹朋也不敢大刀闊斧的進行變動，只能在最小程度上進行一些調整，以免刺激到西涼豪族對他的反感。

從這一點而言，曹朋對武威的掌控力遠不如河西五縣。當然，曹朋也清楚這一點，有些事情並非能一蹴而就，須慢慢調整。

「按理說，閻彥明當投韋端父子，豈不是更好？」

新任姑臧令趙昂聽聞，頓時笑了：「韋端名為涼州刺史，但並不足以令人信服。此人有賢名，卻膽小如鼠，而且好妒甚重，此前司空任了南部都尉，他便糾結許久。韓遂這個人，好謀，有算計，最清楚韋端性情。要說閻行主動前來相投，我倒是不信，甚有可能是韓遂臨終囑咐……」

「閻行若直接歸降司空，以司空目前的情況，只怕未能有他一席之地，而他在中原並無根基，倒不如留在西涼。投公子，有幾個好處，最大的好處便是在日後能有人照拂一二。閻行此人，倒也有些本事，不過我倒是以為，若以才幹，倒是那成公英更須重視。」

「哦？」對於一個老涼州的建議，曹朋又豈能不去重視？「那偉章先生以為，當如何安置他們？」

「閻行，可留在帳下，不可令其遠行。倒是成公英嘛……聽說，武威縣如今尚無安置，只設有軍府。成公英久居涼州，善與羌氏交際，何不令其為武威縣長？」

聽罷，曹朋連連稱讚……

章十六 幫誰？不幫誰？

許都，司空府——

卞夫人看上去很平靜，並無半點痛失愛子後等閒女子的歇斯底里，她很冷靜。

「大丈夫馬革裹屍，乃生平快事。子桓自幼便有大志，希望能為司空分擔憂愁。今大丈夫得償所願，豈不快哉？」說話間，淚水順著臉頰無聲滑落。

卞夫人的通情達理，也讓曹操心中更感愧疚。

宛城之戰，他痛失長子曹昂，更與丁夫人因此而產生間隙，最終勞燕分飛。原以為回來之後，卞夫人也會如丁夫人那般，卻未想到卞夫人竟如此通情達理。

曹操沉聲道：「夫人能如此明事理，操幸甚！」

痛失愛子的悲慟，在歷經了血洗鄴城的發洩後，似乎已緩解許多。

曹操說罷，嘆了口氣，便不再言語。

環夫人在一旁心裡一動，偷眼向卞夫人看去，暗自敬佩不已。這位出身並不高貴的卞夫人，卻有著遠比當年丁夫人更可怕的睿智和冷靜。在這種時候，她還能克制自己的情緒，恰如其分的表達出她的悲傷，更使得曹操多出幾分愛憐。

友學說的不錯！倉舒的未來，最大的敵人不是其他，而是眼前這位卞夫人。

自從聽了曹朋的點醒後，環夫人就格外留意。她不但將王雙秘密招來，為曹沖護衛，更加強了對曹沖的監管和保護。卞夫人倒是沒有對曹沖流露任何敵意，甚至變得格外慈祥，她時常會讓人送些點心，說是曹沖讀書辛苦，當注意身體。

可越是如此，環夫人就越是感到恐懼。一個冷靜的女人，更加可怕……

雖說環夫人暗中提防，卻仍可以覺察到，曹沖對卞夫人由同情而變得更加仰慕。

這，絕非好現象！

有道是不怕賊偷，就怕賊惦記。

卞夫人越是如此這般，環夫人就越能感受到，在那慈祥背後所隱藏的殺意……

可她無法拒絕卞夫人釋放的善意。還有曹沖，畢竟年幼，哪怕他再聰明，卻終究難以分辨什麼是真善，什麼是假善。好在曹沖聽話，而環夫人得了曹朋的指點，也沒有落井下石。相反，當卞夫人釋放善意的時候，環夫人也表現出了足夠的關懷和體貼。

於是，原本應當是被悲傷籠罩的司空府，卻因此變得更加和諧。在外人看來，會稱讚卞夫人的大度，讚揚環夫人的體貼，但實際上，兩人之間的暗戰已到了熾烈的程度。

見卞夫人如此作態，環夫人眼珠一轉，突然道：「司空，人言司馬八達，仲達最良。他一直跟隨子桓，為何沒有半點提醒？不知司空，可曾處置了這司馬仲達呢？」

司馬懿，是卞夫人推薦。

果然，環夫人覺察到，卞夫人的手突然握成了拳頭……但這女人竟能忍住，沒有開口。

曹操蹙眉，「司馬懿如今下落不明，中丘戰場上也未找到他的屍體。我曾命人質問過伯達，但他似

幫誰？不幫誰？

乎也不太清楚。伯達如今的狀況也不是太好，他在軍中，粗衣惡食，極為簡樸，以至於身體頗有不良。此前，他上書請辭，但又建議推行井田……其法雖非良策，然其心甚善，我亦不願再責備於他。司馬仲達是司馬仲達，莫去牽累他人。」

「是！」

卞夫人開口：「既然伯達身體不良，何不令其在許都將養？今張仲景、華元化等皆在許都，正可令他們為伯達調理……子建如今也將十四，平日裡和楊修那些人混在一處，談論詩文，事情雖好，卻不免流於浮誇，非是長久之計。我觀伯達老成，且才學過人，即便司馬仲達也非乃兄可比……妾請司空，讓伯達多多提點子建。唯有如此，子建才不至於走入歧途……」

說罷，卞夫人盈盈一拜，道盡了嚴母之情。

果然！

環夫人心裡又是一顫。友學猜測的不錯，卞夫人開始為子建籌謀。以前曹丕在世時，卞夫人一心放在曹丕身上，希望能扶助曹丕成就事業；而今，曹丕不在，卞夫人那一腔心血必將轉到其他人身上。曹植，她想要扶立曹植……所以才要拉攏那司馬朗。

「司空，今子桓方故，子建尚未成人。妾以為，不如讓子文回來，也可以慰藉姐姐……而且，子文也是時候，把那婚事了結。」

你想要曹彰領兵在外，將來扶助曹植嗎？我偏不讓妳如意……

曹操沒有覺察到兩位夫人之間的那番勾心鬥角，反倒是欣慰而笑。

「子文方立新功，只怕未必肯回來。不過，他年紀的確不小，和孫氏女的婚事總是要有個決斷。那孫氏女雖說是東吳孫氏所出，卻也稱得上知書達理。這兩年，她獨守空閨，總不成一直耽擱她吧？孫仲謀……嘿嘿！」

曹操突然冷笑兩聲，不再言語。

孫權命太史慈威逼合肥，其野心昭然。曹操早就清楚那孫權非等閒之輩，所以也一直有所提防。這次孫權威逼合肥，與其說是挑釁，倒不如說是一次試探。他在試探曹操的底線，而曹操更清楚他心中所想。孫權攻占了江夏，也在擔心曹操的最終態度。

此子所圖甚大，需要早些防備。可是，該如何防範？曹操又有些拿不定主意。合肥，須有良將出鎮，但讓誰來接掌合肥，他至今仍沒有一個穩妥的人選。夏侯淵？夏侯惇？或者曹洪、曹休、曹仁……似乎都可以！但又似乎都不太合適。

曹操的心思，也隨之被轉移過去。

環夫人眼睛一轉，笑道：「既然如此，何不使孫氏女往日勒去？」

「不可！」卞夫人聽聞，一驚。

以曹彰那性子，若是強壓著他，弄不好會適得其反。

她也想曹彰回來，陪在身邊。可是，她也知道曹彰那性子並不適合為繼承人。他太剛直，也深得曹操所喜，可卻不是一個合適的繼承人選。讓他留在河西，說不得還能牽制住曹朋，斷了環夫人一臂，將來也可以幫著兄弟，建立事業。

卞夫人微笑道：「子文難得有此功業，這樁事倒也不急。」

環夫人還要再說，就見曹操一擺手，「此事不急，我自有安排……」

曹操既然這麼說了，環夫人自然也就不好再說什麼。她向卞夫人看去，卻見卞夫人也在看她，平靜的面容下，蘊藏著濃濃的敵意……

環夫人知道，她和卞夫人之間的戰爭不過剛拉開序幕，今後她必須要更加小心，這是個大敵！

她臉上露出嫵媚笑容，但是在眼中，卻閃過一抹不示弱的精芒。

章十六
幫誰？不幫誰？

七月，秋老虎肆虐。

按照原有的歷史，曹操這時候本應留在鄴城，準備著手征伐袁譚，一直到年末才返回許都。可現在，事情有了一些些的變化。袁尚並沒有如歷史上那樣逃出鄴城，跑到幽州和袁熙會合，而是死於鄴城之下；同樣，平原郡也被攻占，袁譚戰死。袁氏三子之中，只剩下一個袁熙，尚在幽州垂死掙扎。而高幹則與劉豹聯手一處，並與烏丸柯最、幽州袁熙一起，準備和曹軍進行最後決戰。

橫掃河北，聽上去很暢快，但實際上要執行，卻並不容易。

並州、幽州，皆苦寒之地，軍卒悍勇，是個出精兵的地方。同時由於這裡有許多異族，有的歸化，有的未歸化，各方勢力糾纏一處，絕非可以一戰而功成。

曹操自征伐冀州，至今半載。青州已全部被他控制，而冀州大部分地區也成為他的治下。

驟然獲得兩州之地，需要一個消化的過程。這時候貿然與袁熙、高幹開戰，勢必造成戰線過長，而給養無法跟進的窘境。所以，在思忖良久之後，又和其他人商議一番，曹操還是決定暫時收兵返還許都。同時又派人對冀州、青州兩地進行安撫，更委派程昱為冀州刺史，儘快令河北穩定……

由於連年征戰的緣故，冀州目前的情況也不是太好，特別是曹操春季出擊，造成冀州大部分地區絕收。既然出現絕收，必然會有飢荒，乃至於流民四起，最終會爆發戰亂。

為此，曹操下令，從許都府庫調撥六十萬石糧草賑濟冀州，緩解飢荒災情。

這兩年，曹操倒是不需要再為糧食而發愁。

海西屯田範圍進一步擴大，將海西、曲陽、淮浦、凌縣四地連為一體，形成了一個極為獨特的大海西格局。整個大海西屯田，占據了徐州總收益的五成以上。

而且，隨著海西的發展，兩淮人口增加。加之徐璆在徐州治理井然有序，而新任廣陵郡太守徐宣又是個通曉兵事的人，和陳矯聯手，將東吳拒之於大江以南。徐州在過往四年裡，可稱得上是發展迅速，穩定而繁榮，漸漸的，人口開始猛增，昔日逃離徐州的百姓開始慢慢的回歸。

兩淮手工業發展迅猛，湧現出大批的能工巧匠。而九大行會，在打通了和中原的商路之後，又進一步發展起來，成為徐州不可或缺的一方力量。也正是因為這個原因，河之南在近年來，未發生太大的流民暴動。

整體情況非常穩定，也給曹操營造了一個優良的發展環境。六十萬石糧草，對許都而言算不得什麼。返回許都之後，曹操再次下令從徐州徵調八十萬石，運往冀州，如此一來，便可以確保整個冀州在今冬無須為糧食再憂慮。

回到書房，曹操剛坐下來，就有人來報：荀彧、郭嘉來訪。

「請！」

曹操的精神，比之早先在鄴城時已好轉許多，至少沒有那麼瘋狂，沒有那麼歇斯底里，沒有那麼暴虐了。

不一會兒，荀彧和郭嘉走進來，躬身向曹操行禮作揖。曹操一擺手，讓兩人先坐下來，自有人取來剛做好的蜜漿。這個時節，氣候比較乾燥，蜜漿有滋補潤肺功能，正合季節。

「文若、奉孝，你們先坐。我這裡有一份公文，看完之後，再與你們說話。」

「主公自便。」

曹操也不客套，認認真真將公文看完。

他沉思片刻，突然道：「我欲在來年收回海西稅賦，你們以為如何？」

荀彧一怔，馬上回答：「我今日來，也正要商量這件事情……主公對河北用兵，耗費巨大。雖說咱們如今不缺錢糧，可是這治下越來越廣，所需要花費之處也越來越多……冀州就不用說了，單只是平原

章十六
幫誰？不幫誰？

郡一地，來年至少要投入近百萬貫之多。而關中目前也需要大量的投入，才能夠恢復原先模樣。我和子揚粗略計算了一下，來年若使關中徹底穩定下來，至少需要投入千萬貫的錢糧……除此之外，豫州、兗州也要有所投入。叔孫準備在來年重置白馬，必然會有大量支出……這不算不知道，一算還真可怕。」

「友學坐享海西稅賦已有多年，而今年這海西的稅賦，幾乎占據了總稅賦的三成之多。據徐刺史估算，來年海西會進一步擴張，與盱眙、淮陰連為一體，如此一來，勢必會產生更加驚人的財富。友學如果繼續持有，只怕對他也不是件好事。」

「可問題是，我曾答應過他，五年不動海西。」

「這也是沒辦法的事情……若主公覺得不好說，其實可以從其他方面補償。比如免去河西的稅賦！據我所知，友學在河西投入巨大，但若說見成效，只怕還要很長的時間。索性就送個人情，把河西的賦稅交給他處置。」

河西！

荀彧也好，曹操也罷，在他們看來，河西主要的收益源於屯田。但他們卻沒有想到，曹朋在河西的建設方針，實際上是以商業為主。透過河西獨有的地理優勢，形成一個將河西走廊、西域、漠北和關中連為一體的大商業圈，這個商業圈一旦建成，必然會爆出驚人的財富。只不過在目前而言，所有人都沒有關注河西這一塊，大多數人主要把目光投在河北冀州之地。

曹操想了想，輕輕點頭：「既然如此，就由文若擬文，傳於友學。告訴他，從來年開始，免河西賦稅十載；再通知他一下，來年將會收回海西賦稅。」

「喏！」

「另外，友學打下了武威，而蘇則又取了張掖，這也令涼州一下子出現了兩個太守的空缺。文若你和人商議一下，選幾個合適人選。這一次馬騰吃了一個大虧，絕不會善罷甘休。告訴衛覬，進駐河東的關中兵馬當陸續返回。不過，單憑衛覬，恐怕也無法保得關中周全，須有大將坐鎮。我準備讓子廉坐鎮關中，你們以為如何？」

荀彧想了想，點頭贊成。接著，他又道：「另外，還有幾件事情，也是關於友學。」

「哦？」曹操疑惑的抬起頭，向荀彧看去。

今天這是怎麼了？所有的議題，似乎都和曹朋有關！

荀彧取出幾卷公文，呈遞到了曹操的面前，「這是剛收到的河西郡奏報，友學想要在河西推行兵農合一、兵牧合一的兵制，並取名為府兵。根據河西五鎮目前的狀況而言，這府兵正適合。但擅自變動兵制，事關重大，友學好像也有些猶豫，故而上書，請求在河西推行……這件事我也不敢做決斷，只好請司空決定。」

府兵制？

曹操一蹙眉，也感到了一絲為難。

這兵制，是有漢以來便制定下來的章程，可不是隨隨便便就能夠進行改變。若是改得不好，很有可能會造成嚴重後果。

正如荀彧所說的那樣，這不是一樁小事！可問題是，好端端的，這曹朋為何要改兵制？這裡面可是有些古怪……若說他有野心，可改兵制這種事情，似乎更應該在私下裡偷偷摸摸的進行；若說他沒有野心，為什麼又要在河西推行這府兵制？

在河西推行府兵制，問題不大。

事實上，即便是河西現在已獨立為一郡，可在許多人的印象裡，它好像並不存在。河西，一直被人認為是一個蠻荒之地，如果不是曹朋主動要求，恐怕連曹操也不會留意這個地方。在一個沒有人關注的地方推行新的兵制，倒也不算什麼大事，但讓曹操感到疑惑的，不是曹朋設計出的府兵制有什麼問題，

而是他的目的。

曹操並不急於看府兵制的內容，而是抬起頭問道：「還有別的事情嗎？若都是關於友學，那就一併告之，莫要讓我再費什麼心思猜測了，這孩子……」

荀彧道：「還有一件事，也是關於友學。」他說話間，將另一份公文遞上來，苦笑道：「與友學接觸，我總是覺得自己好像老了。他的想法之兔脫，令我頗有些難以跟上。這份呈報，我思忖良久，雖未覺出友學之心意，但隱隱可以感到絕不簡單，友學似乎有更大的想法。」

「能令文若束手無策，還真是少見。」

作為曹操的首席謀主……沒錯，就是首席謀主。

歷史上，曹操五大謀主之中，若說最重要的，不是郭嘉，不是賈詡，甚至也不是最早就支持他、一直堅定不移的程昱，而是眼前這看似柔弱的男子。

荀彧少有兵事，最精彩的一戰，恐怕就是興平元年抵禦呂布的濮陽之戰。

據說，諸葛亮的空城計，其實就是源於荀彧的濮陽之戰。而諸葛亮終其一生，也未使用過這樣的計策，這似乎更符合諸葛亮本人的個性，君子不立危牆之下！哪怕《三國演義》裡，諸葛亮用空城計是迫不得已。但畢竟是杜撰。真正使用空城計的人，恰恰就是荀彧這個內心極其強大的男人……

濮陽之戰以後，荀彧從軍事逐漸轉移到了內政。

曹操征伐天下時，往往都是荀彧坐鎮後方，調撥錢糧，保證曹操的糧道不會斷絕。這是個類似於蕭何般的人物，雖說他一直在漢魏之間搖擺，卻是曹操最為信任的謀臣。

如今，連荀彧都感到為難，這也讓曹操產生了些許興趣。

他將公文打開，仔細的閱讀起來。片刻之後，他也不由得眉頭蹙起，露出一絲迷惑……這公文的內容其實非常簡單：曹朋決意，將他在銀樓中的份額釋出，請司空府接手這銀樓的各項事務。且在保持原有業務的基礎上，曹朋懇請曹操加強貨幣管理。

公文裡，曹朋再一次闡述了貨幣價值的道理，並稱這貨幣是朝廷的顏面和尊嚴所在，是民生大事。秦始皇統一六國之後，第一件事就是將貨幣統一起來，以促動商品流通……所以，這貨幣，是國之重器，必須要由朝廷掌控、調節！

奏疏的中心意思，是要曹操改變目前市上貨幣混亂的情況。

東漢末年，隨著朝堂腐敗，致使貨幣變得混亂不堪。先有黃巾之亂，造成了諸侯崛起，擁有鑄幣的權力；而後董卓之亂，大肆發放無文錢，使得貨幣市場進一步混亂，物價上漲、通貨膨脹等現象屢有發生。至今，各地都充斥著私鑄幣，令國家財稅變得越來越少。

曹朋的意思，便是透過銀樓，對貨幣進行統一管理。鑄幣、流通，皆由銀樓而出，如此一來，可以慢慢收攏各地的經濟財權……

曹朋不是學經濟出身，奏疏的內容也是經過和很多人反覆討論，而制定下來的章程。雖然是從最大可能的適應了這個時代的特點，但讀起來不免有些生澀和混亂。

曹操連著看了三遍，才大致明白了曹朋的意思。

這又是一個非常頭疼的問題！

曹操自掌控朝堂以後，也非常看重貨幣的問題。經過多年的努力，將豫州等地的物價，從一升數百錢，降至今日的百餘錢，也是透過貨幣的調整，以良幣淘汰劣幣的手段進行控制。不過，他可以用良幣淘汰劣幣，諸侯也能透過劣幣淘汰良幣來對抗，如此一來，就使得貨幣變得非常混亂，良幣和劣幣同時充斥市場。

好在，諸侯目前的行動，大都是無意識的自行調整，並不是有意識的進行淘汰，否則曹操要承受的壓力必然巨大。

曹朋是第一次將貨幣職能單獨提出，無疑令曹操豁然開朗，似乎打開了一扇窗戶。

他抬頭向荀彧看去，卻見荀彧點了點頭，那意思是說：這法子倒也不是不能推行嘗試……可改變幣制，也是一個複雜而緩慢的過程，需要各方面的統籌和安排，絕非一蹴而就。

「文若以為如何？」

「尚須仔細琢磨！」

「既然如此，此事就交給你來處理。嗯，你回頭和長文談一談，告訴他朝廷想要收回他手中銀樓的份額，看他是否願意。這件事，最初是由長文和友學兩人發起，就讓長文暫領尚書之職，司空掾，行參軍事……文若，你說要不要把友學召回，讓他也參與這件事情呢？」

「這個……」荀彧聽聞，猶豫了一下，還是搖了搖頭，表示反對。「今涼州戰事，尚未平息。馬騰百足之蟲，死而不僵，恐未必肯就此甘休。我以為，最遲秋後，馬騰必會發動戰事，已謀取更大利益。畢竟，他丟失武威，根基毀壞，豈可忍氣吞聲？」

「友學初定武威，這時候換人去，恐怕未必能震懾西北……而且友學此前已有奏報，他現在應該已前往氐池，和蘇文師相會，商議西域事務。若現在把他召回，蘇文師定然會產生其他想法，豈不是前功盡棄？我以為，馬騰不滅，不可使友學回還。」

曹操聽聞，連連點頭，表示稱讚：「文若所言，亦我之心意，方才不過玩笑耳。」

他想了想，沉聲道：「既然如此，先前與河西免賦十年，卻有些小氣了……友學這一次可是損失頗大，且功勞甚巨。這樣，減免河西賦稅二十載，以為獎賞。」

二十載，聽上去似乎很優惠，可實際上呢？卻是一張空頭支票。

誰能知道二十年後，河西是什麼模樣？

至少在曹操目前的想法裡，河西還是一窮二白、蠻荒之地，那裡北面匈奴和鮮卑，是一個戰亂頻發之地。二十年的賦稅是什麼狀況？恐怕誰也無法說得清楚。

荀彧和曹操又商議了一會兒後，告辭離去。

而郭嘉，一直沒有出聲，只是靜靜的坐在一旁，拿著那份關於貨幣的奏疏，一遍遍的查看。眼中，閃過一抹奇異的精芒，他暗地裡不住的點頭稱讚……

「奉孝，你怎麼看待此事？」

郭嘉抬頭，露出疑惑之色。

「我是說，友學改兵制、論幣制的事情。」

郭嘉不禁一笑，「兵制若改，於何人有利？」

「嗯？」

「而傳揚開來，誰人將承受罵名？」

曹操一怔之下，旋即恍然大悟。

改兵制，將進一步削弱漢室的影響，從而加強曹操自己對軍隊和朝堂的控制力。不過，提出改兵制的人，定會遭遇那些清流的攻擊。曹朋提出修改兵制，最終受益的是曹操，而他將為曹操承擔起大部分的罵名……

曹操的眼睛登時亮了，「那這幣制……」

「友學言，劣幣淘汰良幣，我大致上可以推測出他的真實用意。想來友學這篇奏疏，明言幣制，實謀巴蜀。他要主公掌控這個……哦，貨幣職能，恐怕為的就是他對巴蜀發動攻擊。」

曹操一雙細眸不由得瞇成了一條線。

片刻後，他突然道：「奉孝，你現在去找一下文若，告訴他，武威張掖官員人選，最好還是讓阿福來推薦。畢竟他如今身在西北，恐怕對當地的情況更熟悉。」

曹賊

章十六
幫誰？不幫誰？

曹操在不經意間，改變了對曹朋的稱呼，從呼曹朋表字，又恢復從前的叫法，直接喚曹朋乳名。

這也是一個心態的變化，預示著曹操對曹朋的警覺之心重又降低許多。

郭嘉連忙拱手應命，在心裡卻暗自道了一句：阿福啊阿福，但願你是一心為公，否則可真就是辜負了我這一番苦心勸解……不行，回頭要好生和叔孫說說，讓阿福少在涼州攪動風雲。

郭嘉早在和鄧稷認同門時，便把曹朋當成了自己人。他非常清楚曹操的想法，也知道曹操對曹朋產生了些許顧慮，所以他表面上從不為曹朋說話，但暗地裡卻是不動聲色的來消弱曹操對曹朋的懷疑。

從目前而言，他做得很成功。

只是，能不能徹底打消曹操對曹朋的顧慮？這還需要曹朋自己來向曹操證明！今日這兩份奏疏，可真真來的是恰到好處……

八月今秋，正是秋高氣爽的時節。

位於張掖郡的弱水，水勢湍急，奔流不息。這弱水，出於合黎山，是張掖郡治下的一條主要河流，早在《尚書．禹貢》裡便有記載。後世四大名著之一的《西遊記》中，有一處名為流沙河的地方，這流沙河也正是出自於弱水……

曹朋應酒泉太守蘇則之邀，領白駝兵，於八月渡弱水之後，來到了氐池。

蘇則早已在氐池等候，見到曹朋之後，也是顯得非常熱情，當晚在縣廨中設宴款待。

這蘇則，表字文師，是扶風武功縣人，少以學識和才幹而聞名，所以被舉薦為孝廉，後又為茂才，興平元年出任酒泉太守至今。

歷史上的蘇則，同樣是起家於酒泉，後又歷任安定、武都太守，所治之地皆有威名。曹操征伐漢中的時候，途徑武都，見蘇則後非常高興，命他引導兵馬，攻入漢中，大破張魯。而後又命蘇則，通河西道，為進城太守。這蘇則對外以懷柔之法，招攏羌胡，得其牛羊之後，養育孤老之人，與百姓分糧而食之，不到旬月涼州流民盡歸，得數千戶人口，令金城大治。後隴西反，蘇則率羌胡圍攻，謀反者盡降。

曹操死後，蘇則又平定了麴演之亂，被封為護羌校尉，賜爵關內侯。蘇則有生之年，大都是在涼州，先後平定過無數次謀亂，在涼州聲名極為響亮。曹丕登基後，曾評價蘇則是一位直臣。

在《三國志》當中，蘇則也被單獨立傳，稱他：威以平亂，既精通政事，而且矯矯剛直，風烈足稱。只不過在《三國演義》裡，蘇則並未登場。所以，曹朋對蘇則也是全無印象。

蘇則是個標準的關中大漢，身材高大，體格健壯。試想，在酒泉這種羌胡肆虐的錯居之地，環境艱苦，若沒有一個好身子，如何能做得了大事？其人言談，也頗有西北大漢的直爽，全無半點扭捏作態……

一頓酒宴下來，曹朋對蘇則心生好感。而蘇則呢，對曹朋也是暗地裡稱讚。

他此次邀請曹朋，一是要確認張掖郡的事情。鄒岐被殺，張掖無主，按照蘇則和曹朋的約定，曹朋只去日勒一縣，兵不過弱水，其餘諸縣皆由蘇則治理。對於蘇則而言，這並不算什麼大事，他只是想要確認一下，曹朋究竟是怎樣一個打算。隱隱約約，他能覺察到曹朋對河西走廊的重視。而蘇則久在酒泉，對西域也格外瞭解，所以想和曹朋交換一下想法。

而這第二點，蘇則想要弄清楚曹朋的下一步計畫。

「將軍欲啟河西商路，金城勢在必得。金城不治，河西商路不寧。我知公子河西郡，可是尚不足以令西域打開門戶。」

也就是說，開啟絲綢之路，充分發揮河西走廊的優勢，金城郡極為重要。

曹朋對蘇則的這個觀點也非常贊同。單憑河西郡，還無法完全發揮河西走廊的優勢，只有徹底掌控涼州，使司隸與河西走廊連為一體，才能重現當年的絲綢之路。

不過，使司隸和河西走廊連為一體，並非易事。

曹賊　章十六

幫誰？不幫誰？

曹朋和蘇則相談甚歡，回到住所之後，卻陷入了沉思……

金城郡，馬騰？

他在紙上寫下這五個字，手指急促的敲擊桌案。看起來，是時候和馬騰決一勝負了！

曹操和馬騰之間的交鋒，早在馬騰簽下衣帶詔的那一天，便已經註定。而曹朋和馬騰之間的仇恨，也在馬鐵被姜冏砍死的那一刻起，已變得無法化解。

只不過，馬騰的家眷如今還在曹朋的手裡，讓馬騰多少有些顧忌。

馬鐵被殺，對馬騰絕對是一個巨大的打擊，連帶著讓他也開始反省自己之前的種種做法。沒錯，馬鐵很聰明，可終究一直在自己的保護下，未有經過歷練；反觀馬超，在此前為他立下了汗馬功勞，可是這些年，他對馬超卻有些過於苛責。

馬鐵死了，那麼西涼的繼承人……

馬騰有些猶豫，是否應該將馬超重新啟用？

「丈人，我想把孟起調回允吾，如何？」馬騰疲憊不堪的看著費沃，用商量的口氣和費沃說道。

這在以前，簡直就是不可能的事情。馬騰是屬於那種極為剛愎自負的人，一旦下定決心，便無人能夠改變，可是現在，他卻要為馬超的事情找人商議過後，才能夠穩定心神。由此可見，馬鐵的死，西涼的丟失，對馬騰的打擊何等巨大。

費沃眸光一閃，笑道：「壽成不必與我商量。孟起勇武，乃世人皆知……今使他駐守龍耆城，終究不是一樁美事。燒當老王已願意臣服與你，依我看，龍耆城就不用再費心神，讓孟起回來卻是最好。且孟起在軍中威望甚高，馬岱和小休對他也非常敬服，包括侯選和程銀他們也願意聽從孟起調遣……嗯，他一回來，必然能使軍心穩定，士氣振奮，理應調回。」

費沃對馬超滿口稱讚，表示贊同馬騰的決意。

可是，馬騰心裡卻一顫，更加猶豫：馬超這麼大的威望，已經超過了自己。他在西涼軍中本就聲名響亮，不管是馬岱還是馬休，對馬超可謂言聽計從。而現在，侯選他們對馬超也很尊敬。一旦馬超回來允吾，自己又將置於何地？

哪怕是親父子，也會為權力而勾心鬥角。馬騰此前一直壓制馬超，也讓他有些擔心，一旦馬超奪權，他又如何來阻擋呢？

費沃口口聲聲在稱讚馬超，但實際上，又是在不斷的刺激著馬騰心中的那處柔軟。

他當然不希望馬超回來！馬超回來絕不會給他好臉色看。費沃心知肚明。

而看著馬騰那副頹然模樣，費沃又有些不屑。

什麼伏波將軍後裔，也是個沒膽氣的傢伙。小小的失敗，居然成了這副模樣，真是丟人！若你馬壽成斬釘截鐵要召回馬超，我倒也不說什麼，可都到這個時候還拿捏不定，想來也難成大事。

費沃道：「不過，將軍當務之急，還是要站穩金城。」

作為馬騰之下的二號人物，費沃除了供應馬騰軍需所用之外，還承擔著謀主的身分。

「今年賴韓文約之力，金城也算豐收。但人心尚不穩定，需要儘快收復。鄴城之戰已經停息，關中兵馬即將回歸，將軍若不及早打算，只怕很難撐過今冬。以我之見，將軍還是該振奮精神，先謀求自保，而後再徐徐圖之。我有一計，可令將軍安然度過眼前的危機。」

「危機？」

「將軍以為，曹操會善罷甘休嗎？」

費沃心中更加不齒了：連最起碼的判斷力都沒有了，你馬騰又如何成就一番大事業？

可他現在，也別無選擇。馬騰是他的女婿，註定讓他綁在西涼的戰船上。而且，他不僅僅是要為馬騰謀劃，也要為自己謀劃。所以，費沃也只能全力以赴。

「我聽說，曹朋受蘇則之邀，前往氐池。以蘇文師之能，必不會坐視金城為將軍所有，說不得還會和曹朋聯手對付將軍。將軍目前最大的依仗，便是羌胡。可蘇文師對羌胡，同樣有著巨大的影響。他在酒泉十載，酒泉無羌胡之亂，便可看出端倪。所以，將軍若還是不作為，怕早晚被曹操算計……今曹朋不在西涼，卻是將軍重整旗鼓的最佳時機！」

「你是說，攻取武威？」馬騰眼睛一亮，頓時振奮精神。

費沃搖頭，微微一笑，「那曹友學，非同等閒，不但自己長於兵事，能攻善守，手下更有能人相助。想要復奪武威，恐怕不易。」

是啊，那曹朋能那麼準確的把握戰機，奪取武威。他現在雖不在武威，武威又豈能沒有防備？說不定人家已經挖了坑，正等著他上門送死。

馬騰沉吟片刻，「既不取武威，當如何行事？」

「今將軍所慮者，無非西涼。不過，曹朋一日不在西涼，那麼西涼就不會輕舉妄動。今關中兵馬尚未返回，所以兵力空虛。若以我之見，當東進取漢陽、隴西兩郡，同時派人與漢中張魯聯絡，讓出武都郡，使將軍與張魯連為一體。那張魯，與劉璋有殺母之恨，將軍大可以此為藉口，表示若能穩住陣腳，便和那張魯聯手，一起征伐益州劉璋。」

「漢中，乃漢室龍興之地。張魯治漢中以來，更風調雨順，實力不俗。將軍願為他守住漢中門戶，同時又願意為他報殺母之仇，他必然願意聯手。我想，張魯未必會願意坐視這涼州被曹操所得……涼州一旦為曹操掌控，那麼漢中就等於是暴露於曹操眼皮底下。」

不得不說，費沃此計非常巧妙。連張抗曹，的確是馬騰目前最好的選擇。最重要的是，一旦馬騰奪取了隴西和漢陽，必然士氣大振，重新恢復往日雄風。

只要馬騰活著，那麼費沃就還有轉圜的餘地。如果被馬超掌控住大權，那才是他費沃最痛苦的事情……

「可是西涼，未必肯讓我放手一搏。」

「這有何難？」費沃笑道：「大公子勇武過人，且在西羌，威望不凡。將軍何不使大公子出馬，必然能震懾西涼。同時，還可以讓大公子與西羌唐蹄等人聯絡。西羌今新附曹朋不久，未必真心臣服，到時候大公子說不定能奪回武威，於將軍豈非喜事？就算無法奪回西涼，有大公子坐鎮令居，也可使將軍免後顧之憂。」

把馬超扔到令居，讓他阻擋曹朋。最好是讓他和曹朋兩敗俱傷，更能穩住費沃如今的地位。

馬騰的眼睛更亮了！

不得不說，費沃這一招確實是好，說不定還能讓他反敗為勝，重新奪回武威郡……憑漢陽、隴西兩郡，加上金城、武威，四郡之地足以讓他為一方諸侯，進可與曹操交鋒，退可以入漢中自保。這樣一來，馬騰就有了足夠的本錢和曹操周旋，立於不敗之地。

「丈人此計甚好，只是張魯那邊……」

「將軍放心，張魯最信任者，乃其帳下謀士楊松、楊柏兄弟。那楊松兄弟，貪婪好貨，只須施以重金，必可為將軍美言。我早年間曾和楊柏有過交道，就透過他和楊松聯繫，請他在張魯面前說話。到時候，張魯必會同意與將軍聯手。」

「既然如此，那就煩勞丈人。」

費沃的一番勸說，令馬騰又雄心勃勃。

他站起身來，走出書房。

金城的秋天極美，天藍藍的，白雲悠然……

馬騰一拳砸在廊柱上，大聲道：「曹朋，豎子！某早晚要把你碎屍萬段！」

曹朋和蘇則的見面，非常愉快。兩人暢談之下，發現有很多觀點一致，特別是對羌胡的態度，更出奇的相似。

曹朋認為，對羌胡當施之以威，懷之以柔，軟硬兼施，將其歸化。

而蘇則也是這樣的看法，而且在酒泉十載，他所用的手段幾乎和曹朋一模一樣——用武力震懾，而後收攏分化，將羌胡漸漸置於手中。也正因此，蘇則在酒泉十載，除了最初幾年羌胡偶有暴動之外，近些年來，酒泉羌胡再無任何異動。

這次蘇則對付鄒岐，就是藉羌胡之手。包括合黎山在內的羌胡，幾乎盡起兵馬，聽從蘇則調遣。若非如此，蘇則想要戰勝鄒岐，而後幾乎是以兵不刃血的態勢橫掃張掖，根本就不可能。

有了相同的觀點，交談起來自然更加愉快。

曹朋表示出對西域物產的興趣，而蘇則也表示可以幫助曹朋在西域尋找他需要的各種物品，比如瓜果蔬菜的種子，比如西域特產的商品。兩人在一番交談之後，曹朋列出了一大張清單。

蘇則笑稱：「友學於西域諸國之事，尤甚於我。」

曹朋道：「此班定遠之功！我讀班定遠傳，心嚮往之，故而對西域諸國也算特意做過瞭解。在海西時，透過當地的商人之口，對西域的瞭解更加深切……可惜自班定遠後，西域都護府名存實亡。此次返回姑臧，我當上疏司空府，重設西域都護府。到時候，必少不得要煩勞蘇太守，還希望蘇太守莫拒絕才是。」

重開西域都護？這也是蘇則所嚮往的事情。

當天，蘇則喝得酩酊大醉，更毫不猶豫的點頭答應：「若司空重開西域都護，蘇文師願為馬前卒，為司空導路。友學果然有見識，今日一見，某心甚暢快……」

曹朋更感興奮！

送走蘇則，曹朋回到房間，也有些熏熏然。一陣小風吹過，令他不由得感到了些許困乏，正準備回房歇息，卻看到曹彰獨自一人坐在門廊上，似乎懷著心事，手撐著下巴，看著院中的花朵，沉思不語。

「子文，何故獨自一人？」

曹朋走過去，在曹彰身邊坐下。他能感覺得出來，曹彰有心事……

自從知道了曹丕的死訊之後，曹彰好像一下子長大了似的，整個人成熟了很多。

也難怪，他和曹丕畢竟是親兄弟。

曹丕的死，給曹彰帶來的觸動可算得上巨大。他開始慢慢懂得一些事情，一些他從前不屑於知道，或者說不願意瞭解的事情。

「先生，你說兄長，何故放棄大好前程，一意要往冀州？」

「嗯？」

曹彰深吸一口氣，輕聲道：「我來找先生時，曾途經漆縣，拜會了我兄長。當時，他精神看上去很好，我能感覺到他的確是很用心的在治理漆縣……去年時，他治下漆縣，乃三輔第一。當時他對我說，再給他兩三載，必能使漆縣成為三輔最繁華之地。可突然間，他卻選擇了放棄，而跑去冀州參戰。」

曹朋愕然，不知道該如何開口。

曹丕的選擇在他意料之中，也在他意料之外。其實，曹丕大可以透過漆縣為契機，坐鎮三輔之地。對於曹操而言，關中穩定，同樣是一個無法忽視的成績。可是，曹丕卻選擇了放棄，而跑去河北參加鄴城之戰。他的想法，曹朋倒是能夠明白……

軍權！

章十六 幫誰？不幫誰？

曹丕渴望軍權，渴望在軍中建立功業。

歷史上，這個時候的曹丕，風華正茂，初露崢嶸；而今，他卻化為一塚枯骨……

是自己帶來的變化嗎？

曹朋也說不清楚！

想來，如果不是他的出現，曹丕也不至於會有如此急切的心情吧？

歷史上，曹操攻占了鄴城，曹丕也曾參戰，並娶了甄宓為妻。可現在，甄宓卻出現在姑臧……所有的一切變化，都是因曹朋而起，使得曹丕產生了巨大的壓力。

聽到曹彰的詢問，曹朋實在不知道應該怎麼回答才好。

曹彰好像也不需要曹朋的回答，自言自語道：「其實，我知道兄長心裡的苦楚。先生來之後，對倉舒甚為喜愛，也正因為這個，兄長感受到了壓力……他其實對先生，也是敬重的，只是他不似我這般的性子，沒辦法在先生面前張開嘴。當初我拜先生為師，兄長很羨慕，私下裡曾對我說，要好生聽從先生的教誨……我離開漆縣時，兄長執我手，千叮嚀萬囑咐，猶歷歷在目！」

說到這裡，曹彰突然扭頭看著曹朋，輕聲道：「先生，他日若我與倉舒相爭，先生會幫誰呢？」

「這個……」曹朋啞口無言，不知該如何回答。

曹氏兄弟之間的爭鬥，雖然一直存在，但說實話，都是在暗處，而非似曹彰這樣，一下子擺在檯面上。

曹沖，是他的學生，寄託了曹朋的厚望；曹彰，也是他的學生，從某種程度上而言，他對曹彰格外喜愛，甚至絲毫不遜色於曹沖……

手心手背都是肉啊！

這，幫誰？不幫誰？

曹朋一下子茫然了……

以前，他從沒有想過曹彰會和曹沖相爭。可如果曹彰和曹沖真的相爭，他又該幫助哪一個呢？

世界有多大？

看著曹彰那帶著期盼的眼神，曹朋真不知道該如何回答。

自曹沖拜師以來，他一直都期盼著曹沖有朝一日能夠繼承曹操的事業。這裡面多多少少有私心作祟，除了曹沖是他的學生之外，更重要的是因為曹沖年紀還小，可發展的空間遠比曹丕大。不可否認，曹丕同樣優秀，但在他背後，有著太過於深厚的世家背景，並非是曹朋所願意看到的結果。相比之下，曹沖則單純許多，更容易雕琢，加之環夫人的刻意拉攏，也使得曹朋站在曹沖一邊。

可是，曹丕不在了！

如果曹彰真的要和曹沖相爭，他該如何選擇？

曹彰很真，也很直率。同樣身為曹朋的學生，曹彰一直以來給曹朋的印象就是一個熱血少年。如果他繼承了曹操的事業，也是一個不錯的選擇，只是曹彰一直沒有表露出這種想法。

沉吟半晌後，曹朋突然道：「子文，這是你真實的想法？」

「嗯？」曹彰有些猶豫。

曹朋笑了笑，站起身對曹彰道：「子文，且隨我來。」

他領著曹彰走進書房，點亮了油燈之後，在書案上鋪開一張白紙，提起筆來……

想了想，曹朋突然對一臉迷茫之色的曹彰道：「子文，人常言逐鹿中原。我想問你，這中原究竟有多大？你知道嗎？」

曹彰毫不猶豫的回答：「中原有九州！」

「好！」

曹朋提筆，在紙上畫出了九州的形狀，而後招手示意曹彰過來：「這就是中原，對不對？」

「好像是……不過小了些吧？」

「你別急！」

曹朋想了想，按照前世記憶中的世界地圖，又在九州的周圍，三兩筆點墨，勾勒出來。

「這是什麼？」曹彰問道。

「這才是這藍天之下，真正的世界。」

曹彰不由得來了興趣，靠過來仔細的看著這幅並不算正確的簡陋世界地圖。

「中原，很小啊！」

「是啊……人常說逐鹿中原、逐鹿天下，卻不知道這天下究竟有多麼大。你看，這裡是大秦國，這裡呢，叫做埃及。而緊鄰著西域的，還有一個名叫波斯的地方，同樣有著輝煌的歷史。這裡，有一個小國家，原本叫做馬其頓，這個國家曾有一個叫做亞歷山大的君主，率領大軍橫掃了整個地中海……大秦國也有一個皇帝，叫做凱撒，從這裡一直打到了埃及，算得上雄主二字。」

「這些國家，比不得咱們昌盛，可是他們的眼界，卻看得似乎更遠。我們整日裡說普天之下莫非王土，殊不知在九州之外，還有一個更大的世界。」

曹朋對歐洲史並不是很瞭解，但這並不妨礙他憑著印象，向曹彰信口開河……

章十七

世界有多大？

「這裡，叫做大洋洲；這裡，叫做美洲。這些地方還是一片蠻荒，但是卻有著肥沃的土地，和豐富的物產。只不過，這些地方的人比之羌胡還要野蠻，卻占領者如此肥美的土地和廣闊的空間。」

曹朋放下筆，閉上了眼睛。

片刻後，他輕聲道：「我曾有一個夢想，那就是可以走遍這整個世界。子文，我曾說過，我要為天地立心，為生民立命，為往聖繼絕學，為萬世開太平。可是這只是一個虛幻的口號，連我自己都不知道最終會是怎樣的結果。」

「說實話，你剛才問我，是支持你還是支持倉舒……我很為難。你們都是我的學生，你和倉舒各有優點，同樣也各有缺點。讓我幫誰？我不知道。但如果一定要我選擇，倒不如兩不相幫，帶著人向北走……鮮卑、匈奴，皆我之心腹大患，與其為你兄弟而頭疼，還不如去打一個天下。」

曹朋的措辭非常凌亂，條理也顯得不太清楚，可是在曹彰聽來，卻又似句句發自肺腑一般，情真意切。

「你好好想想，如果你真要去爭，我也會支持你，給你一些建議。但我絕不會插手你和倉舒之間的爭鬥！子文，你性情豪爽，有衝勁兒，是個做大事的人，不管你做什麼樣的決定，我作為先生，都不會阻止。因為這是你自己選的道路。只是有一句話，卻不吐不快！」

「子文可知這天下，究竟有多大嗎？」

曹朋拍了拍曹彰的肩膀，站起身，走出了書房。

曹彰呆呆的坐在書案旁邊，看著眼前那副看上去簡陋的令人發笑的地圖，久久不出聲。

圖上的墨跡，漸漸乾了。

曹彰把圖小心翼翼的捲起來，拿在手裡，而後吹滅了油燈。眸光裡，似乎多了些許堅定之色。他大步走出書房，朝著那已經熄了燈的臥房一揖，而後轉身離開。

臥房裡，曹朋站在窗內，靜靜的看著外面。曹彰的一舉一動，他都看在眼內。當曹彰離去的一剎那，曹朋知道，他心裡已做出了決斷。

第二天，曹朋再次和蘇則會面，雙方又具體的商談了許多事情。

算算時間，來氐池也快二十日了……再過幾天，就要九月，他離開武威，足足近一個月的時間。該商量的事情，都已經商量完畢，於是曹朋決定返回姑臧。

蘇則有些不捨，畢竟能找到個談得來的人，並不容易。

人道知己難求，大致如此。

蘇則在酒泉這麼一個近乎於荒僻偏冷之地駐守，也著實不太容易找到一個能說得來的人。他和曹朋的年紀相差了近一倍，卻能說到一起，也是一種緣分。

今曹朋要返回姑臧，蘇則一直把他送到了弱水河畔，兩人才拱手道別。

過弱水之後，曹朋一行人直接返回日勒。

曹彰在經過一番考慮後，最終決定留在日勒縣，同時把牛剛也留下來，協助他整備兵馬。在曹朋的心中，日勒是武威西面的一座軍府，也是極為重要的一處要塞。曹彰年紀雖不大，但已有大將之風，武有牛剛，文有蘇由，足以協助他將日勒治理妥當。畢竟，日勒的主要作用，是在於溝通西域的商路，成為連接酒泉和武威的紐帶。曹朋給曹彰留下了八百兵卒，同時准他設立軍府，推行府兵屯田制度。

對此，曹彰也非常爽快的答應。

親歷過許都屯田，又見識過曹朋在河西的推行，曹彰多多少少也算是有了一些經驗。商路之事，自有蘇由打理，無須他費心思。留在日勒，牧馬山丹，倒也別有樂趣。

在日勒停留了兩日，曹朋又對曹彰好一番叮囑，這才踏上了返回姑臧的歸途……

章十七 世界有多大？

整體而言，曹朋很滿意這次出訪張掖所取得的成果，所以在歸途中，他看上去非常輕鬆。只是這種輕鬆並沒有持續太長時間，便被一個突如其來的消息破壞。

曹朋一行人抵達番和後，就遇到了從姑臧趕來的信使。這信使是趙昂派來，目的地正是日勒。看那信使風塵僕僕的模樣，就知道他這一路上必然是非常的匆忙，他眼中布滿了血絲，臉上還透著疲乏之色。

「發生何時，如此匆忙？」

「回將軍，七日前，馬超突然攻占張掖！」

信使的回答，讓曹朋一臉茫然。

「馬超攻占了張掖？」

這怎麼可能！他剛從張掖過來，根本就沒有看到馬超的蹤跡。再者說了，馬超不是在龍耆城嗎？就算他要攻打張掖，要麼翻過祁連山，要麼就是先占領武威，而後才可能威脅張掖郡。

已入暮秋，先不說馬超是如何穿越過河湟那荊棘密布、野獸出沒的千里無人區，單單只是一座祁連山脈，就足以令馬超兵馬精疲力竭。所以，馬超越過祁連山的可能，基本上等同於無。如果不是走祁連山捷徑，那就只有攻取武威郡了……

問題是，可能嗎？

武威郡現在可說是兵強馬壯。

經過數月的休整之後，曹朋並沒有一味的擴充兵馬。他雖然也下令徵召兵卒，但同時又設下了極為嚴苛的限制：二十六到三十五歲之間，才會被徵召入伍；身有殘疾者，不招；家中獨子者，不招……林林總總十條規定，不僅僅穩定了武威的民心，同時還強化了兵源的品質。

要知道，東漢末年的涼州，是出精兵銳卒之地，與並州軍、幽州軍和丹陽兵齊名。

武威地處羌漢混居之地，頗為混亂。許多西涼人，十二、三歲便騎馬挽弓，上陣搏殺。其中，最為

著名的恐怕就是那位馬超馬孟起，十二歲便開始征戰疆場……這也使得西涼兵有著極為豐富的戰鬥經驗，至二十五歲時，大都成為身經百戰的老兵油子。

曹朋設定年限，也正是由此而考慮。他需要的是一個穩定的武威郡，而不是窮兵黷武，揮霍武威郡的元氣。

幾個月下來，曹朋在武威徵召兵馬七千人，卻個個都是精兵強將，能以一當十。加上他從河西帶來的八千人，武威郡如今共駐軍一萬五千人。這樣的兵力，對於物質基礎本不是特別牢固的武威而言，不多不少，恰到好處。如果繼續徵召，勢必要加重武威郡的負擔。

文，有龐統、徐庶、賈星，更有趙昂這等沉穩幹練的官員；武，有閻行、潘璋、韓德，特別是那閻行，驍勇善戰，精通兵法，是一個難得的將才。在這種情況下，馬超想要強攻武威？根本沒有成功的可能！所以，曹朋才會放心前往張掖……

「你說清楚一點，馬超怎攻占了張掖郡？」

信使聽聞，立刻明白曹朋這是誤會了！他連忙解釋道：「將軍誤會了，馬超並非攻占張掖郡，而是攻占了張掖縣！」

「啊？」曹朋頓時面紅耳赤。

原來，在涼州除了有張掖郡之外，還有一個張掖縣，就隸屬於武威郡治下。

張掖縣的位置，大約在今武威市涼州區東南，位置相對偏僻。

自漢武帝元鼎二年置武威郡以後，到東漢時期，武威郡下屬共十三個縣城。張掖就位於鸞鳥（武威市涼州區西南西營河水庫北部）正南方，與蒼松三足鼎立，形成了一個極為奇特的相互呼應的態勢。不過，自東漢末年羌人暴動以來，特別是在馬騰占領了武威縣之後，張掖縣逐漸被忽視，以至於不置官吏、不予駐兵，形成了一個極為混亂的羌漢錯居區域，漸漸被人們所遺忘……

章十七
世界有多大？

這與武威郡人口本就稀少有很大的關係。

而張掖縣的設置，原本是為了抵禦羌胡。但馬騰和羌人之間的關係，又註定了雙方相互依存。如此一來，張掖縣的用途也就顯得不再那麼重要和必須了！

曹朋占領武威郡之後，雖然得趙昂和成公英的提醒，讓他知道了張掖縣的存在，可由於種種原因，曹朋並沒有急於收復張掖縣，而是使其保持原有的狀況，畢竟自中平之後，張掖縣就屬於三不管地區，羌漢混居。這個區域的羌人眾多，如果強行收回，很可能會刺激當地羌人的情緒，引發出第二次羌人暴動。

這也是曹朋為什麼要在這時候前往張掖郡，和蘇則會面的一大因素。他希望藉由打開西域商路這個辦法，慢慢收攏羌人部族，繼而再去控制住張掖縣。

只不過，他似乎晚了一步。馬超搶先一步攻占張掖縣，著實出乎曹朋的意料之外。

張掖縣一旦丟失，就意味著丟失了武威郡南大門外的一座橋頭堡。雖然有鸞鳥和蒼松可以為屏障，但如果任由馬超占領張掖，早晚會使得武威郡發生混亂。

馬家在西涼的影響力，可不容小覷……

「趙縣令和軍師他們，如何安排？」

信使連忙回答：「今龐軍師已趕赴蒼松，與潘護羌會合；徐軍師和閻行將軍則率部前往鸞鳥，抵禦馬超的攻擊。成縣令和鄧範將軍在武威縣整備兵馬，夏侯將軍則率部在鳳鳴灘集結。趙縣令命卑下前往日勒通知將軍，請將軍速做決斷。」

從這一番安排來看，確實是滴水不漏，特別是讓閻行在鸞鳥出戰馬超，無疑最為合適……

羌人重勇士，今武威郡能與馬超抗衡者，除曹朋和龐德之外，恐怕就是閻行閻彥明。閻行在涼州極有威望，可以穩定軍心；徐庶善於戰陣之法，精通野戰，他和閻行聯手，的確是一個最佳的選擇。而有龐統在蒼松，也可以阻止金城援兵。

但不知為什麼，曹朋總覺得馬超在這個時候突然攻打張掖縣，似乎顯得有些詭異。

「令明！」

「末將在。」

曹朋在思忖片刻之後，沉聲令道：「立刻整理行裝，咱們連夜動身，趕赴鸞鳥。」

章十八 涼州大決戰（一）

建安九年秋天，許都又迎來了一場難得的豐收。

黃月英和夏侯真陪著張氏，漫步在田園裡，一同享受這豐收的快樂。曹汲與劉曄在河畔席地而坐，推杯換盞。

如今，曹汲已成為劉曄為數不多的幾個朋友之一，閒來無事時，他就會跑來和曹汲暢飲……

曹汲今官拜城門校尉，掌武庫，奉車侯。官職越來越顯赫，地位越來越高，可曹汲卻似乎變得越來越悠閒。

做官做到一個地步，就是一個用人的問題。

曹汲如今手下也算是人才濟濟，不但有曹遵曹彬這種曹氏子弟效力，還有牛金、牛銀兩兄弟打理日常雜務。雖說官拜城門校尉，可曹汲自己清楚，他不是那塊料子。每天不過應個卯，露個面，而後就待在家裡，或是找人喝酒，或者起火造刀，過得好不悠閒。

只不過，曹汲感覺現在的生活，似乎沒有以前在棘陽時快活。兒子，遠在西北；女兒隨著女婿，去了東郡；生平好友則待在隴西。似乎能和他一起說話的人，越來越少……

已年過四旬的曹汲，兩鬢略顯出斑白之色，看上去有些蒼老。他喝了一口酒，靠在身後的樹幹上，看著身旁那條從潁水引出，貫通整個田莊的溪流，呆呆發愣。

「雋石，何故如此沉默？」

「轉眼間，兩年了！」

「啊？」

「阿福離開許都，快兩年了……」

劉曄頓時明白過來，曹汲這是想兒子了。可是，他又能說些什麼呢？

劉曄如今的情況也算不得太好，官拜司空主簿，看上去似乎頗受重用，但實際上卻地位尷尬。他身為漢室宗親，卻傾向於曹操，為宗室所不容；但漢室宗親的身分，又讓他在司空府內情況尷尬，曹操雖肯用他，卻終究不能完全相信。

這種狀況，自官渡之戰以後，越發明顯。

劉曄雖然有所不滿，卻也不知道該如何處置。昔日和他一起投奔曹操的人，升官的升官，外放的外放，大都得了重用。唯有他，此時卻是不上不下，甚至連個親近的人也沒有。

曹操和漢帝之間的矛盾，這兩年有所緩和，特別是袁紹死後，南匈奴又大亂，好像一下子耗盡了漢帝的精力，整日裡和伏皇后在宮中戲耍，甚至連早朝都取消了，似乎已經認了命……

可越是如此，劉曄的情況就越是難過。

「雋石不用擔心，阿福在涼州做的極為出色。」

曹汲笑了，言語中帶著絲絲的驕傲，「我從不擔心他做事……那孩子從一開始，就知道要做什麼，該怎麼去做。在海西是這樣，在雒陽是這樣，在涼州同樣如此。」

「既然如此，雋石又擔心什麼？」

章十八 涼州大決戰（一）

曹汲苦笑道：「我昨日聽人說，涼州又要亂了。」

劉曄的手輕輕頓了一下，而後點點頭道：「我也聽說了……漢中張魯不太老實，涼州南部諸羌似乎也有些蠢蠢欲動，而馬騰在金城的根基不穩，勢必會趁機作亂。不過，阿福那邊的問題想來不會太嚴重，我倒是有些擔心隴西和武都。」

「為什麼？」

「馬騰復奪武威的可能不大，阿福也不會讓他得逞。今關中兵馬尚未返回，若我是馬騰，必然會趁機攻取隴西和武都，而後與張魯聯手，與朝廷討要好處。所以，雋石倒是不用擔心阿福的安危。再說司空已下令都護將軍前往長安，以曹子廉和你家阿福的交情，斷然不會坐視阿福有麻煩。」

說得也是！這種事，曹操肯定會有統一的安排。

馬騰那點心思，又豈能是曹操的對手？

只是，曹汲眉頭旋即又緊蹙起來，露出凝重之色。

「隴西，我那老哥哥可是駐紮隴西呢。」

「你是說王猛？」

「是啊！」

「應該問題不太大吧……王猛父子皆良將，這兩年也屢立戰功，當不會有什麼麻煩。再說了，那涼州刺史韋端，就駐紮狄道，也在隴西郡，馬騰怕也難得逞。」

擔心，就擔心那韋端啊！

韋端表面臣服朝廷，可是對於交權一事，一直有所抵觸。看他的種種作為，頗有把隴西打造成他韋氏家天下的意思。王猛年初回許都時，曾和曹汲談過這件事，他和韋端的矛盾不小，主要就集中在這隴西的兵權上。

王猛是南部都尉，掌隴西武都羌人。而韋端作為老資格的涼州刺史，卻想要把南部都尉手中的兵權一併掌控於手中。

此前，為南部都尉人選問題，韋端就和朝廷鬧過矛盾，只是後來由於種種原因，韋端最終還是退讓，將南部都尉交了出去。而今的狀況是，韓遂死了，馬騰實力大減，韋端自然想要藉此機會將整個涼州拿下……

他手裡有隴西、漢陽兩郡，已遠遠超過了涼州其他諸侯。也許再過幾年，待河西和武威發展起來，曹朋能壓住韋端。但就目前的狀況而言，韋端無疑力量最強。他不但有人有地盤，更師出有名。曹朋也在名義上受韋端節制……韋端想要把涼州打造成家天下，那麼衝突和矛盾，自然無法避免。

特別是南部都尉，就在臨洮，是隴西郡治下，連通武都。王猛的存在，就是韋端心裡的一根釘子；而戎丘都尉王買，恰好守在三郡之間，坐擁戎丘，掌控射虎谷，也讓韋端感覺極不舒服；更不要說臨洮令石韜……

曹汲輕聲道：「若是有可能，我倒是想讓老王回來。哪怕是讓他來做城門校尉都可以……涼州太亂了，他性子又直，我擔心他吃虧。」

這是曹汲的心裡話。

他不願意當什麼城門校尉，對行軍打仗也全無興趣。曹汲喜歡的，是所謂的奇淫巧計！比如說，怎樣才能造出更好的寶刀，如何讓曹公車的效率更高。抑或讓他陪著黃承彥，蹲在後院裡的池子旁，看如何掛出一張張白紙……這些事情，遠比操練兵馬、巡視都城更加有趣，更讓曹汲開心。

只是，有的時候他也無法選擇。

曹汲出任城門校尉，是曹操對曹家即將失去海西的一個補償。而且曹操也知道曹汲並不適合擔當，甚至連曹朋也很清楚這一點，所以曹汲出任城門校尉之後，曹朋也好，曹操也罷，都在為他尋找助手。從最初的郝昭、夏侯蘭，到如今的曹遵、曹彬，還有牛金兄弟……

曹汲對這一點，也非常清楚，可是，他還是不喜歡！

劉曄倒是知道曹汲的心思，忍不住哈哈大笑。

「雋石，別人都期盼著高官厚祿，你倒好……不過，既然你真不願意做這個職務，明日我和司空商量一下，看看能否讓司空下令，把王猛父子從隴西郡召回。」

曹汲雖說是抱怨，但有一點卻沒說錯。

王猛真的不太適合在隴西！

涼州的形勢，如今越來越複雜。王猛雖說武藝高強，也能治軍，但終究缺乏一些威望。劉曄覺得，哪怕是讓鄧稷出任南部都尉的職務，恐怕都要比王猛合適。

別看鄧稷少了隻胳膊，可做起事來，一點都不含糊。在東郡這一年來，他頂著各方壓力，硬是將白馬和延津兩個地區連為一體，推行屯田政策。今年東郡的收成很好，差不多有四十萬斛米糧，不但能自給自足，而且還給予了濮陽地區極大的支援。按照這個進度，東郡早晚會成為黃河南岸的一顆明珠。待到來年之後，甚至有可能打造成整個兗州最富裕的郡縣。

屯田，歷經多年實驗，已經證明了是目前最佳的方案。

當然了，屯田必然會觸動許多世家大族的利益。這也是曹操屯田推廣，困難重重的主要原因。

鄧稷很聰明，他用白馬和延津來推廣屯田，也是有他自己的考慮。白馬，被曹朋一把火燒城了廢墟；延津之戰，也使得酸棗幾乎成了一座空城。兩場大戰的結果，為鄧稷掃清了障礙，所以在這兩地屯田，反倒沒有太多人拒絕。

今年東郡的屯田成果，來年必然令鄧稷多出許多底氣。

這足以證明了鄧稷手段的圓滑和高妙。

只可惜，鄧稷的政績越好，就越難以在短時間內從東郡脫身，否則的話，劉曄一定會向曹操舉薦，讓鄧稷前往涼州。

曹汲點頭道：「那就拜託子揚了。」

羌道，因縣境內以羌人為主體而得名。

王買登上城樓，看著城下密密麻麻一片的行人，感到無比的吵鬧。

「今天怎麼這麼多人進出？」

「回都尉，據說白馬羌和參狼羌之間發生了衝突，這段時間鬧得非常厲害，以至於河湟的羌人大批逃離，都擁堵在縣城外，才會出現目前這樣的狀況。」

白馬羌和參狼羌，都是古氐羌人的分支，又叫白馬氐或者參狼氐，是白龍江流域最大的兩個羌族部落。兩個部落隔江相望，矛盾由來已久，據說早在西漢時，兩個部落便發生過大規模的衝突，只是後來朝廷出兵鎮壓，才使得兩家罷手，隔江而牧。自東漢末年，羌人暴動發生以後，朝廷對河湟的約束力越來越小，兩家的衝突越演越烈。

白馬羌和參狼羌靠近武都和隴西，屬於南部都尉治下。王猛聽說之後，本打算親自前來羌道視察，但由於當時金城之亂，他領兵屯駐河關，不得不改變行程。不過，他還是派王買去羌道查看，卻不想正趕上了兩羌爆發戰亂。

王買抵達羌道縣之後，羌道長已不知去向。無奈，王買只好暫領羌道，平穩局勢，只是看眼前這狀況，怕是一時間難以平息。單只是這些城外的逃難羌人，就讓他感到非常頭疼，更不要說前往湟中，阻止兩羌衝突……

曹賊

章十八

涼州大決戰(一)

「這許多人擁堵城門，終究不是一樁美事，萬一發生暴動，只怕誰也無法阻止。傳我命令，在沓中開設營地，自湟中而來難民皆居於沓中。縣城內務必要加強巡視，一旦發現有異動，立刻向我稟報。」

沓中，歷史上曾為姜維屯田北伐之地。

整個羌道地區，山巒重疊，溝壑縱橫……山高，谷深，造成了整個縣境內地勢複雜。相比之下，沓中算是一塊較為平緩之地。

必須要儘快把這些難民安頓下來，否則必然會發生暴亂。

王買搔搔頭，看著城下亂糟糟的場面，也感覺到萬分的頭疼。他是真不知道該如何解決這些問題。不過跟隨曹朋多年，也歷練了許久，算是有些經驗，他知道一旦這些羌人暴亂，必然會引發連鎖反應。

眼見著，冬天即將來臨，羌道府庫空蕩蕩，還要面對這許多難免的問題，始終是一個大麻煩。

「立刻派人前往臨洮，告訴石縣令，就說羌道情況複雜，需要他支援……請他務必在入冬之前，解來一些糧草。三萬斛……實在不行，一萬斛也可以。」

涼州動盪多年，又是苦寒之地，本就算不得富庶。石韜在抵達臨洮之後，在王猛和王買的支持下，也是勉強站穩了腳跟。年初，他開始在臨洮進行屯田，基本上保證了臨洮本地的賦稅。可問題是，臨洮本身的情況也算不得太好，屯田雖然保證了臨洮今冬可以安然度過，但根底終究不足。

三萬斛，怕有些多了！一萬斛，卻未必夠……

可是，王買卻想不出其他的辦法。

好不容易，到了天黑，羌道總算是安靜下來，難民們得到了分流，情況多多少少穩定一下。可是王買卻知道，這安靜不過是暫時的……湟中兩羌若繼續衝突，勢必會造成更多羌民湧入羌道，到那個時候，吃沒吃的，住沒住的，才是麻煩真正的開始。

要是阿福在，會如何解決呢？

王買倒在榻上，看著屋頂，思忖不語。

阿福如今在河西，端地是風生水起。還是大熊那傢伙聰明，跑去幫阿福做事，好不輕鬆。早知道，我就跟阿福一起去河西了……也好過現在這般，頭疼不已。

想著，王買不禁苦笑……

鸞鳥城下，馬超走馬盤旋，不斷向城上叫罵。

曹朋站在旗門下的陰影當中，看著馬超兔脫飛揚的模樣，也不禁暗自稱讚一聲：好一個錦馬超！

這並不是他第一次和馬超碰面。

但一如之前在紅水集時，他藏在暗處，偷偷的觀察。

此時的馬超，與當初在紅水集那種意氣風發、鋒芒畢露的模樣大不相同。雖然看上去依舊是那麼張揚，卻好像多出了一份內斂的沉穩氣質。這也使得馬超給人一種老辣的感覺。

遠處，西涼兵列陣整齊，氣焰熏天。站在城上，猶自能感受到那濃濃的煞氣……這也是馬超和馬鐵不一樣的地方！馬鐵雖然張狂，但更多的是讓人感覺輕浮，而不似馬超這種，走馬陣前，便生出恨天無把、恨地無環的滔天氣勢。

「這馬超，果真不俗。」曹朋突然輕笑一聲，回身看去，「如何？諸君有什麼看法？」

閻行默不作聲，只是死死盯著城下馬超，牙關緊咬。而徐庶依舊顯得風輕雲淡，好像根本沒有把馬超放在眼中，臉上浮現出一抹淡淡笑意。至於龐德、龐明兄弟，則是面無表情。

「閻彥明，無膽之徒，可敢與某一戰？」

面對馬超的挑釁，閻行勃然大怒，扭頭便要請戰。

卻見徐庶一把攔住他，輕輕搖頭道：「彥明，何必為一莽夫動怒？休看他此時張狂，實已無計可施。

你現在若是出戰，正中了他的下懷……彥明日後必有大前程，這涼州的將來，還要多多依賴於彥明。所以，除非你有十成把握獲勝，否則別輕易出戰。勝則好，若是敗了，會令彥明的聲名大減，於日後有諸多不利。」

徐庶一番話，頓時令閻行冷靜下來。他偷偷看了在旗門下默不作聲的曹朋一眼，心中暗自歡喜。

徐庶這些話分明是告訴他：曹朋很看重你，日後的涼州，肯定會有你閻行一席之地。

當初，閻行聽從韓遂遺言，與成公英來武威投奔曹朋。但說句心裡話，他對曹朋並沒有太大的信心。不是懷疑曹朋的能力，而是因為曹朋的態度。在他和成公英之間，曹朋似乎更看重成公英，一來就委以成公英重任。

也許在別人眼裡，為武威長若同於流放。可對於久居涼州的閻行而言，卻知道這武威長其實是一樁美差。

武威縣毗鄰西羌，而西羌又是武威縣極為重要的一支力量。讓成公英出任武威長，正說明了曹朋對他的看重。那裡看似荒僻，卻可以獲得極大的權力。武威縣節制都野，可以說，整個西羌都受武威縣的控制，幾十萬羌人盡歸成公英所制……

幾十萬人啊！那幾乎就是一郡人口。小小的武威長，有近乎太守的權力，還有什麼不滿呢？若是可以，閻行很願意和成公英換一換，去武威縣任職。

曹朋對閻行似乎很尊重。

可閻行卻能覺察得出來，曹朋和他之間，似有些猜忌。

今聽了徐庶一席話，閻行一下子放下心來。他的確沒有把握能戰勝馬超……他和馬超之間的差距並不算太大。幾年前，他或許能險勝馬超，但如今，卻有些危險。

原因嘛，很簡單！

建安元年之後，馬超東征西討，從未放下過兵事。而閻行在那之後，卻慢慢從兵事上轉移，把重心擺在了內政之上，疏忽了自身的武藝。這習武一途，如逆水行舟，不進則退。一天不練天知道，兩天不練自己知道，三天不練天下人全都知道。一邊是持之以恆，一邊慢慢懈怠，自然就有了差距。

當然了，閻行如今的身手也不算差！至少在曹朋帳下可列前三，尤勝潘璋。不管怎麼說，他也算得上是超一流的武將，絕非浪得虛名。

曹朋一擺手，「咱們回去。」

「公子，那馬超若強攻……」耿林忍不住問道。

「若他強攻，還以弓矢即可。」曹朋笑了笑，對耿林說：「伯從不用擔心，馬超遠來，其麾下多為張掖縣的羌人，擅野戰而不擅攻堅，所以斷然不會強攻。」

說著，他扭頭向城下看了一眼，「且隨他聒噪。」

曹朋大步向城下行去，閻行等人緊緊跟隨。

耿林站在城上，看著城下的馬超，緊張之色漸漸隱去。

是啊，馬超手中沒有大型的攻城器械，想要攻破鸞鳥縣城，只怕是要費些心神。今公子親自督戰，又何須擔心呢？

想到這裡，耿林輕輕搖頭，不再感到畏懼。

鸞鳥縣廨裡，曹朋在花廳落坐。

「沙盤可準備妥當？」

「業已準備完畢。」

徐庶說罷，一擺手，就見幾個彪形大漢從外面抬進來一張三米見方的沙盤。

沙盤中，是鸞鳥縣城百里之內的地形，山巒、河流、丘陵、平原等等，可一目了然。

曹朋在占領了武威之後，便下令製作出各縣的沙盤，特別是姑臧、蒼松、鸞鳥三縣優先，為此耗費了不少人力和物力。武威縣治下包括了都野，故而一時也難以造出沙盤。而其餘各縣相對放緩，並不急於製作。

各縣沙盤製作完畢後，都集中在姑臧。

此次徐庶前來，將鸞鳥縣沙盤帶來。這鸞鳥的沙盤，耗時整整一個月，動用了許多人力。曹朋走到沙盤跟前蹲下，鳥瞰鸞鳥地形，手指摩挲下巴，陷入沉思。

而閻行則是第一次看到這種沙盤，其立體的視覺衝擊，遠非地圖可以相比。

他不禁好奇的走上前，和徐庶竊竊私語。當得知這沙盤構思出自於曹朋之手後，閻行有些敬畏的看了曹朋一眼。在他看來，能有如此奇思妙想之人，必不是等閒之輩。有了這個沙盤，整個鸞鳥縣便一目了然，盡在掌控中，著實巧妙。

「這是什麼地方？」曹朋突然用手指著沙盤的一點，抬頭問道。

徐庶順著曹朋手指的方向看去，見標注這一個大寫的『參』，於是取來一本冊子，掃了一眼後，立刻回道：「這裡名叫盧水灘，盧水在這裡進入南山山脈而消失……」

「怎樣？」曹朋又問道。

他這種沒頭沒腦的問話，讓閻行有些糊塗。

這是一種經過長時間合作，才能建立起來的默契。徐庶點點頭，「甚好！」

「嗯！」曹朋便又低下了頭。

「軍師，公子方才是何意思？」閻行低聲問道，透著些羨慕之色。這種心領神會，是一個心腹才能擁有的殊榮。

閻行似乎明白了，為什麼徐庶和龐統能得曹朋重視！很簡單，他們能夠迅速理解曹朋的想法，無須贅言。試想，為上位者，哪有不喜歡聰明幕僚的道理？一句話，一個眼神，就能明白彼此的想法，絕對是一種能力的體現。

閻行以前沒什麼感覺，因為他是上位者；而今，他似乎有些明白，這察言觀色、揣摩心思的重要性……要想站穩腳跟，這種默契可不能不學。

徐庶輕聲道：「公子只怕是想在盧水灘設立小寨。」

「哦？」

「彥明可注意到，盧水灘正在鸞鳥和張掖縣之間，依盧水，背南山，地勢開闊，易守難攻。若在此設立小寨，進可以擊馬超軍肋部，退可以南山為屏障，一夫當關，萬夫莫開。想必馬超還沒有留意到這裡，以至於盧水灘至今尚未駐軍。公子是問在盧水灘設立小寨的可能……我覺得，當不成太大的問題！」

閻行恍然大悟。

沙盤上，紅、藍兩色小旗涇渭分明。紅色代表著曹朋，而藍色代表馬超……盧水灘的位置正在馬超軍的側背方，看上去極其醒目。

曹朋思忖片刻，站起身來，在太師椅上坐下，問道：「元直，可覺察到什麼？」

徐庶一怔，旋即若有所思的點了點頭：「馬孟起這次攻擊鸞鳥，著實有些古怪……按道理說他應該清楚，武威雖是方定，但想要攻取，並非易事。公子如今攻不足而守有餘，他若圖謀武威，即便獲勝，也是兩敗俱傷。若我是馬孟起，與其奪取武威，倒不如圖謀武都郡。」

「何也？」

「武都，地勢複雜，背靠漢中，側依湟中。馬超與羌胡素有交情……而武都守禦，則明顯空虛。若占了武都，進可圖謀隴西漢陽，而至關中三輔；退可以入漢中，與張魯聯手，藉漢中地勢阻擋……我明白了，馬超並非是要取武威，而是佯攻武威，實取武都。」

曹朋神色凝重，點了點頭，表示贊同徐庶的說法。

闞行道：「難不成，馬騰要放棄金城？」

「那倒不至於……他若是能取了武都，勢必不會放過隴西。若是能將隴西、金城和武都連為一體，馬騰聲勢也就會隨之暴漲。即便是司空，也須謹慎小心，不敢妄動。他這是合縱之術，聯張抗曹，若執行的妥當，可居涼州半壁而坐大。」

曹朋心裡緊張了！

他倒不是擔心其他，只是因為在隴西，有他的親人和兄弟。

說真的，馬騰能否奪取隴西，占領武都，是否和張魯聯手，他都不是特別在意。

李儒的『西川計畫』，已經開始執行。

蘇雙的河西郡商會，在經過了近一年時間的準備之後，開始向西川發動攻擊。漢中，是西川必經之路，同樣也是一個富庶之地，既然要擾亂西川的經濟，那麼漢中不可能不受到波及。可以說，曹朋已經做好了擾亂漢中經濟的準備。

三年，只須三年！漢中的經濟必然會出現糜爛……哪怕是馬騰和張魯聯手，也難以支撐太久。

經濟戰，對於這個時代而言，還是一個模糊的概念。雖然在此之前，也有過類似的戰例，但大都是一種無意識的攻擊。管仲提出了倉廩足而知榮辱的概念，將貨殖首次擺放在檯面上，而後司馬遷著《史記》，更單獨列傳。這說明，人們已知道貨殖的重要性，但如何以此為手段來進行攻擊，尚未有一個完善的概念。

曹朋對此也不擅長，但他前世為刑警時，接觸過一些經濟犯罪的案例，所以對於這種擾亂市場的手段和手法，相對要熟悉很多。

失去了貨殖的支持，馬騰和張魯也就失去了與中原抗衡的資本。

所以，只要能使涼州平穩發展下去，早晚都能占據主動。可王猛如今就在隴西，王買和石韜也都在隴西做事，萬一馬騰攻擊隴西，他們豈不是要面臨危險？

馬超，只是一個幌子。他占領張掖縣，更多是想要牽制住曹朋，同時分散其他人的注意力。

沉吟良久之後，曹朋對徐庶道：「立刻派人往漢陽，請楊義山多加留意馬騰的動向。」

他和韋端父子沒有太多聯繫，而且彼此還處於不同的陣營，所以不太方便傳話。楊阜則不同，他明顯是傾向於曹操，同時在私下裡和曹朋也有過一些接觸。透過楊阜之口，讓韋端多加留意，是一個最好的途徑。

同時，曹朋又讓徐庶設法和王猛取得聯繫，讓王猛他們小心馬騰的偷襲。

待安排妥當之後，曹朋才算是鬆了一口氣。不能讓馬超繼續在鸞鳥張狂下去……必須要儘快將他驅逐出去。

「彥明！」

「末將在。」閻行上前一步，插手行禮。

曹朋手指輕輕敲擊太師椅扶手，目光炯炯，凝視閻行。

那眸光，好似兩柄利劍，直透閻行的內心。閻行頓時緊張起來，戰戰兢兢，不敢言語。

半晌後，曹朋道：「馬超，武威之患，若不早除，必成禍事……我欲請彥明，在盧水灘設立小寨，不知彥明可否願往？」

閻行頓時大喜，這是曹朋對他的重視啊！

「末將願駐盧水灘。」

曹朋臉色陡然一沉，「彥明，我知你和馬超有不共戴天之仇。然此次命你駐盧水灘，關係甚大，望你莫以私仇凌駕國事之上……你這次往盧水灘，乃秘密潛行，若無我命令，不可以擅自出擊，更不可使馬超有所覺察。我可以答應你，適當時機定會讓你報仇雪恨，復奪金城。但在此之前，尚須隱忍。你若能答應這一點，我方可安心派你前去，若是不能，就只能留在鸞鳥……彥明，你要想清楚……此乃軍令！一旦答應下來，絕不可違背，否則……」

曹朋聲色俱厲，令閻行心驚肉跳。

半晌後，他咬牙道：「請公子放心，若閻行違抗軍令，公子可取閻行項上人頭，絕無怨言。」

曹朋這才露出了笑容，「既然如此，那就拜託將軍了！」

《三國演義》裡曾出現過這麼一個情節。

馬超自西涼起兵之後，一路勢如破竹，在渭水河畔與曹操相對峙。當時的馬超，兵強馬壯，挾大勝之勢，氣焰熏天。即便是曹操，也無法與之正面交鋒。於是，曹操決意分兵。他親領大軍，於渭水和馬超相爭，同時命大將徐晃秘密渡渭水，從後方奇襲。曹操從最初的連敗，到最後的大獲全勝，也正是因徐晃這支奇兵。

而今，曹朋使出了同樣的招數。只不過讓閻行代替徐晃，而他將從正面牽制住馬超，吸引馬超注意力，而後伺機一戰功成。

曹朋，不是曹操；而此時的馬超，也不是歷史上那個在建安十三年和曹操對峙於渭水的馬孟起。所以細算之下，倒是半斤八兩的局面。

為使閻行順利偷渡盧水灘，次日馬超再次叫陣時，曹朋親率白駝兵，殺出鸞鳥。

馬超吃了一驚！

他在鸞鳥叫陣數日，始終不見曹軍動靜，沒想到今日剛擺出了陣勢，不等他去挑釁，曹軍就出城迎戰。而且，出戰的這支曹軍，人數並不算多，裝束也極為奇特，清一色的白駱駝，大刀強弩，透出濃濃的殺氣。雖只有三百人，卻令馬超不得不小心應對……

「兄長，我聽人說，那河西曹朋有一支親衛，曰白駝。」馬岱見狀，連忙向馬超密報。

哪知道，馬超眼中閃過一抹精芒，沉聲道：「你是說，曹家小賊已到了鸞鳥？」

「正是！」

馬岱話音未落，就見馬超已躍馬衝出旗門。

他走馬盤旋，在陣前厲聲喝道：「曹朋小兒，既然已至，何不出來說話！」

只見白駝兵呼啦啦分開，讓出一條路來。一匹獅虎獸，馱著一員大將從旗門下衝出。馬上將領，年紀大約二十出頭，掌中一桿畫桿戟，威風凜凜，殺氣騰騰。只看那氣勢，絲毫不遜色於馬超。

馬超的眼都紅了！

看到曹朋，他就想到了死在紅水集的虎白虎道之。若非曹朋從中作梗，只怕河西早已經落入他手中；若非曹朋出手，虎白也不可能死在紅水集，令他折損一臂。

虎白活著的時候，馬超倒是沒有覺察到什麼。可虎白一死，馬超就感覺到了缺少虎白的壞處。

從前，他根本不需要去費心思，自有虎白為他打理的井井有條；可如今，凡事都要他親力親為，那種疲憊感，只有馬超自己清楚。而且，他的妻子，現如今也在曹朋的手裡！所謂仇人見面分外眼紅，他看到了曹朋，心中頓時怒火中燒。

「曹朋，馬某等你多時了！」

說話間，馬超一催坐騎，胯下馬長嘶一聲，恰似離弦利箭，向著曹朋就衝過去。

而曹朋似乎早有準備，「馬孟起，我也候你多時！」

胯下獅虎獸，也毫不示弱的仰天咆哮。曹朋兩腳一磕馬腹，大黃風一般的就迎上前來，掌中方天畫

曹賊

第十八章 涼州大決戰（一）

戟刷的一下子抬起來，朝著馬超分心便刺。

曹朋的畫桿戟，長有一長八尺，而馬超手中的虎頭鏨金槍，不過一丈二尺。論分量，兩者相差不算太大，可是這長度的差距，卻使得曹朋搶了上風。所謂一寸長，一寸強。方天畫戟後發先至，硬生生迫得馬超不得不舉槍封擋。兩個人似乎也沒有那麼多的廢話，二話不說就打在一起。

而兩邊的軍卒，也都愣住了！馬超和曹朋的交鋒，發生的太過於突然，以至於誰也沒有提前準備。馬岱率先反應過來，厲聲吼道：「三軍，擂鼓！」

咕隆隆！戰鼓聲隆隆響起。西涼兵齊聲吶喊，迴盪蒼穹。

而城頭上，耿林也立刻還擊，下令擂鼓助威。

頓時，這鸞鳥城下，鼓聲隆隆，喊殺聲接連不斷……

馬超，蜀漢五虎上將！

曾幾何時，也是曹朋前世少年時的偶像，僅遜色於趙雲的存在。而今，他與馬超打在一起，卻感到無比的興奮。這是他第一次，和真正意義上的超一流武將交鋒。哪怕之前的龐德，雖然也是超一流武將，可相比之下，總覺得不如馬超。

事實上，兩人這一交手，曹朋就能感覺出來，馬超槍疾馬快，比之龐德，絕對要高出半籌，甚至一籌。他也不敢大意，抖擻精神，方天畫戟舞成車輪一般，戟雲翻滾，將馬超連人帶馬籠罩其中。

馬超也不示弱，大槍快如閃電，槍影重重，絲毫不落曹朋下風。

槍戟交擊，發出一聲聲巨響。

戰馬長嘶不止，猶如兩頭猛虎一般，糾纏在一處。

馬超身為西涼第一名將，胯下坐騎自然不差。他的戰馬，是西羌羌王唐蹄當年所贈的汗血寶馬，以戰鬥力而言，絲毫不遜色於曹朋胯下的那匹獅虎獸大黃。

只見他，虎頭鏨金槍顫動，槍花陡現，大槍挾帶著風雷聲，呼的便刺過來……曹朋在馬上，舉大戟劃出一個詭異的圓弧，鐺的一聲，槍戟撞擊一處，聲若悶雷。槍戟上的罡風，嘶的一聲，產生出一圈圈奇異的波紋。

馬超越戰越勇，掌中大槍也越來越快，產生出一道道炫目的槍芒殘影，招招都奔著曹朋的要害；曹朋的大戟翻飛，卻顯得有些遲緩，一道道弧光在空中出現，看似緩慢，卻絲毫不遜色於馬超的大槍，更顯詭譎……

一個是快得驚人，一個是慢得詭譎，偏偏不管是快還是慢，卻又平分秋色……

兩邊觀戰的武將，一個個目瞪口呆。馬岱和張掖羌人豪帥李越，連連稱讚馬超，不住為馬超喝彩；而龐德、龐明則是不斷點頭，暗自為曹朋的殺法而感慨。

龐德一直覺得，天梯山下一戰他輸給曹朋，是因為戰馬的問題。可現如今看起來，就算他換上一匹好馬，恐怕也不是曹朋的對手……

當然了，兩者差距不會太大，也就是那麼一點點的距離，可就是這一點點的差距，足以讓龐德敬服不已。曹朋，才二十出頭，尚沒有達到那種巔峰的黃金年齡，等他到了巔峰年紀的時候，會是什麼樣子？也許，這曹朋就是下一個虓虎，呂奉先吧！

馬超越打越惱火，越打越生氣。

只見他忽然撥馬跳出戰圈，返回本陣之後，一把將身上的衣甲扯下，而後復又衝出。

歷史上，虎癡裸衣戰馬超。沒想到，今日卻有了馬超裸衣戰曹朋！

馬超雖然沒有光著膀子衝出來，可是卸下了衣甲的馬超，卻絲毫不遜色於那許褚。

曹朋大笑，縱馬迎上。他同樣未著衣甲，一身白裳，在戰場上顯得格外醒目。

方天畫戟招數陡然一變，戟首彷彿掛著千斤重物，如開山大斧般，朝著馬超就劈斬下去。馬超毫無懼色，大槍撲稜稜一顫，槍頭幻化，好像一頭猛虎般，朝著曹朋就撲出去。兩人又戰在一處，一時間難分勝負……

一百個回合過去了……兩百個回合過去了……三百個回合過去了……

曹朋和馬超的衣服全都濕透，頭頂上更蒸騰著一蓬霧氣。

而兩軍的戰鼓更不知道敲爛了多少面，軍卒的嗓子已經嘶啞，卻仍伸長了脖子，嘶聲吶喊。

好一場龍爭虎鬥！

不知不覺，已過了正午。馬超漸漸透出了疲色，手中大槍也變得緩慢許多。而曹朋在力戰了一個晌午之後，同樣感到精疲力竭……

馬岱見此情況，二話不說，催馬就衝出來，「兄長，我來助你！」

他戰馬剛竄出來，就見從白駝兵中飛出一騎，「馬岱，恁無恥！欲仗人多而取勝乎？龐德在此恭候多時。」

聲止，馬到。

龐德攔住了馬岱，掄刀就砍。

馬岱怒道：「龐令明，早就知爾懷貳心！今日，就取你狗命！」

他沒有和龐德交過手，但也知道龐德非同等閒。早在龐德駐守龍耆城的時候，馬岱就聽說過龐德的名號。他內心裡，對龐德也頗有些看不起，總覺得龐德徒有虛名。不過，當二馬照頭，兩人掄刀戰在一起時，馬岱頓時感受到了莫名壓力。

龐德，竟悍勇如斯？

這傢伙的力氣比馬岱要大許多，大刀舞動，勢大力沉。就算馬岱使出了全力，也才堪堪抵住了龐德。不過只二十多個回合，馬岱就有點撐不住了。

張掖豪帥李越見勢不妙，忙策馬衝出。

另一邊，龐明怎可能坐視馬岱、李越聯手？躍馬擰槍，便攔住了李越的去路……

一時間，戰場上更加熱鬧。

六個人分成三個戰團，打得難解難分。

城頭上的耿林見此狀況，立刻下令：「出擊！」

白駝兵首當其衝，三百銳卒持刀而上，朝著西涼軍就衝了過去。白駝兵的裝備，號稱河西第一，手中的大刀，更是曹朋拜託曹汲，在河一工坊專門打造而成。

在中國的歷史中，曾有一支精銳，名為陌刀兵。

關於陌刀的具體情況，後世眾說紛紜。不過大致上有一個認識，那就是陌刀是一種兩刃長刀，重量驚人，非大力士難以使用。

曹朋也說不清楚陌刀是什麼模樣，卻聽過一種說法：陌刀的前身，便是漢代少府所製的斬馬劍。

為此，曹朋在許都幽居的三年裡，曾經和曹汲仔細研究過斬馬劍，並以斬馬劍為基礎，進行了一些改造，把斬馬劍兩邊開刃，而後又加厚劍脊，透過雙液淬火法反覆鍛打，以增強其性能。時隔四年，曹汲終於造出了第一批『陌刀』，長約有八尺左右，其中刀莖就將近半米，必須以雙手握持，而後才能使用開來……

由於受冶煉技術的限制，首批陌刀的重量，大都在四十斤左右。一般人別說使用，恐怕掄幾下，就會沒了力氣，更別說殺人了。為此，曹朋的白駝兵更是精挑細選，身高、體重不達到一定要求，不得加入，而且要成為白駝兵的首要條件，至少要有三石的力氣，如此選拔出來，才可以加以訓練。之所以將黑旄更換為白駝，也有這方面的考量。

曹汲在送來第一批陌刀的時候，曾讓人告訴曹朋：這種刀，太難打造，而且極費材料。

曹汲耗時一年多，花費了無數錢帛，也只打造出了三百零七支陌刀來。用他的話說，打造出一支陌刀的花費，至少能造出二十支龍雀……所以，曹朋的白駝兵從一開始，就註定了人數不可能太多。三百白駝兵，已經是極限。

不過白駝兵的戰鬥力，卻格外驚人。

當西涼兵衝上來的時候，白駝兵列陣揮刀，那八尺長的大刀橫掃出去，把西涼兵頓時攪得四分五裂，死無全屍。猶如一群猛虎衝進了羊群，西涼兵人數雖多，卻無法抵擋住白駝兵的衝擊。這些白駝兵在經過嚴格的選拔和殘酷的訓練之後，足以當得『銳士』二字。兩人一組，一人封擋，一人揮刀，相互間配合極為嫻熟。刀出，人亡……白駝兵所過之處，只留下遍地的殘肢斷臂，血流成河。

馬超被曹朋纏住，偷眼觀察，不由得大吃一驚。

他有心抽身出去援救，卻被曹朋死死纏住。兩人又戰了十餘個回合，二馬錯身之時，馬超突然從兜囊中摸出一枚流星錘，脫手飛出，向著曹朋的後腦就砸去。

而曹朋，也有些不耐煩了！

馬超甩出流星錘的一剎那，他一個犀牛望月，兩枚鐵流星呼嘯著飛出……

叮！一聲脆響，一枚鐵流星正中流星錘上。

不過，第二枚鐵流星飛出，奔著馬超的後背砸去。只聽啪的一聲響，鐵流星正砸在馬超的背上！早已脫下衣甲的馬超，不禁吃痛的大叫一聲，撥馬就走。

而馬岱和李越見馬超敗走，更無心戀戰，立刻敗退而去……

三名主將一走，西涼兵登時大亂，迅速潰敗而逃。曹朋並沒有下令追擊，而是將畫桿戟高高舉起，示意曹軍停止追殺。他知道，馬超今日雖敗了，可元氣未傷，若再打下去，對曹軍而言，也必將是損失慘重。

「好一個錦馬超！」曹朋長出一口氣。

別看他剛才和馬超搏殺，略占上風，可其中的凶險，只有他自己清楚。論武藝，他至少差了馬超一籌，只不過占了馬鐙高鞍的便宜，才算是勉強壓住了馬超。一個馬超就如此了得，卻不知那趙雲又將是何等的驍勇……

此時，已夕陽西下，殘紅籠罩鸞鳥縣城，透出濃濃血色。

曹朋身上的白裳，已經看不出顏色。

他勒住獅虎獸，舉目向遠處眺望：想必，元直和閻行這時候，已安然渡過盧水！

一場混戰過後，天色已晚。

鸞鳥城下，燈火通明，卻是曹朋派人清理戰場，收攏曹軍的屍體。日間一戰，西涼軍死傷數百人，而曹軍也死傷過百。總體而言，一比四的比例倒是可以讓曹朋滿意，只不過白駝兵也戰死了六人，受傷者十數人，讓曹朋還是感到不滿。

西涼兵的屍體，也一併被收攏起來。只是曹朋自然不可能為這些屍體費太多心思，而是依照著羌人的習俗，將屍體焚化。雖是秋季，天氣轉寒，可這些屍體如果不能及時處理，必然會造成大麻煩。

曹朋可不希望來年開春，鸞鳥變成一座死城。

戌時，徐庶傳來消息，已率部平安渡過盧水，預計在明日傍晚抵達盧水灘。

一切都在曹朋的掌控之中，總算是讓他長出了一口氣。

把事情忙完後，已經快到丑時。曹朋頗感疲憊的回到房間裡，一頭栽倒在榻上，很快便睡著了。

和馬超一戰，頗為吃力。最後雖說慘勝，但曹朋並不感到開心。

西涼兵的悍勇還是頗讓他吃驚……在全軍潰敗之際，仍能保持陣型不亂，說明馬超的控制力確實高明。至少，比起當初在姑臧和馬鐵交手，馬超的掌控力遠超馬鐵。同時，曹朋進一步覺察到，馬超攻擊鸞鳥，絕對是別有用心。

從他圍而不攻的行動上來看，馬超此次的目的是為了牽制武威，而不是想要奪取……

那麼，馬騰的意圖，也就越發清楚。

章十八

涼州大決戰(一)

「猛伯，何故在此？」

曹朋驚訝的看著眼前的男子，心中充滿了疑惑。

一個雄壯，如同黑鐵塔般的中年人，笑呵呵的站在他跟前，眼中透著慈祥之色。

「阿福，天要涼了，多注意身體。」王猛對曹朋叮嚀道。

這樣的話，在曹朋小時候還住在中陽山裡時，王猛時常這麼說。那時候的曹朋體弱多病，每逢天氣轉涼，必然會出現病症。每次生病，都是王猛和曹汲輪流背著他，從中陽鎮一直走到舞陰找大夫診治。那時候的王猛，看上去是何等的雄壯和結實，可一眨眼的工夫，他似乎蒼老了許多，臉上多了歲月的溝壑。

細想一下，自從到了許都之後，曹朋就沒有像以前那樣，那麼依戀王猛了……可是內心中的濡沫之情，卻從未減少過。

曹朋連忙說：「猛伯，你放心吧，我現在的身子骨，可結實得很呢。」

「呵呵，是啊，我家阿福已經長大了！」王猛說著，伸手搭在了曹朋的肩膀上，「以後，可要多幫幫虎頭，他最聽你的話。」

「猛伯，那是自然。」

「阿福啊，猛伯以後沒法子照顧你了，一切都要靠你自己……」

不知為何，曹朋感覺著王猛的語氣怪怪的，於是抬起頭，向王猛看去。可這一看，卻讓曹朋嚇了一跳，剛才還好好的王猛，突然間滿臉的血汙，渾身是血！

「猛伯！」

隨著曹朋這一聲大叫，呼的從榻上坐起來。

額頭上，冷汗淋漓。

原來是一個夢！

可這個夢，不免太過詭異了。

「公子，發生了什麼事？」

屋外，姜冏低聲詢問。今晚是姜冏當值，卻聽到房間裡傳來曹朋淒厲的慘叫聲。

曹朋呆呆的坐在榻上，片刻後沉聲問道：「現在什麼時辰？」

「已過了寅時，快卯時了。」

用力的搓揉了一下面孔，曹朋披衣而起。

他點亮了燈，打開房門走出來，站在門廊上，腦袋裡仍一陣陣的紛亂。人常說，日有所思，夜有所夢。有的時候，這夢境就是現實的反應，帶有警告之意。

難道說，猛伯出事了？

應該不可能啊……猛伯身邊有虎頭和石韜幫助，兵強馬壯，一般人豈能動得了他？再說了，他在隴西，而隴西又有韋端的兵馬駐紮，馬騰想要偷襲，可沒那麼容易。嗯，這個夢肯定是來亂的……想必是我多時未見猛伯和虎頭，想念所致。

曹朋走下門廊，卻見月光如洗，灑在庭院裡。

姜冏站在門廊上，關切的注視著曹朋。他跟隨曹朋的時間不算太久，但是對曹朋的瞭解卻不少。在

章十八

涼州大決戰(一)

他看來，曹朋是一個喜怒不形於色，處事手段極為老辣的人。別看他年紀小，有的時候，他的眼光和手段根本不是同齡人可以相提並論。

而今，曹朋看上去似乎有些煩躁。這也是姜冏自跟隨曹朋以來，從未出現過的情況。

不管什麼時候，曹朋都顯得是自信滿滿，似乎一切都在他掌握之中。可是現在……

這說明，曹朋真的遇到了麻煩。

姜冏不敢吭聲，只是靜靜的站在門廊上。

只見曹朋把身上的大袍脫下，在月光下活動了一下身子，慢悠悠打起了一套拳。

是拳術嗎？

可是看上去綿弱無力，好像沒有半點威力。只是那種緩慢軟綿之中，又有一種行雲流水的感受，使得姜冏產生出一種視覺上極為怪異的衝突。聽韓德說，公子拳術過人，莫非說的就是這套拳法嗎？

「姜冏！」

「……」

「姜冏！」

「啊，末將在！」

姜冏想得出神，甚至連曹朋叫他都沒有聽到。清醒過來後，姜冏忙快步從門廊上下來，透著誠惶誠恐之色。

「去差令明前來。」

「喏！」

姜冏連忙快步離去，曹朋則走到一口水井旁，打了一桶水，洗漱一番，返回房間。

不一會兒的工夫，就見龐德行色匆匆趕來。

「公子，有何吩咐？」

曹朋示意龐德坐下，沉吟片刻後道：「令明，不瞞你說，這次喚你前來，是一樁私事。」

「請公子吩咐。」

曹朋點點頭，臉上露出回憶之色。他輕聲道：「我的過去，你可能不清楚。世人皆知我是司空族姪，卻不知道在建安二年之前，我甚至不知道譙縣曹氏究竟何人。我本南陽郡中陽山人氏，家父當初也只是中陽鎮裡一個不為人知的鐵匠，每日為養家糊口而操勞……」

龐德心裡不由得咯登一下。他對曹朋的出身，的確是不太清楚，甚至一直以為曹朋就生活在譙縣……也難怪，自曹朋成名以來，他的過往在有心人的掩飾下，或多或少的被隱瞞起來，以至於很多人並不清楚他的真實身分。沒想到曹朋居然生活在這樣一個環境裡！

不過，越是如此，就越是讓龐德感到敬佩。

如此艱苦條件，仍有今日之成就，此非等閒人可以為之……但是，公子和我說這些，又是什麼意思呢？

「……那時候，我父親有一個至交，名叫王猛。」

「南部都尉，王猛？」

「你也知道他嗎？」

龐德苦笑一聲，心道：我如何能不知道？好歹我在涼州多年，豈能不知南部都尉？

曹朋笑了笑，並沒有追問下去，而是自顧自的說起了往事。

「於我而言，生平除父母妻兒之外，最感激的便是猛伯。當年若沒有猛伯的關照，我恐怕早已不在人世……令明，說了這麼多，沒別的意思。我剛才做了一個夢，一個非常古怪，而且不好的夢。這個夢，也讓我無法平靜，所以找你來，是想請你往臨洮一趟，代我去探望一下猛伯和我那虎頭兄弟。臨洮令石韜，是和徐軍師一同投奔於我，也算是自己人。你到了臨洮之後，若猛伯那邊情況不妙，你就暫留在那裡，助他一臂之力。若有危險，你務必要護我猛伯的周全。」

說罷，曹朋凝視龐德，「令明，我可以將此事，託付於你嗎？」

龐德說實話，並不願意離開鸞鳥，可曹朋把話說到了這個分上，足以表明他的態度。

同時，這何嘗不是曹朋對他的一種信任？比起馬騰那種只為一樁莫須有罪名，便把他趕到龍耆城受罪的行為，曹朋這種看似讓他脫離戰場的舉動，更像是一種對他的託付和信任……

龐德二話不說，俯伏在地。

「末將必誓死保得王都尉周全。」

「如此，我便可以放心了……我的飛駝兵，一併帶走。到了臨洮以後，務必多加小心。我估計，那馬騰對隴西郡虎視眈眈，你切莫掉以輕心。他雖失了武威，可瘦死的駱駝比馬大，還是要小心提防。馬騰詭詐，須小心才是。你到了臨洮之後，就先在我猛伯帳下效力……待時機成熟，我自會從武威出擊。到時候你我聯手，奪取金城，則涼州之亂，也就可以平息了。」

「末將明白！」

「我這邊，讓安平留下即可。你和姜冏一同出發，我就不囉唆了……你現在就去準備，越早動身，越好！」

不知為什麼，曹朋心裡很亂。

龐德也不敢再逗留，二話不說，拱手與曹朋告辭，然後叫上了姜冏，便匆匆離去。

飛駝兵，也就是早先的飛眊。

自從曹朋把黑眊變成了白駝兵之後，飛眊之名也就隨之取消。

飛駝百騎，共一百零八人，人手三匹大宛良駒，騎射出眾，所配備的甲胄也和普通士兵不一樣，清一色的鐵甲，戰馬更配有馬鎧。從某種程度上而言，曹朋的飛駝百騎已具備了重騎兵的雛形，所使用的兵器，也都是統一打造而成的丈八長矛，用以衝鋒。把飛駝百騎交給龐德帶走，曹朋相信，足以保王猛安全。

不過，他還是不太放心。在屋裡呆坐片刻後，突然在書案上鋪開了紙張，奮筆疾書。

「來人！」

「喏！」

「喚伯從前來。」

伯從，便是耿林。

只片刻光景，就見耿林匆匆跑來。

曹朋把一封書信，遞給耿林，「立刻派人，以六百里加急趕赴紅水縣，命郝昭率部渡河。這裡有一封書信，是給安定郡張太守！到時候讓郝昭把書信轉交張太守，向張太守借一些兵馬，而後即刻趕赴隴西郡，協助南部都尉王猛守禦臨洮。」

「喏！」

耿林一聽六百里加急，也是嚇了一跳。

在東漢時，分有百里加急、二百里加急、四百里加急和六百里加急四種形式。這六百里加急，屬於最高等級，代表著事態重大。

耿林雖然不清楚究竟是什麼狀況，可六百里加急出口之後，也讓他不敢再多問半句。他立刻告辭離去，安排信使，趕赴紅水縣。

曹朋站在門廊之上，手指輕輕叩擊欄杆，自言自語道：「伯道之鐵壁，龐德之驍勇，此二人若到了臨洮，想必可以令臨洮無虞……嗯，最好再派人往長安，請衛將軍多加留意。」

曹賊

第八十章 涼州大決戰(一)

想到這裡，曹朋長出一口氣，而後拍了一拍額頭。

天，亮了。一輪紅日噴薄而出，陽光照耀大地。

曹朋一襲月白色大袍，領著龐明走出縣衙。

昨日和馬超一場惡戰，想必那馬超定然不會服氣。為了吸引馬超的注意力，掩護徐庶和閻行順利搶占盧水灘，曹朋決定，今日主動搦戰，去找那馬超的麻煩。

這些日子來，都是馬超搦戰，現在也該是他出手，打壓一下馬超的氣焰。

他剛準備去校場點起兵馬，卻見耿林行色匆匆，一路小跑來到了他的跟前。

「公子，剛得到探馬消息，馬超昨夜兵退二十里，似有意回還張掖縣。」

「啊？」曹朋聽聞，不由得大吃一驚。

馬超撤兵了？

不對，這可不是馬超的行事作風……難道說，他發現了徐庶和閻行的行蹤嗎？

不可能啊！如果他覺察到了自己的意圖，定然會向西移動，而非向南。

馬超這一手，的確是有些出乎曹朋的意料之外。馬超在這時候撤兵，又是什麼居心？

曹朋沉吟片刻後，「伯從，你留在城內。安平，立刻點起兵馬，隨我出城觀看。我倒要看看，馬超這一次究竟是何用意。」

隴西，臨洮——

石韜在大廳中徘徊，神色顯得有些緊張。

他剛得到消息，漢中張魯以大將楊昂、楊任，率八千精兵，突然自漢中出擊，攻占了武都郡沮縣。

張魯這個時候出兵，不免有些詭異。聯想到湟中轟轟烈烈的兩羌之亂，石韜心裡頓時生出了一種不祥的預感，情況似乎有些不太正常。

他喚來親隨，準備派人前往羌道，提醒王買留意兩羌動靜。

可就在這時候，一名渾身浴血、遍體鱗傷的軍卒，在親隨的帶領下，跌跌撞撞進來。

「石臨洮，大事不好！馬騰偷襲河關，王都尉兵敗白石，被馬騰圍困，懇請援兵！」

石韜一怔，手中筆啪的一下掉落，半天說不出話來……

章十九 涼州大決戰（二）

白石，於東漢年間新置。

自漢末動亂以來，隴西郡人口銳減。河關、白石、袍罕三縣，加起來竟只有五千六百二十八戶，兩萬九千餘人，衰敗得已不成模樣。然則，河關終究是金城郡和隴西郡之間的門戶。即便是衰敗如斯，韋端也沒有放棄對河關的駐防，由王猛來接掌。

建安九年九月，馬騰突襲河關縣。王猛在毫無防備的情況下，大敗而走，敗退至白石縣駐守。這白石縣與其說是一個縣城，破敗得甚至比不得河西的紅水集。城內人口只有六、七千人，當聽說敗軍抵達，一下子又減少了一半有餘，甚至湊不足三千百姓。

好在，白石縣的城牆還算完整，沒有什麼缺失。

王猛登上城門樓，手扶垛口向遠處眺望。只見西涼兵源源不斷而來，瞬息間將白石縣包圍個裡三層、外三層，水洩不通。回身，向城裡看去，只有兩千餘人……王猛咬著牙，凝視逼近的西涼兵，深吸了一口氣之後，厲聲喝道：「兒郎們，備戰！」

奔走一夜的曹軍，精疲力竭，但是聽到王猛的呼喊，猶自咬著牙，登上城樓。

「都尉、都尉！」一個青年匆匆跑上前來，面帶驚喜之色，「剛才清點府庫時，發現武庫內尚有投石機三架，箭矢無數。」

「哦？」王猛一聽，也是萬分驚喜。他原以為白石縣的府庫裡不會留存什麼東西，沒想到居然還能找到這麼多的軍械。

「兒郎們，咱們堅持一下！我已命人前往臨洮和狄道求援，不出三日，援兵必至。咱們食國家俸祿，報效國家就在今日。只要能撐過三日，那就是大功一件，到時候我會向朝廷為大家請功。」

「都尉，放心吧，三天沒問題！」

王猛在軍中的威望不弱，所以軍卒們雖士氣低落，卻一呼百應。

見此，王猛不禁鬆了一口氣，心想：也不知石廣元是否已接到了消息……

同時，他隱隱感覺有些不太正常。按道理說，馬騰此前一直是盯著狄道，怎麼忽然間調頭來攻打河關？而狄道方面，竟然全無半點反應，著實怪異……

他來隴西快兩年了，總體而言，對這裡的情況還算熟悉。從狄道出兵來白石，只需要渡過洮水，不須兩日即刻到達。韋端也不是個糊塗人，說不定現在已經得到消息。只希望能堅持三天，待援兵抵達後，即可脫身。

城外，傳來了悠長的號角聲。王猛連忙帶人返回城頭，舉目觀瞧。

只見一名年過五旬的將領，催馬來到了城下，「某乃前將軍，槐里侯馬騰，王都尉可在？」

他就是馬騰？

王猛沒有見過馬騰，也沒有和馬騰打過交道，此時見到，卻覺得這馬騰外貌雄毅，頗有幾分威武氣概。

王猛大聲道：「馬槐里，爾乃朝廷命官，身受皇恩，何故犯我邊界？」

涼州大決戰(二)

「正因馬某是朝廷命官，所以更不得坐視朝中被奸臣所控。我知王都尉是明白人，你我雖未交道，但也聽說過都尉大名。故馬某勸都尉一句，所謂識時務者為俊傑，今奸臣當道，都尉同樣身受皇恩，何不與馬某共襄義舉，討伐那奸賊？」

馬騰口中的奸賊，自然就是曹操。

他也知道王猛和曹氏的關係密切，不過考慮到臨洮縣的位置，他還是決定勸降王猛。如果王猛願意歸降，那麼他就能兵不刃血的拿下臨洮，完成他的計畫。

王猛聽聞，不由得大笑：「馬槐里，欲使王某為那第二個韓文約？」

你別說得冠冕堂皇，你若真是為了朝廷，就不會偷偷摸摸，連自己的盟友韓遂都幹掉。

王猛如今也不是當年那個剛從中陽山走出來的獵戶，在朝堂上歷練幾年，說起話來也頗不客氣。

馬騰聽聞，頓時大怒……謀殺韓遂，可算得上是他的一著敗筆。原本想吞掉金城，壯大實力，不成想卻丟了老家武威郡，以至於如今他的狀況頗為尷尬。

「王都尉忠直，某也不會為難於你。若都尉不肯降，只要獻出臨洮，馬某便放你離去。你看如何？」

「馬槐里，莫非以為人人皆是那不忠不孝、不仁不義之徒嗎?王某奉命出任南部都尉，豈能任你奪取臨洮?馬槐里，我倒是有一言相勸。想你也是名將之後，莫一錯再錯，到頭來平白汙了你祖先的名聲。你想取臨洮，就放馬過來……」

話說到這個程度，基本上也就算談崩了。

馬騰惱羞成怒，厲聲罵道：「王猛，爾既欲死，今日馬某，就成全了你的忠孝之道！」說完，他撥馬就走。

當馬騰返回本陣之後，西涼兵的軍陣中立刻響起了隆隆鼓聲。

王猛眉頭一蹙，看著城下那密密麻麻的西涼兵，心裡也不由得暗自嘀咕起來……

不過，事到如今，他也不可能回頭。

誰都可以降，偏他不能降。因為，在他身後的不僅是他一個人，還有王買，還有曹汲一家，都與他休戚相關。

「兒郎們，準備迎敵！」

看著城外簇動的西涼兵，王猛一咬牙，隨即喊出了命令。

不管怎麼說，都要頂住三天！

隴西，狄道——

刺史府內，韋端在習慣性的睡了一個午覺之後，精神抖擻的走出臥房。

「主公，臨洮令石韜，在門外已恭候多時，言馬騰偷襲河關，王都尉被困白石，懇請主公出兵相助。他從晌午一直等到現在……主公，是不是要見他一下呢？」涼州從事李俊，上前稟報。

韋端清臒的面容上，浮出一抹森然之色。

「我已傳令義山調撥兵馬，想必很快就有結果。今狄道也面臨西涼大軍威脅，我如何抽調出兵力來？王都尉才華高絕，斷然不會有事，就讓他再堅持一下。一俟楊義山兵馬準備妥當，便立刻出兵救援。至於那臨洮令，讓他回去吧……非是我不願出兵相救，實無能為力。張魯攻取沮縣，武都郡岌岌可危；湟中兩羌暴動，也需要派兵馬平撫，我手裡確實無兵。」

李俊張了張嘴，有心再勸說兩句，可是看韋端那嚴苛的神色，到了嘴邊的話又嚥了回去。

「那我這就讓石廣元先返回臨洮。」他拱手與韋端告辭，卻沒有看到韋端臉上透出的森然冷意。

從迴廊拐彎處走出一個中年男子。他來到韋端身旁，垂手而立，直到李俊的背影消失不見……

「父親，真不救那王猛嗎？」

九十章

涼州大決戰(二)

中年人，名叫韋康，是韋端的長子。

這韋端是京兆韋氏族人，如今為涼州刺史，拜太僕之職。

他冷笑一聲，「為何要救？馬騰不過是借道隴右，我遂了他的心意就是。元將，此時此刻，切不能有半點心思手軟。馬騰去了武威，答應讓出金城。只要咱們控制住金城郡，再算上漢陽隴西，還有敦煌馬艾，足以保住咱們在涼州的利益。」

「王猛那廝，仗著是朝廷所派，好生無禮。他出任南部都尉以來，已壞了咱們幾次好事，我又豈能輕易放過他……等三天，三天之後再出兵援救。他王猛若真有本事，自然可以撐過三日，若沒有本事，也就怪不得我。倒是湟中那邊，鬧得有些過了……你這兩日得空走一趟白龍江，讓白馬羌和參狼羌見好就收。羌道與他們，除此之外，一概不應。」

「那武都郡……」

「武都郡的事情，你莫要插手。張魯不過是配合馬騰而已，反正那武都於我們而言，並無什麼用處，讓給馬騰又有何妨。只要咱們拿到了金城郡，就可以輕而易舉的占據半壁涼州，何樂不為？」

韋端露出陰森的笑容。

沒錯，他對王猛的怨念很大！

而這怨念，恰恰源自於王猛那南部都尉的身分。

世家大族的生存之道有許多種，商業也算作其中一部分。世家傳承，猶重家學，但如果沒有足夠的財貨支撐，也難以持久。韋氏立足京兆，同樣擁有他們自己的商業，而這其中，向羌胡出售軍械兵器以及食鹽等禁運物資，占據了極大的比重。以前，韋端可以憑藉他涼州刺史的身分為所欲為，不受任何限制，可自從王猛出任南部都尉以後，幾乎把韋氏的商路斷了一半。

韋端向湟中諸羌私售鹽鐵，必經臨洮，而臨洮恰恰是王猛駐紮之地，盤查極為嚴格。

一開始，韋端也不想和王猛鬧得太尷尬，曾私下裡接觸了兩次。

他的意思是，讓王猛睜一隻眼閉一隻眼，這樣一來大家的日子都會好過一些。可誰知道，這王猛是茅坑裡的石頭，又臭又硬，對韋端的暗示，他全然不理，一如平常嚴格盤查，使得韋氏損失慘重。這也使得韋端對王猛無比仇視，只不過礙於王猛的身分，他也不好處置。而且，王猛掌控諸羌，手中頗有兵力，這也是讓韋端感到顧忌，擔心長此以往下去，他這涼州刺史將會名存實亡。

如今，終於有機會除掉王猛，韋端又豈能放過？

馬騰派使者，告訴他希望借道隴右，前往武都……作為代價，他可以讓出金城郡。

韋端對金城早有圖謀，只是之前的韓遂、如今的馬騰，都不是他可以對付。

馬騰要離開金城郡？而且願意將金城郡交給他？如此誘惑，他又豈能拒絕？於是，他便答應了馬騰的要求，才有了馬騰偷襲河關之舉。

接下來，他就是等待，等馬騰讓出金城後，他便可以派人前去接手。韋端甚至已經想好了金城郡太守的人選，便是他手下的親信趙衢。王猛死了，他可以繼續控制往湟中的商路，大發其財；馬騰走了，他可以得到金城郡，從而是韋氏控制住半壁涼州，實力壯大。

想到這裡，韋端不由得哈哈大笑……

他轉身，走進了書房，推開窗子，但見院中菊花綻放，好不動人。

心情頓時變得大好，韋端一撇嘴，自言自語道：「王猛，你既然不識抬舉，就休怪我無情！」

建安九年九月，涼州再次動盪起來。

繼韓遂被殺，馬騰失西涼之後，漢中張魯突然出兵，接連攻占沮縣、河池兩縣。

九月初，馬超奇襲張掖縣，兵臨鸞鳥城下。隨後，馬騰先是佯攻隴西、漢陽兩郡，而後突然掉頭，

偷襲河關。南部都尉王猛猝不及防，敗走白石縣，被馬騰圍困。韋端則按兵不動，遲遲不肯出兵救援。

九月十日，羌道縣發生暴動。參狼羌出岷山，攻取羌道縣，而前往羌道視察的戎丘都尉王買，倉皇逃離羌道，下落不明。

一時間，整個涼州似乎被戰雲所籠罩。

曹操得知以後，也是大驚失色。他急令新任京兆尹，都護將軍曹洪火速趕赴長安，調集兵馬，馳援涼州。此時，曹洪剛得了任命，才堪堪走到雒陽。接到曹操的命令之後，曹洪也嚇了一跳，他可以立刻趕往長安，可問題是，關中無兵啊！

這時候，身為長安司錄參軍，負責協助曹洪的陳群，獻上一計：既然關中兵力空虛，而關中兵馬還集結在通天山附近，一時無法返回，那不如向曹仁借調兵馬，讓龍門山中郎將甘寧率部進駐長安，足以解燃眉之急。

曹洪一聽，立刻同意。他當然知道那甘寧驍勇善戰，一身武藝在曹操帳下可位列於前十位。而且，甘寧和曹朋關係莫逆，可說是曹朋一手推薦上去。曹朋和他又有著極為密切的聯繫，這也使得他可以深信甘寧。由甘寧入關中，的確是最佳選擇。

於是，曹洪在雒陽啟程的同時，兵分兩路，一方面派人前往河東，找曹仁借兵；另一方面則派人前往龍門山，命甘寧準備。他則自領親隨，星夜趕赴長安，以應對涼州發生的種種變故。

建安九年九月中，白石縣告破。

與馬騰鏖戰四日，卻遲遲不見援兵的王猛，終於抵擋不住西涼兵凶猛的攻勢，全軍覆沒。王猛在城破之時，縱火焚燒縣衙，自刎於大火之中。

石韜曾率部想要救援，無奈手中兵力太少，在袍罕遭遇馬騰伏擊之後，去向不明……

馬騰在奪取了白石之後，順勢攻占臨洮。

大軍兵鋒陡然轉向，直指狄道。韋端抵擋不住，只得撤狄道，帶家人逃往漢陽。

曹朋呆滯的站在庭院裡，看著那爬滿了院牆，卻又呈現出凋零之色的紫丁香花，一動也不動。

第三天了！

隴右風雲突變，曹朋在十天後才得到了消息。

王猛戰死，王買和石韜下落不明……曹朋好像傻了一樣，一下子變得茫然不知所措起來。馬騰終於動手了，他明明知道會出現這樣的情況，卻無法改變結局。

哪怕是當上了大將軍，又能如何？

連自己的親人都無法保護，又有什麼用處！

曹朋沒有哭，也沒有落淚。不過卻好像一下子失了魂魄一般，再也提不起半點精神。

「公子！」

一個怯生生的聲音在他身後響起。曹朋驀地轉身，就看到甄宓站在不遠處，目光中帶著一絲畏懼。

「蔡姐姐請你用膳。」

原來，耿林見曹朋情緒有點不對勁，立刻派人前往姑臧。

原本步鸞和郭寰要過來，但步鸞的身子已經不大輕鬆，郭寰只得留下來陪伴步鸞。蔡琰聽說後，便自告奮勇，帶著甄宓一同前來鸞鳥。甄宓如今還在協助蔡琰背書經典，不過已基本完工。五百三十餘部經典，比之歷史上要多出一百多部，也算是一件了不得的功績……接下來，就是抄錄，而後派人送往許都。

不過這些事情，蔡琰已不去理會。趙昂的妻子王異，主動承擔起了校對整理的工作。

閒下來的蔡琰也頗感覺無趣，得知曹朋在鸞鳥有點不太正常，她也不知是出於什麼心理，竟鬼使神差似的跑過來。

而甄宓呢？她本不願意來，但在家人的勸說下，還是隨著蔡琰同行。用甄堯的話說：「小妹此去鸞鳥，不為別的，但求與公子多些接觸。甄氏今不如昔，若沒有曹公子支持，日後必然會有許多艱辛。妳看那蘇雙，捨家前來，卻已站穩了腳跟。而咱們呢？來得晚了，就需要更加主動才是……」

那話語中，幾乎點明了！

可甄宓又怎能捨得下臉來，去主動勾引？

她本就不是那種主動的女子，雖說這年月禮教大防還沒那麼嚴格，可這廉恥之心卻還是有的。但甄宓也知道，哥哥說的不錯！如今的甄家，的確需要有靠山，不過這並不代表她願意把自己獻出去。她隨著蔡琰來，只是為了照拂蔡琰。可是當甄宓見到曹朋的時候，卻被曹朋的模樣嚇了一跳。在甄宓的印象裡，曹朋是個精壯魁梧的青年，好像有用不完的精力，可現在……

曹朋清瘦了很多，顴骨都凸現出來了，眼窩深陷，氣色壞敗。最可怕的，是他那一頭原本烏黑的長髮，似乎在一夜間增添了許多花白，以至於讓人看著就不由得心碎。

「我知道了。」曹朋淡淡道：「煩勞小姐和蔡大家說，我不餓。」

「可是……」

曹朋不等甄宓說完，甩袖走向了書房。

甄宓眼圈刷的一下子紅了，眼眶裡水光閃閃。她知道曹朋並非是針對她，可這心裡面，還是感覺到很不舒服。從小到大，幾乎所有人都圍著她、捧著她……即便是後來嫁給了袁熙，袁氏兄弟反目，可對甄宓而言，卻沒有太多變化。

自從被蘇雙綁架過來後，甄宓覺得自己好像從天上一下子墜落到了人間……

以前那種眾星捧月的感覺，似乎一去不復返。

她，就好像一個普通的女孩一樣，似乎並沒有太多出彩之處。比起蔡琰的學識淵博，甄宓不如；比起步鸞的溫柔體貼、勤勞堅韌，甄宓不如；比起郭寰的精明，甄宓依然不如。和周圍的女孩子一比較，甄宓發現她好像誰都比不上。

這種失落感，讓她很不舒服。

而此次被兄長勸說著，前來鸞鳥，卻不想又是個熱臉去貼冷屁股的局面。曹朋似乎完全無視她的美麗和動人，使得甄宓更感難過。

在庭院裡站立良久，甄宓強忍著落淚的衝動，返回後宅，把情況告訴了蔡琰……

進了書房，曹朋站在沙盤跟前，手裡拿著一支支彩色小旗，推演戰局。

馬超最近的表現非常古怪，兵退二十里後，就不再有任何的舉動。說他要返回張掖？不像！看他的樣子，並沒有收兵的意思。事實上，曹朋能隱隱覺察到馬超的意圖，他占領張掖縣的目的，就是為了拖住自己，令自己無法分心於他處。

這個他處，自然就是隴西！

可不得不承認，馬超這一舉動，的確是讓曹朋很難受。

他有心出兵，卻又要考慮馬超的威脅。這傢伙就好像一根釘子，死死的楔在曹朋的心頭，讓曹朋如鯁在喉，難受異常……

這絕非馬超能想出來的招數，此乃陽謀。就算是曹朋知道了馬超的意圖，卻偏偏化解不得。如今，馬超屯兵於鸞鳥二十里外，退可返回張掖縣，進可攻擊鸞鳥縣；同時，他駐紮的地方又恰恰和盧水灘拉開了一個距離，使得曹朋此前的布置一下子落空，難以實現目的。

徐庶和閻行悄然屯紮盧水灘。本來一個很好的計畫，卻因為馬超這意外的撤兵，一下子變得撲朔迷離起來。

想要偷襲馬超？

有些困難！馬超守禦森嚴，沒有露出破綻。

若偷襲張掖縣呢？似乎也沒有可能。一旦徐庶不能迅速占領張掖，勢必要面臨腹背受敵的局面。

馬超這一手，無意中使得鸞鳥的戰局，出現了一種僵持和焦灼。他撤退二十里，其作用恰好和曹朋命徐庶駐紮盧水灘一模一樣。

站在沙盤跟前，曹朋不斷進行推演，試圖將這個死局破開。偏偏，他找不到頭緒。

令居的西涼主將，是韓遂昔日八部將之一的程銀。

《演義》裡，這就是個跑龍套的角色。可實際上，韓遂麾下八部，各領一軍。程銀能獨領一軍，本身也就說明了一些狀況，至少這個人絕非《演義》中那麼的無能……

龐統身邊，有潘璋、韓德兩人，屢屢想要將程銀解決，但程銀也非常狡猾……

龐統出擊，他就退回令居，嚴防死守；龐統撤退，他立刻出擊。程銀所部出擊的距離也不遠，圍繞著令居縣五十里的範圍內活動，如此一來，使得龐統也格外難受。龐統在蒼松，是進不得、退不得，和曹朋所面臨的情況，竟然出奇相似。

武威郡，以蒼松和鸞鳥為掎角之勢。而金城郡，則是以令居縣和張掖縣相呼應……

一方是拒不應戰，另一方求戰不得。這種僵持膠著的情況，令曹朋也感到束手無策。

推演良久，曹朋突然暴怒，把手中的小旗，狠狠的摔在了地上。

如今的勢態，必須要有一支奇兵來破壞這種平衡。可這支奇兵，又從何處尋找？

還是沒兵啊！

曹朋突然發現，自己似乎犯了一個錯誤。在這個時代，動輒幾十萬、百萬大軍的出擊，而他卻要走精兵路線……三國的戰場有多大？他即便是有精兵，也只是在局部戰場上取得勝利，但在大局上始終處於劣勢。就比如官渡之戰時，表面上看只是中牟一處戰場，可實際上呢？青州、兗州乃至於豫州，三州之地處處是戰場。若非老曹兵力充足，只怕早就被袁紹打得千瘡百孔……

而今，馬超屯兵張掖縣，正恰恰擊中了曹朋軟肋。

兵力不足……

正因為兵力不足，所以曹朋無法摧枯拉朽一般的進行攻擊。

正因為兵力不足，他不得不分兵守禦，如此一來，卻變成了守有餘而攻不足的局面。

可這也是沒辦法的事情。河西郡人口稀少，胡漢混雜，本就沒有太多兵力。吞下了武威郡之後，又要安撫百姓，物資也略顯不足，自然無法大肆徵召兵馬。

他需要的是一個穩定的河西走廊，而不是流民四起的戰亂之地。所以必要的休養生息無法避免，也造成了曹朋不可能去大規模的徵召士兵……真是一件為難的事情啊！這樣子持續下去，對曹朋而言，絕非一件好事！

忽然，門外傳來了輕弱的腳步聲。緊跟著，一陣飯香飄進來，讓曹朋回過神來。

是餃子！

他一下子就聞出來，那是餃子的香味。扭頭看去，就見蔡琰捧著一個托盤，甄宓和阿眉拐一個抱著酒罈，一個拿著杯盞，緊跟在蔡琰的身後進來。

「蔡姐姐……」曹朋疑惑的看著蔡琰。

說起來，他和蔡琰也認識了近兩年之久。從一開始的彼此陌生，到後來曹朋為蔡迪——也就是阿迪拐的老師，兩家漸漸熟悉，走動的也日趨頻繁。蔡琰在河西，沒有其他的依靠，而曹朋呢，在河西同樣是人生地不熟，所以兩人時常接觸，一來二去之下，曹朋也就改了對蔡琰的稱呼。有外人在時，他還是會喚蔡琰『蔡大家』。不過在私底下時，他卻稱呼蔡琰為『姐姐』，這也使得兩家的關係變得更為密切。

蔡琰長途跋涉來到鸞鳥，也讓曹朋很感動，只是他因為王猛的噩耗而悲慟，所以顯得有些怠慢。看著那熱氣騰騰的餃子，曹朋有心發怒，卻實在不好意思……

「弟弟忙於軍務，做的好大事。可也要保重身體，莫累壞了……你如今可是有兒女的人，小鸞的身子也一天天大了，更需要你多多保重才是。莫要到頭來，兒女孤苦伶仃，那才是一樁慘事。」說著，蔡琰把食盤擺放在小案上。

阿眉拐很乖巧的走過去，將杯盞放下，然後怯生生道：「請叔父用飯。」

而甄宓則走上前，把酒罈子放在一旁，而後退到一邊，低著頭，也不吭聲……

曹朋搔搔頭，突然長出一口氣。他也清楚，自己這幾天的情緒非常不好，以至於很多人都在暗地裡為他而擔心。

他搭手向蔡琰道：「勞姐姐費心。」

然後他又看了甄宓一眼，沉聲道：「甄小姐，剛才朋有些無禮了，還請小姐莫怪。」

甄宓的眼睛，刷的一下子又紅了，心裡的那點委屈，卻隨著曹朋這一句道歉，一下子煙消雲散，再也不見了蹤跡。

「公子不要這麼說，是甄宓不曉事，剛才打攪了公子的思考，怪不得公子。」

「好了好了，莫再客氣。」蔡琰倒是很大方的把曹朋推到了小案旁坐下，「快吃吧，再放下去，只怕會冷了。」

那邊，阿眉拐乖巧的給曹朋滿了一盞酒，「叔父，請酒。」

脆生生的聲音，在曹朋耳邊迴盪，令他心裡不由得一動，眼淚忍不住在眼眶中打轉。曾幾何時，他也是這般呼喚王猛。而今，王猛不在，王買下落不明，更讓他牽腸掛肚……接過酒盞，他抿了一口，輕輕拍了拍阿眉拐的小腦袋瓜子。

「阿眉拐真乖，日後也不知誰家兒郎有福氣，能娶得阿眉拐這般的媳婦。」

「弟弟休要胡言。」蔡琰說著，夾了個餃子放在曹朋面前的小碗裡，「快點吃吧，再不吃就要涼了。」然後在一旁，為曹朋收拾那桌案上的物品。

而曹朋則坐在小案後，一口一個餃子，吃得格外香甜。

「弟弟，可還在為金城軍務而憂愁嗎？」

「嗯！」曹朋嘴裡塞滿了餃子，含糊的點了點頭。

甄宓聽蔡琰說起了軍務，連忙帶著阿眉拐悄悄退出了書房。這種事情，蔡琰可以當作家長裡短和曹朋閒聊，但她卻不能在一旁聆聽。這是個規矩……

甄宓畢竟也是出身大戶人家，多多少少知曉這禮法。她和蔡琰又不一樣，她是俘虜，沒資格過問；而蔡琰卻是聲名在外，曹朋對蔡琰的尊敬，也使得她少了許多顧忌。

「姐姐也知兵事？」

「倒算不得知曉，不過當年元歎師兄在家父門下求學時，偶爾聽他們提到過罷了。」

「元歎師兄？」曹朋覺得這名字好生耳熟。

蔡琰笑著說：「便是那吳郡顧氏的顧雍顧元歎。」

顧雍，是蔡邕的學生嗎？

曹朋還真的不是特別清楚……若非蔡琰主動提起，他甚至不知道兩人有這麼一層關係。他見過顧雍！不過，那是很多年以前的事情。

當時他陪著荀衍出使江東，無意間破壞了孫權的一樁陰謀，好在顧氏和松江陸氏成功聯姻，也算是成就了一樁功德。而今，陸遜和顧雍都已經入仕，而陸遜的弟弟陸瑁，卻在許都的太學裡求學……一晃，這麼多年過去，當年之事，猶歷歷在目。

曹朋不禁笑著，提起了當初與顧雍相識的事情。

蔡琰也是第一次聽曹朋談起這件事，不由得微微動容，「弟弟竟與顧師兄相識？」

夜深了！

曹朋睜開眼睛，只覺得頭痛欲裂。喝了一下午的酒，到最後也不知道都說了什麼，反正醒來時，發現自己已倒在臥室的榻上。

翻身坐起，只覺得身上涼颼颼的，有點不太對勁。低頭看過去，才發現自己竟是光著……

屋中生著火盆，倒也不算太冷。空氣中有一縷暗香，糅合著一種古怪的氣味，讓他心裡咯登一下。他不是初哥了！身體的反應告訴他，在他醉酒後，確實發生了一些事情。腦海中，酒醉前最後的一個畫面，似乎是和蔡琰坐在一起對酌。

是她嗎？

曹朋完全失憶了！甚至連自己幹過些什麼，都想不起來。雖然身體被擦拭過，可那殘留的記憶烙印，卻真實的告訴他，的確發生了一些事。

站起身，穿上了衣服。曹朋端起桌上的水碗，咕嘟咕嘟一飲而盡。渾濁的大腦似乎清醒了很多，但那空白的一段記憶，卻依然沒有浮現在腦海。

是蔡琰！曹朋可以肯定。

這算是酒後亂性，抑或是……

不可否認，曹朋對蔡琰很有好感，不僅僅是因為蔡琰的美豔，還因為她那淵博的學識。自南匈奴返還之後，蔡琰總是保持著冷靜，絲毫沒有為過往的淒苦遭遇而自哀自怨。

不只是曹朋對她有好感，包括郭寰、步鸞在內，也極為欽佩。

她有一種大家風範，同時又帶著成熟女人獨特的誘人風韻。曹朋承認，他偶爾也會意淫一下，卻始終不敢接近。畢竟，蔡琰的才學，不是他這個文化大盜可以相比。每每和蔡琰一起談論詩詞文章，曹朋都戰戰兢兢，有一種如履薄冰的感受。

而現在……

「安平！」

曹朋穿好衣服，走出了房間。暮秋的夜風很涼，讓他忍不住打了一個寒顫。

從門廊拐角走出一個壯碩男子，正是龐明。只見龐明快步上前，搭手行禮道：「公子，有何吩咐？」

「我……」曹朋突然不知道該怎麼說了。難道問龐明，他是不是和蔡琰睡到了一起？

想了想，他輕聲道：「蔡大家回去了？」

「是，回去了快一個時辰。」

「她沒事兒吧？」

龐明一臉茫然表情，「應該沒事兒吧……只是公子午後和蔡大家一直在飲酒，後來都過了量，蔡大家便在這邊歇息。當時末將被耿縣長喚去商議事情，所以並未當值。蔡大家走的時候似乎也沒什麼異常……公子，莫非是丟了什麼東西？」

曹朋頓時露出尷尬之色。

老子丟了貞操！可我能告訴你嗎？

他擺擺手，迅速恢復了正常之色，笑呵呵道：「沒有，只是擔心蔡大家酒過傷身。不過既然她沒事兒，那就好……算了，你下去歇息吧，有事情我會叫你。」

龐明躬身應命。

「對了，你兄長可傳來消息？」

「未有消息傳來。」

曹朋一蹙眉，並沒有再去詢問。

他命龐德前往隴西幫助王猛，至今卻沒有任何消息傳回來。當然了，曹朋並非責怪龐德，算算時間，白石縣告破的時候，龐德應該還沒有抵達隴西，這並不是他的錯。只是，龐德應該有消息傳回來才是……就算人沒有回來，至少也應該有個音訊。

可是龐德和姜冏，連帶著那一百零八名飛駝兵，如石沉大海一般，音訊全無，這讓曹朋多多少少感到擔心，莫非是出了意外？

曹朋不擔心龐德會帶著飛駝兵叛離，因為他也帶不走。再說了，龐德的性子憨直，而且極為忠誠。當初若不是馬鐵一而再、再而三的逼迫，硬生生把龐德逼反了的話，恐怕他也不會歸降曹朋。這個人的忠誠度極高，不可能朝秦暮楚，無須擔心。曹朋是怕龐德想不開，而發生不必要的事故……

他派龐德去保護王猛，結果王猛死了，臨洮縣丟了，石韜和王買下落不明。

龐德有的時候又是個認死理的人，萬一想不開，帶著飛駝兵找馬騰拚命，那可是萬分凶險。不行，得派人打聽一下龐德的下落……郝昭如今已抵達安定，聽說甘寧即將進駐關中，就讓他二人去打聽一下吧。

想到這裡，曹朋已有了主張，邁步走進書房。

書房裡很乾淨，一張書案，一張小案，還有那張巨大的沙盤擺在屋中。小案上的食盤已收拾乾淨，屋中有一抹暗香浮游，和臥室中的那種香味非常接近。
書案上整整齊齊，可一目了然。
曹朋點亮了油燈之後，在屋中呆立片刻……他發現，自己好像沒有早先那麼悲慟了，也不知道是什麼原因……雖然他依舊思念王猛，但好像少了一絲刻骨銘心。
輕輕揉著太陽穴，曹朋不由得苦笑起來：這可真是酒後亂性啊！
把油燈撥亮，他慢慢走到了沙盤旁邊，拋開了所有的雜念，目光復又落在沙盤之上。
令居——蒼松。張掖——鸞鳥。
四座城池映入眼簾，並沒有什麼變化。可是曹朋卻感覺到，他似乎隱隱約約捕捉到了一絲靈感。
也許……

翌日，天剛濛濛亮，曹朋便來到了花園裡。
園中的花朵大都已經凋零，只有幾株菊花猶自倔強綻放。地面上，鋪滿了凋零的花瓣，透出一種莫名的蕭瑟之氣。菊花殘……也許就是這麼一副景象吧。
不過，他並不是來看菊花的。
蔡琰有早起的習慣，起來後會帶著阿眉拐在花園中散步。
曹朋等了一會兒，就見那小徑的盡頭，蔡琰慢步而行，看上去非常輕鬆。她臉色紅潤，精神也非常好，神色頗為悠然。曹朋見到蔡琰，忙快步迎上前去……
「姐姐！」他搭手行禮，「怎起得如此早，不多歇息一下嗎？」
蔡琰的目光中，閃過一抹很古怪的神采，稍縱即逝。不過，即便是如此，卻被曹朋準確的捕捉到了！
一定是她……昨天一定是和她……酒後亂性，有了關係。可她為何看上去如此的輕鬆淡然，渾不在意呢？

章十九
涼州大決戰(二)

蔡琰道：「我每日都這時候起來，弟弟為何如此詢問呢？」

「我……」曹朋嘴巴張了張，不知該怎麼說才好。

倒是蔡琰顯得很輕鬆，好像什麼事情都沒有發生過一樣，「弟弟今天這是怎麼了？」

「呃……沒什麼。」

「嗯，卻要多注意身子，莫傷了。猛世父的事情，既然已經發生，也不必自責。這種事，誰也怪不得，重要的是要早點恢復過來，為猛世父報仇才是。對了，過兩日，我就要返回姑臧了。」

「這麼快？」

「是啊……姑臧那邊還有許多事情要做。總不成把什麼事情都推給王姐姐，我這個主事的，卻整日在外面逍遙快活。」

這原本是一句非常普通的話語，可不知為何，曹朋卻覺得有些怪異。

她在躲著我！

別看她裝出一副若無其事的模樣，其實她在躲著我！要不然，何來逍遙快活之說？要不然，她又何必急著離開？一定是這樣，她不知如何面對我，所以才要離開。

「對了，你這邊也需要有個照顧的人才是。」

「啊？」

蔡琰微笑道：「天寒了，你這邊軍務繁忙，戰事操勞，身邊卻連個照應的人都沒有……小鸞和小寰一時間怕過不來，就讓小宓留在這邊，也好多個照拂。那丫頭雖說有些笨手笨腳，但心卻好的，也頗體貼人，你可不許再欺負她……」

為什麼要用『再』？

曹朋沒有留意，只是點了點頭。如果沒有昨夜發生的事情，他說不得還要客氣兩句，感謝一聲。可是現在，蔡琰這一番話出口，在他看來卻好像是理所當然，並沒有什麼突兀。

他還想再說兩句，哪知蔡琰卻不給他機會，逕自離去。

「我自會小心。」

站在小徑上，曹朋搔搔頭……蔡琰給他的感覺，有點怪異，似乎是想要和他保持距離。

曹朋前世，就不是一個很會揣摩女人心思的傢伙，而重生之後，似乎也沒有機會讓他去歷練。他和黃月英也好，夏侯真也罷，能在一起更像是一種緣分。緣分到了，水到渠成，基本上沒有花費太多的心思。包括步鸞和郭寰也是如此！

如今讓他去猜測蔡琰的心思，還真有些頭疼。

想了想，他搖搖頭苦笑一聲，循著蔡琰來的路徑，離開了花園……

奇怪，怎不見甄宓呢？以前蔡琰來花園散步，甄宓一定會和她相伴，怎麼今天只蔡家姐姐一個人過來？

回到書房後，曹朋又站在沙盤旁邊進行推演。

馬超依舊沒有搦戰，和之前一樣，一方面保持著對鸞鳥的壓力，另一方面又嚴陣以待。

這傢伙，如同一頭刺蝟似的，讓人無從下嘴，既不打，也不退，讓曹朋感到非常頭疼。不過，曹朋的心思卻漸漸從眼前移開。他站在沙盤旁邊，目光越過了張掖縣，順著大通河，越過湟水，凝視允吾眼前，豁然開朗。

他似乎找到了一個破局之法，臉上浮現出一抹詭異的笑容。

「公子。」龐明在書房外，輕聲的呼喚。

「什麼事？」

「賈軍師來了。」

章十九

涼州大決戰(二)

「啊？」曹朋一怔，旋即喜出望外，連忙快步走出書房，沉聲道：「速速請軍師前來……」

北風呼嘯，從河湟平原吹來的西北風，捲裹著鵝毛大雪，漫天紛揚。

馬超站在中軍大帳外，看著漫天雪花，臉上透著幾分陰鷙，令他那張俊朗的面容，顯得有些猙獰。

「令居的糧草，還未送抵？」身後腳步聲傳來，馬超頭也不回的問道。

馬岱在他身後停下腳步，猶豫了一下，低聲道：「還未送達……我已經派人前往令居催促，但也不敢確定是否能討來糧草。李越昨日返回張掖，也不清楚能否徵收來一些。兄長，這眨眼間已經月餘，初雪已至，若糧草不濟，咱們可撐不了多久。以我之見，最好還是退回張掖縣，而後命人前往允吾，督催一下。」

程銀，是費沃的人！

令居在承擔著牽制蒼松曹軍的同時，還擔負著供應張掖糧草的任務。

張掖縣是一個以羌人為主體的縣城，大都是以畜牧為主，只有少部分人進行農耕。以往，張掖羌靠武威郡的供給而生，他們以牛羊馬匹，還有從河湟收購來的皮毛，向馬騰換取衣食住行的必需品。而今武威郡被曹朋占據，張掖羌又在交換的季節，反出武威郡，不可避免的出現了糧食、食鹽等各方面缺乏的窘況。

馬超自然也清楚這一點。

李越的忠心，無須他去懷疑。但要想從張掖搜集糧草，困難重重。近萬大軍，每日消耗糧草驚人，又豈是一個小小的張掖縣能夠擔負起來？

之前，依靠著金城郡源源不斷的供應，倒也能支撐一下。可現在金城郡的糧草出現問題，使得馬超頓時感到了莫名的壓力。

「如今，營中糧草，能支持多久？」

「上次程銀送來的糧草，所剩已不多了……晌午時我問過主簿，說是僅能支持十日。這還是李越帶走了一部人，如果李越的人返回，恐怕撐不過七日的光景。」

十天，聽上去非常美妙。

可實際上，這十天於戰場上而言，不過揮手之間而已……

如果李越徵收來糧草也就罷了，若徵收不來，勢必會有大麻煩出現。這打仗靠的是後勤，若後勤無法保障，於戰局有著至關重大的影響。馬超原本以為靠著金城郡的輸送，問題不大，可現在看來，只怕這金城郡未必能夠供給……

「不能動！」馬超苦笑一聲，「咱們之所以駐紮此處，也就是考慮到張掖羌負擔太重，如果咱們這時候回去，只怕張掖羌一日之間就會崩潰。八千兵馬的消耗，絕非張掖羌能夠支撐，咱們駐紮在外，張掖羌尚可以鼎力支援；若是回去了，只怕會立刻出現矛盾。李越雖說是張掖羌豪帥，到那時候也無法壓制住……」

馬超考慮得很周詳。

張掖縣人口甚至不足兩萬，本就是一個物資匱乏之處，之所以隨馬超起兵，更多是由於李越對馬超的崇拜和支持。一個物資原本連自給自足都無法保證的縣城，如果再增添八千兵馬，那所造成的衝擊，何其巨大。

馬超不敢，也不想去賭!他只盼望著，馬騰能儘快結束戰爭，這樣一來，便可以抽調出一部分力量，來增強對武威郡的壓力。這張掖縣絕不能丟失，一旦丟失，就喪失了馬家在武威郡最後一部分力量。所以，馬超才會在如此困難的情況下，仍堅持守在張掖。

「那，我再派人去催促一下？」馬岱輕聲問道。

「這件事，催促程銀用處不大，還是要看費主簿那邊……程銀，不過是費沃養的一條狗而已，催促他，還不如催促費沃。這樣，你持我令箭，立刻派人前往允吾，請費沃儘快調撥糧草。費成大屯兵洛都谷以及樂都縣，糧草很充足。只要費沃開口，由費成大那邊撥出糧草，最多五日，便可以緩解咱們的糧草匱乏。」

「到時候，可以命李越自張掖出擊，攻打盧水灘……曹友學以為他派人駐紮盧水灘，我不知道？嘿嘿，我只是在等一個恰當的時機。」

如果曹朋在這裡，一定會很吃驚。

這還是那個有勇無謀的馬孟起嗎？從他這一番言論來看，這傢伙絕對是個心思深沉的主兒，而且極能隱忍。不過想一想，也能理解。馬騰能坐鎮西涼，靠的就是馬超。當初郭援、高幹肆虐河東，不就是馬超領兵，協助曹操將郭援擊敗嗎？

一個能統領一軍的主兒，又豈可能有勇無謀？

馬岱答應一聲，領命而去。

馬超則帶著親軍，逕自向後營行去。

後營的面積並不是太大，卻守禦森嚴。兩名西涼武將看到馬超過來，連忙迎上前行禮。

馬超一擺手，沉聲問道：「怎樣，可打造出來？」

「大公子，這玩意兒其實並不難製作，末將已參照曹軍的裝備，命工匠製作出來。不過，馬鐙易做，馬鞍卻有些費事……咱們這邊沒有那麼多的皮匠，所以要完全依照曹軍裝備仿製，恐怕不太容易。末將有一個主意，可以用皮毛和粗麻混製，這樣的話，皮匠的壓力就會減少許多，而這種針線活，可以讓女人承擔。」

「效果呢？」

「相差不會太大，只是比不得全皮毛那般耐用罷了。」

馬超眼珠子滴溜溜一轉，突然道：「牽馬來。」

一匹踏雪烏騅，神采飛揚的從馬廄中被牽出來，看到馬超，希聿聿一陣長嘶，好不快活。這是馬超的坐騎，極為神駿。只是，牠此刻身上卻配著一副高橋鞍，馬鞍紮緊，兩隻馬鐙懸掛在馬腹兩側……

高橋鞍，雙馬鐙！

如果曹朋看到，又會大吃一驚。

馬超已經發現了曹軍的秘密。之前馬超和曹朋在鸞鳥城下交鋒，就覺察到了有些詭異。他發現，曹朋和他不過是伯仲之間，可不知為什麼，曹朋居然能夠在馬上連續發力，而且跨坐馬身之上時，顯得非常沉穩，令他感到有些好奇。他立刻猜出曹朋的手中必有巨大的秘密，於是命人收攏曹軍戰馬，很快便發現了高橋鞍和雙鐙的存在。

好在，除了飛駝兵和白駝兵之外，曹朋還未來得及在全軍推廣馬蹄鐵，否則馬中三寶的秘密，會盡數曝光。

立下營寨後，馬超調養數日，便開始命人著手進行馬鐙和高橋鞍的仿製。

這原本就不是什麼特別複雜的工藝，關鍵是一個認識。

你知道了，那麼工藝也就等於被破解了！你若是不知道，那還是一個秘密……

馬超扳鞍認鐙，翻身跨坐馬上，兩腳一磕馬腹，踏雪烏騅希聿聿長嘶，撒蹄在後營內奔跑。馬超身若巧燕，在馬背上做出各種動作，以檢驗這馬鞍和馬鐙的用途。只見戰馬飛奔，馬超人馬合一，引得西涼眾將連連喝彩。跑出了十幾圈之後，馬超猛然嘬口打了個悠長的口哨。

踏雪烏騅立刻停下來，馬超翻身下馬。

「大公子，如何？」

曹賊

章十九 涼州大決戰(二)

馬超哈哈大笑，「有此寶貝，我西涼鐵騎如虎添翼。立刻下令，加緊趕製馬鐙和馬鞍……嗯，趕製出來後，先配給我的飛虎近衛，而後再全軍推廣。至於那個混製的問題，飛虎近衛的八百副馬鞍須以皮毛為主，至於其他，可以考慮進行混製。總之，要儘快完成對全軍的更換，而後……」

馬超臉上閃過一抹陰森。

待我裝配這些東西以後，曹朋！咱們再較量一番，讓我看看，你究竟有多大的本事！

時間，一天天的過去，轉眼就已三日。

正如馬超所猜測的那樣，程銀沒有調撥糧草。

不過他的理由很充分，那就是令居也沒有太多的存糧。馬超在張掖牽制鸞鳥，令居同樣不輕鬆，必須要渡湟水支流，不斷出擊，對蒼松施加壓力，牽制蒼松。

令居的糧草消耗，同樣驚人。

據程銀說，他現在完全是靠著洛都谷的補給，根本沒有餘力來支持馬超兵馬。

程銀是金城郡人，曾經是韓遂部曲。韓遂死後，程銀和侯選便透過費沃這一層關係，得到了馬騰重用。而洛都谷的主將費龍，也就是費成大，是費沃的兒子。相比之下，他們同是金城人，而且費成大和侯選、程銀交往密切，自然不可能虧待了程銀。

但馬超就不一樣了……馬超和費龍沒有半點關係，更因為馬鐵的原因，費家和馬超並不和睦。

要讓費龍支持馬超，難度的確很大。

不過最主要的，還是費沃是什麼態度。如果費沃願意支持馬超，費龍自然也不可能刁難。可現在，費沃究竟是怎麼一個想法？誰也不清楚。隴西之戰如火如荼，費沃也沒有那麼多的精力來顧及馬超。馬騰攻取了狄道之後，將韋端父子趕去漢陽郡，但這並不代表馬騰就能輕而易舉的，將整個隴西郡都掌控在手中。

隴西郡十一縣，除了河關、白石、袍罕之外，馬騰只占據了狄道和臨洮兩處。除此之外，隨著韋端敗走，馬騰又得了首陽和安故兩縣，如今屯兵五溪聚，正在對漳縣用兵。也就是說，隴西十一縣，馬騰得了七縣，尚有五座縣城在抵抗。

其中，漳縣又格外重要。

馬騰並不想完全占領隴西郡，卻必須要奪取漳縣。

楊阜在救走了韋端父子後，命孔信和王靈二人，死守漳縣、襄武，才算是保住了漢陽郡不受戰火波及。但能夠支持多久，恐怕連楊阜自己也不太肯定。

涼州戰事，還沒有結束。在初雪到來之日，不過剛剛拉開了序幕而已。

馬超非常清楚這一點，但也知道費沃不太待見他。可現在他又別無辦法，只能依靠費沃的支持。若費沃不肯調撥糧草，張掖必敗。

馬騰勝，而馬超敗？

這絕不是馬超所希望看到的結果。那樣一來，會使他的聲譽暴跌……天曉得剛剛改變了主意的馬騰，會有什麼想法？

「費沃那邊，可有消息？」

馬岱苦笑道：「信使剛返回，言費主簿答應，會儘快籌集糧草，緩解張掖之危。」

「儘快？那究竟有多快！」

「……」

馬超哭笑不得！

不怕神一樣的對手，就怕豬一樣的袍澤。

章十九

涼州大決戰(二)

都這個時候了，你還壓制我，還想著要內鬥？你外孫已經死了，你閨女被曹朋擒獲，你手裡還有什麼資本和我叫陣呢？除非你再生個閨女，來當我小娘，否則這涼州的基業，早晚歸我所有……費沃，你這是在給你自己找不自在！

費沃的那點心思，馬超如何猜不出來？

可是，他現在卻沒有別的辦法。至少目前而言，若費沃不支持他，早晚必敗。

沉吟片刻後，馬超突然站起來道：「賢弟，這樣吧，我立刻帶人，前往允吾面見費沃，催促他調撥糧草。你和李越，一守軍寨，一守張掖，務必要防止曹軍偷襲。前日，探馬說曹朋因王猛之死，而一病不起，已返回姑臧。區區小計，焉能騙我？他這是想要引蛇出洞，騙我出擊……我偏偏不遂他心意，看他能堅持多久。如今，就看誰沒有耐性，先行出手。」

「我去允吾，最多三五日，在我沒有回來之前，你和李越謹記，不要輕舉妄動。一切待我回來，再做決斷。」

馬岱是個性子較柔和的主兒。換句話說，就是沒什麼野心，也拿不得主意。反正別人怎麼吩咐，他就怎麼執行。

馬岱是一個極為出色的執行者，而非是決策人。

這一點從《三國演義》裡就可以看出。馬岱隨馬超歸降蜀漢之後，並沒有特別出彩的地方，除了斬殺魏延……哦，那還是得了諸葛亮的遺囑而為之。幾乎他出場做的每一件事，都是以令而行。

這樣的人，不會有大成就，但也不會犯大錯誤。也就是不求有功，但求無過……

曹朋前世時，就和人笑言過：諸葛亮在蜀漢最大的成就，就是養出來一群聽話的狗。街亭之戰，若是馬岱為主將，說不得能大獲全勝。

可惜，諸葛亮最終卻選擇了一個不太安分的馬謖。

馬岱拱手道：「兄長放心，我會盯住曹軍。」

馬超點了點頭，也算是了結了一樁心事。當天，他點起兵馬，冒著風雪離開大營，直奔允吾而去。

只待我糧草充足之時，便是咱們決一勝負之日！

曹朋，你給我等著……

涼州大決戰（三）

時間過的飛快。

進入十月後，隨著第一場初雪到來，涼州的局勢逐漸出現了一些奇妙的變化。

張魯攻取武都郡之後，並未繼續出兵，而是命楊昂、楊任兩人分守故道和沮縣，屯兵東狼谷。這算是表明了張魯的態度：只要我漢中兩座大門，其餘興趣無多。

而馬騰初始時，可謂一帆風順，先是占領狄道，而後兵不刃血，奪取臨洮。

他命次子馬休率部進駐武都。原因嘛……很簡單！

馬騰和湟中兩羌頗有交情，無論是白馬羌還是參狼羌，對馬氏父子都很敬重。畢竟，馬騰身體裡始終流淌著羌人的血液，這也就註定了馬騰和羌人的不可分割，以及相互之間的依存。

馬休身為馬騰次子，和羌人也經常交道，所以由他接掌武都郡，最容易獲得羌人的支持……

武都郡，除漢人之外，占第二大的群體便是羌人，其與漢人的比例差不多是一比二。若非馬超在張掖縣牽制曹軍，說不得馬超便是最合適的人選。但馬超不能來，馬休也可以，他可以在武都郡獲得最大程度的支持——也就是羌人的支持！

事實上，也差不多如此。

馬休在進駐武都郡後，白馬羌滕子京、參狼羌王屠，各派出三千兵馬，協助馬休平撫武都郡。僅十餘日光景，馬休取羌道，得武都道，領上祿、下辨、河池共五縣，屯兵番塚山，與楊昂相互呼應，屯守武都門戶，形成了一道天然屏障。

總體而言，戰事出奇順利，馬騰占據了絕對的上風。

然而，隨著戰事逐漸的推進，馬騰在漳縣、襄武兩地久攻不下，士氣漸漸開始低落。而曹軍在經歷最初的慌亂後，隨著曹洪駐守長安，立刻展開了反擊。

十月十六日，河西郡長史郝昭奉命渡過大河，進駐安定郡。他持曹朋手書，向安定太守張既借調兵馬三千，連同自身所帶兩千人，迅速向漢陽郡馳援。

張既手中兵馬也不算太多，借調三千，已是極限，無甚贅言。

本來，韋端並不願意讓郝昭兵馬進駐漢陽，可楊阜的一席話，卻讓他不得不同意。

「明公今時，已無其他選擇。漢陽本非兵強馬壯，若無外援，恐難以持久。到時候，明公或死戰，或戰死，別無他途。曹公方定河北，損耗甚巨，恐不願接手此時涼州。若明公拒絕河西援軍，勢必會令曹公坐視不理……」

「明公當知，這是武威曹友學的友誼。明公拒曹三篇之善意，則長安曹子廉必不會再有動作。三輔兵力雖然空虛，但自守有餘。而那龍門中郎將甘寧，更出自曹友學門下，到時候又豈能與明公以援手？郝伯道既然馳援，明公當放手為之。否則的話，寒了眾人的心，於明公不利……」

韋端不希望曹軍進駐涼州，一方面是擔心大權旁落，另一方面，則還有心病。

王猛之死，是他一手造成，萬一……

不過在楊阜的勸說下，韋端也只有點頭答應。

十二章 涼州大決戰(三)

的確，如果沒有援兵，他恐怕難以抵擋住馬騰凶猛的攻擊。若繼續遲疑下去，恐怕整個隴西就要被馬騰所占據。馬騰若得了隴西郡，焉能不窺視漢陽郡呢？

十月二十日，郝昭率部南渡渭水，駐紮落門聚。

雖只五千兵馬，可是給馬騰帶來的壓力，卻極為巨大。落門聚西可馳援漳縣和襄武，南下只須兩日光景，便可以兵臨臨洮城下，威脅武都。

十月二十二日，馬騰下令張橫、李堪接掌臨洮，以防禦郝昭偷襲。

同日，曹洪在長安起兵，以中郎將甘寧為前鋒，率兩校共四千精卒，兵臨大散關。雖只有四千兵馬，卻是精兵強將。

甘寧手下兵馬，參與數次河東之戰，在霍大山和烏丸人連番血戰，經驗豐富，不是那烏合之眾可比。最重要的是，河東之戰結束後，關中兵馬在衛覬和曹仁督戰下，越過通天山，進駐並州。可甘寧的這些兵馬，卻被下令駐守於龍門山，得到了充分的休整，士氣極為高漲，今再臨戰場，就如同一群出閘的猛虎……

大散關外，便是古道和番塚山。

馬休和楊昂得知後，立刻率部偷襲，想要打甘寧一個措手不及。

哪知道，甘寧卻嚴陣以待。在馬休和楊昂抵達大散關當晚，他親率百名精卒，自大散關內衝出，直撲西涼和漢中聯軍大營。甘寧仗手中寶刀，斬漢中十二將，殺得聯軍狼狽而逃……

翌日，甘寧揮兵南下，直撲番塚山。馬休剛退回番塚山，甚至還沒來得及休息，甘寧已經殺到。雙方在番塚山下鏖戰一日，馬休大敗而走，退回河池。而甘寧也不追擊，屯兵於番塚山下，對武都郡虎視眈眈，同時和郝昭聯手，對臨洮形成了夾擊之勢……

漢陽、隴西為之震動！

甘寧，自刀斬文醜之後，聲名大振。

西涼軍士提起甘寧，莫不心驚肉跳，私下喚之為『甘猛虎』。

錦馬超，甘猛虎！

涼州這西北苦寒之地，在一日間，群英匯聚，變得格外熱鬧。

建安九年十月二十五日，曹洪親率六千兵馬，以陳群為軍師，兵臨大散關下！

從張掖縣到允吾並不太遠，只須渡過湟水，不過兩日工夫。

勒馬允吾城外，看著漫天陰霾下巍峨聳立的允吾城牆，馬超不知為什麼，突然生出了一種極為不祥的預感。這允吾之行，恐怕沒有他想像的那麼容易！

不過，他並沒有多想，因為這允吾，姓馬而非姓費。

城門口，門卒守衛森嚴，盤查進出行人。

馬超來到城下的時候，早有人前去通稟費沃。而門卒也沒有上前盤問，立刻放行，讓馬超一行人進入城中。那麻利的動作，讓馬超心裡面多多少少有些快意。

至少，這幫人還不敢來招惹我！

允吾縣城，作為金城郡的治所，原本極為繁華。

韓遂這個人有野心，好算計不假，但總體而言，他對金城的治理是相當得力。

自中平年間開始，韓遂奪取了金城郡。一晃近二十年過去，他在政務上的確是盡了心力。在韓遂活著的時候，金城郡人口增加了十餘萬，這在整個涼州人口都趨向下降的大環境下，更顯得難能可貴。

其中，歸化羌胡約五、六萬人，從河關等地區逃亡而來的流民，有六、七萬人之多。

這也是河關三縣為何只有兩萬九千餘人的主要原因。

章二十 涼州大決戰（三）

韓遂是金城本地人，更傾力打造一方樂土。即便是在涼州最為混亂的時期，金城在韓遂的治理下，非但沒有衰弱，反而日漸強大。

在這一點上，韓遂和馬騰不一樣。

馬騰是依靠兵強馬壯，四處征戰，來進行壯大和發展；而韓遂則更多是依靠治理，挖掘金城郡本身的潛力。所以即便是災荒年間，金城郡也沒有出現大規模的流民動盪，和周遭的羌氐部落也保持著極為友好、平等的關係。

允吾縣，作為金城郡治所，人口一度多達六萬。往來於關中和西域的客商，必經允吾，使得允吾縣格外繁華……

只是此時的允吾，全無當初韓遂治下時的熱鬧。長街上冷冷清清，透著一股淒冷。

馬超催馬在長街上行進，不由得眉頭微蹙。

「允吾，何至如此清冷？」他向領路的一名軍卒詢問。

那軍卒苦笑一聲，「大公子，整個隴西，都在打仗。」

隴西郡，是勾連金城郡和關中的必經之路。這『必經之路』戰火瀰漫，哪裡還會有商人往來？沒有商人往來，自然就少了許多活力，這也是在所難免的事情。

「可為什麼那些店鋪，都沒有開張？」

「沒東西可賣！」

「哦？」

「大公子有所不知，今主公在隴西用兵，徵召了近六萬人。僅僅允吾，就被徵召萬人……再加上人心惶惶，不少人逃離家園。如今允吾只怕不足三萬人，大家哪裡有心情販賣？再加上大軍行動，更造成了城中物資緊缺……沒有人，也沒有東西，開門又有什麼用處？倒不如待在家裡面安全一些。」

馬超眼睛一瞇，上上下下打量起眼前這個門卒。他年紀看上去不大，可能也就是十四、五歲的模樣，但舉手投足間，卻透著靈性。

「你叫什麼名字？」

「小人姓胡，單字一個遵。」

「胡遵？」馬超臉上浮現出一抹笑容，「聽口音，不是金城人。」

「小人是安定臨涇人，早年隨家父一同來到金城。家父如今已經過世，正逢城中徵召，小人就從了軍。」

「胡遵，可願跟隨於我？」

「啊？」

「我是說，做我的親軍……你若是願意，可回家準備一下，晚上到府中來報到即可。」

胡遵眼睛刷的亮了！

他不過是一介小民，也沒什麼背景，若是能跟隨馬超的話，倒也是一個不錯的出路。

「小人願意。」

「呵呵，願意就好。」

不知為什麼，看到胡遵，馬超就想起了虎白。

當初他初遇虎白的時候，虎白不過是一個教書先生，窮困潦倒。但是，他身上有一種靈性，就和胡遵此時的模樣極為相似。馬超決定，將胡遵帶走，日後說不得會成為左膀右臂。而胡遵對此似乎也極興奮，一路上笑個不停……

在郡廨外，馬超下了馬。他把韁繩隨手丟給了胡遵，「幫我看好了！」

「將軍放心，小人絕對不會有失。」

章二十
涼州大決戰（三）

馬超微笑著點點頭，邁步走上郡廨臺階。

「大公子，你怎麼回來了？」

「我若再不回來，張掖八千精卒，就要活活被餓死了……費主簿可在？速速通稟。」

「請大公子稍候。」

門丁前去通稟，自有人領著馬超，來到了大廳中等候。

這座郡廨，是費沃出錢修繕。平日裡費沃就住在這裡，負責處理一些公文要務。

馬騰也默許了費沃的行動，平日裡更敬若上賓。

也難怪，如果沒有了費沃，馬騰想要在金城郡做事，著實不太容易。畢竟，他是從韓遂手中奪走了金城郡。而他之所以能奪取金城郡，就是靠費沃周旋……

馬超在大堂上坐了一會兒，也就是一盞茶的時間。就見費沃從外面進來，不過臉色看上去，好像有一些古怪。

「大公子，不在前線，何故親至？」

馬超陰沉著臉，說道：「我若不回來，只怕我那些信使也見不得費主簿的面……費主簿，咱們開門見山，不必拐彎抹角。我此次回來的目的，想必費主簿你心知肚明。我要糧草！至少一萬石……否則我在張掖縣很難支持下去。你也知道，我父親在隴西征戰，武威不可不防，那曹朋可是虎視眈眈，隨時會出擊。」

「一萬石？」費沃頓時露出苦澀笑容，「大公子，你不如殺了我吧。」

「費主簿，你這是什麼意思？」

「大公子可知道，主公在隴西郡投入了多少兵馬？」

說著，他不等馬超回答，伸出了兩隻手，「八萬，足足八萬大軍。雖說主公奪取了不少縣城，可是除了狄道和臨洮之外，其他五縣的府庫幾乎是空的……我不禁要承擔八萬大軍的糧餉，還要顧及那五縣近十萬人的溫飽。前些天，主公又派人催促，開口就是三萬石。」

「可你知道金城今秋收入幾何？加起來也只有二十萬斛而已……這還不包括給湟中兩羌的資助。允吾府庫，如今已經快見底了！」

馬超聽聞，臉色大變。他倒是能猜到金城郡承受的巨大壓力，可是卻沒有想到會窘困如斯。看著費沃那張清瘦不少的面容，馬超一肚子的火氣，也似乎一下子變得小很多。

「可是令居……」

「令居那邊，如今也是十日一發。程銀早先還派人向我抱怨，說糧草不夠。可我又有什麼辦法？總不成扣了主公的糧草吧？大公子，我知道你對我有不滿，但如今咱們都是為主公效力，這事情的輕重，我分得清楚。這樣吧，我想想辦法，看看從其他地方能不能抽調一些。五天……不，給我三天時間，我一定會設法湊足三千石糧草，送至張掖縣，你看如何？」

「三千石？」馬超想了想，伸出一個巴掌，「五千石，不能再少了。」

「這個……我盡量！」

馬超心滿意足的走了，費沃臉上的苦色旋即消失不見。

這時候，從後堂走出一個青年，來到費沃身邊停下，「費主簿，今日五千，明日就是一萬。以金城彈丸之地，奉十萬兵馬，你就算有通天之能，又能撐到幾時？再說了……呵呵，今日馬超有求於你，故和顏悅色，但他日若得了勢，你又將如何自處呢？」

費沃，臉色陰晴不定……

是夜，費沃回到家中。

曹賊

章二十

涼州大決戰(三)

卻見一個身著錦衣的青年女子迎上來，微微一福，輕聲道：「父親，聽說馬超來了？」

「是啊，來討糧餉。」

費沃看著眼前女子，眼中流露出慈愛之色。

這女子，赫然就是他的女兒，那位嫁給馬騰的費夫人。

「父親，當斷不斷，反受其亂。我聽阿娘說，最近馬騰催促糧餉也很緊，府庫中有些吃受不起。女兒有一個疑問，也不知道是不是該說出來。」

費沃一擺手，「乖女兒但說無妨。」

「是馬騰大，還是朝廷大？」

費沃一怔，苦笑道：「乖女兒，妳這不是明知故問嗎？自然朝廷最大……今司空掃平河北，奪取冀州，北方一統之勢，已無人可以阻擋。馬騰，雖有能為，又和張魯聯盟，但只怕也非曹公對手……像那袁紹當初何等厲害，還不是成了塚中枯骨？乖女兒，這問題可不是太好。」

費夫人卻說：「既然父親也知不好，為何還猶豫不決呢？」

「這個……」

「我聽說，曹公已經派出兵馬，令其本家兄弟駐守長安。今長安有曹洪，而武威又有曹朋。此二人聯手，父親以為，馬騰可能敵對得住？」

費夫人話中的意思，已明白無誤的表達出來。

費沃又不是傻子，豈能聽不出這其中的奧妙？但是他心裡還有一些顧慮……不管怎麼說，他是馬騰的老丈人。他已經反了一次韓遂，再反了馬騰的話，日後可就真的沒了信譽。想到這裡，他禁不住又是一陣心煩意亂，眉頭緊蹙起來。

費夫人雖說嫁給了馬騰，卻只是政治聯姻。

試想，她比馬騰足足小了二、三十歲，又豈可能有真感情？以前她還有個馬鐵可以依持，而今馬鐵死了，她又能依靠何人？說恨，她確實對曹朋充滿了恨意；可這並不代表她會盲目的恨下去。費夫人出自費家，她以前為費家而嫁給馬騰，而今卻必須要為費家謀一出路，只能拋卻了仇恨……

費沃很為難，低頭不語。

費夫人又說道：「父親，馬超這次討要多少糧餉？」

「說是一萬石，不過被我壓到了五千石。」

「那馬騰又要多少糧餉？」

「三萬石……」

「父親，整個金城郡不過收了二十萬斛。今兒個馬超要五千石，明天馬騰再要三萬石……還有湟中兩羌要不斷接濟，隴西十幾萬人也需要吃飽肚子。糧餉就那麼點，父親你又能支持到什麼時候？現在馬騰看你有用，對你言聽計從，但若是你派不上用場，他還會理睬你嗎？小鐵不在了，女兒卻不想再沒了父親。」

費沃長嘆一聲。

「賈長史，怎麼說？」

「他保我一個兩千石的俸祿。」

費夫人一怔，輕聲道：「那豈不是一個太守？」

「可我有點信不過他……妳說他不過一介長史，又如何保我太守之位？」

「父親啊，你可真糊塗！」

費夫人說道：「這不是賈長史保你，是曹將軍保你！曹將軍是曹公族姪，而且鼎鼎大名。若他不能保你一個兩千石的太守，女兒覺得，這涼州無人能保你太守之位。哪怕是韋端，也不太可能……既然他這麼開口，那一定是有把握，父親還猶豫什麼？」

「可他保我的，是張掖！」

費夫人不由得沉默了。

半晌後，她輕聲道：「父親以為，若反了馬騰，還住得金城嗎？」

「這個……」

「其實，張掖就張掖，女兒覺得也不差。我在姑臧曾聽人說，曹將軍要建一個河西走廊，將西域和關中連為一體。張掖，就在那走廊之上，雖偏荒，卻是個有前程的去處。女兒倒是以為，若曹將軍保你什麼金城太守、武威太守，反而顯得不太可信，但若是張掖郡，女兒信了……那是曹將軍可以控制的地方。」

費沃猛然抬頭，「女兒，真要反？」

「若父親想要讓費家飛黃騰達，想要哥哥能出人頭地，如今就只剩這一條路走。」

費夫人說得斬釘截鐵，讓費沃終於下定了決心。

「也罷，費家存亡，就在此一舉！」

金城，允吾官驛——

賈星垂手而立，神色極為恭敬。

屋中，擺放著一個鋁製的炭火盆，炭火熊熊，斗室中溫暖如春。

曹朋坐在榻上，將竹簡放在書案上，抬起頭看這賈星，輕聲道：「如此說，馬孟起就在允吾？」

「正是！」

「那費沃，究竟是什麼態度？」

「觀其狀況，必有些心動，但恐怕不是一下子能下定決心。不過，我倒是能猜出他心裡現在顧忌什麼，還是害怕他反了馬騰之後，於名聲不利。」

「那你說，他究竟何時能決定下來？」

「只在這一、兩日。」

曹朋點點頭，陷入了沉思。

當日賈星抵達鸞鳥，向曹朋獻上一計。

賈星在姑臧，一直關注戰況發展。他不擅長行軍打仗，卻好奇謀，攻其必救。

涼州之戰的關鍵，不在鸞鳥，不在隴西，而是在金城！

這是賈星做出來的判斷。而金城郡的關鍵，就是費沃……若能說降了費沃，則大事可成。當然了，這並不是一樁容易的事情，好在賈星手裡還有一張王牌，那就是費夫人。他屢次登門，與費夫人做過交談，知道這是個有心思的女子。

哪怕曹朋和她有殺子之仇，但費夫人更多的是考慮費家的未來。

於是，賈星勸說費夫人，放棄和曹朋之間的仇恨，畢竟眼下這情況，馬鐵已死，費夫人別無選擇。如果她執意要報仇，到頭來舉家滅亡，無一人能夠逃脫；但是，如果她願意配合，則保費家一個大好前程。

費夫人在考慮良久之後，決意和賈星合作，說降費沃。

畢竟，兒子已經死了，難不成讓父母兄長也為馬騰陪葬？

當賈星把這件事告訴曹朋之後，曹朋卻提議要和他一同前來允吾，一方面，一旦費沃拿不定主意，曹朋可以出面，使他下定決心；同時，他還想打聽一下王買等人的消息。王買、石韜、龐德、姜冏，如石沉大海一般，音訊全無，這讓曹朋非常擔心。至於鸞鳥方面，他倒不太擔心，他離開之後，可以讓鄧範接手。

鄧範和曹朋是結義兄弟，而且遇事沉穩有度，再加上趙昂等人的協助，足矣保得武威郡一個周全。

就這樣，曹朋隱姓埋名，帶著龐明和一百白駝，悄然隨著一支西域商隊來到允吾。允吾的情況並不樂觀，最主要的還是這接連不斷的戰事令允吾物資匱乏，有些吃受不起。

費沃對費夫人的回歸，驚喜異常。

不過到目前為止，都是賈星出面和費沃接觸。

馬超的突然到來，著實令曹朋有些驚訝。不過這也說明了一件事情，那就是金城郡已經快要達到極限。

事實上，以金城郡的實力，不可能同時支撐起兩個戰場，更不要說在兩個戰場開戰的同時，還要救濟湟中兩羌，以及偌大的隴西郡。費沃快撐不住了……這是曹朋和賈星做出來的判斷。現在，只差一個機會，讓費沃下定最後決心。

賈星說：「明日我再登門費府，看看能否讓費夫人那邊使點力氣。」

「最好，盯住馬超。」

「嗯？」

「馬孟起，勇士也。此人並不似我之前所想像的那樣有勇無謀，若能將之除去，方能去我心頭之患。若馬超死，馬騰不過塚中枯骨，早晚死耳。你可以試探一下費沃的口風，若他願意出手將馬超殺死，我保他費氏一門榮華富貴。這可是一個難得的好機會。」

曹朋說著話，眼中流露出駭人的殺意。

他對馬超並無太大的仇恨，只是感覺著，若不能解決馬超，必然會釀成一樁大禍。

賈星點點頭，「我自會設法與費沃說明。」

就在這時，門外突然傳來了龐明的聲音：「公子，費沃來訪，請賈軍師相見。」

曹朋聽聞一怔，旋即露出一抹笑容。

賈星道：「看起來，不需要我去勸說費夫人，費沃頂不住了。」

「你讓他來書房商議，我去隔壁。」

曹朋說著話，站起身來，走出了房間。

賈星讓龐明將費沃領到書房裡，他把油燈撥亮了一些，而後靜靜等待。不一會兒的工夫，費沃神色緊張，隨龐明進屋。

「費主簿，何故深夜前來？」

費沃看著賈星，突然道：「我可以獻出金城郡，但我需要保障。」

「保障？」

「我需要曹公子一道手令，保我一家安全。同時，我還需要一個保證，那就是張掖郡太守之位。這兩件事，若賈長史能令我心安，費某即可起兵反馬。」

賈星愣住了！

費沃的直接，讓他有些不知所措。好在他很快就醒悟過來，「費公所言，我會設法。只是費公又如何能保證獻出金城郡？」

「我子費龍，今就駐紮於洛都谷。金城八將之中，楊秋、馬玩與我關係甚為密切。楊秋駐守榆中，只要我投降，則楊秋一定會獻出榆中。而馬玩如今就在允吾城外，我可以讓他幫忙，控制允吾……我若降，令居程銀也會按兵不動。到時候長史可令將軍出兵，大敗馬超。」

費沃說罷，直看著賈星。

章二十

涼州大決戰(三)

「但不知，賈長史如何能令我心安？」

馬超率部駐紮城外，並沒有住在城裡。

雖然允吾縣城裡那座看上去頗為奢華的郡廨府邸，名義上屬於馬家，可馬超卻沒有任何歸屬感。那個家，並不是他的家！他的家在武威，在姑臧，而非允吾。

父親不在，弟弟也不在，妻子和妹妹落入曹軍手中，至今生死不明。

一座空蕩蕩的府邸，顯得極為冷清。雖然費沃在府中配備了許多奴僕家丁，可是在馬超看來，那終究不是他的家。與其住在城裡，倒不如在城外紮營自在。

他此次來允吾，帶了三百親衛，紮上一座小營，似乎更加舒適和自由。

當晚，胡遵前來報到，馬超安排他做了自己的親隨。

接下來的兩天裡，他不斷催促費沃，終於在第二天頭上，得了費沃肯定的答覆。

明日，送糧！

這是一個大好的消息，可不知為何，馬超卻沒有感覺到快樂。相反，在馬超的心裡面，有一種不太舒服的感受。

原因，他說不清楚，只是覺得不踏實。

「馬玩今天入城了？」

「嗯！」

馬超和金城眾將的關係一直不算太好，馬玩入城，他倒是少了些不自在。可問題是，馬玩為何在這時候進駐允吾城中？

馬超想不太明白，心中的疑慮隨之加深。

「費主簿可籌集到了糧草？」

胡遵回答道：「好像是籌集了一些……今天到城裡的時候，看到校場那邊車馬進出，好像是糧車。不過上面用布蒙著，所以無法看清楚。大大小小，也有一、二百輛的樣子。我偷偷問了城門口的人，據說是費主簿給咱們準備出來的糧餉。」

「那就好！」馬超鬆了一口氣。

不管怎麼說，糧草有了。明天等費沃送過來，他就立刻動身離開允吾。這裡總覺得氣氛有些壓抑，遠不如鸞鳥那邊，天蒼蒼，野茫茫，那種天高雲淡的爽氣。

費沃這一次，倒是爽快！

「對了，隴西可有什麼消息傳來？」

「只聽說曹軍出擊了……」

「哦？」

「是個叫什麼甘猛虎的傢伙，在大散關外大勝楊昂和二公子，奪取了番塚山之後，把二公子趕回河池。據說那傢伙很厲害，只用了一百人，便打得楊昂大敗。」

「甘猛虎……甘寧？」

馬超對曹軍的將領瞭解頗深，特別是在和曹朋敵對之後，他更是打聽了一下曹朋的過往。他發現，曹朋的手下個個都是了不得的人物，先不說早先和他一起歸附曹操的魏延，如今官拜中郎將，出鎮南陽郡的湖陽縣，那些後來投奔曹朋的人，也個個英雄。

甘寧，據說就是那斬殺文醜的曹軍上將，也出自於曹朋門下。

馬超心裡不由得有些好奇，同時又隱隱有些興奮……

不知什麼時候，我能與這甘興霸鏖戰一場呢？

涼州大決戰(三)

嘿嘿，想來我殺了曹朋，那甘寧自會前來報仇。到時候，定要讓他知道我西涼人不可欺！

「還有什麼消息？」

「其他倒是沒什麼了……好像是說，主公已經延緩了對漳縣的攻擊。隴西那邊現在挺混亂，估計主公是準備穩一穩，而後再做計較。主公得了金城，還未來得及穩固，又得武都郡和隴西七縣，看上去甚好，可末將卻以為，有些不妥當。」

馬超眼睛一亮，「此話怎講？」

「主公當務之急，應該儘快將占領之地穩定下來，一味猛攻，仗越打越久，軍需消耗越來越多，對主公並無益處。與其這麼分開來打，倒不如集中力量，擊潰一支曹軍。如此一來，主公就有了和曹軍談判的底氣。似現在這樣子到處打，到處僵持，每日損耗甚巨不說，只怕效果也不好。」

馬超不由得瞇起了眼睛，好奇的上上下下打量著胡遵。

「胡遵，你這些東西，是從何處學來？」

胡遵露出赧然之色，輕聲道：「家父曾為都鄉侯偏將，所以對兵事倒不算陌生。都鄉侯策免後，家父亦返還故里。後逢關中大亂，家父才帶著我來到金城安身。小時候，家父常和我說一些軍旅中事，故而末將多多少少能看出端倪。」

此，天賜我虎道之！

馬超心中大喜，看胡遵的眼神也更加親切。

論行軍打仗、搏殺於兩陣之間，馬超自忖不輸於任何人。可是這種極具戰略性的思維，卻是他最缺乏的東西。當初虎白活著的時候，曾向他提出過許多出眾的策略。自虎白死後，馬超在許多事情上，還是依照著虎白生前所設定下來的計畫。

可計畫趕不上變化……

馬超需要第二個虎白。而在胡遵的身上，他看到了這種特質。

雖然胡遵說得非常模糊，可是卻隱隱正中了要害。

假以時日，這傢伙說不得能成為一把好手，就像道之生前那樣，輔佐我成就事業。

第二天，天才濛濛亮。

允吾城門打開，一輛輛糧車從城中緩緩駛出，朝著馬超駐紮的營地行去。馬超也得到了消息，匆忙洗了一把臉，帶著人行出了轅門，準備接收這些車輛。

他心裡面還有些責怪費沃：怎麼也不提前招呼一聲？

允吾城的清晨，氣溫很低。也不知是在什麼時候，從湟水上游襲來的濃霧瀰漫天地，籠罩在軍營上空，遠處巍峨的允吾城城牆，在霧氣之中變得有些模糊不清。馬超也只能看到那車隊的輪廓，但具體的數量，卻又無法看個清晰。

聽聲音，數量可不少……

那車轂轆碾碎冰渣時發出的聲音，在清晨時分格外刺耳。隱隱約約，還伴隨有牛鳴之聲。

「傳令下去，準備查收。」

當糧車越來越近，已快抵達轅門時，馬超扭頭，下令查收。

按道理說，身為親隨的胡遵應該應諾而行。可是，這傢伙居然沒有吭聲，讓馬超不由得感到奇怪。

「胡遵？」

胡遵的臉色，卻在這時候突然變得難看起來，「大公子，快讓他們停下來。」

「怎麼了？」

「不對……那車上裝的不是糧草。若是糧車的話，在這種天氣裡，行走會非常緩慢。可是你看，車

十二章

涼州大決戰（三）

輛行進的速度……如果裝滿了糧食，絕不可能走得這麼快。」

馬超聽聞，激靈靈打了個寒顫。他猛然轉身，盯著遠處行來的車仗。

「傳令，讓他們停下來……讓兒郎們準備迎敵！」

馬超也發現了有些不對勁！

沒錯，裝滿了糧草的車仗，在這種天氣下，絕不可能行走的如此迅速。那些車輛上看似裝得滿滿當當，偏偏又行進迅捷……只有一個可能，車上裝的並不是糧食。

費沃是什麼意思？難道說他在糊弄我？

「前方車仗立刻止步，否則格殺勿論！」

「將軍休要誤會，此費主簿命我等前來為大公子送糧。」

送糧？

馬超眼睛瞇成了一條縫，突然厲聲喝道：「停下來！把帷帳給我扯下！」

車隊驟然止步。

片刻後，就見濃霧裡火光一閃，緊跟著一團團烈焰蒸騰而起，伴隨著牛隻驚慌失措的叫喊聲，朝著小營就衝了過來。

火牛陣？

馬超大驚失色！

「公子，上馬！」

這時候，胡遵牽著踏雪烏騅上來，將那桿沉甸甸的虎頭鏨金槍，一起交給了馬超。

穿戴盔甲，肯定來不及了！

馬超也不敢遲疑，翻身跨坐馬背上。

而這時候，那牛車已到了近前……哪裡是什麼糧車，分明是裝載著滿滿當當枯草的車輛。拉車的牛，被火光所驚嚇，瘋了一般，向著馬超就衝過來。馬超勒住馬，大槍撲稜稜一抖，猛然探出去，蓬的正釘在一頭火牛上。只見他雙腳踩死馬鐙，在馬背上猛然一個發力，口中大吼一聲，那頭火牛竟被馬超硬生生挑翻在地。

火牛身後的火焰車，也隨之轟然倒地，火星四濺。其他的火牛被這滿地燃燒的柴草驚嚇住了，變得更加瘋狂，也變得更加不受控制。

不過好在，這麼多的火牛沒有繼續向小營衝鋒，而是四散奔逃。

有一部分火牛繞過滿地的火焰，拉著燃燒的車輛，狠狠的撞在了小營的木柵欄上，只聽轟的一聲巨響，小營的圍牆頓時坍塌。一團團火焰，衝進了營地當中，頓時引得小營裡一陣混亂……

馬超氣得在馬上大叫：「費沃，小人！早就知道爾不得信，今日若斯，欲反乎？」

事情到了這一步，已經非常清楚。

費沃反了！

馬超雖然不清楚費沃因何造反，可是卻不得不承認，費沃這一手，玩得漂亮……先安撫住他，而後運糧的時候，發動火牛陣偷襲！

如果不是胡遵看出了破綻，說不定此時馬超已深陷危險之中。不過，畢竟是身經百戰、出生入死的大將，馬超很快就穩定下來，縱馬疾馳，朝著火牛陣後的濃霧中衝了過去。他知道，費沃一定還有後招。所謂先下手為強，且探探虛實。

就在這時，從濃霧裡傳來一聲熟悉的馬嘶。

與其說是馬嘶，倒不如用龍吟獅吼來形容。

馬超心裡不由得激靈靈一個哆嗦，連忙勒住了戰馬。也就是在他勒馬的一剎那，一頭獅虎獸從濃霧中衝出來。馬上馱著一員大將，身穿唐猊鎧，腰繫獅蠻帶，三叉紫金束髮金冠，掌中一桿方天畫戟，威風凜凜，殺氣騰騰，就好似那出海的蛟龍一般……

「馬孟起，喪家之犬！」

馬上的大將厲聲喝道：「曹朋在此，已恭候多時……」

【曹賊　第二部卷五　馬嘯雲動之變　完】

狂狷文庫015

曹賊(第二部) 05- 馬嘯雲動之變

出版者■典藏閣
作　者■庚新（風回）　繪　者■超合金叉雞飯
總編輯■歐綾纖
製作團隊■不思議工作室
郵撥帳號■50017206 采舍國際有限公司（郵撥購買，請另付一成郵資）
台灣出版中心■新北市中和區中山路2段366巷10號10樓
電　話■(02) 2248-7896　傳　真■(02) 2248-7758
物流中心■新北市中和區中山路2段366巷10號3樓
電　話■(02) 8245-8786　傳　真■(02) 8245-8718
ISBN■978-986-271-349-5
出版日期■2013年5月
全球華文國際市場總代理／采舍國際
地　址■新北市中和區中山路2段366巷10號3樓
電　話■(02) 8245-8786　傳　真■(02) 8245-8718
新絲路網路書店
地　址■新北市中和區中山路2段366巷10號10樓
網　址■www.silkbook.com
電　話■(02) 8245-9896
傳　真■(02) 8245-8819

曹賊. 第二部 / 庚新作. -- 初版. -- 新北市 :
華文網，2013.01-
冊；　公分. --(狂狷文庫系列)
ISBN 978-986-271-328-0(第3冊 : 平裝). --
ISBN 978-986-271-336-5(第4冊 : 平裝)
ISBN 978-986-271-349-5(第5冊 : 平裝)
857.7　　101024773

☞您在什麼地方購買本書？☜

1. 便利商店（________市／縣）：□7-11　□全家　□萊爾富　□其他________

2. 網路書店：□新絲路　□博客來　□金石堂　□其他________

3. 書店（________市／縣）：□金石堂　□誠品　□安利美特animate　□其他________

姓名：________ 地址：________

聯絡電話：________　電子郵箱：________

您的性別：□男　□女　　您的生日：西元________年________月________日

（請務必填妥基本資料，以利贈品寄送）

您的職業：□上班族　□學生　□服務業　□軍警公教　□資訊業　□娛樂相關產業

□自由業　□其他________

您的學歷：□高中（含高中以下）　□專科、大學　□研究所以上

☞購買前☜

您從何處得知本書：□逛書店　□網路廣告（網站：________）　□親友介紹

（可複選）　□出版書訊　□銷售人員推薦　□其他________

本書吸引您的原因：□書名很好　□封面精美　□書腰文字　□封底文字　□欣賞作家

（可複選）　□喜歡畫家　□價格合理　□題材有趣　□廣告印象深刻

□其他________

☞購買後☜

您滿意的部份：□書名　□封面　□故事內容　□版面編排　□價格　□贈品

（可複選）　□其他

不滿意的部份：□書名　□封面　□故事內容　□版面編排　□價格　□贈品

（可複選）　□其他

您對本書以及典藏閣的建議________

____

____

✌未來您是否願意收到相關書訊？□是　□否

✎感謝您寶貴的意見✎

印刷品

$3.5
請貼
3.5元
郵票
不思議信箱
FUSIGI POST

235 新北市中和區中山路二段366巷10號10樓

華文網出版集團　收

（典藏閣－不思議工作室）